Helen Paris

Lynnwood Falls - Und dann kamst du

Weitere Titel der Autorin

Lynnwood Falls – Sommer der Liebe

Über die Autorin

Helen Paris liebt das Abtauchen in fremde Welten, ob virtuell in Geschichten oder auf ihren Reisen rund um den Globus. Seit knapp zwanzig Jahren lebt sie mit ihrem Mann zeitweise auf ihrem Segelkatamaran und ist auf allen Weltmeeren unterwegs. Eine halbjährige Reise quer durch Nordamerika mit Schiff und Wohnmobil hat ihre Liebe zu diesem vielseitigen Kontinent geweckt.

Helen Paris

Lynnwood Falls – Und dann kamst du

lübbe

Dieser Titel ist auch als E-Book erschienen

MIX
Papier aus verantwortungsvollen Quellen
FSC® C014496

Vollständige Taschenbuchausgabe
der bei Bastei Lübbe erschienenen E-Book-Ausgabe

Einband-/Umschlagmotive: © iStockphoto: jacoblund; © shutterstock:
Dudarev Mikhail | tomertu | Tanya Sun
Umschlaggestaltung: Sandra Taufer, München
Satz: 3w+p GmbH, Rimpar (www.3wplusp.de)
Gesetzt aus der Palatino
Druck und Verarbeitung: GGP Media GmbH, Pößneck
Printed in Germany

ISBN 978-3-404-18462-0

5 4 3 2 1

www.be-ebooks.de
www.lesejury.de

Für Papa
Du fehlst.

„Jeder sieht, was du scheinst.
Nur wenige fühlen, wie du bist.“
Niccolò Machiavelli

Kapitel 1

Annabella

Lynnwood Falls

Ein Poltern schreckte Annabella aus den Gedanken. Seit der E-Mail, die sie am Morgen erhalten hatte, war sie wirklich durch den Wind – sonst war sie doch nicht so unaufmerksam! Normalerweise hätte sie sofort reagiert und die Tür geöffnet, doch die Furcht legte sie regelrecht lahm.

»Warten Sie, Mrs Albright, ich helfe Ihnen!« Annabella griff nach ihrer Strickjacke und schlüpfte hinein. Sie eilte der alten Dame hinterher, die, in einen lilafarbenen wattierten Mantel gehüllt, eine mit Kürbiskuchen und Cupcakes beladene Pappschachtel in den Händen balancierte, und öffnete die Glastür.

Die eisige Kälte fühlte sich auf Annabellas Wangen an, als wäre Happy Lee, ihre Katze, ihr mit den Krallen ins Gesicht gefahren. Schaudernd wickelte sie sich die dünne Jacke enger um die Schultern, als sie ihrer Kundin zu deren Wagen hinterhereilte, um auch dort die Tür zu öffnen. »Einen schönen Nachmittag und viel Spaß bei Ihrem Kaffeekränzchen!« Die Tür des alten Dodge schepperte beim Zuschlagen.

Als sie sich umdrehte, sah sie, dass in der rot leuchtenden Schrift von *Annabella's Café* offenbar ein Lämpchen im »f« defekt war. Erschreckend, dass es schon um drei Uhr nachmittags so dunkel war, dass ihr das auffiel. Heute war wirklich ein extrem trüber Tag. Er hatte eine Nebeldecke über Lynnwood Falls gelegt, die nicht mal der frostige Wind wegpusten konnte, der doch so mühelos den Weg zwischen die Maschen ihrer Strickweste fand.

Das einzig Schöne an der Kälte waren die Eisblumen, die sie an die Fensterscheiben des Cafés zauberte, und das heimelige Licht im Inneren, das bei solch einem Wetter irgendwie mehr wohlige Wärme als sonst verbreitete.

Annabella trat einen Schritt zurück, um sich nochmals die Fassade anzusehen, und prallte mit voller Wucht gegen etwas. Genauer gesagt: gegen einen Menschen.

Mit einer Entschuldigung fuhr sie herum, legte den Kopf in den Nacken und blickte in ein Paar Augen – grau wie ein Novembertag in Maine. Ein Stich fuhr ihr bis tief ins Innerste. *Will McGinty!*

Sofort prasselten unzählige Eindrücke und Erinnerungsfetzen auf sie ein, ihr Herzschlag beschleunigte sich. Das Bedrohliche ging nicht körperlich von ihm aus – groß und schwarzhaarig wie er war –, auch nicht von der dunklen Kleidung oder der kleinen Narbe an seiner linken Augenbraue. Sein Blick wirkte eher schuldbewusst, und komischerweise versetzte genau das sie in Aufruhr. Heiße Wut kochte in ihr hoch, die sie für kurze Zeit die Kälte vergessen ließ.

»Sorry«, murmelte er, während er krampfhaft versuchte, den Karton auf seinem Arm, in dem vermutlich Einkäufe aus Doris' Supermarkt steckten, vor dem Hinabstürzen zu bewahren.

Die Entschuldigung kommt reichlich spät, lag ihr auf der Zunge zu erwidern, doch sie beherrschte sich. Das war ja albern. Schließlich hatte Will es auf den Zusammenstoß soeben bezogen. Und er hatte ihr damals gesagt, wie leid es ihm tue – nur hatte ihr das hinterher auch nicht mehr geholfen.

»Es war gerade meine Schuld. Pardon!«, sagte sie steif. Demonstrativ drehte sie ihm wieder den Rücken zu. Sie schaffte es sogar, den süßen Golden Retriever zu ignorieren, der an ihrem Bein schnüffelte, obwohl es ihr beim Anblick der treuherzigen braunen Augen und des kuscheligen goldfarbenen Fells von Herzen schwerfiel. Doch offensichtlich gehörte er zu Will, und sie hatte nun wirklich keine Lust, unnötig Zeit mit ihm zu verbringen. Der Tag war bislang schon schlecht genug gewesen.

Kurz hatte sie den Eindruck, Will wollte noch etwas sagen, aber immerhin verstand er wohl den Wink und eilte nach einem »Es ist ja nichts passiert« weiter.

Genau. Es ist nichts passiert. Vielleicht ist das genau das Problem, schoss es ihr durch den Kopf, bevor sie den Gedanken weit von sich schob. Sie wollte gerade die Tür aufstoßen, als ein Ruf sie zurückhielt.

»Annabella! Warte!« Hilary Higgins, die rechte Hand des Bürgermeisters, kam im Stechschritt auf sie zugeeilt. Sie stieß in kurzen Abständen Atemwolken aus, und die hochtoupierten blondierten Haare gerieten ins Wanken. Wenigstens trug Hilary warme Stiefel und einen Wintermantel, um die Annabella sie im Moment glühend beneidete.

Fröstelnd schlug sie die Arme um ihren Oberkörper und wünschte sich, sie hätte die dicke Jacke angezogen. Die Kälte kam mit aller Macht zurück. »Was kann ich für dich tun, Hilary?«

»Wir dachten, wir könnten für die Dezember-Ausgabe des Gemeindeblatts dieses Mal dein Café auf das Titelblatt nehmen.« Sie rang nach Luft. »Du hast doch normalerweise immer so zauberhaft dekoriert. Dein Sinn für Stil ist einfach unnachahmlich.«

»Danke für das Kompliment«, erwiderte Annabella, obwohl sie auch die Rüge durchaus nicht überhört hatte. »Normalerweise« dekorierte man am Samstag nach Thanksgiving. Und der war gerade vorbei. In den umliegenden Häusern und Geschäften, wie Doris' *Lynnwood Falls Grocery und Deli*, blinkte bereits Weihnachtsschmuck in allen Farben, auch das Rathaus war schon festlich mit bunt leuchtenden Sternen geschmückt; die Büsche davor trugen farbenfrohe Lämpchen. Annabella hatte sich lediglich zu einer rot-weißen Lichterkette durchringen können, die zu den Farben des Cafés passte. Annabella seufzte lautlos in sich hinein. »Ich bin noch nicht dazu gekommen …«

Ein mitleidiger Ausdruck trat auf Hilarys Gesicht. »Ich weiß, Honey, dass dir dieses Jahr vermutlich noch nicht so weihnachtlich zumute ist, aber …« Sie tätschelte ihren Arm. »Mir fehlt deine Mom auch.« Immerhin war Hilary eine enge Freundin ihrer Mutter gewesen.

Annabella blinzelte, hatte Mühe zu atmen. Der erst ein Vierteljahr zurückliegende, so überraschende Tod ihrer Mutter durch dieses verfluchte Aneurysma würde vermutlich auf ewig schmerzen. »Danke«, wisperte sie. Die Kälte breitete sich nun auch in ihrem Inneren aus. Resolut straffte Annabella die Schultern. »Willst du nicht reinkommen?«

Nun erst schien Hilary ihr Zähneklappern zu bemerken. »Natürlich, Honey, du hast ja nur ein dünnes Jäckchen übergezogen, ich unsensibles Ding! Ich kann auch jetzt gleich schon was für den Bürgermeister zum Kaffee besorgen.«

Nachdem sich Hilary zwei cremegefüllte Eclairs mit Schokoglasur und zwei Donuts mit bunten Streuseln hatte einpacken lassen, sah sie Annabella nochmals eindringlich an. »Der Fotograf würde Ende der Woche kommen. Reicht dir das zum Dekorieren? Brauchst du Hilfe?«

Kurz war sie versucht, Hilary von dieser E-Mail zu erzählen, dann zwang sie sich zu einem Lächeln. »Nein, das schaffe ich, kein Problem. Ich habe die nächsten Abende nichts vor. Dann werde ich die Deko in Angriff nehmen.«

Sie holte in der nächsten Pause, in der sie kurz Luft hatte, wenigstens schon mal den *Elf on the Shelf* hervor und platzierte ihn auf der Glastheke. Der kleine Gehilfe des Santa Claus, eine circa dreißig Zentimeter hohe schlanke Gestalt mit großen blauen Augen, spitzer roter Mütze, in einem roten Anzug mit weißem Spitzenkragen und biegsamen Gliedern, war inzwischen zur Tradition geworden, die aus keinem Haushalt – vor allem mit Kindern – mehr wegzudenken war. Der Elf überwachte in den Tagen vor Weihnachten tagsüber die guten und schlechten Taten und erstattete Santa Claus nachts Bericht, damit der wusste, ob die Kinder an Christmas Day ein Geschenk bekamen. Morgens kam der Elf immer zurück, deshalb wurde er auch jeden Tag woanders platziert.

Sonst störte sich offenbar keiner der Bewohner von Lynnwood Falls heute an der mangelnden Weihnachtsdekoration; die nächsten beiden Stunden wurden äußerst betriebsam.

Obwohl sie ihr Café über alles liebte, war Annabella froh, als sich der letzte Gast verabschiedete und nur noch ihre Freundin Kylie hereinschneite. Ihr Geburtsname lautete eigentlich Ketura – doch zu heißen wie die zweite Frau Abrahams, die verstoßen wurde, um dem Sohn Isaak das Erbe nicht streitig zu machen, fand Kylie schrecklich. Schon in ihrer Kindheit hatte sie sich selbst nach ihrem damaligen Popidol Kylie Minogue umbenannt. Der Musikgeschmack hatte sich zwischendurch gelegentlich gewandelt, der Name »Kylie« war geblieben. Die Einzige, die auf der Nennung des Taufnamens bestand, war die streng gläubige Mutter Perpetua Cummings.

Zwei eisige Küsse streiften Annabellas Wangen, bevor Kylie aus Mantel, Mütze, Schal und Handschuhen schlüpfte und sich auf den Barhocker vor der Glastheke fallen ließ.

Vorsichtig ließ Annabella das kochende Wasser aus der Maschine über das mit Teeblättern gefüllte Sieb laufen. Der aromatische Duft der Roibos-Winter-Mischung – nach Vanille, Zimt, Nelke und Orangenblüten – stieg ihr in die Nase.

»Oh, das riecht lecker«, kommentierte auch Kylie und fuhr sich durch die kurzen schwarz gefärbten Stoppelhaare mit dem asymmetrisch geschnittenen Pony. An der Ohrmuschel zogen sich zahllose Ohrringe entlang – seit ihrer Jugend ein Zeichen der Rebellion gegen die biedere Mutter. Ihre Wangen waren noch von der Kälte draußen gerötet. »Dein Tee ist einfach der Beste, ich weiß nicht, wie du das machst!«

»Mit Liebe!« Annabella zwinkerte ihr zu. »Aber ernsthaft: Ich konnte noch nie verstehen, wie jemand nur einen Teebeutel in heißes Wasser hängen kann. Schließlich ist Tee ein *Aufguss*- und kein Häng-den-Beutel-rein-Getränk«, kommentierte sie trocken. »Da kann sich der Geschmack doch gar nicht entfalten.«

Kylie lachte. »So habe ich das noch nie gesehen, aber du hast recht.« Sie nahm zwei Stück Zucker aus der silbernen Dose, die Annabella ihr über die Theke entgegenschob, und warf sie in das leere Teeglas.

»Muss fünf Minuten ziehen, kommt sofort.« Annabella belud einen Teller mit buntem Spritzgebäck, das schöne farbige Akzente zauberte, legte noch einen mit rosa Zuckerguss verzierten Donut dazu, der übrig geblieben war, und schnitt ihn in Stücke. Sie schaltete die Beleuchtung in der Theke und über den Sitzgruppen aus, sodass der Raum nur noch von der rotweißen Beleuchtung in den wandhohen Fenstern und dem gedämpften Licht hinter dem Tresen erhellt wurde. Sie achtete zwar sonst nicht so darauf, pünktlich Feierabend zu machen, doch heute wollte sie in Ruhe mit ihrer Freundin sprechen.

Bevor sie auf das Thema kommen konnte, das ihr am meisten am Herzen lag, fragte Kylie: »So, nun erzähl mal. Wie war Thanksgiving bei deiner Tante?«

»Ach, du weißt ja, Tante Ruth ist eine Seele von Mensch. Meine Mom hat einen eigenen Gedenkplatz am Tisch bekommen.« Annabella schluckte. »Und alle waren bemüht, trotzdem fröhlich zu sein. Mom hätte es so gewollt.« Sie straffte den Rücken. Es war nicht leicht gewesen. Aber sie hatte es irgendwie überstanden.

»Und wie lief's mit deinem Ex?«, hakte Kylie nach.

»Mit Phil verstehe ich mich immer noch blendend.«

»Ich meinte eigentlich eher seine Neue? Sie war doch auch da, oder?«

Annabella schürzte die Lippen. »Ich glaube, sie hasst mich. Zumindest dachte ich manchmal, mir bleibt der Truthahn im Hals stecken, und ich falle vom Stuhl, weil ihre Blicke mich töteten, sobald Phil mit mir gescherzt hat. Sie ist krankhaft eifersüchtig, aber wenigstens scheint sie ansonsten okay zu sein. Das hätte mir sonst für Phil leidgetan.«

Kylie pustete gegen den asymmetrisch geschnittenen Pony. »Klingt, als hättest du schon schönere Thanksgivings gehabt!«

»Ach ja, es ging. Mit meinem Cousin Chester ist es immer lustig. Ich hatte ja keine riesigen Erwartungen.« Obwohl Annabella eigentlich positiv hatte klingen wollen, platzte es doch aus ihr heraus. »Ich hatte nur ehrlich gesagt Mühe, mir etwas einfallen zu lassen, wofür ich danken könnte. Gerade läuft doch echt alles beschissen.«

Die Tradition, am Ende des Thanksgiving-Dinners reihum zu sagen, wofür man dankbar war, hatte ihr dieses Mal wie ein Stein im Magen gelegen.

»Was hast du dann gesagt?«

Annabella lächelte. »Dass ich dankbar dafür bin, in Lynnwood Falls zu leben, wo mich alle unterstützen. Und dass ich nach wie vor eine tolle Familie und großartige Freunde habe, die immer für mich da sind. Und dafür konnte ich wenigstens von Herzen danken.«

Kylie hauchte ihr einen Kuss über die Theke. »Es kommt nur alles zurück. Du bist doch sonst die, die für alle da ist – jetzt ist es mal Zeit, dass wir auch was für dich tun können.«

»Danke! Aber nun erzähl mal, wie war's bei euch?«

Kylie winkte ab. »Du kennst doch meine Mutter. Ich habe Krämpfe in den Händen vom Beten. Sonst war's nett. Die ganze Verwandtschaft war da, das war schön. Meinem Bruder Matty hat's auch gefallen. Aber zurück zu dir: Du klangst in deiner Nachricht so aufgebracht? Es ging nicht um Thanksgiving mit dem Ex?«

»Nein! Ich habe eine E-Mail bekommen. Der alte Besitzer dieses Hauses, Mr Dunne, ist ja kürzlich verstorben.« Annabella legte die Hände auf die Wangen und rieb sich mit den Fingerspitzen über die Augen. »Jetzt hat das Haus neue Besitzer. Und die wollen den Mietvertrag für mein Café nicht übernehmen.«

Kylie riss die Augen auf. »Wie meinst du das? Geht das denn so einfach?«

»Meine Mom stand in dem Vertrag. Sie war ja Teilhaberin. Das hat sich damals einfach so ergeben, weil sie gut mit dem ehemaligen Besitzer stand. Und wir haben den Vertrag dummerweise nicht gleich auf mich umgeschrieben nach … ihrem Tod. Ich … hatte gar nicht daran gedacht.« Wieder drohte die Verzweiflung sie zu überwältigen.

Kylie legte mitleidig die Hand auf ihre. »Das gibt's doch nicht!«

»Anscheinend doch! Dabei habe ich auf eigene Kosten renoviert. Es ist doch quasi wie neu!« Sie machte eine weit ausholende Geste durch den Raum. Aus dem einstigen heruntergekommenen Coffee-Shop hatte sie wirklich ein schönes Café gezaubert: französischer Stil, wie sie es in Paris bei ihrem Studium kennengelernt hatte. Die schwarz-weißen Bodenfliesen glänzten trotz des winterlichen Schmuddelwetters draußen wie nagelneu, die Wände leuchteten frisch verputzt – eine in Himbeerrot, die anderen in Weiß; auch die Fensterfront funkelte. Die gesamte Einrichtung war neuwertig beziehungsweise komplett restauriert: die Glastheke und gegenüber schmiedeeiserne Tische und Stühle, auf denen leuchtend rote Kissen farbenfrohe Akzente zauberten. Alles wirkte tipptopp. Der Gedanke, dies alles, was sie so mühevoll aufgebaut hatte, so plötzlich aufgeben zu müssen, schnitt ihr ins Herz. Weil sie um ihre Beherrschung kämpfen musste, wandte sie sich der Teekanne zu, um das Sieb zu entfernen.

Kylie schwang sich vom Barhocker und lief zur himbeerfarbenen Wand. Hier hatte Annabella Bleistiftzeichnungen aufgehängt, die sie während ihres Kunststudiums in Paris gemalt hatte: den Eiffelturm, Notre-Dame mit beiden Türmen, einen Clochard, der auf einer Bank an der Seine lag, Moulin Rouge und auch Sacre Cœur. Unbeschwerte Zeiten waren das gewesen! Annabella ignorierte den Druck in ihrem Magen und goss den Tee in die bereitstehenden Gläser. Ein aromatischer Duft verbreitete sich.

»Willst du auch einen Schluck Rum hinein? Ich könnte gerade einen vertragen.«

Kylie nickte. »Gern!«

Als Annabella mit der Flasche *Eight Bells*-Rum aus der lokalen Brennerei aus ihrer Wohnung zurückkam, die zwei Stockwerke über dem Café lag, rieb sich ihre Freundin nachdenklich das Kinn.

»Vielleicht wollen sie nur eine Mieterhöhung rausschlagen?«

»Mehr kann ich mir – mit den Schulden durch die Beerdigung – aktuell nicht leisten!«

»Ich wiederhole mich nur ungern, aber warum versuchst du nicht, weitere deiner Bilder zu verkaufen? Ich nehme sie gern alle in meiner Galerie auf. Wir könnten auch wesentlich mehr dafür verlangen als die Spottpreise, die du forderst.«

»Ich weiß nicht …« Annabella pustete in ihre Tasse, heißer Dampf strich ihr über die Wangen.

»Hope hat mich erst neulich gefragt, ob es Nachschub gibt. Sie war so hin und weg von dem Gemälde von Chief …«

»Du hast ihr doch nicht gesagt, dass es Ryans Hund ist, den ich gemalt hatte?«, unterbrach Annabella sie entsetzt. Die Tierärztin war erst kürzlich wieder mit ihrem Freund zusammengekommen, und die beiden führten nun gemeinsam die örtliche Praxis.

»Natürlich habe ich nichts gesagt! Ich habe mich auch überrascht gezeigt, wie viel Ähnlichkeit zu Chief besteht, und das war ja nicht mal gelogen. Das Bild ist dir hervorragend gelungen.« Das Lächeln sollte wohl beruhigend wirken.

»Hoffentlich merkt sie nichts, es ist mir ja sowieso peinlich …« Annabella schlug verschämt die Hände vors Gesicht.

»Das muss dir doch nicht peinlich sein. Du mochtest Ryan. Jeder mag Ryan, er ist verdammt schnuckelig. Ich war früher auch mal in ihn verschossen.«

»Aber ich war anfangs nicht besonders nett zu Hope, als sie plötzlich wieder da war. Ich … habe ja sofort gespürt, dass mir alle Felle davonschwimmen und … Dabei ist sie solch ein toller Mensch und hat definitiv die älteren Rechte. Die beiden passen einfach ideal zusammen. Es war nur einfach so überraschend, als sie wiederkam.« Sie könnte dafür immer noch vor Scham im Boden versinken.

»Ach, das trägt Hope dir bestimmt nicht nach – so ist sie nicht. Ihr habt euch doch prima verstanden, als sie und Ryan dir beim Ausräumen der Wohnung deiner Mutter geholfen haben.«

»Ja, schon. Sie ist total klasse, ich mag sie. Aber wenn sie merkt, dass das Bild …«

»Nun, ein Blinder mit Krückstock sieht, dass da eine frappierende Ähnlichkeit zu Chief besteht. Und wenn irgendjemand mitbekommt, dass du malst – der Weg von deinem Pseudonym Bellamy Karms ist nicht allzu weit von dir entfernt, Annabella Marks. Du hättest vielleicht vorher darüber nachdenken sollen, nicht gerade ein Anagramm deines Nachnamens zu wählen, wenn du wirklich anonym bleiben willst.«

»Du hast recht, das war dämlich.« Mit einem Aufstöhnen schlug sie abermals die Hände vors Gesicht.

»Warum überhaupt verstecken? Da ist doch nichts, wofür

du dich schämen müsstest. Die Leute würden die Bilder bestimmt noch viel eher kaufen, wenn sie wüssten, dass sie von dir sind und …«

»Genau das möchte ich nicht. Sie sollen sie um ihrer selbst willen mögen und nicht, weil sie mich unterstützen wollen, womöglich aus Mitleid.«

»Also, ich finde deine Bilder nicht nur aus Mitleid großartig, und ich bin Fachfrau, vergiss das nicht! Untersteh dich, mein Urteilsvermögen anzuzweifeln, sonst werde ich sauer!« Kylie stemmte die Hände in die Hüften. »Glaubst du vielleicht, die Anwohner hier in Lynnwood Falls haben dich nach dem Tod deiner Mutter aus reinem Erbarmen unterstützt? Natürlich ist es hier Usus, dass man sich hilft, dafür leben wir auf dem Land. Es tut Mrs Bloomberg jedoch auch gut, mal rauszukommen und gebraucht zu werden. Sie ist richtig aufgeblüht, seit sie dir beim Backen hilft. Genauso bei Mrs Moffatt, die mit Leidenschaft kocht. Die Krankheit ihres Mannes verschlingt sicherlich einiges an Geld. Selbst wenn sie noch von der Entschädigung, die sie von *Obligon Chemicals* bekommen haben, Geld übrig hat, ist das Taschengeld sicherlich willkommen. Zumal sie der Typ ist, der immer eine Beschäftigung braucht. Ich weiß, du wirst verlegen bei Komplimenten, aber du gibst den Menschen Wertschätzung! Du tust ihnen gut. Sie gewinnen genauso dabei, dir zu helfen.« Kylie kippte sich einen großen Schluck Rum in den Tee. »Den brauche ich jetzt auch!«

»Ach, danke! Du magst ja recht haben, dass es ihnen auch guttut«, räumte Annabella ein.

»Na also! Und du brauchst ein bisschen Aufmunterung! Ich würde eine schöne Ausstellung für dich organisieren. Es wäre mir wirklich eine Ehre. Die Leute von Lynnwood Falls platzen vor Stolz, wenn sie erfahren, welch ein Talent sie in ihrer Mitte haben. Das schadet auch dem Café nicht. Und es käme etwas Geld rein, das du momentan dringend brauchst, falls du tatsächlich mehr Miete zahlen musst.«

Annabella seufzte. »Ich denke darüber nach.« Wohl fühlte sie sich dabei nicht. Es war irgendwie, als müsste sie sich entblößen.

Kylies Blick sagte ihr, dass es noch nicht alles war, was ihre Freundin hatte loswerden wollen. Und prompt folgte es auch schon: »Du bräuchtest wirklich rechtlichen Beistand bezüglich des Mietvertrags! Ich weiß, du wirst gleich an die Decke gehen, wenn du den Vorschlag hörst, aber wieso fragst du nicht …«

»Komm mir nicht mit Will McGinty«, unterbrach Annabella sie scharf. Als hätte die plötzliche Begegnung sie nicht schon den ganzen Tag beschäftigt!

»Findest du nicht, dass du ein bisschen überreagierst, wenn du seinen Namen hörst?«

»Findest du es okay, was er mit mir gemacht hat?« Die Empörung schoss in Annabella hoch, so heiß wie der Dampf aus ihrem Milchaufschäumer.

»Nun ja, es war ziemlich mies, dich beim Abschlussball zu versetzen, abe…«

»›Ziemlich mies‹ ist die Untertreibung des Jahres!«

Doch Kylie fuhr ungeachtet ihres empörten Einwandes fort: »Es ist zwölf Jahre her. Vielleicht war er damals feige oder einfach ein Idiot, aber Leute ändern sich. Inzwischen sind wir alle erwachsen. Ich glaube nicht, dass er ein schlechter Mensch ist. Er ist ein hervorragender Anwalt, sehr erfolgreich in dem, was er tut. Denk nur dran, was er für die Arbeiter von *Obligon Chemicals* erreicht hat! Ohne ihn wären sie heute noch den giftigen Dämpfen ausgesetzt und blieben allein auf den Arztkosten sitzen.«

»Nun, er hat bei diesem Deal auch selbst gut verdient«, unterbrach Annabella spitz, doch Kylie fuhr direkt fort:

»Du bestellst ja schließlich auch das Fleisch von Wills Schweine-Farm …«

»Das hat nichts mit ihm zu tun – ich beziehe es über den Metzger, und ich tue es den Tieren zuliebe, die es eben auf einem Bio-Bauernhof besser haben als zum Beispiel auf der Kingsman Farm.«

»Will kümmert sich um seine Tiere! *Sooo* ein schlechter Mensch kann er also nicht sein.«

»Zu Tieren war er nie schlecht – im Gegenteil! Er spielt nur mit den Frauen …«, brummte sie, doch Kylie überging den Einwand abermals.

»Warum holst du dir nicht einen Rat von ihm? Du musst dich doch nicht gleich wieder mit ihm anfreunden.«

Annabella verschränkte die Arme vor der Brust. Kurz war sie versucht, Kylie von der heutigen Begegnung mit Will zu erzählen, aber … Was gab es denn schon zu berichten? Im Grunde nichts. Außer, dass schon eine sekundenlange Begegnung mit ihm ausreichte, um sie aus ihrer Lethargie zu reißen und ihre Wut neu zu entfachen. Womöglich würde Kylie es als »Schicksal« bezeichnen, dass Annabella gerade heute – nach dieser verhängnisvollen Mail – auf Will getroffen war, wo sie ihn zuvor doch schon länger nicht mehr aus der Nähe gesehen hatte. Der Gedanken war ihr schließlich selbst schon gekommen. »Einen Anwalt kann ich mir nicht leisten«, erwiderte sie schließlich.

»Für einen Rat wird dir Will sicherlich keine Rechnung schreiben. Ich weiß, dass er vielen hier schon kostenlos geholfen hat.«

Als Annabella nur die Schultern zuckte, wurde Kylies Blick durchdringend. »Du hast mir doch damals nichts verschwiegen, oder? Es lief nichts zwischen euch?«

»Nein, wir waren nur Freunde. Wenn man das so nennen kann. Im Literaturkurs haben wir uns über Bücher und Kunst ausgetauscht. Und gemeinsam Artikel für die Schülerzeitung geschrieben. Gut, wir haben uns ziemlich gut verstanden, uns respektiert, zumindest dachte ich das, aber mehr nicht«, erwiderte Annabella, ohne ihren Unmut zu verbergen.

Warum drängte sich ihr so vehement sein Bild in den Sinn? Diese grauen Augen hatten so etwas Intensives. Und manchmal zog ein Schleier darüber, wenn er in Gedanken versunken war – wie Nebel auf den Feldern von Lynnwood Falls. Die dichten schwarzen Haare, die er heute noch nackenlang trug, verlockten, die Hände darin zu vergraben. Dabei war das, was sie für schüchterne Zurückhaltung gehalten hatte, nur gleichgültiges Desinteresse gewesen. Abermals gewann die Empörung die Oberhand. »So ein Abschlussball ist *das* Highlight im Schülerleben. Zu kneifen und mich ohne Absage aufgebrezelt sitzen zu lassen, nur weil sein *sauberer Big Daddy*«, die Worte spuckte sie nur so aus, »nicht will, dass sein feiger Sohn mit einer *Niggerin* ausgeht …«

»Jetzt hör aber mal auf. Ich hasse es, wenn du so was sagst!« Kylies Augenbrauen stießen beinahe gegeneinander, so grimmig blickte sie drein. »Deine Haut ist lediglich ein bisschen dunkler als unsere, ein herrliches Goldbraun. Wenn ich demnächst Ski fahren gehe«, nun erhellte ein Grinsen ihre Züge, »dann toppe ich dich mit der Bräune, zumindest im Gesicht. Und dein Haar schimmert wie Gold – jede Frau beneidet dich um diese Naturhaarfarbe. Andere wären mit deinem Aussehen eingebildete Schnepfen.«

»Der Alte pflegte mich so zu nennen, das stammt nicht von mir«, erinnerte Annabella. »Ich habe ja auch kein Problem damit. Mein Dad war nun mal dunkelhäutig. Für den alten McGinty waren die Kapverden aber wildestes Afrika. Das hat dem doch schon gereicht, um mich auf offener Straße anzuspucken. Bei ihm hat es nicht gezählt, dass die Familie meiner Mom seit Generationen aus Lynnwood Falls stammt; auch sie hat er als ›Schlampe‹ verdammt.«

Annabella versuchte, mit einem Plätzchen die Verbitterung hinunterzuschlucken. Sie merkte selbst, dass sie nicht wie üblich klang. Normalerweise war sie doch ein positiver Mensch und ließ sich nicht so schnell auf die Palme bringen, doch sobald das Gespräch auf diese Angelegenheit kam, reagierte sie übermäßig gereizt – warum auch immer!

Zerknirscht rümpfte sie die Nase. »Entschuldige. Ich höre mich gerade wirklich schrecklich an. Aber in letzter Zeit scheint irgendwie alles über mir zusammenzubrechen.«

Kylies Lächeln wurde mild. »Komm mal her! Auf meine Seite der Theke!«

Seufzend folgte Annabella der Aufforderung. Ihre Freundin schlang die Arme um sie und strich ihr übers Haar.

»Das weiß ich doch. Deshalb möchte ich dir auch so gern helfen. Wenn du nicht mit Will sprechen willst, dann lass mich mit ihm reden. Einen unverbindlichen Rat einholen. Er schreibt ganz sicher nicht sofort eine horrende Rechnung, schließlich hat er bei dir was gutzumachen.«

»Ich will keinesfalls, dass er so denkt«, fuhr sie auf, doch Kylie ignorierte – nicht zum ersten Mal heute – den Einwand.

»Oder lass uns zu Elly Johnson gehen, sie arbeitet doch für ihn. Mit ihr kommst du gut aus, oder?« Kylie zog sie fester an sich.

Ob es die liebevolle Umarmung gewesen war – die letzte lag schon eine Weile zurück, und so hatte immer ihre Mutter über ihr Haar gestrichen, wenn sie Sorgen gehabt hatte – oder der milde Tonfall oder einfach all die widrigen Umstände, auf einmal begann es hinter ihren Lidern zu brennen. Sie blinzelte, schob Kylie von sich und rieb sich die feuchte Wange. »Dein Wollpullover kratzt«, redete sie sich heiser heraus.

Kylie sah sie nur an, mitleidig und fragend zugleich.

»Okay, von mir aus! Lass uns mit Elly reden, ich mag sie. Oder, wenn's sein muss, auch mit Will.« Das Grummeln in ihrem Magen schob sie auf den Rum. Bevor Kylie noch weiter auf dem Thema herumreiten konnte, schwenkte Annabella lieber um: »Warum gehen wir nicht hoch in meine Wohnung? Dort ist es gemütlicher. Fläzen uns aufs Sofa, reden dummes Zeug, oder wir streamen was. Nimm doch schon den Tee und die Kekse, im Küchenschrank oben sind auch Chips. Ich räume hier kurz noch den Rest weg, schließe alles ab und komme nach.«

Kylie zögerte, als wollte sie noch etwas sagen, dann nickte sie nur, und kurz darauf fiel die Hintertür ins Schloss.

Annabella folgte ihr wenig später nach oben. Sie zog ihre Arbeitskleidung aus – eine schwarze Hose, ein schwarzer dünner Rollkragenpullover und darüber eine schwarz-weiße Weste mit einem roten Einstecktuch, passend zu den Farben des Cafés – und schlüpfte in eine bequeme dunkelblaue Leggins und einen weiten grauen Strickpullover. »Willst du noch was essen? Ich habe ein paar Reste …«

»Nein, danke! Ich hatte reichlich zu Mittag, ein bisschen Unfug futtern reicht.« Grinsend schwenkte Kylie die Chipstüte, bevor sie hineingriff.

»Wie sieht's aus, wollen wir einen Film gucken?« Annabella ließ sich neben Kylie aufs Sofa fallen, die mit ihrer weiß-rot-schwarzen Maine-Coon-Katze Happy Lee schmuste. Die treue Seele löste sich sofort von ihrer Freundin, kroch auf Annabellas Schoß und schnurrte, als sie sie kraulte. Annabella drückte die Wange an das flauschige Fell, bevor sie sich noch eine Tasse Tee einschenkte und abermals einen großen Schuss Rum dazugoss, obwohl sie den vorigen bereits spürte.

Vom Reden hatte sie heute eigentlich genug.

Kylie offenbar nicht, denn sie ging nicht auf die Frage ein, schaute sie wieder so forschend an. »Hast du eigentlich diesem Typen aus Portland geschrieben?«

»Welchem Typen?«

»Von der Dating-Plattform«, erinnerte Kylie sie ungeduldig. Vermutlich wusste sie sehr wohl, dass Annabella sich nur dumm stellte.

»Ich bin noch nicht dazu gekommen«, murmelte sie, hinlänglich damit beschäftigt, in ihren Tee zu pusten und Happy Lees Kopf zu kraulen. Sie könnte sich heute noch dafür verfluchen, dass sie Kylies Drängen nachgegeben hatte, sich dort anzumelden, nur weil die der Meinung war, sie bräuchte etwas Ablenkung.

Prompt sagte Kylie auch: »Dann werden wir noch nicht fernsehen, sondern du antwortest ihm. Wir haben jetzt Zeit. Und es tut dir gut, mal rauszukommen.«

»Muss das sein?«, stöhnte Annabella.

»Etwas Ablenkung tut dir gut!«, beharrte Kylie. »Du hast gefühlt zehntausend Typen abgesagt, aber dieser hat es bei deinem gnadenlosen Aussiebungsverfahren irgendwie geschafft, sich an den Maschen des Netzes festzuklammern und dein leidliches Wohlwollen zu erringen. Also muss das etwas zu sagen haben. Kismet, du weißt schon!«

Annabella verkniff sich das Schmunzeln, das sich ihr anhand der bildlichen Beschreibung aufdrängte, und rümpfte stattdessen die Nase. »Muss das *wirklich* sein?«

»Es muss! Los komm, wir schreiben ihm. Dieses eine Date. Wenn es ein Flop wird, zwinge ich dich nie wieder, etwas auszumachen.«

»Versprichst du mir das auf die Bibel?« Immerhin würde die streng christliche Erziehung Kylie verbieten, solch einen Schwur zu brechen.

»Ja, ja, von mir aus. Also komm, dann lass uns keine Zeit verlieren.«

Widerwillig platzierte Annabella Happy Lee wieder auf Kylies Schoß und stand auf, um ihren Laptop zu holen. Sie öffnete die Datei des Netzklammer-Kandidaten.

»Dieser Typ klingt doch wirklich nicht schlecht. Hobbys: Wandern, Natur, Tiere, Fotografieren, Musik, *Literatur*«,

Letzteres betonte Kylie besonders. »Das passt doch zu dir Leseratte.« Sie machte eine weit ausholende Handbewegung in Richtung des Bücherregals, das zwei Wände des Wohnzimmers einnahm, nur unterbrochen von diversen Topfpflanzen und den Harlekin-Figuren, die sie sammelte. »Und schlechte Eigenschaften: *Manchmal zu ehrlich. Trinkt vor dem Einschlafen noch Kaffee, falls er nicht anderweitig beschäftigt ist.* Komm, dieser Typ hat bestimmt auch Humor.«

»Super, da freue ich mich«, brummte Annabella mit wenig Begeisterung und studierte das Foto des Mannes, der sich »Tomcat« nannte. Schlecht sah er nicht aus. Hatte ein offenes Lachen, das gepflegte Zähne zeigte, das war ihr wichtig. Braune Haare und einen Dreitagebart, wie ihn Jean-Pierre getragen hatte. Oder auch Ryan, der örtliche Tierarzt, in den sie verschossen gewesen war. Ob dieser Tomcat sich deshalb hatte an die Maschen klammern können?

»Okay, wann hast du Zeit?« Ihre Freundin war sichtlich im Tatendrang-Modus.

»Eigentlich nie«, murrte sie. »Das Café hat bis auf montags jeden Tag geöffnet, und das ist der Tag, an dem ich mir Zeit zum Malen nehme.«

»Du wirst dich doch auch mal freimachen können. Es kann nicht so weitergehen, dass du tagein, tagaus nur schuftest. Mrs Moffatt und Mrs Bloomberg vertreten dich bestimmt auch gern mal einen Tag im Verkauf.«

Annabella öffnete gerade den Mund, um zu protestieren, da hob Kylie die Hand. »Und komm mir nicht mit dem Argument, die schaffen das nicht. Sonst petze ich ihnen, dass du so denkst.«

»Und so was nennt sich ›Freundin‹«, brummelte Annabella. »Also gut. Ich muss am Freitag nach Portland zum Doc, Routinecheck. Da wollte ich um zwei los. Wir könnten uns zum Kaffee nachmittags treffen. So gegen vier. Das kannst du ihm schreiben.« Eigentlich hatte sie mit Protest gerechnet, sie solle selbst schreiben, doch Kylie schob Happy Lee sanft zur Seite, nahm Annabella das Laptop ab und fing brav an zu tippen.

»Lieber Tomcat«, las sie laut mit, *»ich freue mich über dein Interesse …«* Kylie schüttelte den Kopf. »Nein, das klingt zu steif.«

»Was hast du denn bei Darren damals geschrieben?«, erkundigte sich Annabella. Schließlich hatte Kylie ihren derzeitigen Freund auch übers Internet kennengelernt.

»Puh, wir hatten miteinander gechattet. Das hat sich so nach und nach ergeben.« Nachdenklich fuhr sie sich durch das kurze schwarze Stoppelhaar. Schließlich tippte sie: *Hi, Tomcat. Das klingt doch, als müssten wir uns mal treffen. Wie wäre es am Freitagnachmittag um vier Uhr zum Kaffee?* Sie hielt inne. »Wo genau?«

»Old Port. Bei Doc Lessington um die Ecke gibt es doch dieses kleine Künstlercafé, *Chez Charlie*«, schlug Annabella vor.

»Oh, gute Idee, dort ist es wirklich schön.« Kylie tippte.

Sie hatte kaum auf *Senden* gedrückt, da piepte schon der Plattform-interne Messenger. Dieser Tomcat musste vor der App gelauert haben.

Klingt cool. Ich bin da! Du erkennst mich an der roten Rose zwischen den Zähnen.

»Ich sagte doch, der Kerl hat Humor.« Kylie grinste.

Annabella zog die Mundwinkel auseinander, mehr Begeisterung konnte sie nicht heucheln. Auf was hatte sie sich da bloß eingelassen? Ein Blind Date! Ausgerechnet sie! Sie hatte jetzt schon Bauchgrummeln. Dass sie zugesagt hatte, lag sicherlich an dem Rum, den sie intus hatte. Doch nun gab es kein Zurück mehr.

Seufzend kraulte sie Happy Lees Bauch, die sich auf den Rücken gelegt hatte und alle viere von sich streckte. Ein Anblick, der sie sonst zum Grinsen brachte. Sie hatte regelrecht

Mühe, eine mürrische Miene zu bewahren. »Und dafür hat man Freundinnen, dass die einen den Löwen zum Fraß vorwerfen. Du schuldest mir was. Zur Strafe gucken wir jetzt …«

Kylie hielt ihr den Mund zu. »Du brauchst nichts zu sagen, ich bin mental schon darauf vorbereitet: *Und täglich grüßt das Murmeltier.* Mal wieder. Und jährlich müssen wir das in den Wochen vor Weihnachten gucken. Das ist ja fast ein wiederkehrender Albtraum, wie in dem Film.« Doch Kylie lachte bei ihren Worten.

»Du magst ihn doch auch. Du tust immer nur so, damit ich das Gefühl habe, dir einen Gefallen zu schulden, wenn wir ihn ansehen«, beschwerte sich Annabella und stupste sie an.

Kylie schlang die Arme um sie. »Shit, wenn man sich so lange kennt. Fast dreißig Jahre.«

Annabella stimmte in ihr Lachen ein und drückte sie ebenfalls.

Will

Portland

»Eineinhalb Millionen. Plus die Eigentumswohnung.« Doreen Saunders wischte sich über die Augen. »Ich kann es noch gar nicht fassen. Vielen, vielen Dank, Mr McGinty!«

»Deshalb brauchen Sie nicht gleich wieder in die förmliche Anrede zu fallen, Doreen.« Wills Lachen fiel übermütig aus. Das Adrenalin peitschte noch immer durch seine Adern. Nach Verhandlungen, vor allem nach so erfolgreichen, fühlte er sich jedes Mal regelrecht aufgeputscht.

Ihre Wangen röteten sich. »Danke, Will. Sie haben im Gerichtssaal so beeindruckend gewirkt, das hat mich richtiggehend überwältigt. Aber im Ernst: Ohne Sie hätte ich das niemals geschafft, mich von dem Joch meines Mannes zu befreien.«

»Es war an der Zeit. Und dafür bin ich da.« Seine Blicke glitten über die zarte Frau, die ihm gerade bis zur Schulter reichte. Die letzten Jahre hatten sie gezeichnet, sie wirkte – trotz der kastanienbraun gefärbten Haare – manchmal wie eine alte Frau, obwohl sie mit fünfunddreißig nur fünf Jahre älter als er war. Sorgenfalten hatten sich in die Mundwinkel gegraben, und sie ging immer noch leicht gebückt, unterwürfig, obwohl sich das in den letzten Monaten, seit er sie juristisch vertrat, wesentlich gebessert hatte. Dennoch verlieh ihr das Strahlen, das momentan auf ihren Zügen leuchtete, etwas Anziehendes.

»Ich hätte es nie gewagt, es mir nicht mal leisten können. Sie sind so großzügig. Wenn Sie damals nicht gesagt hätten, Sie vertreten mich ohne Bezahlung ...«

»Nun, wir erhalten jetzt unseren Anteil, die Entlohnung ist wahrlich genug«, wehrte er ab.

»Aber wenn wir nicht gewonnen hätten«, beharrte sie, »hätten Sie umsonst ...«

»Das war mein Risiko, doch wir geben schließlich alles, um zu gewinnen, nicht wahr?« Er zwinkerte ihr zu, was abermals eine leichte Röte auf ihre sonst so blassen Wangen zauberte.

Sie drückte seinen Arm. »Ich bin Ihnen auf jeden Fall unendlich dankbar, Will. Selbst abzüglich Ihres Anteils und der Steuern bleibt mir ausreichend Geld zum Lebensunterhalt für die nächste Zeit.«

»Wenn Sie es geschickt anlegen, werden Ihnen die finanziellen Mittel sogar recht lange reichen, Doreen«, warf Wills Assistentin Elly lächelnd ein, die eben aus dem Waschraum kam.

»Ich bin Ihnen ebenfalls zu höchstem Dank verpflichtet. Es war so großartig, auch die mentale Unterstützung einer Frau zu haben, die mich in meinem Entschluss bestätigt.« Sie ergriff Ellys Hand mit ihren beiden.

Diese wehrte lächelnd ab. »Es war uns ein reines Vergnügen.«

Seine Mandantin nestelte an den Knöpfen ihres wattierten Mantels. »Ich würde Sie beide so gern noch zum Essen einladen, aber meine Schwester hat darauf bestanden, heute zur Feier des Tages mit mir auszugehen. Sie wartet vor dem Gerichtsgebäude. Vielleicht könnten wir ein andermal …?« Sie biss sich auf die Unterlippe.

»Das läuft uns nicht weg, Doreen. Nun genießen Sie erst mal ausgiebig den Erfolg. Und irgendwann in der nächsten Woche setzen wir uns zusammen und wickeln die restlichen Formalitäten ab«, beruhigte er sie.

»Sehr gern.«

Er schloss sie zum Abschied in die Arme, spürte trotz des dicken Wintermantels, wie sich die Haut über ihre Knochen spannte. Sie verschwand beinahe in seiner Umarmung. Ein zerbrechliches Vögelchen. Wie seine Mutter. Nicht nur in dieser Hinsicht.

Will schüttelte die Gedanken ab und sah ihr lächelnd hinterher. Die Schritte ihrer gefütterten Stiefel quietschten auf dem hellen Marmorboden. Er atmete tief durch, und allmählich wich die Anspannung von ihm.

»Sie steht auf dich«, riss Elly ihn aus den Gedanken.

»Was?«

»Doreen. Sie steht auf dich. Ihren Retter.« Schalk blitzte in ihren Augen. »Du bist ja auch ein echt …«, die bedeutungsvolle Pause sagte ihm schon, dass gleich ihr Lieblingswort folgen würde, »*fescher* Typ: groß, mit den nackenlangen schwarzen Haaren so ein kleines bisschen verwegen, irisches Feuer im Blut, ganz im Gegensatz zu diesen grauen Augen, die so poetisch blicken können, gerade die richtige Mischung …«

»Und du bist eine alte Kupplerin, Miss Johnson!« Er lachte. »Aber ich denke, sie verwechselt Dankbarkeit mit Zuneigung. Du weißt auch genau, dass ich niemals etwas mit einer

Mandantin anfangen würde. Zudem ist sie nicht mein Typ.« Er brauchte bestimmt keine Untertanin; diese Gene hatte er nicht geerbt.

»Vermutlich wärst du sowieso zu nett für sie.« Elly drehte sich eine Strähne ihres kinnlangen blonden Haares um den Finger. »Sie wird es wieder tun.«

»Was meinst du?«

»Wieder auf solch ein Arschloch hereinfallen, das sie verprügelt. Vielleicht hat sie das nächste Mal das Pech, dass er nicht in Geld schwimmt, sondern ihr vermutlich die ganze Kohle abknöpft. Sie ist der Typ dazu.«

Will seufzte. »Da könntest du recht haben.« Auch das hatte Doreen mit seiner Mutter gemein, dass solche Typen sie wohl anzogen. Schnell verdrängte er abermals die trüben Gedanken. »Wir sollten jedoch feiern. Einnahmen von über einer Viertelmillion haben wir nicht jeden Tag.«

»Wir hatten nun auch eine ganze Weile Fälle, bei denen wenig hängen blieb und bei diesem genug Ausgaben, mit denen wir in Vorleistung treten mussten. Allein eure Reise auf die Cayman Islands, um die finanziellen Transaktionen von Doreens Ex zu überwachen …«

»Das war natürlich das Härteste an dem Job: arbeiten zu müssen zwischen Strand und Palmen«, witzelte er.

Elly stupste ihm mit dem Ellbogen in die Rippen. »Vor allem, wo doch durch diese karibischen Bikinischönheiten so viel Ablenkung gedroht hat.«

Will hob die Hände und bemühte sich um eine unschuldige Miene. »Ich weiß nicht, wovon du sprichst. Wir mussten Erkundigungen über die lokalen Gepflogenheiten einhol…«

»Der Hundeblick nutzt dir gar nichts, überlass den lieber deinem Golden Retriever. Du solltest keinen solch gesprächigen Studenten mit auf Recherche-Reise nehmen. Dein lieber Helfer Gordon hat zu viel geschwärmt.«

»Verflucht!« Will musste lachen.

»Außerdem habe ich die Spesenabrechnungen gesehen, Boss.«

»Dir bleibt wirklich nichts verborgen. Du weißt, ich hätte dich auch mitgenommen …«

»Als Anstands-Wauwau?« Ihr Lachen mutierte in ein Seufzen. »Das hätte ich Brandon wahrlich nicht antun können, vor allem direkt nach der letzten Knie-OP. Ich meine, er hätte ganz sicher nichts dagegen gehabt, aber … Er war doch noch nie weiter weg, und ich würde so gern gemeinsam …« Sie winkte ab, und das übliche Lächeln erhellte ihre kurzfristig wehmütig gewordenen Züge.

»Nach dem Deal ist auch für dich ein schöner Bonus drin. Schnapp dir Brandon und reise mit ihm bei diesem Schmuddelwetter irgendwohin in die Wärme.« Will deutete auf die von weiß getünchten Holzbalken durchzogenen Fenster, vor denen mit Feuchtigkeit vollgesogene graue Wolken hingen, die Portland in einen nebligen Schleier hüllten, und nahm sich vor, die Gratifikation, die er bei größeren Fällen an seine Mitarbeiter ausbezahlte, dieses Mal noch üppiger ausfallen zu lassen.

»Darauf habe ich nicht spekuliert.« So leicht war Elly nicht in Verlegenheit zu bringen, doch nun war es ihm gelungen. Ihre Wangen röteten sich. »Es hing ja nicht nur am Geld, aber Brandons Neuaufbau des Haus- und Gartencenters und dann all seine Knie-Operationen …«

»Ich weiß, doch ich finde, ihr habt es euch verdient.« Er schlüpfte in seinen Wollmantel, den er über dem Arm getragen hatte. »Sollen wir zur Feier unseres Erfolges noch was trinken oder essen gehen?«, fragte er und nickte dem Gerichtsdiener, der gerade die Tür zum Gerichtssaal schloss, zum Abschied grüßend zu.

Auch Elly schloss ihren dunkelblauen Mantel und wickelte sich einen roten Schal um den Hals, bevor sie eine passende Mütze über das blonde Haar stülpte, sodass sich die Spitzen darunter nun frech nach oben wölbten. »Ein Gläschen ist noch drin. Essen höchstens eine Kleinigkeit, falls du hungrig bist, ich will heute Abend noch kochen – ich habe einen Grünkohl, der weg muss.« Sie hakte sich bei ihm ein. »Du kannst auch gern mit uns essen. Es gibt Kartoffeln dazu, und das Fleisch mache ich separat. Wenn du …«

»Danke dir, aber ich habe doch morgen früh den Termin mit Richterin Cartwright; ich bleibe über Nacht hier in Portland. Dann lass uns ins *Woody's* gehen. Da gibt's Drinks und Fingerfood, das reicht mir.« Er mochte die gemütliche Kneipe mit dem rustikalen Ambiente, die direkt um die Ecke lag. »Ich möchte auch nicht ewig wegbleiben, damit ich Cindy Zeus nicht so lange aufbürde.« Seine Sekretärin passte zwar liebend gern auf seinen verspielten jungen Golden Retriever auf, wenn er bei Gericht war, dennoch wollte er ihre Gutmütigkeit nicht überstrapazieren.

Auf dem Weg zum Ausgang klackerten Schritte auf dem vorderen Abgang. Stimmen hallten durchs Treppenhaus, eine davon war ihm wohlbekannt.

Elly hob vielsagend die Augenbrauen. »Oho! Wer kommt denn da?«

Will hatte nichts dagegen, dass sie ihn am Ärmel festhielt, um zu warten, bis die Gruppe nach unten kam.

Heather Donovans Miene leuchtete auf, als sie ihn sah, und sie beschleunigte ihre Schritte. »Alles klar, Leute, wir sehen uns morgen im Büro. Danke, großartige Arbeit«, rief sie ihren Begleitern über die Schulter zu. Das Deckenlicht warf silberne Reflexe auf ihr schwarzes Haar. Sie begrüßte zuerst Elly mit Wangenküssen und dann ihn. Der zarte, blumige Duft ihres Parfüms zauberte einen Hauch Frühling in das neblige Winterwetter.

»Frau Staatsanwältin!« Er lächelte sie an.

»Herr Anwalt! So braun gebrannt um diese Jahreszeit?«

Er zuckte grinsend mit den Schultern. »Beruflicher Zwangsaufenthalt in der Karibik.«

»Du Ärmster!« Gutmütiger Spott ließ die blauen Augen blitzen.

»Ich habe gehört, du hast die Staatsanwaltschaft im Moretti-Fall vertreten?« Er betonte es als Frage.

Ihr siegessicherer Gesichtsausdruck sagte ihm schon vor ihren Worten, dass sie gewonnen hatte. »Wir haben ihn! Dieser Bastard ist erst mal für eine ganze Weile sicher verstaut.« Sie hob die linke Hand und spreizte Zeige- und Mittelfinger zum *Victory*-Zeichen.

Er ergriff ihre Rechte. »Herzlichen Glückwunsch. Ich bin stolz auf dich. Aber es wundert mich nicht, du bist einfach verflucht gut.« Nur ganz langsam ließ er ihre Finger aus seinen gleiten, was ihm einen vielsagenden Blick einbrachte.

»Danke! Mich freut es natürlich auch besonders, dass wir es Dirty Dick gezeigt haben.«

Will lachte. »Ich gönne es ihm. Der ist schlimmer als das Pack, das er vertritt.« Der Strafverteidiger Richard »Dick« Cromwell war wirklich die übelste Sorte Abschaum seines Berufsstandes, nicht minder skrupellos als seine zwielichtigen Mandanten, die sich allesamt sämtlicher Kapitalverbrechen schuldig machten. Sein Spitzname »Dick« war nicht nur dem Namen Richard zu verdanken, sondern von den meisten durchaus vulgär gemeint.

»Wie wahr! Die Guten sind wir.« Sie zwinkerte ihm verschwörerisch zu. »Du wirkst aber auch zufrieden?«

»Bin ich. Wir haben so einem Mistkerl klargemacht, dass er seine Frau nicht ungestraft misshandeln kann.«

»Hat sie keine Strafanzeige erstattet?«

»Dazu konnte ich sie leider nicht überreden. Aber der Kerl muss finanziell richtig bluten. Richter Robins hat ihr ordentlich Schmerzensgeld zugesprochen. Und ich habe diesen miesen Typen wissen lassen, dass ich ihn im Auge behalte und jederzeit liebend gern bereit bin, auch eventuelle Nachfolgerinnen juristisch zu vertreten, sollte er rückfällig werden.«

»Das hast du gut gemacht.« Dieses Mal ergriff Heather seine Hand, strich dabei mit dem Daumen über seinen Handrücken. »Wenn er noch mal solch eine Nummer abzieht, lass es mich wissen. Solche Bastarde habe ich immer gern am Nachbartisch.«

»Das mache ich«, versprach er.

»Ihr habt doch beide was zu feiern, warum stoßt ihr nicht irgendwo gemeinsam darauf an?«, schlug Elly vor. »Ehrlich gesagt bin ich gar nicht undankbar, wenn ich jetzt loskann, es dämmert ja schon wieder.« Sie deutete durch die Drehtür nach draußen, wo die heraufziehende Dunkelheit bereits vom Schein der Straßenlaternen und Weihnachtsbeleuchtungen erhellt wurde, obwohl es gerade erst kurz nach vier war. »Es soll richtig kalt werden; ich möchte nicht, dass es anzieht und glatt wird. Ich fahre bei dem Wetter sicherlich eine Stunde nach Lynnwood Falls. Und du weißt ja, der Grünkohl …« Doch er sah dem verschmitzten Funkeln ihrer Augen nur zu deutlich an, dass dies nicht der einzige Grund war – sie betätigte sich schon wieder als Kupplerin. *Dieses Biest!* Er unterdrückte ein Schmunzeln und sah Heather fragend an.

Ihr Lächeln war vielversprechend, als sie sagte: »Ich hätte nichts gegen einen Schluck einzuwenden.«

»Bist du dir sicher, dass du nicht mitkommen willst?«, wandte sich Will an Elly.

»Absolut sicher, aber feiern müssen wir natürlich noch. Wir könnten das auf morgen Abend verschieben. Du kommst doch nach Lynnwood Falls?«

Er bejahte, schließlich hatte er seiner Mutter versprochen, sie am Donnerstag zu besuchen. Die Seniorenresidenz *Saint Andrew's Manor*, in der sie untergebracht war, lag auf halben Weg dorthin. Auch wenn seine Mom nicht mehr wusste, welcher Tag war, ihr vielleicht nicht mal bewusst war, wer er war, und sie das Versprechen schon lange vergessen hatte, wäre es ihm wie Betrug vorgekommen, es nicht zu halten.

»Dann gehen wir morgen Abend ins *The Eighties?*« Elly blinzelte ihn schelmisch an.

Er warf lachend den Kopf in den Nacken. »Du lässt nichts unversucht, mich überall hin mitzuschleppen, oder?«

»Logisch nicht! Du weißt, ich kann penetrant sein.«

»Oh ja, das weiß ich nur zu gut.« Er rollte gespielt genervt mit den Augen. »Von mir aus. Aber glaub nicht, dass du beim Billard gegen mich gewinnst!«

Nun war ihr Grinsen siegessicher, und sie hielt ihm die Hand hin. »Deal! Großes Indianerehrenwort, du kommst mit?«

»Ich halte immer ein, was ich zusage«, brummte er und schlug ein. Es war ja nicht, dass er ihre gemeinsame Heimat Lynnwood Falls nicht ebenso liebte. Es zog ihn schließlich jede verfügbare Minute in die Natur auf seinen Bio-Bauernhof und zu seinem Pferd. Er liebte die langen Ritte über die großartige Landschaft. Auch die Clique war dort, mit der er viel unternahm, und er unterhielt mit Elly vor Ort eine Niederlassung seiner Kanzlei für die Belange der Bewohner. Aber seine Familie war nun mal nicht die beliebteste gewesen, und das *The Eighties* war *die* In-Kneipe, wo sich wirklich *jeder* traf.

»Ich erwarte dich morgen!«

Will küsste sie auf die Wange und raunte ihr »Du kleine Manipulatorin!« ins Ohr, was ihm lediglich ein Lachen einbrachte. Laut fuhr er fort: »Sag Brandon einen Gruß von mir.«

Ein Schwall kalter Luft schlug ihnen entgegen, als Elly, mit einem herzlichen Gruß an die Wachmänner, durch die Drehtür nach draußen rauschte.

»Bist du mit dem Auto da?«, fragte Will.

»Nein, mit dem Taxi.« Heather deutete auf ihre Füße, die in hochhackigen Pumps steckten, und schwenkte den Beutel, den sie von ihrer Schulter nach unten gleiten ließ. »Lass mich schnell noch Schuhe tauschen, dann können wir los.«

Er bot ihr den Arm, um sie zu stützen. Sie hatte gerade den zweiten Pumps abgestreift, als abermals Stimmen aus dem Treppenhaus ertönten. Unisono stöhnten sie auf, und Heather zerrte hektisch an ihrem Stiefel – doch zu spät.

Dirty Dick und sein Gefolgsgeschwader hatten sie schon erspäht. Ein schmieriges Grinsen zog sich über das feiste Gesicht, das eine Reihe Jacketkronen entblößte. Er drehte sich zu seinen Begleitern, als wollte er sich versichern, dass sie ihm Rückendeckung gaben, und rieb sich über die Glatze. Im Nacken sammelten sich dabei die Speckröllchen wie ein Berg Würstchen. Sein Lächeln wirkte nun noch gekünstelter, als er sich wieder zurückdrehte.

»Na, wen haben wir denn da? Robin Hood, der Rächer der entehrten Frauen, der Lady Marion ritterlich den Arm reicht.« Dass er die Staatsanwältin so geflissentlich ignorierte, ihr nicht mal einen Blick schenkte, sollte vermutlich eine Rache für seine Niederlage darstellen.

Will nickte ihm kühl zu. »Cromwell.« Doch den Spott konnte er sich nicht verkneifen. »Ich habe schon vom Ausgang der Verhandlung gehört, mein herzlichstes Beileid.«

Die kleinen Äuglein – Wills Schweine besaßen dagegen regelrecht Kulleraugen – zogen sich zusammen. Doch immerhin hatte Cromwell sich so weit im Griff, dass er nicht auf die Spitze einging, auch wenn er sich nervös an dem fleischigen Ohrläppchen zupfte. »Und bei Ihnen so? Mussten Sie sich mal wieder Ihre Männlichkeit beweisen und den Helden bei einem schwachen Weibchen spielen? Aber keine Sorge, Sie sind noch jung, auch zu Ihnen werden die richtigen Fälle noch kommen. Oder war wieder irgendein Flüsschen vergiftet, und Sie mussten die Anwohner heroisch vor den bösen Industriefeinden retten? Irgendein Giftgasalarm? Chemische Keulen? Ich habe gehört, Sie vertreten neuerdings auch arme kleine Ferkelchen, damit denen nicht Aua gemacht wird, wenn ihnen der Schniedel abgeschnitten wird.« Er lachte dröhnend, mit verächtlich geschürzten Lippen.

Die Vorwürfe prallten an Will ab. Schließlich tat *er* – im Gegensatz zu Dirty Dick – nichts, wofür er sich zu schämen brauchte. Er verzichtete darauf, seinen Kontrahenten darauf hinzuweisen, dass bei Ferkel-Kastrationen nur die Hoden entfernt wurden und nicht das Geschlechtsorgan. Zu seiner Meinung, eine Kastration sollte nur unter Betäubung durchgeführt werden dürfen, um den Tieren unnötiges Leid zu ersparen, stand er; bei seinen Schweinen auf dem Hof hielt er es ebenso. Und in dem Punkt würde er auch vor den obersten Gerichtshof ziehen, um den Gesetzesentwurf endlich durchzudrücken.

So sagte er nur: »Was zappeln Sie eigentlich so nervös herum, Cromwell? Zögern Sie die Zeit hier drin hinaus, weil draußen jemand vom Moretti-Clan auf Sie wartet? Die Jungs werden ziemlich stinkig auf Sie sein.« Will wiegte den Kopf. »Ich hoffe bloß für Sie, dass die *Ihnen* kein Aua machen. Versager haben bei denen keinen guten Stand, habe ich mir sagen lassen.«

Damit schien er einen Nerv getroffen zu haben, denn Cromwells Augäpfel, in denen sich ungesunde rote Äderchen abzeichneten, traten beinahe aus den engen Höhlen, als er so nahe an ihn herankam, dass Will den alkoholgeschwängerten Atem riechen konnte. Vermutlich hatte Cromwell nach dieser Verhandlung mit einem Flachmann Frust und Sorge hinunterspülen müssen.

Dennoch kam Will nicht umhin, dass durch den Gestank Erinnerungen in ihm aufwallten, die er nur zu gern ganz tief in seinem Unterbewusstsein vergrub. Er hielt den Atem an, während Cromwell den Zeigefinger in seine Brust bohrte.

»Passen Sie bloß auf, dass *Ihnen* nicht mal jemand üble Schmerzen bereitet, McGinty!«, stieß er hasserfüllt hervor.

»Darf ich das als Drohung verstehen, *Mister* Cromwell?«, mischte sich Heather mit einer Stimme ein, aus der Eiswürfel klirrten. Ihre sonst so sympathischen Züge wirkten scharfkantig, und man bekam einen Eindruck davon, dass sie im Gerichtssaal keine leichte Gegnerin war.

»Aber nein, keinesfalls, Frau Staatsanwältin«, säuselte Cromwell. »Ich bin nur um den werten *Kollegen* besorgt, der sich in seinem jugendlichen Übermut so mächtige Feinde schafft.« Er legte eine vielsagende Pause ein. »Bei seiner Gegenseite meine ich natürlich«, wand er sich aalglatt heraus.

Will nahm Heather am Arm und schob sie zur Tür. »Lassen wir die Jungs mal mit ihren Freunden Verstecken spielen.« Über die Schulter gewandt setzte Will hinzu: »Ich schicke Ihnen auch einen hübschen Kranz, Cromwell, wenn Sie den heutigen Abend nicht überleben und Ihre Überreste morgen irgendwo aus dem Hafenbecken gefischt werden.«

»Ich brauche wenigstens nicht die Staatsanwältin zu ficken, um mir Vorteile zu verschaffen, *William!*«, rief Cromwell ihm nach.

Nicht mal die eisige Kälte, die ihnen entgegenschlug, konnte die Hitze in Wills Innerem abkühlen. Er versteifte sich unwillkürlich. Und das lag weniger an den Worten an sich – er war kein Strafverteidiger und hatte Heather nie auf der Gegenseite; von daher würde selbst eine Beziehung keinerlei Probleme bereiten. Ihr gelegentliches Aufeinandertreffen alle paar Monate hatte bislang niemanden interessiert. Doch die Nennung seines vollen Namens verursachte ihm eine Gänsehaut. Nur sein Vater hatte ihn so genannt. Und an den wollte er jetzt am allerwenigsten erinnert werden.

Heather musste seine Reaktion missverstanden haben. Sie drückte seinen Arm. »Lass ihn! Uns kann niemand etwas. Er ist nur ein schlechter Verlierer.« Ihr Atem schwebte als weiße Wolke vor ihrem Gesicht.

»Da hast du recht.« Will lächelte. »Und außerdem ist er

bestimmt nur neidisch. Er weiß genau, dass eine solch großartige Frau deines Kalibers für ihn stets unerreichbar bleiben wird.«

Sie knuffte ihn. »Schmeichler.«

Will räusperte sich. »Was ist eigentlich mit diesem Typen, mit dem du zusammen warst? Der Detective, wie hieß er noch gleich? Frank?«

Sie winkte ab. »Schnee von gestern. Du weißt ja, mit längerfristigen Beziehungen habe ich es nicht so.« Ihr Blick von unten herauf wirkte neckisch. »Und du? Immer noch der überzeugte Single?«

»Aber so was von überzeugt! Daran wird sich auch nichts ändern«, gab Will im Brustton der Zuversichtlichkeit zurück. *Keine Erwartungen mehr erfüllen!*

Heather wirkte zufrieden, als sie sich abermals bei ihm einhakte und an ihn drückte. »Wohin laufen wir eigentlich?«

Will wich einem aufblasbaren Weihnachtsmann mit Rentierschlitten aus, der den Eingang eines Kaufhauses bewachte, und sah die weihnachtlich geschmückte Straße entlang. Jedes Schaufenster war unterschiedlich dekoriert, es blitzte und blinkte in allen Farben. »Erst mal zu meinem Auto, dachte ich. Und dann überlasse ich es dir, wohin du möchtest.«

Sie zog fröstelnd die Schultern zusammen. »Auf jeden Fall irgendwohin, wo es warm ist. Mir ist kalt. So richtig Hunger habe ich noch nicht, ein Snack reicht. Ich bin noch zu aufgedreht. Mir wäre es recht, wir gehen irgendwohin, wo nicht pausenlos Weihnachtsmusik läuft. Kurz vor den Feiertagen ist das okay, aber jetzt muss es nicht sein.«

Er legte den Arm um ihre Schultern, um sie zu wärmen. »Das kommt mir entgegen. Wir könnten uns auch was bestellen?«

Sie klimperte mit den Wimpern. »Gibt es den Sushi-Lieferanten bei dir um die Ecke noch?«

»Jep.« Will konnte das zufriedene Grinsen nicht unterdrücken. »Dann also zu mir?«

Abermals drückte sie sich an ihn. »Hört sich zumindest nach einer warmen Bleibe an.«

»Die Heizung läuft. Und ansonsten können wir den Kamin anfeuern, oder ich muss eben dafür sorgen, dass es dir warm wird.«

»Das klingt nach einer vernünftigen Strategie.« Ihr kehliges Lachen ging ihm unter die Haut.

»Magst du Hunde?«

»Ja, warum? Hast du inzwischen einen?«

»Ja, einen jungen Golden Retriever, ein gutes halbes Jahr alt. Ein Freund fand ihn angefahren und hat ein Zuhause gesucht, nachdem der Zwischenbesitzer zu alt war, um ihm die nötige Bewegung und Erziehung zu bieten.«

»Oh, da kann ich schwach werden.«

»Ich hoffe, nicht nur bei ihm?«, neckte Will.

Heather blinzelte kokett. »Wir werden sehen!«

Will schrieb seiner Sekretärin Cindy eine Nachricht, dass er Zeus abholen würde, doch sie war gerade mit ihm Gassi und versprach, ihn gleich in seiner Wohnung abzuliefern.

Als er Heather in die Tiefgarage führte und an seinem Ford F-150 Pick-up stehen blieb, den er an einer Ladesäule geparkt hatte, lachte sie auf.

»Ich hatte mich schon gewundert, warum wir durch die Kälte laufen und du nicht beim Gericht parkst.«

»Es gibt dort keine E-Tankstelle, und meine Tiefgarage besitzt leider auch noch keine Möglichkeit zum Laden.« Er öffnete ihr die Tür. »Der Wagen ist zwar Hybrid, aber hier in der Stadt reicht Elektroantrieb völlig aus, selbst für die Strecke nach Lynnwood Falls ist es kein Problem.«

Im Inneren roch es noch neu, obwohl er den Wagen nun schon gut zwei Monate besaß und auch gelegentlich Tierfutter damit transportierte. Im Grunde waren ihm alte Autos lieber, am liebsten Oldtimer, doch der Umwelt zuliebe hatte er sich durchgerungen, es damit zu versuchen. Auch dieser Geruch würde sich irgendwann verziehen. Er startete, schaltete die Sitzheizung und das Gebläse ein. Schon nach kurzer Zeit wurde es so mollig warm, dass er den Mantel öffnete und Heather es ihm gleichtat.

»Ich weiß ja, warum Cromwell *mich* hasst, dazu hat er schließlich auch allen Grund«, schwenkte sie um, »aber was hast du ihm getan, dass er so hasserfüllt auf *dich* reagiert?«

»Ich habe vor einigen Jahren die Frau eines Mandanten von ihm vertreten, eine Trennung mit Schmerzensgeldforderung. Hätte dieser Kerl sich, auf Cromwells Rat hin übrigens, nicht so quergestellt und unsere Forderungen erfüllt, wäre wohl nichts passiert. Aber Dirty Dick hat es wegen einer läppischen halben Million, die den Oligarchen wahrlich nicht gejuckt hätte, auf eine Klage angelegt. So habe ich ein bisschen im Leben des sauberen Bürschchens gegraben. Und mithilfe der Mandantin und ihrer ehemaligen Hausangestellten, die später als Kronzeugin fungierte, einige schmutzige Details zum Vorschein gebracht, die er vermutlich besser im Dunkeln gelassen hätte. Es war ein Festschmaus für deine Kollegen bei der Staatsanwaltschaft. Muss vor deiner Zeit dort gewesen sein. Vielleicht hast du davon gehört, Igor Kolobmov heißt der Typ.«

Heather lachte auf. »Du warst das? Ja, ich kenne den Fall.«

Will grinste. »Er sitzt jetzt fein hinter Gittern, während seine Ex-Frau glücklich mit ihren vier Millionen, die ihr letztendlich zugesprochen wurden – und ihrem Tennislehrer – irgendwo auf Nimmerwiedersehen in der Südsee verschwunden ist.«

Als er Heather einen Seitenblick zuwarf, sah er die Neugierde in ihrem Blick. »Das ist doch schon Jahre her, du musst recht jung gewesen sein …«

»Das war vermutlich mein Glück. So haben mich alle unterschätzt. Sonst hätte Igor mir bestimmt den Garaus gemacht.«

»Mit solchen Typen ist nicht zu scherzen!« Heather klang besorgt.

»Igors Frau tat mir leid. Sie hatte durch den Schlägertypen auf einem Auge den Großteil des Augenlichts verloren. Und niemand wollte ihr helfen. Eine Frau in Not kann man doch nicht im Stich lassen.« Will bemühte sich um ein unbeschwertes Lachen. »Aber es war nicht ganz uneigennützig. Dafür hatte ich dann ausgesorgt. Dieser erste Auftrag brachte mir gleich eine gute Million. Ich konnte mir eine anständige Kanzlei leisten, meine Assistentin Cindy anstellen und bei Bedarf einige Helfer hinzuziehen, meist Studenten in den oberen Semestern. Bald darauf kam auch Elly dazu, mit ihr habe ich das Büro in Lynnwood Falls gegründet.« Ein verschämtes Lächeln schlich sich auf sein Gesicht. »Und irgendwie hat es sich herumgesprochen. Ich bin kein Scheidungsanwalt – wollte es nie sein –, doch viele meiner heutigen Mandantinnen sind Frauen, die Hilfe benötigen, um ihre gewalttätigen Männer zu verlassen oder Schmerzensgeld zu fordern. Wir haben nicht die Einnahmen von Dirty Dick, der für jeden Fall sechsstellige Summen einfährt, doch dafür ein einigermaßen reines Gewissen, auch wenn wir oft viel im Schmutz wühlen müssen.«

»Und ansonsten verklagst du eben nebenher Chemiekonzerne oder Mastviehbetriebe, die Dreck am Stecken haben«, ergänzte Heather lachend.

Er stimmte in ihr Lachen ein. »Das sind eigentlich die Fälle, die ich mir bei der Entscheidung für das Jura-Studium so vorgestellt hatte.« Will lenkte den Wagen in die Tiefgarage unter dem sechsstöckigen, mit Klinkern verzierten Altbau, in dem seine Stadtwohnung lag.

»Hast du dir nie Gedanken darüber gemacht, zur Staatsanwaltschaft zu gehen? Mit deinem Gerechtigkeitssinn wärst du der ideale Kandidat.«

»Ich habe auch noch die Farm mit den Schweinen, um die ich mich kümmern muss. Das nimmt viel Zeit und Geld in Anspruch, und so kann ich es mir besser einteilen«, murmelte er ausweichend, dann gab er sich einen Ruck. »Ich will dir nicht zu nahe treten, aber ich schätze meine Unabhängigkeit. Nicht nur die private, sondern ebenso sowohl die berufliche und finanzielle. Und ich begrüße es, dass ich beim Recherchieren freiere Wege gehen kann.«

Zum Glück schien Heather es ihm nicht übel zu nehmen, sie hielt sich lachend die Ohren zu. »Über die freien Wege will ich gar nichts wissen. Ja, wir verdienen vergleichsweise dazu nicht wirklich gut. Und haben ständig die Politik und den Erfolgsdruck im Nacken. Auch nicht so viele Freiheiten, weil uns von Gesetzes wegen, das wir vertreten, sicher eher die Hände gebunden sind. Trotzdem mache ich den Job gern, und das regelmäßige Gehalt gibt mir finanzielle Sicherheit.«

»Das hat auch seine Vorteile, stimmt.« Will legte seine Hand auf ihr Knie, während er den Wagen in die Parklücke steuerte. »Du leistest hervorragende Arbeit, und ich bin äußerst froh, dass es Leute wie dich gibt, die für Gerechtigkeit sorgen und sich nicht von Typen wie Moretti oder Dirty Dick ins Bockshorn jagen lassen.«

»Danke«, sagte sie schlicht und hakte sich bei ihm ein, als sie zum Fahrstuhl gingen, der schon da war. Die Türen öffneten sich direkt. »Und wenn man dann noch Erfolg hat, dann ist es wie ein Rausch, es kribbelt im ganzen Körper«, fügte sie mit einem sexy Lächeln hinzu.

»Oh ja, du sagst es!«, erwiderte er mit heiserem Lachen. Er stützte sich mit den Händen links und rechts von ihrem Kopf gegen die Wand und beugte sich nach unten, um sie zu küssen, da ruckte der Fahrstuhl, und ein Klingeln zeigte einen Halt an. *Erdgeschoss.* Will fluchte leise und stellte sich brav neben Heather.

Das alte Ehepaar aus dem fünften Stock, das er nur vom

Sehen kannte, stieg ein und grüßte freundlich. Die beiden musterten seine Begleiterin dabei mit unverhohlener Neugierde und wünschten einen schönen Abend, als sie ausstiegen.

Heathers verführerischer Augenaufschlag sagte Will, dass sie den haben würden.

Zu seiner Maisonette-Wohnung, die sich über zwei Etagen erstreckte, war es nur noch ein Stockwerk.

Sein Golden Retriever scharrte bereits von innen an der Tür und winselte, als die Aufzugtüren auseinanderfuhren.

»Ja, ist ja gut, Zeus, wir kommen doch schon.« Will schloss die Wohnungstür auf und wurde beinahe von seinem Hund überrannt. »Du tust ja so, als wären wir Jahre getrennt gewesen. Es waren doch nur gut vier Stunden.« Lachend kraulte er das goldfarbene Fell.

»Oh, ist der süß! So flauschig! Und diese großen braunen Augen.« Heather zeigte die übliche Verzückung, in die die Leute bei Zeus' Anblick gerieten. Will konnte es ihr nicht verdenken, auch ihm ging es noch immer so.

»Ja, er ist ein echter Herzensbrecher.«

»Wie sein Herrchen!« Sie zwinkerte ihm zu, während sie Zeus begrüßte.

»Wir können beide keiner Fliege was zuleide tun.«

»Das sagen sie alle.« Sie schmunzelte.

Wieso musste er jetzt gerade an Annabella denken? Sie fand vermutlich ganz andere Bezeichnungen als »Herzensbrecher« für ihn. Schnell lenkte er sich ab. »Komm, Zeus, wir zeigen Heather, wie schön wir auch Pfötchen geben können.« Er streckte die rechte Hand aus, und Zeus legte die linke Pfote hinein. »Und nun die andere Seite.« Zeus folgte brav.

»Oh, nein, wie herzig!« Sie hielt Zeus die Hand hin und umschloss seine Pfote, die er ihr reichte. »Und dieser treuherzige Blick dabei.«

»Ich fürchte, ich habe hier echte Konkurrenz«, knurrte Will.

»Gut möglich!« Sie blinzelte kokett.

Nachdem sie die Wintermäntel ausgezogen hatten, folgte sie ihm ins Wohnzimmer und trat an die breite Fensterfront, die einen romantischen Ausblick auf Old Port bot: ein funkelndes Lichtermeer, den nahe liegenden Hafen und den weiten Atlantik.

Während er einige Holzscheite in den Kamin schichtete und anzündete, drehte sie, begleitet von Zeus, eine Runde, strich so sanft mit den Fingern über die alten Möbel, dass man direkt neidisch werden konnte.

Die Flammen verbreiteten schnell wohlige Wärme und einen angenehmen Geruch nach Holzfeuer.

Heather studierte die Rücken der antiquarischen Bücher und Erstausgaben, die in der Schrankwand sicher hinter Glas verstaut standen. »Ich wollte letztes Mal schon schauen, was du so hast. Mir kommt es vor, als wären es wieder mehr Bücher geworden.«

Will schob Zeus beiseite, der nur zu gern die Schnauze gegen die Glastür drückte. »Gut möglich. Ich kann an keinem Antiquariat vorbeigehen.«

Sie nickte. »Ich vermute, du Bücherwurm hast schon alle Werke in deinem Schrank gelesen?«

»Nicht alle, aber vermutlich die meisten! Zu ein paar habe ich noch nicht den Zugang gefunden. Ich bin eben nur ein langweiliger Typ, der abends zum Einschlafen liest«, gab er augenzwinkernd zurück.

»Heute nicht!« Ihr vielsagender Blick fiel auf die Wendeltreppe, die nach oben in sein Schlafzimmer führte.

Sein Lachen geriet heiser. Er deutete auf das antike hölzerne Kinderbett, das er restauriert und zur Bar umfunktioniert hatte. »Warum nimmst du dir nicht schon mal einen Drink, und ich gehe schnell unter die Dusche? Danach stoßen wir auf unsere Erfolge an«, schlug er vor. Nach der Begegnung mit solchen Typen wie Doreens Ex-Mann oder Cromwell hatte er stets das Bedürfnis, den Schmutz von sich abzuspülen.

Der Blick, den Heather ihm unter halb geschlossenen Lidern hervor zuwarf, war die pure Verführung, er ging ihm durch und durch. »Warum begleite ich dich nicht unter die Dusche?«, fragte sie mit rauchiger Stimme und fing an, ihre Bluse aufzuknöpfen.

Mit einem Aufstöhnen zog er sie an sich. Und fragte sich, ob sie es überhaupt noch unter die Dusche schaffen würden.

Kapitel 2

Annabella

Lynnwood Falls

Den ganzen Vormittag ging Annabella das Gespräch mit Kylie vom Vortag nicht aus dem Kopf. Sie brauchte dringend eine Lösung! Die Angelegenheit hatte ihr den Schlaf geraubt. Sollte sie tatsächlich Elly Johnson anrufen? Will um Hilfe bitten? Zögerlich starrte sie auf das Telefon, da kam ihre Aushilfe aus der Küche.

»Ich bin fertig, ich gehe dann.«

»Herzlichen Dank, Mrs Moffatt!« Annabella half ihr in den Mantel. »Das Rindergulasch war wieder eine Delikatesse heute. Wie auch die Frischkäse-Spinat-Ravioli. Die Gäste haben das Essen mit Lob überschüttet.«

»Ach, danke, Darling, das freut mich.« Die bereits vom Dampf in der Küche geröteten Wangen nahmen noch einen dunkleren Ton an. »Es ist schön, wenn es allen schmeckt.«

»Das tut es, absolut! Ich bin so froh, dass ich Sie habe.« Spontan umarmte sie die alte Frau.

Mrs Moffatt tätschelte ihren Arm. »Das beruht auf Gegenseitigkeit. Aber jetzt sag doch endlich Mathilda zu mir.«

»Gern … Mathilda!«

Die alte Dame stülpte sich resolut eine grüne Strickmütze über die grauen Haare und nahm den Schal. Sie war eine typische Frau vom Land. Keine überschwänglichen Gefühle, aber zuverlässig bis auf die Knochen und robust; auch ein Wintersturm konnte sie nicht so schnell umwehen. Wobei sich an diesem Tag kein Lufthauch regte. Die Sonne hatte in der Früh die mit Raureif bedeckten Büsche wie mit Kristallzuckerguss überzogen funkeln lassen, doch inzwischen war alles weggeschmolzen.

Mathilda Moffatt deutete auf den Marktplatz, der gerade von einer kleinen Prozession überquert wurde. »Oh, es ist so weit! Die Auswahl unseres Christbaums!«

Annabellas Blick folgte amüsiert ihrem Fingerzeig. »Herrje, stimmt!«

Der Bürgermeister – dampfend wie eine Lokomotive bei seinen sicherlich drei Zentnern Körpergewicht – wurde begleitet von einigen Mitgliedern des Stadtrates, die allesamt heftig debattierten. Die Entscheidungsfindung war alljährlich eine regelrechte Prozedur. Und in diesem Jahr hatte es ausgerechnet der (schon im vorigen Winter als möglicher Gewinner auserwählte) so prächtig anmutende Kandidat gewagt, dem letzten Herbststurm nicht zu trotzen. Die Spitze war abgebrochen. Nun musste ein neuer Baum ausgesucht werden, um den Marktplatz zu schmücken, was – trotz der zahllosen Wälder, die Lynnwood Falls umgaben – kein leichtes Unterfangen war, denn der Auserwählte sollte absolut perfekt sein. Die Prozession verschwand in dem ehrwürdigen weißen Holzbau des Rathauses.

Um Mathildas Mundwinkel zuckte es. »Ich bin mal gespannt, ob beziehungsweise wann sie sich einig werden. Aber wir werden es ja sehen«, meinte sie dann, pragmatisch wie immer. Sie griff nach ihrem Korb und legte die Tupperdose mit Essensresten hinein. »Ich werde jetzt dafür sorgen, dass mein Abe etwas zu essen bekommt.«

»Sag ihm liebe Grüße und gute Besserung.«

Nachdenklich blickte Annabella ihr hinterher. Abraham Moffatts Lunge war durch die ätzenden, früher nur schlecht gefilterten Dämpfe, denen die Mitarbeiter bei *Obligon Chemicals* ausgesetzt worden waren, schwer in Mitleidenschaft gezogen worden, und jede Erkältung bedeutete das pure Gift für ihn. Nun hatte er sich ausgerechnet eine hartnäckige Bronchitis zugezogen. Hoffentlich ging es ihm bald besser!

Bevor Annabella zum Hörer greifen konnte, um in der Anwaltskanzlei anzurufen, kam Rebecca McIntyre, ein Mitglied des Buchklubs von Lynnwood Falls, die normalerweise an der Grundschule im Ort unterrichtete, wenn sie nicht im Mutterschutz war. Annabella hielt ihr die Tür auf, damit Becky den Doppel-Kinderwagen hereinschieben konnte. Die zwei Monate alten Zwillinge Amy und Juna waren einfach allerliebst. Mit den von der Kälte rosigen Wangen sahen sie zum Knuddeln aus.

Annabella musste sich regelrecht von dem Anblick der beiden schlafenden Schönheiten losreißen. »Was hättest du denn gern?«

»Wir haben nachher Probe mit meiner Klasse … meiner ehemaligen Klasse, die ich vor dem Mutterschutz unterrichtet habe«, korrigierte Becky sich, und ein verschämtes Lächeln zog sich über ihre Züge. »Ich bringe normalerweise Kekse mit, bin aber nicht zum Backen gekommen.«

»Du arbeitest trotzdem weiter?«

»Ich hatte versprochen, sie noch bis zur Aufführung des Weihnachtsstückes zu betreuen. Nur die Theaterproben. Was kannst du mir denn empfehlen?«

»Mrs Bloomberg hat Früchtekuchen gebacken, der ist köstlich. Ich habe auch Chocolate Chips Cookies und Shortbread, das lieben die Kleinen doch.«

»Oh, nicht nur die Kleinen!« Becky tätschelte ihren Bauch. »Dabei sollte ich dringend noch ein paar Schwangerschaftskilos loswerden.« Sie zögerte. »*Früchte-Kuchen*«, sie betonte zwinkernd die Pause, »klingt doch gesund nach Obst. Ich nehme alles, was du vorschlägst.« Schnuppernd hob sie die Nase. »Was riecht denn hier so lecker nach weihnachtlichen Gewürzen? Ist das Kardamom?«

»Die Wände für mein Lebkuchen-Häuschen sind im Ofen. Ich muss endlich mit der Weihnachts-Deko anfangen. Lebkuchen selbst gibt's ab Mitte Dezember.«

»Oh, darauf freue ich mich schon. Deine Mutter backt die besten …« Becky schlug sich die Hand auf den Mund. »Ich bin so eine unsensible Idiotin.« Sie fasste über die Theke und strich ihr über den Arm. »Es tut mir leid.«

Annabella versuchte, trotz des Stichs, der in ihr Herz gefahren war, zu lächeln. »Schon gut. Du hast recht, die Lebkuchen meiner Mutter waren legendär. Ich gehe davon aus, dass Mrs Bloomberg Moms Rezept nimmt. Du kannst dich also weiterhin freuen.« Sie knetete die Hände. »Zumindest hoffe ich, dass Mrs Bloomberg so lange dableibt.«

»Möchte sie denn aufhören?«

»Sie ist ja netterweise sofort eingesprungen nach …«, Annabella schluckte, »als sie gehört hat, dass ich Hilfe brauche, aber sie macht mir einen etwas angeschlagenen Eindruck. Jeden Morgen bei dieser Jahreszeit, wo es noch stockdunkel ist, so früh hier auf der Matte zu stehen, scheint sie zu schlauchen. Sie ist ja schon weit über siebzig. Sie möchte auf jeden Fall bleiben, bis ich jemanden gefunden habe, aber ich denke, sie wäre dankbar, wenn sie nicht jeden Tag kommen müsste.«

»Ich höre mich auch gern für dich um!«, versprach Becky, bevor sie sich mit einer Umarmung verabschiedete.

Doch Unterstützung im Café zu finden war nicht Annabellas einziges Problem, denn vielleicht würde sie die bald gar nicht mehr brauchen, wenn sie ihr Herzensprojekt verlor. Die Sorge hatte ihr schon den Schlaf geraubt. Die Zeiger der Uhr rückten erbarmungslos voran. Sie musste dringend im Büro bei Elly Johnson anrufen, denn wie sie Kylie kannte, würde diese heute Abend vorbeikommen und die Sache sonst selbst in die Hand nehmen. Und das wäre megapeinlich. Es würde ja wirken, als traute sie sich nicht!

Also zwang sie sich, in einer ruhigen Minute die Nummer

der Anwaltskanzlei von Lynnwood Falls zu wählen. Sie wusste selbst nicht, warum sie so nervös war und ihr das Herz bis zum Hals pochte, als das Freizeichen ertönte. Als sie Ellys Stimme hörte, stieß sie erleichtert die Luft aus.

»Kanzlei Will McGinty, Sie sprechen mit Elly Johnson. Was kann ich für Sie tun?«, meldete sie sich professionell.

»Hi, Elly, hier ist Annabella Marks.«

»Oh, wie schön, dich zu hören! Wolltest du dich nur mal melden, oder gibt's Probleme?«

Am besten, sie redete nicht lange um den heißen Brei herum. »Es geht um den Mietvertrag für mein Café, ich hätte da ein paar Fragen.«

»Will ist außer Haus«, vernahm sie erleichtert, »er kommt frühestens so gegen sechs, sieben. Kann ich dir vorerst helfen, oder soll ich dir für morgen einen Termin mit ihm vereinbaren?«

»Nein, ich bin mir sicher, du kannst mir auch helfen«, stieß sie schnell hervor. In dem Moment ertönte die Türklingel. »Ich muss gleich wieder zur Kundschaft, hast du zufällig heute noch Zeit?«

»Ich könnte um fünf, wenn du Feierabend hast, kurz vorbeischauen. Oder willst du lieber in die Kanzlei kommen?«

Damit sie Will begegnete? Keinesfalls! »Nein, hier passt mir super. Dann können wir schön eine heiße Schokolade zusammen trinken.«

»Das war mein geheimer Gedanke«, gab Elly lachend zu. »Also bis nachher!«

Obwohl heute draußen wesentlich höhere Temperaturen herrschten – das Thermometer war teilweise sogar in die Plusgrade geklettert –, brachte Elly die Kälte des nahenden Winters mit herein, als sie Annabella umarmte. Sobald es dunkel war, wurde es sofort wieder frostig.

Nachdem sie aus der Jacke geschlüpft war, schüttelte sie

sich. »Ich bin einfach der Sommertyp, so herrlich der Winter sein kann. Auch wenn alle den Schnee schön finden, bin ich froh, dass der letzte noch nicht liegen geblieben ist.«

»Meinetwegen könnte Weihnachten auch schon vorbei sein«, rutschte es Annabella heraus.

In Ellys Augen trat Mitgefühl. »Das glaube ich. Es ist immer schwer, wenn man gerade erst jemanden verloren hat. Das war bei uns letztes Jahr auch schrecklich, nachdem Jesses Frau und Tochter verunglückt sind.« Ihre Stimme klang belegt.

Stimmt, Ellys Bruder hatte ja seine Familie – seine schwangere Frau und die dreijährige Tochter – durch einen Autounfall verloren. Das war sicherlich auch sehr schlimm gewesen. Annabella war trotzdem irgendwie froh, Verständnis und kein reines Mitleid zu ernten, vor allem, als Elly direkt aufs Geschäftliche umschwenkte.

»Du sagst, du hast Probleme?«

Während Annabella ihnen beiden eine heiße Schokolade zubereitete und den letzten Rest eines Früchtekuchens aufschnitt sowie einige Stücke Kürbisgebäck dazulegte, setzte sich Elly an den Tisch vor den Papierstapel, den Annabella schon auf einem der Marmortische bereitgelegt hatte.

Elly klappte ihr Netbook auf. »Stört es dich, wenn ich mir Notizen mache?«

»Nein, gar nicht. Ich habe die Unterlagen zusammengesucht. Der Mietvertrag für das Café lief dummerweise auf meine Mutter. Sie kannte den alten Vermieter, Mr Dunne, sehr gut, wir haben uns dabei gar nichts gedacht. Als meine Mom gestorben ist«, sie musste sich räuspern, weil ihre Stimme versagte, »hatte ich alles Mögliche im Kopf, aber nicht, den Vertrag auf mich umzuschreiben, es lief alles weiter. Nun ist Mr Dunne ja letzten Monat gestorben. Seine Erben haben das Haus aktuell zum Verkauf angeboten. Nun möchte der potenzielle neue Besitzer den Vertrag nicht verlängern, weil es mit mir kein Mietverhältnis gab. Besteht vielleicht die Möglichkeit, das Recht einzuklagen?«

Elly, die ihr bislang mit aufmerksamer Miene zugehört und mitgetippt hatte, rührte in der heißen Schokolade und nickte. »Ich höre mir erst alles an, dann machen wir uns Gedanken.«

»Das Haus ist also nun verkauft worden, beziehungsweise läuft der Verkaufsprozess, und wie es aussieht, interessiert sich niemand dafür, was mit mir ist. Aber ich habe ja alles auf meine Kosten renoviert.« Wieder wallten Wut und Empörung in ihr auf, auch Angst mischte sich darunter.

»Hast du Beweise? Rechnungen?«, hakte Elly nach.

»Alle bei meinem Steuerberater. Ich beschaffe dir die Kopien.«

»Prima. Sagst du mir noch den Namen des neuen Besitzers? Finde ich das hier?« Sie griff nach den Unterlagen.

»Ja. Die Kaufinteressenten oder neuen Eigentümer sind ein Konsortium. Warte, hier steht es.« Annabella deutete auf den Briefkopf. »*Brakenshaw Enterprises.*«

Elly starrte auf das Schreiben. »Ein Konsortium?«, echote sie. Sie schob sich ein Stück Kürbisgebäck in den Mund und kaute mit nachdenklicher Miene. »Was, bitte, will ein Konsortium, ansässig in Chicago, mit einem Haus hier in Lynnwood Falls anfangen? Warum kaufen die so etwas?«

»Stimmt, darüber habe ich mir noch gar keine Gedanken gemacht, ich war viel zu aufgelöst und entrüstet. Aber du hast recht. Ich habe keine Ahnung!« Das war tatsächlich seltsam.

»Solch eine riesige Kapitalanlage ist das doch nicht«, murmelte Elly, immer noch sichtlich in Gedanken.

»Das denke ich auch. Die Immobilienpreise in Lynnwood Falls werden in absehbarer Zeit nicht unbedingt rasant in die Höhe schnellen.« Annabella zog eine Grimasse.

»Das ist nicht anzunehmen.« Elly leerte die Tasse.

»Möchtest du noch eine heiße Schokolade?«

»Oh ja, sehr gern! Die ist so köstlich! Auf die habe ich mich schon den ganzen Mittag gefreut.« Elly lachte ihr ansteckendes Lachen, bevor sie wieder ernst wurde. »Was ist mit den beiden Wohnungen oben?«

»Die ehemalige meiner Mutter im ersten Stock steht momentan leer. Und offen gestanden weiß ich nicht, was mit meiner Wohnung ist.« Annabella stellte die Tasse vor Elly ab. »Der Mietvertrag läuft zum Glück auf mich, und der Scheck geht weiterhin an die Erben, dazu hat noch niemand etwas gesagt. Ich bin davon ausgegangen, dass der Vertrag weiterlaufen kann.« Unwohlsein kroch in ihr hoch. »Denkst du, die machen mir auch da Ärger?« Annabella ließ sich mit weichen Knien auf den Stuhl sinken.

Elly legte ihr beruhigend die Hand auf den Arm. »Nein, das muss nicht sein.« Sie deutete auf die Papiere. »Kann ich mir davon Kopien machen? Dann bringe ich dir die Originale morgen wieder.«

»Klar, logisch.« Sie zögerte.

»Dann musst du mir nur noch eine Vollmacht unterschreiben, dass du uns mit der Wahrnehmung deiner Interessen beauftragst und wir in deinem Namen mit diesem feinen Konsortium in Kontakt treten dürfen.« Elly zog die lederne Aktentasche hervor.

»Ich …« Annabella legte die Hände auf die heißen Wangen.

Anscheinend hatte Elly ihre Gedanken gelesen, denn sie lächelte: »Keine Sorge, das kostet dich nichts. Wir arbeiten normalerweise auf Provisionsbasis beziehungsweise für ein Erfolgshonorar, und in einem solchen Fall drückt Will gern beide Augen zu. Ich hatte ihm schon gesagt, dass ich zu dir fahre, und es ist abgesprochen, dass ein Rat unter Freunden Ehrensache ist.«

Unter Freunden! Die Zeiten waren eigentlich schon lange vorbei. Zumindest bei Will. Mit Elly verstand sie sich sehr gut, aber sie waren keine so engen Freunde in dem Sinne, dass man sich unbedingt kostenlose Gefallen tat. »Es ist mir nicht recht, we…«

Mit einem verschmitzten Grinsen fiel Elly ihr ins Wort: »Wenn du dich unbedingt revanchieren willst, gib mir ein Stück von dem köstlichen Kürbisgebäck mit, Will liebt das.«

Annabella wollte widersprechen, doch abermals kam Elly ihr zuvor.

»Wenn du darüber diskutieren willst, dann tu das bitte mit ihm, aber er hat da eine ziemlich festgefahrene Meinung. Lass uns doch erst mal prüfen, was wir erreichen können, und dann besprechen wir das Finanzielle noch mal, okay?«

»In Ordnung, danke!« Annabella eilte zur Theke. »Darf ich dir auch noch ein paar sonstige Reste mit einpacken? Mathilda Moffatts Rindergulasch ist total lecker.«

»Das ist wirklich nicht nötig …«

Doch nun war es an ihr, ein breites Grinsen zu zeigen. »Ich serviere ja jeden Mittag andere Gerichte. Viel ist es nicht, die Menge passt meist ungefähr, aber zum Wegwerfen ist es zu schade.«

»Bevor ich mich schlagen lasse, nehme ich es gern mit. Dann brauche ich heute nichts mehr zu kochen. Brandon hat gestern mal wieder alles aufgefuttert, dieser Mann hat einen gesegneten Appetit.«

Annabella kicherte. »Er ist ja auch ein Schrank von einem Mann, in ihn passt was rein!« Sie mochte Ellys Freund. Er war eher der stillere Typ, der sich seines guten Aussehens – groß, breitschultrig, mit kurzem blondem Bart – gar nicht bewusst zu sein schien. Außerdem schätzte sie seinen trockenen Humor.

Während Annabella eine Frischhaltedose mit Rindergulasch und Nudeln und eine zweite mit Kürbisgebäck und einigen anderen Leckereien füllte, trank Elly ihren Kakao.

»Was machst du heute Abend?«

»Kylie kommt vorbei. Sie wollte mir beim Dekorieren meines Lebkuchenhauses helfen, das ich hier immer zur Weihnachtszeit stehen habe. Warum fragst du?«

»Wenn ihr fertig seid – habt ihr nicht Lust, ins *The Eighties* zu kommen? Will wird auch da sein.«

Annabella zögerte. Einerseits hätte sie sich gern bei ihm persönlich dafür bedankt, dass er ihr helfen wollte. Andererseits wäre ein ganzer Abend doch vielleicht zu viel des Guten, auch wenn das *The Eighties* groß genug war, um sich aus dem Weg zu gehen. Kylie zockte gern gelegentlich eine Runde am Spielautomaten, oder sie tummelten sich auf der Tanzfläche, während sich Elly und ihre Clique meist bei den Billardtischen aufhielten.

»Ich frage Kylie, und dann sehen wir. Allerdings muss ich morgen früh raus. Mrs Bloomberg hat heute ihren Bingo-Abend, freitags kommt sie deshalb immer später. Das heißt, ich muss zeitig mit Backen anfangen.«

»Oh, stimmt: Bingo-Abend! Ich vergaß! Da geht meine Mutter ja auch immer hin.« Elly lachte. »Alles klar! Überleg's dir einfach.«

»Danke für das Angebot und fürs Vorbeikommen.«

Elly umarmte sie zum Abschied. »Sehr gern. Mach dir keine Sorgen, wir können dir sicherlich helfen.«

Grübelnd sah Annabella ihr hinterher, als sie bepackt nach draußen eilte. Sie fühlte sich schon etwas zuversichtlicher als am Morgen, dennoch schwelte ein ungutes Gefühl in ihr. Elly hatte recht. Was wollte ein Konsortium mit dem Haus? Hoffentlich kam da nicht noch mehr Unheil auf sie zu!

Will

Lynnwood Falls

Will warf beim Betreten des Aufenthaltsraums der Seniorenresidenz Saint Andrews' Manor ein möglichst fröhliches »Guten Abend miteinander« in die Runde, als käme er in einen beliebigen Speisesaal. Einige der Mundwinkel der Bewohner hoben sich, andere Senioren starrten durch ihn hindurch oder nur weiterhin auf die Tischplatte vor sich. Ob sie ihn wegen Schwerhörigkeit nicht bemerkt hatten oder sich in ihrer eigenen Welt befanden, konnte er nie sagen. Auf dieser Station logierten die Patienten mit verstärktem Pflegebedarf: Demenz, Parkinson und jegliche Bewegungseinschränkungen – die meisten saßen mehr oder weniger zusammengesunken in ihren Rollstühlen. Aus einem Zimmer drang ein monotones Heulen, und irgendwo den Gang hinunter schrie jemand durchdringend. Auch diese Geräusche waren Will schon vertraut.

An warmen Tagen hatte er seine Mutter immer sofort in den Garten entführt; dorthin konnte er auch Zeus mitnehmen, was ihr gut zu gefallen schien. Doch seit die Kälte über Maine gekommen war, musste er mit den Besuchen hier drin vorliebnehmen. Der allgegenwärtige, inkontinenzbedingte Uringestank, der sogar den Geruch nach Desinfektionsmitteln überlagerte, mischte sich mit Essensdüften. Heute gab es wohl Erbseneintopf oder etwas in der Richtung. Seit seine Mutter nur noch an ihren guten Tagen selbstständig essen konnte, versuchte er, seine Besuche zu den Mahlzeiten einzurichten, damit er sie füttern konnte. Das Personal kümmerte sich zwar rührend, war aber hilflos überlastet. Und er selbst hatte so wenigstens das Gefühl, etwas für seine Mutter tun zu können.

Wie immer saß sie allein an einem Tisch, das schmale Persönchen verschwand fast in dem Rollstuhl. Sie war schon immer zart gewesen, doch mit zunehmendem Alter schrumpfte sie regelrecht in sich zusammen. Sie wirkte wesentlich älter als Anfang siebzig. Gedankenverloren rückte sie eine Serviette zurecht, legte sie exakt parallel zur Tischkante.

Alles symmetrisch anzuordnen war eine Manie, die sie erst

in letzter Zeit entwickelt hatte. In ihrer Welt, in der, bei der verlorenen Erinnerung angefangen, so viel in Unordnung geraten war, musste vermutlich wenigstens etwas eine Ordnung erhalten. Zart strich er über das graue Haar, das zunehmend dünner wurde, und hauchte einen Kuss auf die zerfurchte Wange.

»Hi, Mom.«

Sie hob den Kopf. Ein leerer Blick aus den gleichen grauen Augen wie seinen fiel auf ihn, und wieder hätte er alles dafür gegeben zu wissen, was in ihr vorging. In den Anfängen ihrer Schweigsamkeit hatte er sich verzweifelt bemüht, Konversation zu betreiben, auch wenn seine Mutter nicht antwortete, doch er hatte bemerkt, dass es sie zu überfordern schien. Schließlich wusste niemand, ob sie nicht mehr sprechen *konnte* oder nur einfach der Welt nichts mehr zu sagen hatte. So begnügte er sich, neben ihr zu sitzen und ihre Hand zu halten.

Als sie mit dem Daumen über seinen Handrücken fuhr, wuchs der Kloß in seiner Kehle, der beim Zusammensein mit ihr allgegenwärtig war. Ob es nur ein Reflex war oder ob sie ihm einfach damit sagen wollte, dass es schön war, ihn hier zu haben, war gleichgültig. Es genügte ihm, um sich einzubilden, dass es gut für sie war, dass er gekommen war. Nun war er froh, nicht sprechen zu müssen, denn seiner Stimme hätte er momentan nicht getraut.

Er verbrachte beinahe zwei Stunden bei ihr, das Essen zog sich zäh in die Länge. Sie schob den zerkauten Essensbrei von einer Wange in die andere, und er musste mit Engelszungen auf sie einreden, um sie zum Schlucken zu bewegen, damit sie wenigstens etwas zu sich nahm.

Als er kurz nach sieben auf seiner Farm ankam, war er selbst nicht mehr hungrig und musste sich regelrecht aufraffen, eine Gemüselasagne in die Mikrowelle mit Grillfunktion zu schieben, bevor er unter die Dusche stieg. Doch schließlich hatte er

Elly versprochen, nachher ins *The Eighties* zu kommen, und er wollte zumindest eine Grundlage im Magen haben, bevor er Bier trank.

Während das warme Wasser auf ihn prasselte, schweiften seine Gedanken wieder zum Telefonat mit Elly, die ihn stets über alle Vorgänge in der Kanzlei auf dem Laufenden hielt. Doch das Ergebnis ihres letzten Mandantengesprächs stand noch aus. Was Annabella wohl gewollt hatte? Er musste sich eingestehen, dass er neugierig war. Aber bis eben war noch keine Nachricht seiner Assistentin da gewesen. Sonst informierte sie ihn nach Mandantengesprächen immer unverzüglich.

Er trocknete sich im Eilverfahren ab und schlüpfte in seine Klamotten, bevor er abermals seine Nachrichten checkte. Da war sie, Ellys Mail. Schnell las er sie.

Annabella brauchte Hilfe. *Seine Hilfe!* Sein Herzschlag beschleunigte sich. Erstaunen mischte sich mit etwas, das er nicht näher definieren wollte. Sofort zwang er seine Gedanken auf die geschäftliche Ebene, und sein gewohnt analytisches Denken setzte ein.

Die Lasagne war gerade fertig, als er wieder in die Küche kam. Zeus hechelte erwartungsvoll, mit erhobenem Kopf.

Will lachte. »Ja, du bekommst dein Fresschen auch jetzt, das weißt du doch.« Er gab noch etwas Wasser zu der Trockenfutter-Mischung, die er von Francy Ross' örtlichem Tierbedarfshandel bezog, und rührte das Futter an. Die Zutaten – Fleisch, Gemüse, Getreide – stammten allesamt von den örtlichen Farmern.

Er hielt den silbernen Futternapf hoch und deutete mit der anderen Hand nach unten. »Mach schön Platz.«

Das Hunde-Seufzen war herzzerreißend, doch als Will den Golden Retriever streng ansah und nach unten deutete, legte der sich brav auf die Matte.

Will stellte den Napf ab. Sofort ging der Hundekopf wieder hoch, die Tasthaare zitterten. Zeus bot einen regelrecht erbärmlichen Anblick, sodass Will sich das Lachen verkneifen musste. Er nahm seine eigene Lasagne aus der Mikrowelle, setzte sich auf den Barhocker an die Theke und nahm die Gabel in die Hand. Das Hecheln wurde überlaut.

»Na dann! Guten Appetit!« Er nickte seinem Hund zu.

Zeus gab ein lautes »Wuff« zur Antwort, bevor er sich auf das Essen stürzte. Natürlich war er – trotz einiger Ermahnungen – in Windeseile fertig. Und jedes Mal, wenn Will das Besteck weglegte, hob der Goldie erwartungsvoll den Kopf.

»Ich habe heute nicht mehr so viel Zeit, aber morgen früh darfst du mit zum Ausreiten. Wie wäre es jetzt mit einer Runde Fährtenlesen?«

Zeus bellte begeistert auf, als Will in die abgetragenen Schuhe schlüpfte, die er stets anzog, wenn er seinem Goldie eine Spur legte. Er liebte es, Zeus – erfüllt von Aufregung beim Erschnüffeln der Fährte – zu beobachten, doch heute musste Will sich immer wieder ermahnen, bei der Sache zu bleiben und seinen Hund angemessen zu belohnen, weil seine Gedanken ständig zu seinem »neuesten Fall« schweiften.

»Braver Hund.« Lobend klopfte Will ihm das nasse, zottelige Fell, als Zeus am Ende der Koppel das ausgelegte T-Shirt erschnüffelt hatte, und belohnte ihn mit einer Extra-Portion Leckerlis. Als die verspeist waren, ging Will neben ihm in die Hocke und hob die Hand. »Gib mir fünf.«

Zeus schlug mit der Pfote ein; kühle Ballen drückten sich gegen Wills Handfläche.

Sie nahmen wenig später die Hintertür durch den Geräteraum, und Will rubbelte Zeus mit einem Handtuch trocken. Übermütig schnappte der Goldie immer wieder nach dem Handtuchzipfel, und sie balgten miteinander.

»So, genug gespielt! Ich bin jetzt eine Weile aus dem Haus. Pass schön auf unser Zuhause auf, hörst du?« Auf das bestätigende Kläffen hin kraulte Will ihm noch einmal abschließend den Kopf. »Ich bleibe nicht so lange weg.«

Als Will im *The Eighties* ankam, fühlte er sich, als wäre er auf eine Zeitreise geschickt und um Jahre zurückkatapultiert worden. Die Einrichtung war immer noch original Achtzigerjahre-Stil, mit CD-Ständern an den Wänden, Bildern von Musikern und Kinofilmen aus jener Zeit. Auch die Möbel, mit rotem Kunstleder überzogene Sitzgruppen und Holztische, konnte man als »echt Retro« bezeichnen. Dazu passten die Besitzer Susan und Curtis, die sich selbst, Mitte der Sechziger geboren, als »Kinder der Achtziger« bezeichneten und sich mit Röhrenjeans und Karohemden im Stil ihrer Zeit kleideten. Aus den Boxen ertönte Boy Georges Stimme mit *Karma Chameleon*, und als ihn zahlreiche Blicke musterten, wünschte sich Will, er selbst besäße ebenfalls die Fähigkeit der Chamäleons, sich zu tarnen oder verwandeln – etwas weniger »McGinty« zu sein.

Doch Susan eilte mit solch einem herzlichen Lächeln auf ihn zu, dass die Beklemmung verflog. Selbst ihre Umarmung roch wie immer, vielleicht benutzte sie noch dasselbe Parfüm.

»Hi, Will. Die anderen sind hinten am Billard-Tisch.« Sie strich sich eine Strähne des blonden dauergewellten Haares, das ihr bis auf den Rücken reichte, aus dem Gesicht und deutete mit dem Kinn nach hinten. »Soll ich dir was zu trinken bringen?«

»Danke dir! Ich nehme ein dunkles Stout, bitte.«

Der Weg nach hinten war weniger ein Spießrutenlauf als befürchtet. Dass er viele der Leute beim Kampf gegen ihren Arbeitgeber *Obligon Chemicals* unterstützt hatte, hatte den Ruf der Familie – der Vater ein rassistischer, homophober Sadist und die beiden Brüder im Knast – zumindest ein klein wenig wiederhergestellt.

Bis ihn jemand in die Seite rempelte. Er unterdrückte ein

Stöhnen. Ausgerechnet Albert Kingsman. Ihre Väter waren dicke Freunde gewesen, und sie beide waren im ähnlichen Alter. Aber Will hatte sich nie mit dem Bastard anfreunden können, der auch nicht davor zurückgeschreckt war, Kröten auf Stöcke zu spießen, nur um sich daran zu ergötzen, wie sie zappelten. Oder Mäuse am Schwanz zu packen und sich mit seinen nicht minder herzlosen Freunden zu messen, wer sie weiter schleudern konnte. Auch heute sah Al nicht wirklich umgänglicher aus. Sein Gesicht war aufgedunsen, und von der Fahne nach kaltem Rauch und Fusel wurde es Will regelrecht übel.

»McGinty! Gut, dass ich dich mal sehe. Mit dir wollte ich schon lange ein Wörtchen reden.« Er baute sich drohend vor ihm auf.

»Du hättest mich jederzeit in meinem Büro erreichen können, Kingsman«, sagte er übertrieben freundlich. Aber da hätte sich der Kerl wohl nicht als König aufspielen können, wie er es gerade versuchte, indem er Beifall heischend in die Runde blickte und seine drei Kumpels, allesamt ebensolche Mistkerle, um sich versammelte. »Wo drückt dich denn der Schuh?«, fragte Will in einem Tonfall, mit dem man mit kleinen Kindern sprach.

Al zischte, versprühte dabei Speichel, dem Will nur mühsam ausweichen konnte: »Du machst die Preise für Schweinefleisch kaputt!«

»Wir verlangen mehr als die anderen. Was stellst du dich an?«, gab Will kalt zurück.

»Aber mit dem Scheiß-Bio-Zeug -«

»Was du als ›*Scheiß-Bio-Zeug*‹ betitelst, nennt sich ›artgerechte Tierhaltung‹. Würde dir empfehlen, dich mal darüber zu informieren. Mastkäfige sind out. Wie du siehst, lohnt es sich, die Nachfrage ist groß. Solltest du bei der Umstellung deines Hofes Hilfe benötigen, kannst du dich gern an mich wenden.« Er drehte sich um und ließ Al und seine Kumpels stehen.

Wie eine Schraubzwinge klammerte sich Als Hand um seinen Arm. »He, ich war noch nicht fertig mi…«

»Aber ich bin fertig!«, sagte Will scharf. »Schweine suhlen sich im Schlamm, um sich abzukühlen oder vor der Sonne zu schützen. Doch wir Menschen haben zum Glück die Wahl, uns nicht mit Dreck umgeben zu müssen.« Er zog Als Hand von seinem Arm.

Blitzschnell packte der nach seinem Kragen. »Ich sag dir …«

In dem Moment baute sich der Wirt Curtis vor Al auf und schob sich den Cowboyhut in den Nacken. Nicht nur wegen seines Bierbauchs war er eine beeindruckende Erscheinung; Curtis verströmte durch seine stets besonnene Art eine natürliche Autorität, gegen die man nur schwer ankam.

»Es ist genug, Al. Hier drin wird nicht gestänkert, das ist ein Ort des Friedens und der Entspannung. Wills Rat klingt mir vernünftig. Dein Hof ist ein Schweinestall, im wahrsten Sinne des Wortes. Du solltest den Mund nicht zu voll nehmen und seriöse Farmer angreifen. Es fällt nur auf dich selbst zurück.«

Bevor Al auf Curtis losgehen konnte, hielten ihn seine Kumpels zurück. Vermutlich hatten sie keine Lust auf lebenslanges Hausverbot im *The Eighties*, denn die Live-Musik-Abende am Samstag waren legendär, und es war immerhin die einzig richtig coole Kneipe in Lynnwood Falls. *Bob's Burgers* – das »*Diner*«, wie es gemeinhin genannt wurde – war ein Schnellimbiss. An Bars gab es sonst nur das *Drunken Horse*, das seinem Namen alle Ehre machte. Die Stammkundschaft konnte saufen wie ein wilder Mustang nach langer Trinkpause; sein Vater hatte wie Al dort zur Stammkundschaft gehört.

Will tippte mit zwei Fingern dankend gegen die Schläfe, doch Curtis winkte nur lächelnd ab und schwang sich hinter die Theke. Will atmete tief durch und bahnte sich den Weg in Richtung Billardtische. Die Clique schien zum Glück nichts von dem Disput mitbekommen zu haben; sie waren in ihr Spiel vertieft.

Über Ryans Gesicht zog sich ein breites Grinsen, als er Will entdeckte. »Sieh mal einer an! Mein *Wingman* hat den Weg hergefunden!« Er boxte ihm in die Brust.

»Wingman?«, echote Hope. Ihre haselnussbraunen Augen funkelten amüsiert.

»Ein Flügelmann bei den Düsenfliegern, der deine ständige Deckung ist, oder auch der beste Kumpel, der dir beim Baggern zur Seite steht«, erklärte Ryan, immer noch verschmitzt grinsend.

»Den Ausdruck kenne ich natürlich, ich habe nur noch nicht gehört, dass ihr euch so nennt.«

Will umarmte Hope lachend. »Na, seitdem diese schöne Frau wieder in dein Leben getreten ist, Ryan, hat es sich ja ausgewingmant.« Obwohl er seinem Kumpel das Glück von ganzem Herzen gönnte und die unkomplizierte Hope mit ihren krausen braunen Locken einen festen Platz in seinem Herzen hatte, überkam ihn etwas Wehmut beim Gedanken an die Zeit, in der sie, beide Singles aus Überzeugung, zusammen um die Häuser gezogen waren auf Brautschau – besser gesagt Ausschau haltend nach den Frauen, die einvernehmlich ebenfalls nur ein kurzes Vergnügen suchten. Und sie waren recht erfolgreich dabei gewesen. Doch nachdem Ryan wieder mit seiner Jugendliebe Hope zusammengefunden hatte, mit der er nun die örtliche Tierarztpraxis leitete …

Sie sah zerknirscht aus. »Tut mir leid, dass ich ihn dir weggenommen habe. Aber ihr könnt jederzeit einen Männerabend machen.« Nun funkelten ihre Augen spitzbübisch. »Er kann dir ja wie in alten Zeiten *Deckung* geben.«

»Schon okay, ich denke, ich komme auch so zurecht.« Abwehrend hob Will die Hände, musste aber dennoch lachen.

»Das glaube ich dir sofort.« Hope lachte ebenfalls. »Um es mit Ellys Worten zu sagen: Bei so einem … *feschen* Typen wie dir stehen die Mädels doch Schlange.«

Ryan brummte wie ein wild gewordener Grizzly. »Nicht du auch noch dieses Wort! Ich muss diese Frau zum Schweigen bringen!« Er verschloss ihren Mund mit seinen Lippen.

Während die beiden sich innig küssten, wandte sich Will dem Rest der Clique zu. Die Fuller-Zwillinge glichen auch mit knapp dreißig noch einer dem anderen wie zwei Klone: leuchtend blaue Augen und schwarze Haare, wobei sie heute zwar beide Jeans, aber immerhin unterschiedliche Sweatshirts trugen. Jim hielt Brandons blonde Schwester Lizzy im Arm, während Jack den Blick suchend durch den Raum schweifen ließ.

»Vermisst du jemanden?«

Jack zwinkerte ihm verschwörerisch zu. »Ich habe gleich noch ein Date.«

»Ich sitze ja im Glashaus, aber was denkst du: Wie lange wird es dieses Mal halten?«, frotzelte Will.

Während Will jegliche Bindung vermied, rannte Jack von einem Strohfeuer zum nächsten. Vor allem seit sein Zwillingsbruder fest liiert war, kam es Will so vor, als wäre er ebenfalls auf der Suche nach mehr Beständigkeit.

Prompt sagte er auch: »Warte, bis du Jessica kennenlernst. Sie ist echt was Besonderes.«

»Freut mich für dich.« Will versuchte, sich die Skepsis nicht anmerken zu lassen.

»Danke dir! Aber wir könnten ja trotzdem mal wieder auf Tour gehen, wenn du Lust hast! Jessica ist Krankenschwester und hat oft am Wochenende Dienst.« Jacks Grinsen wurde breiter. »Oder ich sage ihr, sie soll mal eine nette Kollegin mitbringen, und wir gehen zu viert aus.«

Mit Jack wurde es immer lustig, jedoch … »Wir beide gern, aber diese Vierer-Nummer? Ich möchte keine falschen

Hoffnungen wecken. Verkuppelt zu werden – du weißt ja – ist nicht so meines …«

Vertraulich lehnte Jack sich näher, in seinen blauen Augen funkelte es verschwörerisch. »Jessica hat sich schon beklagt, dass ihre Freundin etwas flatterhaft und unbeständig ist …«

»Das hört sich nach meiner Kragenweite an. Dann darfst du uns gern einander vorstellen.« Grinsend kämpfte Will sich weiter durch die Menge.

Brandon schlug ihm mitleidig auf die Schulter. »Dann hat dich meine Elly also weichgekocht hierherzukommen. Das kann sie gut.«

»Oh ja, allerdings.« Will klopfte ihm freundschaftlich auf den breiten Rücken. Der ehemalige Football-Spieler war Brandon von Weitem anzusehen – auch ohne den Hoodie mit dem Aufdruck der *New England Patriots*, der NFL-Mannschaft aus dem benachbarten Massachusetts. Es war zu schade, dass Brandons Knieverletzung die vielversprechende Karriere bei der NFL so jäh zerstört hatte. Will mochte den meist ausgeglichenen Freund seiner Assistentin, der sie – trotz der gutmütigen Neckereien, die sich die beiden ständig an den Kopf warfen – ganz offensichtlich vergötterte. Und das beruhte auf Gegenseitigkeit. Vermutlich verdankte Will dieser Harmonie zwischen den beiden den so herrlich ungezwungenen Umgang mit Elly.

Diese schien sich ehrlich zu freuen, dass er gekommen war, und fast bereute er, sich nicht häufiger im *The Eighties* blicken zu lassen; er mochte die lässige Atmosphäre. Sie drückte ihm feixend einen Queue in die Hand. »Du kommst genau richtig, um gegen mich zu verlieren, unser Spiel ist gerade zu Ende.«

Will zog eine Grimasse. »Dann stoßen wir wohl lieber erst mal auf den gestrigen Erfolg an, bevor meine soeben noch siegreiche Stimmung einer tiefen Depression weichen wird.«

Elly stimmte in sein Lachen ein. »Besser ist das!«

Will nahm Susan die eisgekühlte Bierflasche ab und deutete in die Runde. »Danke! Die Drinks heute gehen auf mich!« Begeistertes Johlen, das sogar die laute Musik als sanftes Murmeln erscheinen ließ, brachte ihnen neugierige Blicke der Umstehenden ein.

»Nicht, dass ich was dagegen hätte, aber was feiern wir eigentlich?«, wollte Jack wissen.

»Wir haben gestern einen recht einträglichen Fall gewonnen, und den Bösewicht in seine Schranken verwiesen.«

»Sauber!«, lobte Jack.

Will legte Elly den Arm um die Schultern und hob die Flasche in die Runde. »Cheers! Auf ein super Team!« Als er an der Reihe war, mit Brandon anzustoßen, lächelte Will ihn an. »Du hast eine tolle Freundin.«

Brandon lehnte sich verschwörerisch näher. »Wir dürfen das nicht so laut sagen, sonst steigt es ihr zu Kopf, aber ich empfinde das genauso.«

»Ich höre alles«, rief sie ihnen zu.

»Dieses Weib«, stöhnte Brandon und rollte gespielt genervt mit den Augen. Sie schmiegte sich in seine Arme, und Will wandte sich Lizzy zu.

Bis sie fertig waren mit Anstoßen, hatte eine Gruppe Jüngerer den Billardtisch okkupiert.

»Das hast du mit Absicht so eingefädelt«, unterstellte Elly ihm, was er mit einem Zucken der Augenbrauen erwiderte.

»Jetzt ist es schon so weit, dass man zum alten Eisen geschoben wird und die Jungen einem den Platz streitig machen«, brummte Brandon.

»Dann lasst uns doch eine Runde Darts spielen, bis die Tische wieder frei sind«, schlug Ryan vor und erntete allgemeine Zustimmung.

Will warf eine Handvoll Quarter in das Gerät. »501?«

»Jep«, bestätigte Ryan, dann zog er mit einem Aufstöhnen sein Handy hervor, das vibrierte. »Verflucht, ich habe Notdienst.« Er verzog sich zu den Waschräumen und kam kurz darauf zurück. »Einer von Wellingtons Jungbullen hat sich an der Boxenwand verletzt. Der vergleichsweise warme Tag heute hat wohl Frühlingsgefühle und Tatendrang geweckt, die Färsen waren anscheinend auch alle außer Rand und Band. Ich muss los.« Er küsste Hope auf den Mund.

»Brauchst du Hilfe? Soll ich mit?« Sie strich ihm zart über den Dreitagebart, der herzförmige Bernstein auf ihrem Verlobungsring funkelte dabei in den Strahlen, die die Discokugel an der Decke reflektierte.

»Nein, lass gut sein. Wenn ich dich brauchen sollte, rufe ich dich an.« Abermals küsste er sie, dann schlug er Will auf die Schultern. »Sorry, ich hätte mich gern beim Billard mit dir gemessen, aber das holen wir nach.«

»Ist das eine Drohung oder ein Versprechen?«

»Das kannst du dir aussuchen.« Ryan lachte.

Will ergriff, ebenfalls lachend, drei Pfeile, und richtete seine Konzentration auf die beleuchtete Scheibe. Er kniff die Augen zusammen und versuchte, alles um sich herum auszublenden, als er die Zwanzig anvisierte. Früher hatte er mit seinen Brüdern öfter Darts gespielt – noch heute hing eine Scheibe an der alten Scheune –, doch das letzte Spiel lag schon einige Jahre zurück. Prompt vermeinte er, die Stimme seines Vaters zu hören, der ihn hämisch anstachelte, nicht »wieder« zu versagen.

Anscheinend hatte er es nicht verlernt, denn der Pfeil blieb zitternd in der Triple-Zwanzig stecken, der Zähler sprang auf 441.

Elly starrte ihn mit offenem Mund an. »War das jetzt das Glück des Ungeübten?«

»Du meinst Dummenglück?« Er lachte möglichst unbeschwert. »Gut möglich.«

Dann konzentrierte er sich wieder. Tatsächlich traf er

noch den Doppel-Bull, die Mitte, und eine einfache Zwanzig direkt neben dem inneren Ring und stand bei 371.

»Nicht schlecht«, lobte Brandon und nahm ihm die Pfeile ab. Auch er punktete gut.

Nachdem Elly, die sich eher auf die Neunzehn konzentrierte, an der Reihe gewesen war, zog er sie beiseite. Die Neugierde drückte ihn schon eine ganze Weile. »Deine Infos habe ich gelesen, danke. Wie war's denn sonst bei Annabella?«, erkundigte er sich möglichst beiläufig.

»Die Unterlagen liegen auf deinem Schreibtisch, ich habe alles kopiert.« In wenigen Worten fasste sie das Gespräch nochmals zusammen.

Er zögerte. »Soll ich auch selbst mit ihr sprechen?«, fragte er, abermals um einen unbeteiligten Tonfall bemüht. Der Zusammenstoß war immer noch präsent.

Ellys grüne Augen konnten so schrecklich durchdringend schauen. Manchmal kam es ihm vor, sie könnte bis auf den Grund seiner schwarzen Seele blicken. »Nein, sie sagte ausdrücklich, sie muss dich nicht sprechen«, antwortete sie schließlich, und in den Worten lag eine unausgesprochene Frage.

Will schaute Hilfe suchend zum Darts-Automaten, doch leider waren Lizzy und Jim noch vor ihm dran. Was sollte er Elly erzählen? Wenn er ihr sein Nicht-Erscheinen beim Abschlussball beichtete, würde sie den Grund dafür wissen wollen. Und den wollte er jetzt ganz bestimmt nicht ausbreiten. Unwillkürlich glitt seine Hand zu der Narbe neben seiner linken Augenbraue. Schnell strich er die Haare zurück und lächelte Elly möglichst unbefangen an. »Alles klar! Sie weiß halt, dass du genauso kompetent bist.«

»Lief da mal was zwischen euch?«, erkundigte sie sich, direkt wie sie war.

Zum Glück konnte er das guten Gewissens verneinen.

»Wir waren nur zusammen im Literaturkurs und im Team der Schülerzeitung.«

»Trügt mich der Eindruck, oder gehört sie nicht – oder nicht mehr – zu deinen größten Fans?«

Bei ihrer Grimasse musste er lachen, obwohl er den Tatbestand überhaupt nicht lustig fand. »Das ist gut möglich.«

Im Grunde hatte er erwartet, dass sie weiter nachhakte – Elly war die geborene Juristin, sie würde sich auch gut im Gerichtssaal eignen, um den Leuten im Zeugenstand auf den Zahn zu fühlen. Schade, dass sie nach Brandons Unfall ihr Jura-Studium abgebrochen hatte, um bei ihm in Lynnwood Falls zu sein. Doch schließlich kam es der Kanzlei zugute, so hatte Will sie als fachlich versierte Assistentin an seiner Seite.

Sie überraschte ihn jedoch, indem sie umschwenkte: »Ich habe Annabella übrigens eingeladen; vielleicht kommt sie nachher noch.«

Will nippte an dem bitteren Stout, um sein Erstaunen zu verbergen. Sie waren beide eine Zeit lang aus Lynnwood Falls weg gewesen: er zwischen Schulende und dem Tod seines Vaters, Annabella beim Studium in Paris. Er hatte sie im Sommer einmal persönlich getroffen, als er mit Ryan mittags zu ihr ins Café gegangen war. Dort hatte sie sich nicht vor Wiedersehensfreude überschlagen. Bei der Beerdigung ihrer Mutter hatte sie ihn gänzlich ignoriert, aber da hatte sie sicherlich anderes im Kopf gehabt. Ansonsten, wenn sie sich aus der Ferne gesehen hatten, war er – zufällig oder absichtlich – Luft für sie gewesen. Und bei ihrem Zusammenprall hatte sie ihm wortwörtlich die kalte Schulter gezeigt. Es überraschte ihn immer noch, dass sie seine Kanzlei überhaupt kontaktiert hatte.

Gedankenverloren nahm er die Pfeile von Lizzy entgegen, die – eine Kämpferin wie ihr Bruder – ebenfalls gut gepunktet hatte, und zwang seine Konzentration auf das Spiel. Es wurde spannend bis zum Ende. Jack, Lizzy und Brandon lagen mit ihm fast punktgleich. Am Schluss machte Brandon das Rennen.

»Glückwunsch, alter Junge.« Will schlug ihm lachend auf die Schulter.

In seinem Rücken prickelte es plötzlich. Doch dieses Mal stand niemand hinter ihm und zischte ihm zu, dass er versagt hätte. Es war so gleichgültig! Mit einem übermütigen Lachen bestellte Will noch eine Runde, wobei sich Jack, Jim und Lizzy allerdings verabschiedeten, da Jacks Date inzwischen vor der Tür wartete.

»Bringst du Jessica nicht rein?« Die Neugierde stand Elly ins Gesicht geschrieben. »Wo wir doch schon so viel von ihr gehört haben, wollen wir jetzt auch sehen, ob sie wirklich existiert.«

Jack zwinkerte ihr zu. »Wir gehen ins *Diner*, Burger essen. Zudem reicht's, wenn ich sie erst mal mit *dem* Teil der Bande konfrontiere«, er deutete auf seinen Bruder und Lizzy, »ich will sie ja nicht gleich ganz vergraulen.«

»Und so was nennt sich ›Freund‹!« Hope schlug ihm lachend auf den Po. »Mach, dass du fortkommst!«

Unter Gelächter verabschiedeten sie sich. Da gerade ein Billardtisch frei wurde, nahm Elly ihn direkt in Beschlag.

»Lust auf einen Vierer, bis der zweite Tisch frei wird?«, schlug sie vor. »Männer gegen Frauen?«

Hope strich sich eine widerspenstige braune Locke aus dem Gesicht. »Uh, da hast du mit mir aber schlechte Karten«, flachste sie.

Elly winkte grinsend ab. »Der Weg ist das Ziel.« Sie beugte sich näher und flüsterte mit einem Seitenblick auf Will, so laut, dass er es hören konnte: »Zudem ist Will auch völlig aus der Übung.«

»Da könntest du recht haben«, räumte er schmunzelnd ein.

Obwohl Will sich aufs Spiel konzentrierte und sie viel

Spaß hatten, schweiften seine Blicke immer wieder in die Menge, wenn sie sich teilte. Doch wie erwartet kam Annabella nicht. Und er konnte es ihr nicht einmal verübeln.

Kapitel 3

Will

Lynnwood Falls

»Die Unterlagen, worum es geht, hast du gelesen, Gordon?« Will sah seinen Mitarbeiter fragend an.

Auch wenn ihnen der Student öfter bei der Recherche half, vor allem freitags, wenn er keine wichtigen Vorlesungen hatte, wirkte er etwas ratlos. Und noch ziemlich verschlafen, als er sich nur mühsam auf dem Besuchersofa aufrichtete, auf dem er gelümmelt hatte, und die langen aschblonden Haare erneut zu einem Zopf zusammenband. Er rückte den Strickpullover zurecht, der aussah, als wäre er aus sämtlichen Wollresten zusammengesetzt, und ihm bis zur Mitte der Oberschenkel reichte. »Ja, ich frage mich nur, warum du mich herbestellt hast? Und ebenso frage ich mich, wie ihr beide so verflucht fit aussehen könnt um diese nachtschlafende Zeit«, knurrte er.

»Um halb zehn?« Will konnte sich den Spott nicht verkneifen, auch wenn er damit spießig klang und nicht, als wäre er nur sieben Jahre älter als der Dreiundzwanzigjährige. Sein Blick schweifte zu Elly, deren Wangen noch leicht von der frischen Luft gerötet waren. »Wir waren heute Morgen schon ausreiten. Über die mit Raureif bedeckten Felder zu galoppieren ist eine herrliche Methode zum Wachwerden.« Von ihm aus hätte der Ritt noch ewig weitergehen können. Sein schwarzer Mustang-Hengst Running Wild war auch einer der Gründe, warum er den Aufenthalt hier in Lynnwood Falls auf dem Land dem in Portland absolut vorzog, mal ganz davon abgesehen, dass Zeus es ebenfalls liebte, sie auf dem Ritt quer über die Felder zu begleiten.

Als hätte Gordon den Gedanken gespürt, sagte er prompt: »Schön für euch! Aber einen Recherche-Auftrag hätte ich doch auch von Portland aus erledigen können.« Er trank den letzten Schluck aus seiner Tasse, und Elly goss ihm mit verständnisvoller Miene ungefragt Kaffee nach.

Will schob Zeus' Kopf von seinem Schoß und lehnte sich vor, um ihr auch seinen Becher hinzuhalten. »Das stimmt. Aber natürlich läuft deine Arbeitszeit ab dort, keine Sorge. Warum ich dich hierhaben wollte: Elly und ich sind in Lynnwood Falls geboren, wir sind voreingenommen. Mich interessiert der Blick des Außenstehenden, was eine *Firma* dazu veranlassen könnte, sich hier im Ort ein Haus zu kaufen. In der Ortsmitte sind die Immobilienpreise zwar sicherlich nicht die übelsten, aber meiner Meinung nach ist dies keine lukrative Wertanlage. Also muss es andere Gründe geben für den Kauf. Das waren ja auch Ellys Überlegungen.«

Sie nickte ihm zu.

Er wandte sich wieder an Gordon. »Du siehst dich bitte hier um und machst dir Gedanken. Und dann möchte ich, dass du alles über dieses Konsortium herausfindest, was es herauszufinden gibt. Bisherige Käufe, Geschäfte, mit wem kooperieren sie? Elly gibt dir einen Schlüssel fürs Büro, du kannst nach deiner Runde durch den Ort hier arbeiten.«

»In Ordnung.«

»Und dann – auch deshalb solltest du kommen – bewirbst du dich bei ihnen für die leer stehende Wohnung im ersten Stock.«

»Ich? Eine Wohnung, hier?« Gordon hob die Augenbrauen.

»Genau. Keine Sorge, du musst nicht herziehen, wirst die Wohnung vermutlich nicht einmal bekommen«, beruhigte ihn Will.

»Uh, ja, das ist gut!«, pflichtete Elly ihm bei und hob anerkennend den Daumen. »Dann wissen wir eher, was sie mit dem Haus vorhaben.«

»Das finde ich auch.« Will grinste sie an. »Und du, Elly, versuchst bitte inzwischen, alles über den vorigen Vermieter Mr Dunne herauszufinden. Wer waren die Erben? Für wie viel haben sie das Haus verkauft? Inwieweit ist der Verkauf bereits abgewickelt? Wenn es möglich ist, verschaff uns die Kopien der Kaufverträge, Grundbucheinträge et cetera.«

Elly, die im Sessel saß und sich fleißig Notizen gemacht hatte, nickte abermals. »Alles klar.«

»Und besorge dir bitte einen aktuellen Mietspiegel. Lass dir auch von Annabella noch eine Kopie ihres Mietvertrages für die Wohnung geben.«

»Beides schon angefragt.«

»Sehr gut!« Nachdem Zeus sich nun Streicheleinheiten von Elly holte, ließ Will seinen Schreibtischstuhl nach hinten kippen, rückte die *New York Times*, die er bereits gelesen hatte, auf dem massiven Eichenholzschreibtisch zurecht und legte die in Turnschuhen steckenden Füße darauf. Mit dem Ende des Kugelschreibers klopfte er sich gedankenverloren gegen das Kinn. Seine Blicke schweiften zur Schrankwand, in der er einiges an Rechtsliteratur stehen hatte – aber nicht zu viel.

Das Büro hielt er absichtlich schlicht. Das geräumige Vorzimmer, in dem Elly saß, war freundlich mit hellen Kiefernmöbeln vom lokalen Schreiner eingerichtet. Elly hatte sich einige Zimmerpflanzen hineingestellt – sie hatte ein Faible dafür, es wirkte regelrecht gemütlich. Und einen grünen Daumen besaß seine Assistentin auch; sie hatte es sogar geschafft, dass kleine Früchte an dem Orangenbäumchen hingen. Passend zur Jahreszeit prangte momentan auch noch ein leuchtend roter Weihnachtsstern auf ihrem Schreibtisch.

Sein Büro hatte sie ebenfalls mit ein paar Pflanzen bedacht. Sie standen in rustikalen Übertöpfen, die mit den soliden antiken Eichenmöbeln und dem Chesterfield-Sofa harmonierten. Die meisten seiner Mandanten hier waren Farmer, die Schwierigkeiten mit Kunden oder Lieferanten hatten. Oder Geschäfte abwickelten und dafür Verträge benötigten, teilweise auch Pachtverträge für die Weiden. Gelegentlich wurde Will um Rat zu Testamenten oder Schenkungen gebeten. Ein zu mondänes Büro hätte zu viel Distanz geschaffen, zu billige Möbel zu wenig Vertrauen in seine Fähigkeiten erweckt.

Auch die Kleiderordnung hielt er hier – im Gegensatz zu Portland, wo sie im Mandantenverkehr Anzug und Kostüm vorzogen – eher leger. Meist trug er schwarze Jeans und je nach Jahreszeit Hemd oder Pullover, auch Elly kleidete sich hier in den kühleren Monaten in Jeans, dazu meistens eine Bluse mit einer Strickweste darüber, so auch heute. Er hoffte, der Spagat gelang ihnen, aber bislang hatte er den Eindruck gehabt, dass die Mandanten sich bei ihnen wohlfühlten.

Der einzige Nachteil an diesen Räumen war, dass das Gebäude direkt neben dem Friseursalon lag. Wenn sie im Sommer die Fenster öffneten, roch es gelegentlich nach Dauerwellenflüssigkeit oder Massen von Haarspray, aber immerhin besaß die Kanzlei den Vorteil der zentralen Lage.

Im Büro unter ihnen residierte der Finanzmakler von Lynnwood Falls, Edward G. Pillsbury, der nicht nur Geldanlagen und Wertpapiere, sondern auch Versicherungen an die Bewohner brachte – auch für die Vermittlungen von Krediten war er der richtige Ansprechpartner.

»Sprich bitte auch unauffällig mit Eddie Pillsbury, ob eine der neuen Gebäudeversicherungen über ihn läuft oder ob er etwas weiß. Ihm entgeht normalerweise nichts, er ist doch eine wandelnde Infosäule. Aber ich vermute, dass in diesem Fall alles auswärtig lief.«

Elly nickte.

Sein Blick fiel wieder auf die Gesetzbücher. »Ich werde

mich unterdessen auf die juristische Seite konzentrieren. Ein paar Paragrafen wälzen. Sehen, welche rechtliche Handhabe diese *Brakenshaw Enterprises* vorweisen können. Vielleicht gibt es Präzedenzfälle bezüglich Mietübernahmen, wobei es hier natürlich verdammt ärgerlich ist, dass der Vertrag nicht auf Annabella läuft. Um eins zum Mittagessen treffen wir uns wieder.«

»Bei ihr im Café?«, fragte Elly.

»Nein, sonst fühlt sie sich womöglich verpflichtet, uns zu versorgen.« Er schob sich ein Stück Kürbisgebäck in den Mund. »Diese leckeren Dinger hier waren doch schon genug des Guten. Lasst uns ins *Diner* gehen.« An Gordon gerichtet fuhr er fort: »Es heißt eigentlich *Bob's Burger*, falls du den Weg dorthin in eine Suchmaschine eingibst. Die haben die besten Burger weit und breit.«

»Klingt cool. Aber du isst doch gar kei…«

»Es gibt auch einen guten Veggie-Burger. Außerdem finde ich immer was. Sie haben leckere Salate, auch die Pommes sind spitze, hausgemacht, aus frischen Kartoffeln, total knusprig.« Will nahm die Füße vom Tisch und richtete sich auf. »Dann lass uns loslegen! Reservierst du uns einen Tisch, Elly? Um die Zeit ist es voll.«

»Mache ich. Soll ich Zeus mitnehmen? In nehme an, du gehst in die Bibliothek?«, fragte sie mit einem schelmischen Grinsen.

»Das wäre klasse! Und, ja, du kennst mich zu gut.« Er nickte schmunzelnd. Mit der göttlichen Ruhe in den heiligen Hallen war dies für ihn einfach der Platz, wo er am besten nachdenken und sich konzentrieren konnte.

Seit er denken konnte, war die *Carly Martin Memorial Library* ein Zufluchtsort für ihn gewesen, bereits in der Jugend. Ein Hort des Friedens, den er sonst nicht gehabt hatte.

Selbst die gestrenge Mrs Dubois, die, mit ihrem missbilligenden Blick über die Ränder ihres Kneifers und dem biederen Dutt, bei den anderen Jugendlichen so gefürchtet gewesen war, hatte ihn nicht schrecken können. Obwohl sie normalerweise niemanden zu mögen schien und kein Lächeln für die Besucher übrighatte, war in Will stets der Eindruck entstanden, sie hätte ihm gegenüber eine außergewöhnliche Milde walten lassen. Sie hatte ihm als Schüler sogar eine bezahlte Arbeit gegeben – er durfte die zurückgebrachten Bücher wieder an ihre angestammten Plätze in den Regalen räumen und konnte sich so ein Taschengeld verdienen, das er meist in Bücher investiert hatte. Oder in den Anzug für den Abschlussball. Womit er in Gedanken wieder bei Annabella war, und für sie musste er schließlich jetzt produktiv werden.

Eilig verabschiedete er sich von den beiden, kraulte Zeus noch mal und schlüpfte in die wattierte schwarze Jacke, doch er ließ sie ein Stück offen. Auch heute war es wieder relativ warm für Mitte November, einige Grad über null.

Er lief zur Bibliothek, die am anderen Ende des Zentrums von Lynnwood Falls lag, nur circa zehn Minuten Fußweg von seinem Büro entfernt. Wie immer ließ das frei stehende weiße Holzgebäude sein Herz höherschlagen. Will stieß die Tür auf, trat sich im Vorraum sorgfältig die Schuhe ab und ging in den Saal. Wohltuende Ruhe empfing ihn. Und das strahlende Lächeln von Melanie Rowling, der »neuen« Bibliothekarin, die seit gut zwei Jahren die Leitung übernommen hatte, nachdem Mrs Dubois fast dreißig Jahre im wahrsten Sinne hier geherrscht hatte.

»Hi, Mel. Alles klar?« Er fragte sich, warum er hier drin jedes Mal automatisch flüsterte.

Sie nickte. »Hi, Will«, wisperte sie ebenfalls; die sympathischen Grübchen vertieften sich. Mit einem Winken rief sie ihn zu sich.

Damit sie nicht so laut sprechen musste, beugte er sich zu ihr hinunter. Sie schob ein Bonbon in die andere Wange, der Geruch nach Eukalyptus stieg ihm in die Nase. »Ich hätte wieder ein Attentat auf dich vor.« Nun wirkte ihr Lächeln zerknirscht. »In der Weihnachtswoche haben wir Vorlesen für die Kinder …«

Er lachte leise. »Was soll ich tun?«

»Es geht um eine Santa-Claus-Geschichte. Wir bräuchten jemanden, der im Nikolaus-Kostüm vorliest. Und da wäre ein Mann natürlich schöner …«

»Und dabei hattest du an mich gedacht?«, schlussfolgerte er amüsiert. Er konnte selbst nicht sagen, wie er da hineingeraten war, dass er sich von ihr hatte zum gelegentlichen Vorlesen einspannen lassen. Vielleicht, weil er einer der wenigen Männer war, die Stammgast in der Bibliothek waren? Bei ihrer sonst so zurückhaltenden Art, die niemals etwas zu verlangen schien, hatte er nicht widerstehen können, als Mel ihn schüchtern gefragt hatte, und er hatte festgestellt, dass es ihm sogar Spaß machte. Immerhin war es sinnvoll, Kindern das Lesen nahezubringen. Nur als es zum Singen gekommen war, hatte er gestreikt. Vielleicht half er auch, weil er sich Mrs Dubois noch immer verpflichtet fühlte? Er zückte sein Handy und öffnete den Kalender. »Welcher Tag?«

»Am Dienstag vor Weihnachten. Um vierzehn Uhr?«

»Das sollte klappen, so kurz vor den Feiertagen bin ich sicherlich in Lynnwood Falls.« Will tippte den Termin ein. »Alles klar, notiert«, bestätigte er leise.

»Ich danke dir!«

»Muss ich mich um ein Kostüm kümmern?«

»Nein, es gibt eines aus dem *Stadt*-Fundus.« Wieder zeigten sich ihre Grübchen. »Das Buch, aus dem wir lesen, lege ich dir nachher raus, damit du dir den Text vorher ansehen kannst.«

»In Ordnung.«

Mit dem Kopf deutete er stumm nach hinten, was ihm abermals ein Nicken einbrachte. Fast ehrfürchtig ging er durch die Reihen. Das Geräusch seiner Schritte wurde von dem grau melierten Teppichboden gedämpft. Die Regale bestanden aus grauem Eschenholz, das dem Raum ein freundliches und trotzdem gediegenes Ambiente verlieh. Will meinte fast, den Geruch von Papier aufzusaugen, als er an den zahllosen Büchern sämtlicher Belletristik- und Sachbuch-Sparten vorbei nach hinten ging.

Mel hatte in einer Ecke eine Kinderabteilung eingerichtet, bunt dekoriert mit Bilderbüchern sowie den Plakaten und Figuren zu diversen Disneyfilm*en.* Jeden Dienstagvormittag waren die heiligen Hallen von Lachen und Gesprächsfetzen erfüllt. Grundschulklassen kamen dann normalerweise hierher.

Und Mel organisierte Themen-Lesungen zu den unterschiedlichen Jahreszeiten. Im Herbst vor Thanksgiving hatte Will, als Kürbis verkleidet, aushelfen »dürfen«.

Doch jetzt gab es andere Dinge, auf die er sich konzentrieren sollte. Nachdenklich ließ er sich auf der schwarzen Ledercouch in der Ecke nieder und zog seinen Laptop hervor. Er suchte sich die zuständigen Paragrafen heraus und ging dann zum Regal der juristischen Fachbücher. Obwohl er auch alles auf dem Rechner finden konnte, las er sich die Texte lieber auf Papier durch. In der Hinsicht war er irgendwie altmodisch. Das Rascheln der Seiten war einfach etwas Besonderes.

Konzentriert arbeitete er, tippte Notizen in seinen Laptop. Zwei Mal musste er rausgehen, weil er wichtige Anrufe erhielt, die ihm Cindy, seine Sekretärin in Portland, weiterleitete. Viel zu schnell verging die Zeit, bis eine Nachricht von Elly eintraf:

Ich hole dich jetzt ab, dann brauchst du nicht zu deinem Auto zu laufen.

Die Frau dachte einfach mit! Das *Diner* lag am Ortsrand, der Weg war etwas zu weit zu Fuß, zumindest in dieser Jahreszeit. Sorgfältig sortierte er die Gesetzbücher wieder zurück ins Regal und ging nach vorn, um sich von Mel zu verabschieden. Doch dort saß Mrs Dubois, den Kneifer auf der Nasenspitze, in ein strenges graues Kostüm gekleidet.

Das kaum merkliche Anheben ihrer Mundwinkel entsprach bei anderen einem strahlenden Lächeln. »Melanie ist in der Mittagspause, sie hat mir das für dich hingelegt, Will.« Sie hielt ihm das Weihnachtsbuch entgegen. Für sie war er wohl immer noch der Junge von damals.

Und sofort fühlte er bei sich einen Anflug seines schüchternen jüngeren Selbst; er musste sich regelrecht zu einem selbstbewussten Lächeln zwingen. »Vielen Dank, Mrs Dubois.«

Er nahm das Buch entgegen. An den Händen konnte er sehen, wie die ehemalige Bibliothekarin gealtert war. Altersflecken zogen sich über die Handrücken, aus denen auch die gichtgeschwollenen Knöchel weit hervorstanden. Dann richtete er die Aufmerksamkeit auf das Buch. Es war eine ältere Hardcover-Ausgabe, ganz in Braun-Weiß gehalten, mit in Gold geprägten Buchstaben auf dem Umschlag. Unwillkürlich strich er sanft darüber.

In Mrs Dubois wässrig blaue Augen trat ein Leuchten, die Fältchen drum herum verstärkten sich. Er nickte ihr wortlos zu. Die Liebe zu Büchern war es vermutlich, die sie beide, die völlig unterschiedlichen Menschen, damals schon verbunden hatte.

»Es ist schön, Sie wiederzusehen, Mrs Dubois«, sagte er spontan.

»Ich komme hier genauso wenig weg wie du, Will.«

Sanft ergriff er ihre Hand. »Bis bald.«

Sie erwiderte den Händedruck mit einem Gesichtsausdruck voller Milde.

Er eilte nach draußen, wo Elly schon in ihrem roten Dodge Caliber auf ihn wartete. Zeus kläffte aufgeregt auf dem Rücksitz. Will quetschte sich auf den Beifahrersitz in den

Kleinwagen, und sofort legte Zeus ihm die Schnauze auf die Schulter, um sich kraulen zu lassen.

Sie deutete grinsend auf das Kinderbuch. »Das nennst du also ›Arbeit‹?«

»Nun ja, vielleicht bringt Santa Claus ja Annabella einen Mietvertrag zu Weihnachten?«, konterte er.

»Schön wär's.« Sie seufzte.

Ohne sich abzusprechen, warteten sie mit dem Austausch der Neuigkeiten, bis sie im *Diner* ankamen und Gordon bei ihnen saß. Es war gut, dass sie reserviert hatten. Alle Tische und die Theke waren belegt. Stimmengewirr wogte durch den Raum.

»Okay, wer will anfangen?« Will sah in die Runde.

Er folgte Gordons Blicken durch das Lokal. Optisch war das Diner kein Highlight, eben ein typisches Schnellrestaurant. Es konnte weder mit den grünen Kunstlederbänken noch mit den Resopaltischen glänzen. Hier kam man wirklich wegen des leckeren Essens her. Bevor Gordon etwas sagen konnte, trat Samantha, die Bedienung, an den Tisch. Trotz ihres freundlichen Lächelns war ihr anzusehen, dass sie unter Druck stand.

Sie schob sich mit dem Kugelschreiber eine blonde Haarsträhne hinter das Ohr. »Was kann ich euch bringen? Elly, das Übliche?«

Elly nickte und wandte sich an Gordon. »Die Samurai-Burger sind der Hammer! Und die hausgemachte Zitronenlimo auch.«

»Okay, den Burger nehme ich. Mit den Pommes, die Will so gelobt hat. Allerdings eine Coke dazu.«

Samantha tippte fleißig auf ihr Handy ein, das mit dem Bestell-Terminal verbunden war. »Und du, Will?«

»Auch eine Zitronenlimo, Pommes und den Caesar Salad.«

»Alles klar.« Sie lächelte. Im Weglaufen drehte sie sich nochmals um. »Oh, Elly, wo ich dich gerade sehe. Könntest du Brandon bitte erinnern, dass Kevin nächste Woche nicht zum Training kommen kann? Mein Vater hat Geburtstag, wir fahren zu ihm. Ich habe meinem Jungen zwar gesagt, er soll Brandon Bescheid geben, aber sicherheitshalber …«

Elly lächelte verständnisvoll. »Alles klar, ich richte es ihm aus.« An Gordon gewandt fuhr sie fort: »Brandon trainiert die örtliche Football-Jugendmannschaft, die *Beavers.* Samanthas Sohn Kevin ist der Quarterback.« Sie tippte eine Nachricht an Brandon. »Aber jetzt erzähl mal: Was denkst du?«

Gordon lachte, er wirkte jetzt wesentlich wacher als am Morgen. »Auf jeden Fall ist es hier ländlich. Jeder scheint jeden zu kennen.«

»Das scheint nicht nur so«, warf Will grinsend ein.

»Es hat durchaus seinen eigenen Charme.« Gordon zögerte. »Was aber ein Konsortium zum Kauf bewegen könnte, wenn sie nicht gedenken, das Café weiter zu vermieten, erschließt sich mir nicht. Ich habe mich auf jeden Fall für die Wohnung beworben.« Er zog sein Tablet hervor. »An *Brakenshaw Enterprises* bin ich noch dran. Ich habe einen Kumpel gebeten, mir Infos darüber zu verschaffen. Es kostet uns vielleicht ein bisschen was, aber …«

Will hob lachend die Hand. »Ich will gar nichts über die Recherche-Methoden wissen.« Gordons Kumpel hatte ihnen schon gelegentlich Informationen beschafft, aber es war besser, er wusste keine Details. So konnte er sich einbilden, es lief alles den regulären Weg. »Sag mir einfach, was er bekommt.«

»Mach ich. Komischerweise sieht man nicht auf den ersten Blick, was sie treiben, doch ich werde es heute noch herausfinden.« Nun sprach die Entschlossenheit aus ihm, die ihn so auszeichnete. Gordons Hilfe war unschätzbar. Er war wie ein Bluthund. Wenn er einmal eine Witterung aufgenommen hatte, war er nicht mehr von der Spur wegzubekommen, bis er einen Erfolg vorweisen konnte.

Will schmunzelte in sich hinein. »Okay, danke, Gordon! Elly?«

»Wie erwartet laufen die Versicherung nicht über Mr Pillsbury; ich konnte ihm die Infos unauffällig entlocken. Er weiß auch sonst nichts. Ich war bei Francy, die hatte einen guten Draht zum alten Mr Dunne.«

»Gute Idee!« Die Besitzerin des Tierbedarfshandels hatte so ziemlich mit jedem im Ort zu tun, da die meisten entweder Viehzucht betrieben oder ein Haustier besaßen. »Und?«

»Details habe ich natürlich nicht verraten, und Francy ist ja nicht der Typ, der naseweis nachfragt. Aber sie konnte mir den Kontakt zu Mr Dunnes Erben vermitteln.« Sie hielt kurz inne, während Samantha die Getränke brachte. »Ich habe mit der Nichte vom alten Dunne gesprochen. Sie hat mir versprochen, die Verträge herauszusuchen und zu faxen. Sie sind noch etwas altmodisch unterwegs; mit Scannen hat sie es wohl nicht so. Die Käufer sind direkt nach der Testamentseröffnung auf sie zugekommen. Das Angebot hat sie sofort angenommen, da sie selbst gerade ein Haus gekauft hatten, und die Übernahme ist so gut wie abgewickelt.«

»Prima, danke. Nach dem, was ich so auf den ersten Blick herausgefunden habe, gibt es wenig rechtliche Handhabe für Annabella. Wir sollten also vorrangig in Erfahrung bringen, was *Brakenshaw* mit dem Haus anfangen wollen, damit wir eine Verhandlungsbasis haben. Versuch doch mal bitte herauszubekommen, Elly, wer den Verkauf abwickelt. Es wird ja auch ein Notar oder zumindest ein Anwaltsbüro zuständig sein. Ich nehme nicht an, dass das Konsortium sich selbst um solche Sachen kümmert.«

»In Ordnung.«

»Nächste Woche ist es etwas eng, aber übernächste Woche könnte ich sonst mal nach Chicago fliegen und das persönlich besprechen. Vielleicht handelt es sich ja nur um ein Missverständnis, dass Annabella nicht bleiben darf.« Er wusste selbst, dass er optimistischer klang, als er sich fühlte, und auch Elly und Gordon hoben zweifelnd die Augenbrauen.

In dem Moment balancierte Samantha gekonnt die Teller auf ihrem Arm zu ihnen.

»Das riecht schon köstlich«, kommentierte Elly, und auch Gordon sagte: »Oh ja! Ich sterbe vor Hunger.«

»Danke, Samantha. Lasst uns erst mal essen, und dann sehen wir weiter«, beschied Will und pickte mit der Gabel einen knusprigen Croûton von seinem Salat.

Eine Weile herrschte eine Stille zwischen ihnen, die nur von gelegentlichen »hmmm« und »lecker« unterbrochen wurde, während sie auf das Essen konzentriert waren – jeder in die eigenen Gedanken versunken.

Das Vibrieren von Gordons Handy ließ sie zusammenzucken. Er leckte sich Samurai-Sauce von den Fingern, wischte sie an der Serviette ab und fuhr über den Touchscreen.

»Oh, ich habe schon Informationen bekommen.« Der restliche Burger war vergessen, und er zog sein Tablet aus der Schultertasche, die er neben sich stehen hatte. »Weiß jemand den WLAN-Schlüssel von hier?«

»EatandRepeat. In einem Wort, großes E, großes R«, sagte Elly.

Gordon tippte auf seinem Tablet herum, dann pfiff er durch die Zähne. »Sieh einer an!«

Will, der sich gerade zwei Pommes frites in den Mund gesteckt hatte, kaute und schluckte eilig. »Was ist?«

Elly stieß Gordon den Ellbogen in die Rippen, als er das Tablet von ihr wegdrehte. »Spann uns nicht auf die Folter.«

Er schob den Gewürz- und Saucenständer beiseite und legte das Tablet in die Tischmitte. Eine Landkarte war darauf zu sehen, mit einzelnen Punkten darauf, wie kleine rote Käfer. »Seht euch das mal an. Dieses Konsortium vertritt unter anderem die Fast-Food-Kette *Sweet or Tasty*. Sie wurde vor Kurzem gegründet und verbreitet sich rasant über die gesamte

Nation. Sie haben sich auf süße und salzige Donuts spezialisiert, meines Wissens die erste Kette, die salzige Donuts anbieten. Es gibt sogar welche mit Hackfleischfüllung. Und natürlich das gesamte süße Programm, wie mit Pudding oder Sahne gefüllte.«

»Und die wollen hier in Lynnwood Falls, in *Annabella's Café*, solch eine Filiale eröffnen?«, überlegte Will laut. Er merkte selbst, wie ungläubig er klang.

Gordon nahm den restlichen Burger in die Linke, biss hinein, während er mit der Rechten auf seinem Handy surfte. »Sie sind in einigen Kleinstädten angesiedelt«, erwiderte er mit vollem Mund.

»Seht euch das mal an!« Elly deutete aufgeregt auf die Karte.

»Was meinst du?«, fragte Will verblüfft.

»Verbinde doch mal diese Punkte, das sieht ja aus wie ein Stern.«

»Krass! Du hast recht«, stimmte Gordon zu.

»Und diese Ecke ist noch unbesetzt. Ob die tatsächlich hier eine Filiale eröffnen wollen?« Will rieb sich grübelnd das Kinn. »Wenn das der Grund ist, müssen wir uns eine gute Strategie überlegen.« Annabellas Gesicht erschien vor seinen Augen. Er wollte sich gar nicht vorstellen, wie sie sich angesichts dieser Ungewissheit fühlen musste. Nur eines wusste er: Keinesfalls konnte er zulassen, dass sie auf der Straße stand und ihr Traum zerstört wurde.

Annabella

Portland / Lynnwood Falls

Vor lauter Aufregung – die Sorge um das Café und das Unwohlsein vor dem Date – hatte Annabella den heutigen Fototermin völlig verschwitzt. Zum Glück kämpfte sich die Sonne am Morgen doch noch durch den dichten Nebel hindurch und hüllte den Innenraum des Cafés in einen goldenen Schein. Die Weihnachtsbeleuchtung funkelte mit den Sonnenstrahlen um die Wette. Der Fotograf Rick Carpenter bestand darauf, dass auch Annabella sich für ein Bild vor ihr Café stellte. Sie hasste es, fotografiert zu werden, doch sie zog eine möglichst fröhliche Miene. Schließlich konnte es ja sein, dass es ein historisches Foto werden würde und ihr Café bald nicht mehr existierte.

Schnell rief sie sich zur Vernunft. Natürlich drückten ihr die Sorgen aufs Gemüt, doch Aufgeben war keine Option. Elly hatte angedeutet, dass sie demnächst bezüglich einer Lösung mit ihr sprechen wollte. Bis dahin würde sie sich nicht unterkriegen lassen.

Sie musste sich hinterher sputen, um sich zu duschen und für ihren Termin in Portland zu richten. Zum Glück war wenig Verkehr, und sie schaffte es rechtzeitig, bei ihrem Arzt zu sein. Sie musste auch gar nicht lange warten, bis sie untersucht wurde.

»Es ist alles in Ordnung.« Dr. Lessington trocknete sich die Hände mit einem Papiertuch ab. »Dann sehen wir uns in einem halben Jahr zur nächsten Routine-Untersuchung wieder, Miss Marks.«

Annabella erwiderte sein Lächeln. »Wunderbar! Herzlichen Dank, Doktor Lessington.« Sie zog sich in die Umkleidekabine zurück, um ihre Kleidung wieder anzuziehen. Die Unterwäsche war ein Set aus türkisfarbener Spitze, das relativ neu war und gut zu ihrer braunen Haut aussah. Obwohl sie ganz bestimmt nicht vorhatte, sich heute einem Wildfremden in Dessous zu zeigen, hatte sie Kylies Rat befolgt, »immer für alle Eventualitäten gerüstet zu sein«, und sich damit beschwichtigt, dass sie schließlich auch sonst Wert auf schöne Wäsche legte. Für das kommende Rendezvous hatte sie sich für eine stone-washed Jeans und einen rauchblauen Feinstrickpullover entschieden, der ihr bis zu den Oberschenkeln reichte.

Sie arrangierte den weiten Rollkragen, bis er in weichen Wellen auf ihr Dekolleté fiel, und legte die – aus feinen Kunstperlen selbst gefertigte – Kette mit großem Anhänger wieder um, deren Blautöne farblich mit dem Pullover harmonierten. Auch die Ohrhänger passten dazu. Sie strich ordnend durch die blonden Wellen, die ihr heute offen über den Rücken fielen, und betrachtete sich kritisch im Spiegel.

Obwohl sie im Grunde nicht wirklich Lust auf das Treffen hatte, war sie irgendwie aufgeregt. Sie fuhr den Eyeliner nochmals nach, der ihre braunen Augen betonte, und trug etwas zartrosa Lipgloss auf. Das musste genügen. Entweder fand er sie sympathisch oder nicht. Sie widerstand nur mühsam der kindischen Versuchung, ihrem Spiegelbild die Zunge rauszustrecken, und schlüpfte in Schal und Mantel.

Gedankenverloren trat sie auf die Straße. Beißend kalter Wind empfing sie, malträtierte ihr Gesicht wie feine Nadelstiche. Inzwischen hingen dicke graue Wolken am Himmel – der Wetterbericht hatte Schnee angekündigt, die eisige Luft roch schon förmlich danach. Hoffentlich ließ sich das schlechte Wetter noch ein bisschen Zeit; sie hatte heute noch eine weite Strecke zurückzulegen.

Abermals schweifte ihr Blick zum Himmel. In ihren Fingern juckte es. Am liebsten wäre sie zum unweit entfernten Hafen geeilt und hätte ihren Skizzenblock ausgepackt. Bestimmt gab der raue Atlantik mit den Wolkenformationen in der Dämmerung ein großartiges Bild ab. Sie sah es buchstäblich vor Augen: das Meer, grau wie flüssiges Blei, die dicken Kumuli nur unmerklich heller. Bedrohlich – von einer morbiden Faszination. In Gedanken mischte sie schon die Farbe. Doch der Blick auf die Armbanduhr sagte ihr, dass es bereits kurz vor vier war, sie musste los, wenn sie pünktlich sein wollte.

»Bella?«, erklang eine Stimme von der Seite, und Annabella zuckte zusammen. Nur ihre Mutter hatte sie so genannt. Oder manchmal … Ihr Kopf fuhr herum. Und sie blickte in ein Männergesicht.

Bevor sie realisierte, was mit ihr geschah, fand sie sich in einer Umarmung wieder. Winterkalte Lippen drückten sich vertraulich fest auf ihre Wange.

»Was …?«, stammelte sie.

»Tom! Ich bin's, Tom. Tomcat!«

Verblüfft schob Annabella ihn von sich. Stimmt, sie hatte sich »Bella« als Profilnamen gegeben – was auch immer sie dabei geritten hatte. Er sah gut aus mit dem sauber gestutzten Bart und den blendend weißen Zähnen. Allerdings war er etwas kleiner, als sie erwartet hatte, kaum größer als ihre eigenen ein Meter siebzig. Sonst sah er wahrlich passabel aus.

»Hi!«, erwiderte sie abwartend.

»So viele dunkelhäutige Frauen mit blonden Haaren gibt's ja nicht. Da dachte ich mir gleich, dass du das bist.« Dass die Bemerkung wenig taktvoll war, schien ihm nicht aufzufallen. Er lächelte sie strahlend an und hakte sie unter. Sein Blick fiel auf das Schild hinter ihr. »Du kommst vom Frauenarzt?«

Annabella musste sich beherrschen, dass ihr der Mund anhand dieser erneuten Indiskretion nicht offen stehen blieb.

Tom beugte sich vertraulich näher: »Cool! Dann hast du also direkt vorgesorgt? Für heute habe ich aber auch Kondome!«

Fassungslos starrte sie ihn an. Der war sich seiner Sache ja sicher!

Sein zerknirschter Gesichtsausdruck hatte etwas Jungenhaftes. »Sorry. Ich sage einfach immer, was mir in den Sinn kommt, das sollte ich mir abgewöhnen.« Das unbekümmerte Lachen war ansteckend. »Ich hatte dich ja vorgewarnt, dass ich manchmal zu ehrlich bin.«

Allerdings, das war er! Der erste Reflex war davonzulaufen. Dann riss Annabella sich zusammen und beschloss, ihm noch eine Chance zu geben. »Das Café ist gleich da vorn. Gehen wir?«

»Klar. Auf zu Charley.« Er zog das zum Ende ausgesprochene »i« lang.

Annabella verzichtete darauf, die Aussprache zu korrigieren auf das französisch ausgesprochene »Chez Charlie«, mit kurzen »i« – das wäre wirklich zickig gewesen.

Tom öffnete ihr immerhin zuvorkommend die Tür.

Wohlige Wärme, Gesprächsfetzen und die heisere Stimme von Tracy Chapman schlugen ihnen entgegen. Annabella merkte, wie sie sich in dieser pulsierenden Atmosphäre entspannte. Englische und französische Sprachfetzen drangen an ihr Ohr, auch einige asiatische Gäste waren da.

»Wir haben reserviert. Zwei Personen. Auf Bella«, sagte sie zu dem wartenden Kellner, der sie fragend angrinste.

Er führte sie zu einem Ecktisch mit einem gemütlich aussehenden Zweiersofa und einem Sessel, die beide mit blauem Leinen überzogen waren.

Eine Kellnerin, die Annabella mit den aufgezwirbelten dunklen Haaren und dem lässigen Chic an ihre WG-Genossin in Paris erinnerte, eilte herbei und präsentierte ihnen die Tafel mit den heutigen Specials, die mit Kreide darauf geschrieben waren – ganz wie es Annabella auch in ihrem eigenen Café hielt. Mit einem reizenden französischen Akzent stellte die Bedienung sich vor: »Isch bin Pauline. Sucht eusch in Ruhe etwas aus, isch bin gleisch wieder bei eusch.«

Unwillkürlich erhellte ein Lächeln Annabellas Züge.

»So gefällst du mir schon besser«, kommentierte Tom und schlüpfte aus seiner Daunenjacke.

»Entschuldige, habe ich grimmig auf dich gewirkt?« Sie entschied sich ebenfalls für Ehrlichkeit. »Ich bin vielleicht etwas angespannt, ein Blind Date ist neu für mich.«

»Wir werden schon unseren Spaß haben, du wirst sehen.« Er zuckte anzüglich mit den Augenbrauen.

Auch Annabella entledigte sich ihres Mantels.

»Und, gefällt es dir hier?«

»Es ist alles hervorragend«, sagte er lang gezogen, doch er schien die Aussage nicht unbedingt auf die Umgebung zu beziehen, denn er taxierte sie mit einer Intensität, die ihr unangenehm war.

Dann rief sie sich zur Vernunft. Warum war sie so misstrauisch ihm gegenüber? *Weil du Angst hast*, beantwortete sie sich selbst die Frage. Angst davor, dich wieder jemandem zu öffnen und dann verletzt zu werden. Resolut beschloss sie, den Nachmittag zu genießen. Sie war noch nie der Typ gewesen, dem es leichtfiel, sofort Fremden gegenüber offen und locker zu sein. Vielleicht lag es daran, dass sich Annabella durch ihr Aussehen manchmal ein bisschen anders fühlte. Doch wenn sie dann Freundschaften schloss, waren sie tief und innig. Fürs Leben. Meistens zumindest. Sie wusste selbst nicht, warum sie geraden an Will McGinty denken musste.

Schnell schüttelte sie den Gedanken ab, ließ sich in die Mitte des Zweiersofas fallen, sodass Tom gezwungen war, sich auf den Sessel zu setzen. »Dann lass uns mal in die Karte schauen.« Ihr Blick huschte über die Tafel. »Ich glaube, ich nehme einen Lemongras-Tee und die Quiche mit Spinat und Lachs.«

»Du bist ja fix«, lobte Tom und schürzte anerkennend die Lippen. Als Pauline wieder an ihrem Tisch kam, hatte er sich immer noch nicht entschieden und bestellte dann einen Kaffee und einen Cheesecake. »Wir können ja nachher noch irgendwo was Gescheites trinken«, beschloss er und grinste. »Zum Warmwerden.«

»Ist das Ambiente nicht so deines?«, ging Annabella mit einem Lächeln über die Anspielung hinweg.

»Doch, ist ganz nett.«

Nett. Aha. Irgendwie hatte sie den Eindruck, er teilte ihre Begeisterung für dieses Etablissement nicht.

Sie liebte die scheinbar zufällig zusammengewürfelten Möbel, die doch ein so großartiges Gesamtbild ergaben. Die Bilder in allen möglichen Stilarten steckten in unterschiedlichen Rahmen. Selbst der bunt gemischte Schmelztiegel an Menschen gehörte einfach dazu. Tom schien dafür keinen Blick zu haben.

Aber vielleicht hatte sie sich auch getäuscht. Er lächelte sie an. »Nun erzähl mal, woher kommst du?«

»Ich bin auch aus Maine«, erwiderte sie.

»Nein, ich meine …« Er machte eine vage Handbewegung.

Ihr Lächeln fror ein. Sie wusste genau, was er meinte. Die Fragen kannte sie. Warum sie blond war, wo doch ihre Haut milchkaffeebraun war. Doch im Ausweichen war sie gut. »Aus einer Kleinstadt hier in der Nähe«, erwiderte sie, unverändert strahlend. Lynnwood Falls erwähnte sie besser nicht, sonst kreuzte er dort womöglich irgendwann unerwartet auf.

»Aber du hast doch was in deinem Blut? Ist das Blond gefärbt?«, insistierte er.

Annabella unterdrückte ein Seufzen. »Es ist echt. Mein Vater kommt von den Kapverden, da ist dieser Gendefekt recht häufig.«

»Krass. Ich finde das total scharf zu der dunklen Haut.«

»Danke!«, erwiderte sie artig. »Und du, kommst du aus Portland?«

»Ja, ich habe eine Bude in Parkside.« Er zuckte anzüglich mit den Augenbrauen und rückte den Sessel ein Stück näher. »Zu mir ist es nicht weit.«

»Hast du auch ein Haustier?«, fuhr Annabella schnell fort. *Wie aufregend!* Hätte ihr da nichts Schlagfertigeres einfallen können?

»Ich hatte mal ein Terrarium, aber das ist schon länger

her. Sämtliches Echsenzeug.« Er rückte noch ein bisschen näher.

Sie lehnte sich möglichst unauffällig zurück. »Ich habe eine Maine-Coon-Katze, eine dreifarbige, namens Happy Lee. In manchen Kulturkreisen werden die Calicos ›Glückskatze‹ genannt.«

»Hat sie das Glück, in deinem Bett schlafen zu dürfen?« Er zwinkerte ihr zu.

Der Kerl schaffte es tatsächlich, aus den harmlosesten Bemerkungen etwas Anzügliches abzuleiten.

»Du schriebst, du magst Literatur. Was liest du denn so?«, schwenkte sie um. Darauf konnte er zumindest nichts Schlüpfriges sagen. Hoffentlich.

»Ach, du weißt ja, wie das mit solchen Dating-Portalen ist. Wie bei Vorstellungsgesprächen. Man muss immer behaupten, dass man gern liest. Und du? Liest du tatsächlich gern?«

Sie unterhielten sich eine Weile über Filme, bei denen er sich besser auskannte, und – während des Essens – erzählte Tom von seinen Wanderungen durch den Arcadia National Park. Doch wirkliche Gemeinsamkeiten entdeckte Annabella nicht. Vielleicht war sie einfach zu ungeduldig?

Kaum hatte sie ihre Quiche gegessen, schob Tom seine Tasse neben ihre und stand auf. »Rutsch mal rüber.« Überrumpelt folgte sie der Aufforderung. Tom quetschte sich neben sie und legte den Arm auf die Rückenlehne. »Ich denke, es wird Zeit, dass wir uns ein bisschen näher kennenlernen, findest du nicht?«

»Tun wir das nicht schon die ganze Zeit?«, spöttelte sie und legte die Hand auf seine Linke, die er etwas oberhalb ihres Knies platzierte. Nur um sicherzugehen, dass er seine Finger nicht auch auf Wanderschaft schickte – wo sie doch zuvor beim Thema Wandern gewesen waren.

Er lehnte sich näher, der süßliche Geruch seine Aftershaves hüllte sie ein. »Du hast was an dir, das mich echt scharf macht.«

»Ich nehme das mal als Kompliment, danke! Aber findest du nicht, dass du etwas forsch vorangehst?«

Nun beugte er sich noch näher und raunte ihr ins Ohr: »Ich nehme mir ausreichend Zeit für eine Frau, das wirst du nachher schon sehen. Du wirst auf deine Kosten kommen!«

Ein unpassendes Lachen sprudelte in Annabella auf, das sie nur mühsam unterdrücken konnte. »Hey, ich glaube, wir sind mit unterschiedlichen Vorstellungen hergekommen.«

Seine Verblüffung wirkte ehrlich. »Was erwartest du denn? Dass wir uns nur treffen und ein bisschen über unsere *Hobbys plaudern?*« Der Rest des Satzes kam völlig verständnislos heraus.

»Puh, ich ging davon aus, dass wir uns erst mal kennenlernen.«

»Haben wir das nicht schon abgehakt? Wo lernt man die wahre Natur besser kennen als in der Kiste?« Das schien tatsächlich seine Meinung zu sein.

»Nun, aber irgendwie muss es doch auch prickeln …«

»Wenn ich dich ansehe, dann prickelt es bei mir gewaltig.« Er zuckte anzüglich mit den Augenbrauen.

Annabella zögerte. Selbst wenn das bei ihr nun so gar nicht der Fall war, wollte sie ihm das nicht direkt auf den Kopf zusagen – es lag ihr nicht, Menschen wissentlich zu verletzen. Und er schien es ja nicht böse zu meinen.

»Magst du mich denn nicht?« Er setzte einen Hundeblick auf.

»Das hat damit nichts zu tun!«

Er sah sie forschend an. »Jetzt sag nicht, du hättest keine Bedürfnisse?«

»So einfach siehst du das?«

»Hattest du denn noch nie einen One-Night-Stand?«

»Doch, schon.« Während des Studiums, vor Jean-Pierre.

Und nach ihrer Rückkehr, auf einem Festival. Aber dennoch war sie nicht unbedingt der Typ, der von einem ins andere Bett hüpfte. »Machst du denn so was regelmäßig?«

»Sagen wir so: Ich bin auf der Suche.« Er grinste. »Und zumindest wird's mir so nicht langweilig. Und ich bin ja ehrlich, mache niemandem was vor.«

Annabella lachte auf. »Das bist du!« Einen gewissen Charme hatte die Ehrlichkeit.

»Wenn du lachst, bist du echt unwiderstehlich.«

Bevor sie sich's versah, hatte er ihr die Hand in den Nacken gelegt und den Kopf zu sich hingezogen.

Sie wusste selbst nicht, warum sie es zuließ, dass er sie küsste. War es, weil sein Interesse ihr schmeichelte? Wollte sie sich beweisen, dass sie nicht prüde war?

Sein Bart kitzelte. Der Kuss schmeckte nach Kaffee und war auch nicht unangenehm. Dennoch …

Sanft schob sie Tom von sich. »Du küsst gut. Ich würde trotzdem sagen, dass das heute nichts mehr wird.«

»Aber ich habe doch gerade erst angefangen …«, versuchte er es noch einmal. Vermutlich dachte er, der treuherzige Blick würde ziehen.

»Lieber nicht! Ich muss morgen früh schon um halb sechs raus. Besser ich fahre jetzt, bevor es schneit und die Straßen zu sind.«

Mit einem Lächeln winkte Annabella Pauline.

Sie bezahlten jeder für sich. Schlüpften in ihre Jacken. Der Abschied war etwas steif, nachdem Annabella Toms erneutes Angebot, das Bett mit ihm zu teilen, ganz klar ablehnte.

Die frostige Luft tat ihrem erhitzten Gemüt gut. Es war keine absolute Katastrophe gewesen. Aber zum Glück musste sie das nun nicht wiederholen. Sie sah auf die Uhr. Es war fünf. So würde sie wenigstens nicht so spät nach Hause kommen.

Auf dem Weg zu ihrem Auto, das sie in einer Tiefgarage geparkt hatte, wählte sie Kylies Nummer.

»Und, wie läuft's?«, erkundigte sich ihre Freundin sofort.

»Es war ganz … unterhaltsam.« Das war nicht mal gelogen.

»Oh, ihr seid schon fertig? Seht ihr euch wieder?«

Den Hoffnungsschimmer musste sie gleich zerstören. »Nein!«

»Schade!« Kylie klang ehrlich enttäuscht.

»Hör zu! Ich weiß zu schätzen, dass du dich so um mich sorgst, seit meine Mom …«, sie schluckte, »nicht mehr da ist. Aber ich bin jetzt nicht völlig vereinsamt. Momentan bin ich wirklich zufrieden so. Warum denkt nur jeder, ich müsste zwingend unter die Haube gebracht werden? Wenn es passiert, passiert es eben, doch ich muss nichts erzwingen!«

»Schon gut!« Kylie seufzte. »Wenn du magst, komm heute Abend vorbei – ich bin trotzdem neugierig.« Sie zögerte. »Beeil dich, das Wetter wird nicht so doll. Ich wollte gerade los, um Matty in Portland abzuholen …«

»Dann bringe ich ihn doch mit, das wäre ja Quatsch!« Eine eisige Böe zerrte an Annabellas Haaren und wirbelte ihr einige Strähnen ins Gesicht. »Keinesfalls fährst du bei dem Wetter extra los.«

»Oh, das würdest du machen? Prima! Ich rufe gleich in der Werkstatt an und sage Bescheid, dass du ihn mitnimmst. Erinnere ihn bitte daran, dass er seine Tasche nicht vergisst. Und sieh lieber nach, ob er auch genügend Wäsche fürs Wochenende eingepackt hat.«

»Alles klar.«

»Du bist die Beste!«

Annabella lachte. »Ich weiß.«

In der Werkstatt arbeiteten verschiedene Leute mit geistigen und körperlichen Einschränkungen – von Metall-, über Holz-

bis Feinmechanikarbeiten wurden dort Teile angefertigt. Die meisten, die sich einigermaßen selbst versorgen konnten, lebten – unter teilweiser Aufsicht – in der angegliederten Wohngemeinschaft. Wie auch Kylies einundzwanzigjähriger Bruder Matty – eigentlich Matthew, der am Down-Syndrom litt. Er war in der Schreinerei tätig, hatte schon immer ein Faible für Holz gehabt.

Annabella läutete.

Sein Betreuer, ein bärtiger Hüne in blauer Latzhose und Strickpullover, erwartete Annabella bereits. »Hi, ich bin Clark. Du musst Annabella sein?«, begrüßte er sie unkompliziert.

»Ja, genau!« Eine warme Hand drückte ihre kalte.

Lächelnd überreichte er ihr eine Sporttasche. »Da sind Mattys Sachen fürs Wochenende drin. Ich habe den Inhalt zusammen mit ihm schon gecheckt.«

Annabella erwiderte das Lächeln. »Super, ich danke dir!«

Clark öffnete die anliegende Tür und präsentierte den Blick auf einige Werkbänke, an denen emsig gearbeitet wurde. »Matty, hier ist jemand für dich!«

Kylies Bruder schaute auf, ließ den Hobel fallen und rannte auf sie zu. »Anni!« Ein Strahlen erhellte sein Gesicht und zog es vor Freude so breit, dass die mandelförmigen Augen zu Schlitzen wurden.

»Hey! Matty!« Sie erwiderte lachend die stürmische Umarmung, die angenehm nach Holz roch. »Ich freue mich!« Sie schob ihn ein Stück von sich. Er war etwas kleiner als sie, mit schwarzen Haaren und dunklen Augen. Durch die verkürzten Oberarme und Schenkel, die ihm ein pummeliges Aussehen gaben, obwohl er nicht dick war, wirkte er manchmal jünger als seine einundzwanzig Jahre. »Es ist schön, dich zu sehen!«

Er packte sie am Arm. »Gehen wir nach Lynnwood Falls!«

»Ich glaube, du solltest erst deinen Tisch aufräumen.«

Sichtlich zerknirscht nickte Matty und schlich zu seinem Arbeitsplatz.

Clark rief ihm hinterher: »Lass es gut sein für heute. Ich mache das ausnahmsweise für dich. Sie melden heftige Schneefälle. Seht lieber zu, dass ihr loskommt.« Er lächelte Annabella zu.

»Super, danke dir!« Tatsächlich fühlte sie sich wohler, wenn sie schnellstmöglich nach Hause kämen.

Auch Matty ergriff Clarks Hand, schüttelte sie und sagte förmlich: »Vielen Dank, Clark.«

Sein Betreuer schenkte ihm ein liebevolles Lächeln. »Gern! Hab ein schönes Wochenende!« Ein besorgter Blick glitt zum bedrohlich zugezogenen Himmel. »Und kommt gut heim.«

»Danke!«

Matty war aufgeregt und zappelte herum, was Annabellas Nervosität noch schürte. Sie hatte sich gerade in den Verkehr in Richtung Nordwesten eingefädelt, als die ersten heftigen Windböen über die Straßen fegten und ihren Toyota Corolla erzittern ließen. Sie schaute in den Himmel und stieß die Luft aus. Das sah wirklich gar nicht gut aus! Sie schaltete das Radio an. Demnächst müssten die Kurznachrichten kommen. Hoffentlich zog es nicht so sehr an, dass es glatt wurde! Ihr Heimweg führte durch den Wald.

»Freust du dich schon auf Weihnachten, Matty?«, versuchte sie, sich selbst abzulenken.

Er klatschte sich auf die Schenkel. »Wir fahren zu Mutter und Daddy.«

»Ich weiß, Kylie hat's mir erzählt.« Die beiden nannten ihre Mutter nie »Mom«, wie Annabella es getan hatte. Mrs Cummings fand, dass Mutterglück das Schönste war, und war stolz auf diese Bezeichnung.

»Kommst du auch mit?« Aus dem Augenwinkel sah Annabella, wie Matty sie anstrahlte.

»Ich weiß es noch nicht, mal sehen.« Kylie hatte sie eingeladen. Aber bei den Cummings ging es an den Weihnachtsfeiertagen immer etwas steif zu. Die extrem religiöse Mutter Perpetua interpretierte das »Fest der Freude« eher als stille Beglückung, bei dem Besinnlichkeit und zahlreiche Gebete im Vordergrund standen. Und wenn Annabella ehrlich zu sich selbst war, erschien ihr das Fest dort momentan nicht allzu verlockend. Sie hatte Bedenken, dass die übervorsorgliche Perpetua Cummings sie konstant mit Mitleid überhäufen und es kaum ein anderes Gesprächsthema als den Verlust von Annabellas Mom geben würde. Während der Vater George – ein recht bodenständiger Mann – an den Feiertagen vermutlich ganz anderen »heiligen Geistern« huldigen würde, um das »Getue«, wie er es laut Kylie heimlich betitelte, zu ertragen. Er war beileibe kein Trinker, eher gelegentlich ein stiller Genießer.

Aktuell drückten Annabella jedoch ganz andere Sorgen als das kommende Weihnachtsfest ohne ihre Mutter. Als hätte jemand ein Federkissen aufgeschlitzt, wirbelten dicke weiße Flocken vom Himmel. Die Scheibenwischer quietschten, und sofort legte sich ein schmieriger Film auf die Frontscheibe.

Annabella unterdrückte einen Fluch, während Matty voller Begeisterung in die Hände klatschte. »Schnee!«, rief er.

Die Scheinwerfer schnitten sich durch den dichten Vorhang aus Schneeflocken, der vom Wind verwirbelt vor ihren Augen tanzte. Immer wieder betätigte sie die Spritzdüsen und fragte sich, wann sie den Frostschutz das letzte Mal aufgefüllt hatte. Hoffentlich befand sich noch genug Flüssigkeit in der Scheibenwaschanlage!

Angespannt verfolgte Annabella, wie das Radio einen Blizzard meldete. Ihr Mund wurde trocken. Hätte der nicht noch ein Stündchen warten können?

Immerhin konnte sie den roten Lichtern ihres Vordermannes folgen; die Straße war kaum mehr zu erkennen. Es lag bereits eine dicke weiße Decke über der Erde ausgebreitet. Doch leider bog der Wagen vor ihr kurz vor dem Wald ab, und wie es aussah, waren sie nun allein auf der Straße.

Das Gedudel des Radios störte sie plötzlich, und sie schaltete es aus. Umso lauter brummte das Lüftungsgebläse, nur unterbrochen vom Knattern der Scheibenwischer, die unermüdlich gegen die Schneemassen ankämpften.

»Nein! Nicht ausmachen!«, protestierte Matty.

»Ich muss mich konzentrieren.«

Als er beleidigt murrte, lenkte sie ein: »Morgen früh könnt ihr zum Frühstücken zu mir kommen. Ich mache Banana-Nut-Muffins für dich!«

Mattys Begeisterung war nicht zu bremsen, und irgendwie hatte das etwas Beruhigendes. »Ich kriege mindestens drei?«

»Ja, bestimmt«, murmelte Annabella abwesend, ganz darauf konzentriert, sich auf der Straße zu halten. Selbst die Katzenaugen der Seitenbegrenzungen reflektierten schon nicht mehr, weil sie von einer weißen Haube bedeckt waren. Sie lenkte den Corolla in die Mitte der beiden Spuren. Dass sie dabei die Straße für sich allein brauchte, war ihr jetzt gleichgültig. Es gab sowieso nie viel Verkehr auf dieser Strecke. Die verschneiten Kiefern links und rechts des Weges leuchteten hell aus der Dunkelheit und ließen die Äste, schwer vom Schnee, tief hängen. Nur der heftige Wind riss immer wieder Schneeberge von den Zweigen mit sich und ließ sie auf die Erde klatschen.

Wie können nur in so einer kurzen Zeit solche Schneemassen vom Himmel fallen?, schoss es ihr durch den Kopf. Und der Flockenwirbel schien kein Ende nehmen zu wollen. Die Anspannung in ihr wuchs, als die Räder das erste Mal fast unmerklich durchdrehten. Ihre Fingerknöchel traten weiß hervor, so fest hielt sie das Lenkrad umklammert.

»So viel Schnee!« Matty staunte. »Immer mehr!«

Ja. Nicht auszudenken, wenn sie irgendwo in einem Funkloch vom Weg abkamen und im Wald landeten! Eingeschneit, keiner würde sie entdecken. Sie würden glattweg erfrieren. Schnell verdrängte sie die destruktiven Gedanken. Als sie an die Steigung kamen, ging sie vom Gas, um das Automatikgetriebe zum rechtzeitigen Herunterschalten zu bringen.

Bitte lass uns nicht stecken bleiben!, betete sie stumm, doch da drehten auch schon die Räder durch, und die Front rutschte zur Seite weg. Eilig nahm sie den Fuß vom Gaspedal, stieg vorsichtig auf die Bremse. Ein banger Moment des weiteren Rutschens, dann stand der Wagen und wurde nur noch vom Wind durchgerüttelt.

Sie schlug auf das Lenkrad. »Verflixt und zugenäht!«

»Du darfst nicht fluchen, Anni«, ermahnte Matty sie.

»Ja, ja, du hast ja recht!«, seufzte sie.

Vorsichtig legte sie den Rückwärtsgang ein und gab ganz langsam Gas, ließ sich die ersten Meter der Anhöhe wieder zurückrollen. Das Schneegestöber hatte ihre Spuren bereits komplett verwischt; die Schneedecke glitzerte jungfräulich im Licht der Rückscheinwerfer. Vorsichtig manövrierte sie den Wagen an die Seite. Hoffentlich traf sie die Ausbuchtung, die hier sein musste. Sie konnte die Begrenzungspfosten erahnen.

Der Herzschlag hämmerte ihr in den Ohren.

»Müssen wir jetzt hier schlafen?« Mattys Stimme klang dünn.

»Nein, wir … fahren gleich weiter. Ich ziehe kurz Schneeketten auf.« *»Kurz« ist gut!* Es blieb ihr nichts anderes übrig, ohne kam sie nicht weiter. Den nächsten Fluch verschluckte sie. »Ich lasse dir den Motor laufen, damit es hier drin nicht kalt wird.« Im Aufziehen der Schneeketten war sie völlig ungeübt.

»Ich helfe dir«, bot sich Matty sofort hilfsbereit an.

Zuerst wollte sie ablehnen, doch warum nicht? Ein Paar zusätzliche Hände konnte sie gut gebrauchen. »Okay, danke! Lass mich erst die Gebrauchsanweisung durchlesen, dann machen wir es zusammen!«

Der stürmische Wind riss ihr beinahe die Tür aus der Hand, als sie sie öffnete. Sofort wurde sie vom Schneeflockenwirbel verschluckt. In der eisigen Luft hatte sie Mühe zu atmen, als sie zum Kofferraum spurtete und die Schneeketten herausnahm. Die Kälte kroch sofort durch ihre Stiefel, unter ihren Mantel und in ihre Ohren. Sie war total durchgefroren, als sie sich – mit der Tasche in der Hand – wieder auf den Fahrersitz fallen ließ. Die Panik drohte sie zu überwältigen. Was, wenn sie es nicht schafften? Sie rieb die klammen Finger gegeneinander.

Als hätte Matty ihre Bedenken erraten, packte er ihren Unterarm. »Der liebe Gott beschützt uns.«

Er klang so überzeugt, dass Annabella unwillkürlich lächeln musste. »Du hast recht, wir schaffen das!« Mit klammen Fingern schaltete sie die Innenbeleuchtung an, bevor sie die Gebrauchsanweisung aus der Tasche nestelte und anfing zu lesen:

Günstig sind Handschuhe und eine Plane zum Hinknien!

Herzlichen Glückwunsch! Handschuhe hatte sie ja, aber wo sollte sie eine Plane hernehmen? Da fiel ihr ein, dass sie noch eine Einkaufstasche dabeihatte; die sollte es zur Not tun. Als sie den Rest der Gebrauchsanweisung überflogen hatte, atmete sie tief durch. Sie durfte nicht so viel Zeit verlieren, bevor sie hier noch einschneiten. Oder der Wind womöglich einen Baum umwarf und ihnen den Weg blockierte. Eine eisige Hand griff ihr bei dem Gedanken ans Herz.

»Okay, Matty! Zieh deine Mütze fest über die Ohren und lass die Handschuhe an!« Sie schaltete die Taschenlampe an ihrem Handy an. »Du kannst mir dann leuchten, okay?«

»Okay.« Matty strahlte.

Sie schaltete den Motor aus, schlang fröstelnd den Schal enger um den Hals und schlüpfte in die Handschuhe. Widerwillig öffnete sie die Tür. Das Schneetreiben und der heftige Wind ließen partout nicht nach. Das Auto war bereits in eine gut zehn Zentimeter hohe Schicht gehüllt. Sie sollte sich besser beeilen.

Matty strahlte mit dem Handy in die Luft und versuchte, Schneeflocken mit dem Mund aufzufangen.

»Leuchtest du mir, bitte?« Sie blinzelte die Schneeflocken von den Wimpern, kniete sich auf die Einkaufstasche und wuchtete die Schneeketten über den Reifen. *Von wegen Easy-Klick*, fluchte sie innerlich. Auf dem Foto war der Reifen nicht dick mit einer Eiskruste bedeckt gewesen. Die Anspannung ließ sie ungeduldig werden.

Matty leuchtete schon wieder in den Wald.

»Kannst du den Lichtstrahl nicht endlich mal hierher richten?«, fuhr sie ihn an.

»Da war was! Vielleicht ein Elch?« Er klang begeistert.

Die Anspannung ging mit ihr durch. »Das interessiert mich jetzt nicht die Bohne. Ich will diese verfluchten Schneeketten montieren, bevor wir hier noch erfrieren.«

Ob es ihr gereizter Tonfall war oder ob ihn die Anspannung generell auch ergriffen hatte, wusste sie nicht. Plötzlich wurde der sonst so gutmütige Matty aggressiv. »Ich leuchte doch!«

»Tust du nicht! Hier ist der Reifen, Herrgott noch mal!«, rutschte es ihr heraus.

Matty presste sich die Unterarme auf die Ohren. »Du sollst den Namen deines Herrn nicht missbrauchen! Und jetzt ist der Elch weg.«

»Es war bestimmt kein Elch, du weißt doch, dass die hier nicht so häufig sind. Vermutlich war es ein Weißwedelhirsch!«

»Der alte Hank hat im Sommer auch eine Elchkuh gesehen, sogar angefahren. Ryan hat ihr Baby geholt …«

Ungehalten zerrte sie an der Schneekette. »Das war viel weiter nördlich, hier in Stadtnähe, zwischen Portland und Lynnwood Falls, gibt es keine …«

»Du hältst mich doch auch nur für dumm wie alle anderen. Ich weiß, was ich gesehen habe! Ich finde ihn und werde es dir beweisen!« Bevor sie reagieren konnte, rannte Matty in den Wald.

»Matty! Warte!« Panisch sprang Annabella auf und folgte ihm zwischen den Kiefern hindurch. »Komm zurück! Bitte!« Sie spurtete dem hüpfenden Lichtstrahl hinterher, der durch das Schneegestöber schwächer und schwächer wurde. »Du holst dir den Tod im Wald, bitte komm! Ich glaube dir ja!«

Ihr Blick war ausschließlich nach vorn gerichtet, um Matty nicht aus den Augen zu verlieren. So hatte sie vermutlich die Wurzel übersehen. Ein Ruck, gefolgt von einem stechenden Schmerz im Knöchel, und sie schlug geradewegs längs in den Schnee ein, der zum Glück den Sturz dämpfte.

Als sie sich wieder aufrappelte, war das tanzende Licht verschwunden. Auch die Fußspuren wurden vom ständig fallenden Schnee getilgt.

»Maaattyyy!« Vor Panik überschlug sich ihre Stimme. »Matty, hörst du mich? Komm zu mir!«

Doch das Einzige, was sie um sich herum wahrnahm, war das Pfeifen des Windes, ein gelegentliches Knacken, wenn ein Ast unter der Schneelast brach, und das gespenstische Aufleuchten ihrer Warnblinkanlage.

»Maaattyyy!« Ihr Rachen schmerzte vom Rufen und dem eisigen Wind. Sie meinte, irgendwo einen kläglichen Laut zu vernehmen. »Matty! Antworte mir bitte! Wo bist du?«

Aus dem Augenwinkel nahm sie einen Lichtschein wahr. Ihr Kopf fuhr herum. Doch es war nicht Matty, da musste ein Auto kommen. Sie kämpfte mit sich, dann drehte sie um und rannte auf die Straße. Vielleicht hatten die Insassen eine starke Lampe dabei. Oder konnten zumindest Verstärkung rufen. Matty war ja mit ihrem Handy auf und davon.

Der Wagen, ein schwarzer Pick-up, hatte die Fahrt schon verlangsamt. Im Unterbewusstsein nahm sie wahr, dass sie in dem Heulen des Windes gar kein Motorengeräusch vernahm, nur das Knirschen des Schnees unter den Rädern, doch sie war viel zu aufgelöst, um darüber nachzudenken. Kaum war der Wagen zum Stillstand gekommen, war sie schon bei der Fahrertür und riss sie auf. Das Bellen eines Hundes und wohlige Wärme schlugen ihr entgegen.

»Sie müssen mir helf…« Das Wort blieb ihr im Hals stecken. *Will McGinty!* Doch jetzt war nicht die Zeit, an den alten Zwist zu denken. »Bitte hilf mir! Matty Cummings ist in den Wald gerannt! Da war wohl ein Elch … Und ich habe mit ihm geschimpft …«

»Annabella!« Will klang nicht weniger verblüfft. »Was genau ist passiert?«

»Ich wollte Schneeketten aufziehen. Matty sah wohl einen Elch. Ich habe ihm nicht geglaubt. Da ist er einfach losgerannt, um ihn zu suchen!« Sie merkte selbst, wie panisch sie klang.

Will schlüpfte in eine Daunenjacke und zog die Kapuze über den Kopf – erst jetzt sah sie, dass er nur einen Hoodie getragen hatte. Er schnappte sich einen Handstrahler aus der Mittelkonsole. »Welche Richtung?«

Annabella deutete nach Osten, in die Richtung, in die Matty verschwunden war.

Wills Verstand schien – im Gegensatz zu ihrem momentan aufgelösten – blitzschnell zu funktionieren. »Hast du Sheriff Thomson schon informiert?«

»Was? Nein, Matty hat mein Handy! Ich wollte fragen, ob du anrufen kannst! Den Sheriff. Oder meine Nummer.« Sie merkte selbst, dass sie kurz davor war durchzudrehen.

Will spürte es offenbar. Er legte ihr beruhigend die Hand auf die Schulter, bevor er sein Smartphone aus der Fahrzeug-Halterung zerrte und ihr in die Hand drückte.

Annabella zog den Handschuh aus und wählte mit zittrigen Fingern ihre Nummer. Will öffnete derweil die Hecktür der Doppelkabine. Der Golden Retriever in der Transportkiste bellte unternehmungslustig auf.

Annabella ließ es läuten, bis die Nachricht kam, dass der Teilnehmer vorübergehend nicht erreichbar sei. »Nichts!« Am liebsten wäre sie in Tränen ausgebrochen.

»Zeus und ich gehen Matty suchen. Ich kann nichts versprechen. Er ist kein ausgebildeter Spürhund, aber er liebt es, Fährten zu suchen. Vielleicht versteht er mich.«

»Ich danke dir!« Sie seufzte erleichtert auf. »Sollen wir trotzdem Hilfe rufen? Nicht, dass ich deinem Hund nicht traue, ab…«

»Mach das auf jeden Fall! Sheriff Thomsons Nummer ist eingespeichert, unter ›S‹ wie ›Sheriff‹.« Er ließ den Golden Retriever aus dem Auto.

Mit klammen Händen suchte Annabella den Kontakt des Sheriffs von Lynnwood Falls heraus, rief ihn an und schilderte ihm das Problem. Sein Schäferhund King Karl und der Labrador von Deputy Hodgkinson waren ausgebildete Spürhunde. Sheriff Thomson versprach, noch ein paar Leute als Hilfsmannschaft zusammenzutrommeln und schnellstmöglich zu kommen.

»Danke! Wir melden uns sofort, wenn sich hier was tut!« Sie legte auf und wandte sich an Will. »Der Sheriff stellt einen Suchtrupp zusammen. Denkst du, die Hunde werden Matty noch riechen – trotz des vielen Schnees?«

»So gut kenne ich mich nicht aus, aber ich denke, schon! Es gibt ja auch Lawinenspürhunde! Wir probieren es auf jeden Fall!« Wills Stimme hatte etwas Beruhigendes, sodass sich ihre Atemfrequenz unwillkürlich verlangsamte. Erst jetzt merkte sie, wie sehr sie hyperventiliert haben musste. »Soll ich nicht mit?«

»Nein, bleib besser beim Auto, falls Matty hierher zurückkommt!«

Sie schlug die Hände vors Gesicht. »Ich hätte ihn nicht so anfahren dürfen. Und ihm glauben müssen. Aber …«

»Hey!« Will nahm sie bei den Schultern. »Mach dir keine Vorwürfe.«

Das zuckende Orange ihrer Warnblinkanlage erhellte seine besorgten Gesichtszüge im Sekundentakt. Ein seltsames Gefühl regte sich in ihr, das sie nicht näher untersuchen wollte. Doch auf einmal wurde ihr eiskalt. Noch kälter als ohnehin schon. Und das hatte nichts mit dem böigen Wind zu tun, der durch die Kiefern pfiff.

»Was, wenn er auf eine Bärenhöhle trifft? Hatten sie nicht irgendwo gebracht, dass hier im Herbst Schwarzbären ges…«

»Das waren keine bestätigten Meldungen. Hör auf, dich verrückt zu machen!« Für einen Moment hatte sie den Eindruck, er wollte sie in den Arm nehmen, doch dann bückte er sich, um dem Hund das Geschirr anzulegen. »Wir finden ihn.«

»Aber warum reagiert Matty denn nicht auf das Telefon oder mein Rufen?« Annabella nahm ungehalten das Handy von ihrem Ohr, als nach endlosem Läuten wieder die Meldung kam, dass der Teilnehmer nicht erreichbar sei.

Will zog den Gurt fest. »Matty hört doch schlecht, oder?«

Annabella nickte. »Ja, er ist etwas schwerhörig.«

»Vielleicht hat er es nicht mitbekommen. Der Wind pfeift so dermaßen aus Osten, da hat es auch die Schreie sicher weggerissen.«

Obwohl ihr überhaupt nicht danach war, hoben sich ihre Mundwinkel. Das war Will! Er hatte stets für alles eine logische Erklärung; sein Verstand war schon immer messerscharf gewesen.

Immerhin schien ihrer auch so langsam wieder zu funktionieren. »Ich gehe mal was von Matty holen, an dem dein Hund schnüffeln kann.«

»Großartig, darum wollte ich dich gerade bitten.«

Sie eilte zu ihrem Auto. Es kühlte so schnell ab, dass die Scheiben von innen schon langsam zufroren. Mit klammen

Fingern zog sie den Reißverschluss von Mattys Tasche auf und riss einen Sweater heraus, der aussah, als hätte er ihn schon getragen.

Sie drückte ihn Will in die Hand. Auf einmal registrierte sie, wie nahe sie beieinanderstanden. Schnell trat sie einen Schritt beiseite und schlug sich mit den Händen auf die Oberarme. »Ich weiß gar nicht, was Matty unter der Jacke anhat. Er wird in dem Schneesturm noch erfrieren!«

»Nicht nur er! Setz du dich solange ins Auto, da ist es warm!«

Will wandte sich dem Hund zu und hob den Zeigefinger, worauf der mit einem aufmerksamen Hecheln antwortete. »Pass auf! Wir suchen Matty! Du musst ihn finden!« Er ließ den Golden Retriever an dem Pullover schnuppern. »Such Matty! Such!«

Zeus zog sofort an der Leine, er schien sein Herrchen gleich verstanden zu haben.

Will bremste ihn und wandte sich an Annabella. »Wir werden ihn finden.« Und schon stürzte er dem Hund hinterher, der Strahl seiner Lampe durchschnitt das Schneegestöber. Über die Schulter rief er zurück: »Der PIN lautet vierzehn zweiundneunzig, falls du das Handy noch mal brauchst.«

Die Entdeckung Amerikas, das passt zu Will, schoss es ihr durch den Kopf, als sie sich ins Auto setzte und erschöpft in den Sitz zurückfallen ließ.

So mollig warm es auch in Wills Ford war und so angenehm es roch – eine Mischung aus neuem Auto und dem schwachen Hauch nach einem herben Rasierwasser –, die Anspannung hielt sie nicht hier drin. Was hatte sie nur getan? Die Selbstvorwürfe drohten sie zu erdrücken. Sie stürzte hinaus, starrte mit brennenden Augen in Richtung Wald. Ganz schwach sah sie den Strahl der starken Lampe auf und ab tanzen, hörte den Hund bellen.

»Matty! Wo bist du?«, rief Will immer wieder.

Unwillkürlich stimmte sie ein. »Maaattyyy!« Immer und immer wieder. Bis ihre Stimme versagte.

Sie ging ein paar Schritte hin und her, um sich aufzuwärmen. Der Schnee knirschte unter ihren Sohlen. Vorsichtig ließ sie den linken Fuß kreisen. Zum Glück hatte sie ihn sich wohl nicht verstaucht, es war nur ein kurzfristiger Schmerz gewesen.

Gut, dass Will gekommen war. Anhand der unkomplizierten Hilfe, die er ihr einmal mehr gewährte, fiel es ihr schwer, den Groll auf ihn aufrechtzuerhalten.

Das Summen von Wills Handy ließ sie zusammenzucken. Zögernd nahm sie es. War es vielleicht der Sheriff? Oder Matty, der den Anruf entdeckt hatte? Doch es schien nur ein privater Anruf zu sein, das Display zeigte *Karen* an.

Auf einmal fielen ihr die Telefonbucheinträge ein, auf die sie vorher nicht geachtet hatte. Sheriff Thomson hatte zwischen Sara, Sharon und Shirley gestanden. Die alle drei wohl keinen Nachnamen hatten. Annabella hatte ganz bestimmt nicht neugierig sein wollen und würde Wills Vertrauen auch niemals missbrauchen, indem sie sein Handy durchstöberte, schließlich hatte sie auch nicht bewusst danach gesucht. Doch plötzlich fragte sie sich, ob er wohl eine Freundin hatte. Oder Affären? Mitbekommen hatte sie nur, dass er eine Zeit lang häufig mit Ryan auf Tour gewesen war.

Überraschend kehrte die Wut auf ihn zurück. Ob er wohl auch andere Frauen gelegentlich so eiskalt versetzte? Er sah gut aus und hatte durch seine zurückhaltende Art einen ganz speziellen Charme. Wie viele gebrochene Herzen hatte er wohl schon zurückgelassen?

Zum Glück brachte das Bellen des Hundes ihre Gedanken wieder dahin, wo sie weilen sollten: nämlich bei Matty. Die Angst um ihn nahm ihr beinahe den Atem. Hoffentlich passierte ihm nichts! Das könnte sie sich nie verzeihen!

Kläffte Zeus nun aufgeregter?

Ihr Herzschlag trommelte so heftig gegen ihre Rippen, dass sie Wills Rufe kaum hören konnte. Gerade als sie dachte, die Ungewissheit nicht mehr aushalten zu können, wurde das Bellen lauter. Das Licht in der Ferne kam auf sie zu.

»Wir haben ihn!«, rief Will laut.

Annabella rannte ihnen entgegen. »Matty! Ich habe mir solche Sorgen gemacht!« Sie schlang die Arme um Kylies Bruder. »Ich halte dich nicht für dumm, du bist doch mein Freund!«

Er schniefte und wischte sich dann mit dem Ärmel über die Nase. »Da war ehrlich ein Elch! Ich habe ihn gesehen. Aber dann ist er weg.«

»Warum bist du dann nicht zurückgekommen?«

»Ich wusste nicht mehr, wo ich hinlaufen soll. Da habe ich einfach gewartet. Mutter hat mir immer gesagt, ich soll da bleiben, wo ich bin, wenn ich nicht mehr weiterweiß. Aber du bist nicht gekommen!«

»Es tut mir so leid, Matty!« Das schlechte Gewissen und die Aufregung ließen den Kloß in ihrem Hals wachsen. »Ich habe dich gesucht und nach dir gerufen …«

Will schlug Matty auf die Schulter. »Aber nun seid ihr ja wieder beieinander, nicht wahr?«

»Zum Glück!« Für einen Augenblick war Annabella versucht, auch Will zu umarmen, doch sie zögerte zu lange, da war der Moment schon vorbei. Stattdessen beugte sie sich hinunter zu dem aufgeregt hechelnden Zeus und kraulte ihm das nasse Fell. Seine großen braunen Augen sahen sie so aufmerksam an, dass sie unwillkürlich lächeln musste. »Du bist der Allerbeste! Danke! Ich werde deinem Herrchen einen riesigen Knochen für dich geben!«

Als hätte Zeus jedes Wort verstanden, gab er ein freudiges »Wuff« von sich.

Annabella wandte sich an Matty: »Hast du dich bei Will und Zeus bedankt?«

Matty schüttelte Will feierlich die Hand. Dann kraulte auch er den Hund. »Danke, Zeus!«

»Jetzt ist aber genug gedankt. Lasst uns sehen, dass wir aus der Kälte kommen, bevor wir allesamt zu Eisskulpturen erstarren«, wiegelte Will lachend ab.

Abermals wäre Annabella ihm am liebsten vor Dankbarkeit um den Hals gefallen, doch er telefonierte schon, wie sie voller Unmut feststellte. Wahrscheinlich rief er diese Karen an, die vorhin versucht hatte, ihn zu erreichen. Als Annabella jedoch hörte, wie er mit Sheriff Thomson sprach und den Suchtrupp abblies, biss sie sich beschämt auf die Unterlippe.

»Danke dir! Ich bin so froh, dass du vorbeigekommen bist!«, stieß sie hervor, nachdem er das Gespräch beendet hatte.

Will freute sich offenbar ehrlich über ihre Worte. Im Scheinwerferlicht glitt ein Leuchten über sein Gesicht, das ein eigenartiges Gefühl in ihrem Magen hervorrief.

Sie ignorierte es und fügte – wenn sie schon mal dabei war – hinzu: »Ich wollte mich auch noch bei dir für deine Hilfe bezüglich des Mietvertrags für mein Café bedanken.« Dass sie dabei von einem Bein aufs andere trat, war nicht nur der Kälte geschuldet. Eine seltsame Schüchternheit übermannte sie.

Dieses Mal zeigte Will das feine Lächeln, das so typisch für ihn war. »Noch haben wir ja nicht viel bewirkt.« Nun lächelte er breiter, als er wohl sah, wie sehr der Zustand sie belastete. »Das werden wir, keine Sorge. Wir sind unter Hochdruck an der Sache dran. Das kriegen wir hin! Aber jetzt sehen wir zu, dass wir loskommen!«

Er bückte sich, um Zeus mit einem Tuch abzurubbeln. Der verspielte Rüde schnappte immer wieder nach dem Zipfel. »Jetzt nicht! Wir toben zu Hause wieder«, ermahnte ihn Will lachend, und Annabella musste schmunzeln, als Zeus ihm brav Pfote für Pfote zum Säubern reichte.

Sie sollte jedoch nicht die Zeit vertrödeln. Eilig wischte sie mit dem Ärmel den Schnee von der Frontscheibe ihres Wagens, der in eine dicke weiße Haube gehüllt war. Die Scheiben waren bereits vereist. Still in sich hineinfluchend, öffnete sie die Tür und angelte nach dem Eiskratzer.

»Oh, Mist! Die Schneeketten! Ich Depp hätte sie ja die ganze Zeit fertig montieren können«, stöhnte sie auf.

»Ich helfe dir gern. Aber warum lässt du das Auto nicht stehen, und wir kommen morgen bei Tageslicht zurück, um es zu holen?«, schlug Will vor. »Vielleicht sind bis dahin die Straßen geräumt.«

Annabella zögerte. Offen gestanden wäre es ihr gar nicht so unrecht, sich die Aktion im Moment zu ersparen. Sie merkte erst jetzt, wie durchgefroren sie war.

»Brauchst du das Auto denn dringend? Oder passt es dir morgen nicht? Kannst du nicht vom Café weg?« Will sah sie fragend an.

»Nein, schon gut. Das kriege ich hin, wenn's nicht gerade über die Mittagszeit ist. Aber ich will dir keine Umstände machen.« Sie scharrte verlegen mit der Fußspitze im Schnee. Außerdem erzeugte der Gedanke an die körperliche Nähe zu ihm im Wageninneren eine eigenartige Beklemmung in ihr, doch das sagte sie besser nicht.

»Quatsch! Das kann ich mit einem Besuch bei meiner Mutter verbinden, das ist kein großer Umweg. Und zeitlich passt das prima, dann fahren wir gegen halb elf. Komm jetzt raus aus der Kälte! Bei mir ist es schön warm, die Standheizung läuft. Matty braucht Wärme.«

Dieses Argument zog definitiv. Sie musste an Kylies Bruder denken, und das war für ihn die beste Lösung! Schnell warf sie die Schneeketten in den Kofferraum. Sie nahm nur rasch ihre Handtasche aus dem Auto, bevor sie Will, der sich Mattys Reisetasche geschnappt hatte, zum Pick-up folgte.

»Am besten ziehst du den nassen Mantel aus, dann kommt auch die Wärme der Sitzheizung besser durch.«

Bevor Annabella etwas sagen konnte, war Matty schon zu Zeus auf die Rückbank geklettert, so musste sie mit dem Platz neben Will vorliebnehmen.

Sie sorgte dafür, dass auch Matty die feuchten Sachen auszog und sich anschnallte, bevor sie sich selbst aus Mantel, Mütze, Schal und Handschuhen pellte. Im Gegensatz zu Tom schien sich Will überhaupt nicht dafür zu interessieren, was sie unter ihrem Mantel trug. Sein Blick war fast schon enttäuschend gleichmütig nach vorn gerichtet. Dann schüttelte sie innerlich über sich selbst den Kopf. *Dir kann man auch nichts recht machen! Er muss sich bei dem Wetter aufs Fahren konzentrieren!*

Am liebsten hätte sie geschnurrt, als sich die Wärme vom Sitz so langsam von ihrem Rücken bis zu ihrem Inneren ausbreitete. Den eisigen Sturm, der sich wie Nadelstiche in ihre Haut gebohrt hatte und bis in die Glieder vorgedrungen war, hatte sie vor lauter Sorge nur unbewusst wahrgenommen. Auch Will schien durchgefroren zu sein, er rieb immer wieder die Hände gegeneinander. Sie warf ihm einen verstohlenen Seitenblick zu.

Sein Blick war auf die Straßen fokussiert, eine leichte Falte bildete sich zwischen den Augenbrauen, er wirkte sehr konzentriert. Dennoch steuerte er den Wagen völlig souverän durch das Schneetreiben. So überlegen, wie er auch die ganze Situation an diesem Abend gemeistert hatte.

Widerwillig musste Annabella sich eingestehen, dass es sie beeindruckt hatte. Seine schwarzen nackenlangen Haare wellten sich vor Feuchtigkeit. Ihre Hand wollte sich selbstständig machen und hindurchfahren. Über sich selbst erschrocken schüttelte sie den Kopf, diesmal jedoch nicht nur innerlich.

Will musste es mitbekommen haben. »Alles okay?«

»Ja, ich kann es immer noch nicht fassen, wa…«

Im selben Moment sagte Matty, der sich vielleicht ebenfalls angesprochen gefühlt hatte: »Ich habe Hunger.«

»Oh, Matty, du musst noch ein bisschen warten. Wenn wir zu Hause sind, bekommst du etwas Warmes!«, versprach sie.

»Schau mal in die Stofftasche, die hinter meinem Sitz liegt«, schaltete sich Will ein. »Dort ist eine Packung Kekse drin.«

Matty machte sich sofort daran, in der Tasche zu stöbern. Begeistert klatschte er in die Hände. »Ich liebe Peanut Crunch Cookies." Mit einem unbeschwerten Lachen riss er die Packung auf. »Oh, sind welche rausgefallen.« Er tastete auf dem Sitz herum.

»Pass auf, dass du nicht Wills schönes Auto vollkrümelst!«, wies ihn Annabella verlegen zurecht.

Wills Lachen klang unbeschwert. »Ich besitze ja einen Staubsauger, kein Problem.« Über die Schulter sagte er grinsend: »Viel schlimmer wäre, wenn Matty alle Kekse allein futtert und uns keine abgibt.«

Glucksend nahm Matty einen Erdnusskeks und schob ihn Will in den Mund. Und bevor Annabella sich's versah, hatte auch sie einen zwischen den Lippen stecken.

Der Hund machte sich durch ein leises Winseln aus seiner Kiste bemerkbar.

»Darf Zeus auch einen haben?«

»Nein, die süßen Kekse sind nicht gut für ihn. Du darfst ihm ein paar Leckerlis geben.« Ohne die Augen von der Straße zu lassen, fischte Will im Handschuhfach nach einer Tüte. Dabei streifte er ihr Knie. »Sorry.«

»Nichts passiert.« Herrje, ihre Stimme war heiser, als hätte er ihr sonst wohin gefasst!

Er drückte Matty die Tüte mit Hundekeksen in die Hand. »Aber nur fünf Stück.«

Großzügig teilte Matty anschließend die Erdnusskekse unter ihnen dreien auf.

»Annabella macht morgen Banana-Nut-Muffins zum Frühstück. Kommst du auch, Will?«, fragte Matty noch kauend. »Die sind total lecker.«

Sie sog scharf die Luft ein.

Nun wandte Will doch den Blick von der Straße ab und musterte sie einen Augenblick fragend. »Das klingt verlockend. Aber …«

»Bei mir im Café. Du bist natürlich eingeladen«, setzte sie schnell hinzu.

»Das musst du nicht. Ich komme auch gern so ins Café. Aber …?« Abermals dieser fragende Blick.

Sie wusste genau, was er eigentlich wissen wollte. Ob sie ihm so weit verzieh, dass sie seine Gegenwart ertrug – auch ohne dass sie etwas brauchte. Auf einmal überkam sie ein unerklärlicher Zorn auf ihn. Jetzt schob er ihr den Schwarzen Peter zu. Nun musste sie Farbe bekennen, ob sie noch böse auf ihn sein wollte.

Du bist ja total albern, sagte sie sich sogleich. Will dachte sicherlich bedeutend weniger kompliziert. Er hatte sich wirklich als extrem hilfsbereit erwiesen – ob es jetzt war, weil er sein schlechtes Gewissen ihr gegenüber beschwichtigen wollte oder nicht. Er war auch früher schon zuvorkommend gewesen. Vielleicht hatte er die Angelegenheit auch längst vergessen, und sie bewertete das alles völlig über. Die Frage schwebte immer noch im Raum, sie musste etwas antworten.

»Quatsch, du bist ebenfalls mein Gast. Matty und seine Schwester kommen vermutlich so gegen neun«, erwiderte sie möglichst gleichmütig. »Kylie freut sich bestimmt auch, wenn sie dich sieht und dir persönlich danken kann.«

Wieder dieser nachdenkliche Seitenblick, bevor Will zustimmte. »Ob ich es bis neun Uhr schaffe, weiß ich nicht. Hängt davon ab, ob ich ausreiten kann. Doch ich komme gern!«

Zumindest Matty schien sich von Herzen zu freuen, denn er klatschte in die Hände.

Kurz darauf wurde es verdächtig still auf der Rückbank. Als Annabella den Kopf drehte, sah sie, dass Matty den Schlaf der Gerechten schlief, mit leicht geöffnetem Mund. Erleichterung überflutete sie. Gut, dass Matty alles so unbeschadet überstanden hatte!

Beim Zurückdrehen streifte ihr Blick Wills Profil. Die glatt rasierten Wangen. Die ganz leicht nach oben gebogenen Mundwinkel, die ihm immer etwas Freundliches verliehen, auch wenn er oft durch seine Verschlossenheit geheimnisvoll wirkte. Und diese Augen – grau wie der Atlantik an einem stürmischen Tag.

Vielleicht lag es an der beruhigenden Gewissheit, dass alles gut ausgegangen war – auf einmal wurde Annabella ihrer Umgebung gewahr. Es hatte etwas Märchenhaftes. Die Scheinwerfer beleuchteten den verschneiten Wald; die Bäume waren von einer dicken Schicht Schnee überzogen. Sicher taten Wills entspannte Art und Fahrweise und der stabile Wagen, der sich so zuverlässig und leise über die Straßen wälzte, ein Übriges dazu: Ein Gefühl der Sicherheit und Geborgenheit übermannte sie. Die entspannte Stimmung ließ sie friedfertig werden.

Selbst das Schweigen im Auto war nicht ungemütlich.

Sie konnte selbst nicht sagen, warum sie plötzlich das Gespräch suchte. »Ich hoffe, es macht dir wirklich nichts aus, dass wir dir so viel Mühe …«

»Du brauchst dich nicht zu entschuldigen«, unterbrach er sie.

»Matty ist …«

Doch wieder hob Will die Hand. Er sah in den Rückspiegel und senkte die Stimme. »Er fürchtet, dass man ihn für dumm hält?«

Annabella seufzte. »Du weißt doch, wie manche Leute sind …«

»Ja, leider!« Will rieb sich nachdenklich übers Kinn. »Matty ist ein feiner Kerl. Ich bin froh, dass es Menschen wie ihn gibt. Die einem zeigen, dass man sich auch noch an Kleinigkeiten freuen kann, wie an frisch gefallenem Schnee oder einem Elch im Wald. Zu oft macht man sich doch unnötig Sorgen und Gedanken und vergisst darüber das Wesentliche. Es ist schön, wenn man wieder daran erinnert wird, was wirklich wichtig im Leben ist. Menschen, die so voll ungekünsteltem Frohsinn stecken wie Matty, lehren einen Dankbarkeit für die kleinen Dinge, die so oft aus dem Fokus geraten.«

Verblüfft sah sie Will an, doch er starrte weiter auf die verschneite Fahrbahn. »Matty gehört für mich zu meinem Leben; ich kenne ihn von Geburt an. So habe ich das noch nie gesehen, aber du hast recht.«

Er lächelte, ohne darauf zu antworten.

Eine Weile schwiegen sie wieder einträchtig, bis er sagte: »Bist du extra wegen Matty nach Portland gefahren? Wenn ich das gewusst hätte, hätte ich ihn doch mitbringen können.«

»Oh, das ist lieb von dir!« Überwältigt holte sie Luft. »Nein, ich war ohnehin dort. Meist fährt Kylie.«

»Dann werde ich ihr das für die Zukunft vorschlagen, falls sie sonst nichts in Portland zu erledigen hat. Ich fahre die Strecke doch eh.«

»Da hat sie sicherlich nichts dagegen.« Annabella war über sich selbst erstaunt, als sie sich plötzlich sagen hörte: »Ich war heute im *Chez Charlie.*« Am liebsten hätte sie sich direkt auf die Zunge gebissen. Was sollte Will damit anfangen? Das interessierte ihn sicherlich nicht – die Frage nach Portland hatte er bestimmt nicht ihretwegen gestellt.

»Oh, dort ist es schön. Ich mag das Ambiente und die lebhafte Atmosphäre«, erwiderte Will jedoch und hörte sich tatsächlich begeistert an. Warum kam ihr gerade jetzt der wenig begeisterte Tom-Tomcat in den Sinn? Und ein Verdacht keimte in ihr auf, ob sie es deshalb angesprochen hatte, um Will zu testen? Sie winkte innerlich ab. Das war albern Unsinn!

Dennoch hatte sie schon »Liest du noch viel?« gefragt, bevor sie es sich verkneifen konnte. Was hatten sie sich früher stundenlang über die Bücher ausgetauscht, die sie gelesen hatten! Mittagspause um Mittagspause.

Will lachte leise. »Hast du denn aufgehört? Lesen ist doch eine Sucht.«

»Stimmt! Ich bin auch noch süchtig!« Sie erwiderte das Lachen. Und fragte sich unwillkürlich, wie wohl ein Date mit Will ausgegangen wäre. Hätten sie mehr Gemeinsamkeiten entdeckt? Ganz sicher war *seine* Anmache nicht plump. Würde sie mit ihm mitgehen, wenn er sie fragte? Wie würde sich sein Kuss anfühlen? In ihrem Bauch breitete sich eine eigentümliche Wärme aus. Kylie hatte gesagt, es wäre Kismet, dass sie sich mit Tomcat traf. War es nicht eher Schicksal, dass sie nun genau zu dieser Zeit hier gewesen war, als Will vorbeigekommen war?

Schnell schüttelte sie den Gedanken ab. Will hatte sie versetzt. Und zwar gewissenlos! Sie sollte dieses Prickeln in ihren Gliedern, das von der Kälte herrührte, nicht mit Gefühlen verwechseln. Doch so richtig konnte sie die alte Wut auf ihn nicht heraufbeschwören.

Warum hatte sie sich eigentlich so lange an diesen Groll auf ihn geklammert?

Weil es einfacher ist, mit Wut umzugehen als mit diesem blöden Schmerz, den die Zurückweisung mit sich gebracht hatte, beantwortete sie sich die Frage selbst.

Den Rest der Fahrt legten sie schweigend zurück.

Kapitel 4

Annabella

Lynnwood Falls

Die Bilder von Tomcat, Matty und dem verschneiten Wald wirbelten vor ihrem geistigen Auge wie in einem Kaleidoskop umher. Wills Lächeln drängte sich immer wieder in den Vordergrund. Was hatte sie sich um Himmels willen dabei gedacht, als sie zugestimmt hatte, sich heute noch mal von ihm fahren zu lassen? Als stünde sie nicht schon tief genug in seiner Schuld. Kylie, die die Galerie samstags später öffnete, hätte sie bestimmt auch hingebracht. Wie sollte sie das jemals wiedergutmachen? Es war ja nicht so, dass sie es unter dem Motto »Freundschaftsdienst« verbuchen konnte. Sie hatten sich gut verstanden. Die gleichen Interessen gehabt. Aber nicht – wie richtige Freunde – ihre intimsten Geheimnisse geteilt. Da war schon immer diese gewisse Distanz gewesen. Von der sie nicht mal sagen konnte, ob sie von ihm oder von ihr selbst ausgegangen war. Will war damals schüchterner als heute gewesen. Regelrecht verschlossen manchmal. Das hatte ihre Neugierde geweckt und die Hoffnung geschürt, sie wäre diejenige, der er irgendwann einen tieferen Einblick gewähren würde.

Heutzutage war er nach außen hin viel offener, aber sie hätte wetten können, dass er immer noch dichtmachte, wenn es um seine Person ging. Wenn er es auch heute mit mehr Charme überspielte, dass er niemanden an sich heranließ. Und gerade dieser Charme war es, der die Schüchternheit in ihr selbst verstärkte. Grotesk war das! Sie war doch inzwischen erwachsen, hatte einige Beziehungen hinter sich – auch wenn die letzte mit Phil ein gutes Jahr zurücklag. Wie die Zeit verging!

Der Kaffeevollautomat brummte unnatürlich laut in ihren Ohren, als sich das Mahlwerk anschaltete. Ungeduldig wartete sie, bis das Licht an der Kaffeemaschine erlosch, was das Ende der Aufwärmzeit ankündigte. Sofort ließ sie sich einen Cappuccino zubereiten, auch wenn sie besser auf Koffein verzichtet hätte, so wie ihr Herz raste. Gedankenverloren versetzte sie den *Elf on the Shelf* neben die Trinkgeldbox, wo er die Beine von der Theke baumeln ließ.

Sie würde wieder eine gewisse Zeit lang mit Will auf engstem Raum im Auto sitzen. Und dieser vermaledeite Abschlussball würde über ihnen schweben wie ein Damoklesschwert. Vielleicht sollte sie Will einfach zur Rede stellen. Damals hatte sie ihm in ihrem Frust dummerweise ja keine Zeit für Erklärungen gelassen. Doch andererseits war der Gedanke daran, dass er es vielleicht schon vergessen hatte oder gleichgültig darüber hinwegging, auch nicht gerade ermutigend. Vor allem – was sollte so ein Gespräch bringen? Sie sollte endlich gedanklich einen Schlussstrich darunterziehen.

Ein Klopfen an der Tür riss sie aus den Grübeleien. Vincent Carmichael winkte mit einem prall gefüllten Papiersack. Die Bagels, Buns und das Sandwich-Brot ließ sie sich immer von der örtlichen Bäckerei der Carmichaels liefern. Dafür boten diese nur eine sehr begrenzte Auswahl an süßem Gebäck an, sodass sich die Bäckerei und ihr Café vom Angebot her nicht in die Quere kamen.

Schneidend kalte Luft schlug Annabella entgegen, als sie die Tür öffnete. »Morgen, Vince!«

Die Wangen des Bäckerssohns leuchteten rot von der Kälte. »Morgen, Annabella!« Vince deutete mit dem Daumen über die Schulter auf den verschneiten Platz. »Hat echt was hingehauen letzte Nacht.«

»Das kannst du laut sagen.« Fröstelnd drückte sie die Tüte mit dem ofenwarmen Gebäck an ihren Körper. Immerhin hatte der Schneefall eine Pause eingelegt, auch wenn der Wind nach wie vor über den Platz pfiff. Noch war es dunkel draußen; irgendwie sah es nicht danach aus, als wollte es heute so richtig hell werden – ihnen würde wohl eh ein trüber Tag bevorstehen. Draußen rieselten wieder leise die Flocken vom Himmel, ließen die Straßenlaternen diffus flimmern.

Annabella schaltete die Schaufensterbeleuchtung ein. Die Weihnachtsdekoration, die sie inzwischen aufgehängt hatte, und der deckenhohe Weihnachtsbaum erstrahlten. Dann entzündete sie die Kerzen auf den Tischen. Auch die kleinen akkubetriebenen Lampen in ihrem Lebkuchenhaus knipste sie an. Und gleich wurde es ihr wärmer ums Herz, als alles in ein heimeliges Licht getaucht wurde. Die zahllosen Lichter, die alles zum Erleuchten brachten, waren das Schönste an der Weihnachtszeit.

Aus der Küche zog ein leckerer Duft. Gestern Abend nach dem Heimkommen hatte Annabella neben den Bananen und Nüssen für die Muffins schnell noch Kürbis zum Auftauen aus der Gefriertruhe genommen und in den Kühlschrank gelegt. Und Mrs Bloomberg werkelte wohl schon fleißig – bald würde das Kürbisgebäck fertig sein. Will hatte Erdnusskekse in seinem Auto gehabt. Die könnte sie eigentlich auch mal wieder in die Auswahl aufnehmen. Nicht seinetwegen natürlich.

Schnell griff sie nach dem Sandwich-Brot. Sie sollte sich lieber auf ihre Arbeit konzentrieren. Ein Sandwich nach dem anderen wanderte in die Theke, gefolgt von dick belegten Bagels.

Um kurz nach neun trudelten Kylie und Matty ein. Da es im Café gerade turbulent zuging, setzte sich Annabella nicht zu ihnen, sondern schob Sandwiches in den Grill, toastete Brote zu Rührei, Speck und Hash Browns und bediente ihre Kunden, die sich etwas zum Mitnehmen holten. Vielleicht hielt dieser Trubel ja an, und sie hatte eine gute Ausrede, sich vor dem Dazusetzen zu drücken.

Die Türglocke ertönte. Rebecca hantierte mit ihrem Zwillingswagen. Annabella flitzte zum Eingang, um ihr die Tür aufzuhalten, und bückte sich dann, um den Wagen über die Schwelle zu bugsieren. Als sie aufsah, blickte sie in Wills graue Augen.

Er küsste Becky lächelnd auf die Wange und nahm ihr den Kinderwagen ab. »Lass mich das machen.« Sorgfältig rollte er die Räder auf dem Fußabstreifer hin und her, bevor er den Wagen weiter ins Café schob und sich selbst die Füße abtrat.

»Oh, Will, wie schön, dich mal hier zu sehen!« An Beckys Strahlen war zu sehen, wie sehr sie ihn mochte. Auch Will schien sie sehr gern zu haben – was bei der sympathischen Becky keine Kunst war.

Ein feiner Neid kam in Annabella auf. Sie wünschte sich, auch sie könnte ihn so sorglos umarmen. Stattdessen standen sie sich wie zwei x-beliebige Fremde gegenüber, und sie konnte nur mit Mühe ein »Guten Morgen« herausquetschen.

Kylie kam lachend auf sie zu. »Wie wäre es, wenn wir mal die Tür zumachen, bevor wir anderen hier drin erfrieren?«

»Sorry!« Will riss sich von dem Blickkontakt los und schloss schnell die Glastür.

Kylie schob sich an dem Kinderwagen vorbei und umarmte erst Becky und dann – ebenso unkompliziert – auch Will. Sie deutete auf den Sechsertisch. »Wir sitzen hier, Will«, bevor sie sich an Becky richtete: »Bleibst du auch?«

»Eigentlich wollte ich ja nur ein paar süße Gebäckstücke für heute Nachmittag holen, aber Frühstück hatte ich auch noch keines, und Ian ist unterwegs. Warum also nicht? Gute Idee!« Becky lächelte.

Während sie wieder hinter die Theke ging, fragte Annabella: »Was kann ich euch denn bringen?«

Will deutete eine Verbeugung in Richtung Becky an. »Ladys first.«

»Ich nehme bitte deine köstliche Wintertee-Mischung.« Becky seufzte. »Kaffee ist für mich als stillende Mutter leider noch nicht drin. Und dazu ein Multigrain-Sandwich mit Frischkäse, Tomate und Sprossen.«

»Wenn du schon dabei bist … Das Sandwich klingt gut, das nehme ich auch«, schloss sich Will an. »Nur Cappuccino statt des Tees, bitte.«

»Es gibt noch Rührei und Hash Browns, wenn du willst.«

Er grinste. »Okay, überredet, nehme ich auch, Reiten macht hungrig. Ohne Speck, bitte!«

»Setzt euch, ich bringe es euch rüber!« Annabella packte alles auf ein Tablett und lud einen Teller mit den Banana-Nut-Muffins, Kürbisgebäck und verschiedenen Plätzchen voll, den sie dazustellte. Der erste hatte sich – dank Mattys Vorliebe für Süßes – schon beträchtlich geleert.

Eigentlich sollte sie auch etwas essen, aber irgendwie fühlte sich ihr Magen wie zugeschnürt an. So ließ sie sich nur noch einen Cappuccino heraus, den sie ebenfalls aufs Tablett stellte, bevor sie sich an den Ecktisch – zwischen Becky und Matty – setzte. Dort war schon ein lebhaftes Gespräch zwischen den vieren entstanden.

»Und, bist du dann trotzdem gestern bei dem Sauwetter gut heimgekommen?«, erkundigte sich Becky bei ihr.

»Ich habe das Auto stehen lassen. Will hat mich netterweise mitgenommen.« Annabella nickte in seine Richtung. »Wir fahren es nachher holen, ich muss noch Schneeketten aufziehen.«

»Wo steht es denn?«

»Auf der Straße von Portland, unten an der Senke, direkt vor der Anhöhe in Richtung Lynnwood Falls«, erklärte Annabella. »Nicht allzu weit entfernt.« Sie deutete nach draußen, wo das Schneetreiben wieder heftiger wurde. »Hoffentlich finde ich es noch und es ist nicht komplett zugeschneit.«

»Mach doch keinen solchen Akt. Ian ist eh mit dem Abschleppwagen in Portland. Er fährt auf dem Rückweg dort vorbei, dann soll er den Wagen doch mitbringen«, schlug Becky vor und hatte schon ihr Handy gezückt.

»Aber nein, das ist doch viel zu viel Mühe«, protestierte Annabella.

»Papperlapapp! Dann musst du auch nicht weg hier.« Und schon hatte Becky ihren Mann Ian angerufen, der versprach, das Auto vor seiner Werkstatt abzustellen.

Annabella bedankte sich lächelnd. Und fragte sich, was eigentlich mit ihr los war. Wieso gärte da plötzlich Enttäuschung in ihr? Den ganzen Morgen hatte sie Magengrummeln gehabt, sich zu Will ins Auto zu setzen, und nun, da sie es nicht musste, fehlte die überschäumende Erleichterung.

Zum Glück kam gerade Hope herein, und Annabella konnte aufstehen, um sie zu bedienen. Doch die Tierärztin eilte direkt auf den Tisch zu. »Was ist das denn hier für eine Versammlung?« Sie umarmte einen nach dem anderen – auch Annabella wurde in eine schneekalte Umarmung gezogen.

Becky rückte ein Stück zur Seite. »Setz dich!«

Hope krauste die Nase, bevor sie lachte. »Eigentlich wollte ich nur kurz was zum Mitnehmen holen …«

»So ging's mir auch.« Becky lachte ebenfalls.

»Okay, schon überredet!« Hope schälte sich aus der dicken Jacke und schüttelte das krause braune Haar, dass die Locken nur so flogen. »Hier ist so es herrlich gemütlich! Das hast du wieder wundervoll dekoriert, Annabella! Da wird's einem wohlig warm ums Herz bei der Kälte, mit den ganzen Kerzen …« Hope strahlte sie an.

»Ich danke dir! Was darf ich dir denn bringen? Latte Macchiato mit Vanille-Topping?« Das war Hopes Favorit, wenn sie mit Ryan hierherkam. Die Tierärztin nickte strahlend.

Annabella stellte die Latte Macchiato vor Hope ab, die sich inzwischen neben Becky gesetzt hatte und mit ihr plauderte. Will rutschte einen Platz weiter um die Ecke, sodass Annabella zwischen Matty und ihm zu sitzen kam. Die roten Stuhlkissen waren noch herrlich warm von seinem Körper; an ihrer Rückseite kribbelte es angenehm. »Danke«, murmelte sie verlegen. »Wo hast du denn Zeus gelassen?«

»Der macht gerade ein Nickerchen zu Hause. Ich war heute Morgen ausreiten, da rennt er immer mit. Jetzt war er platt. Mrs Hemsworth macht heute bei mir sauber, sie leistet ihm Gesellschaft.« Will lachte sein sympathisches Lachen. »Oder er ihr.«

Annabella stimmte ein. »Dann gebe ich dir nachher den versprochenen Knochen für ihn mit.«

Will musterte sie nachdenklich. »Hast du eigentlich keine Unterstützung hier?«

Prompt ging sie in Verteidigungsstellung. »Doch. Mrs Bloomberg backt, und Mrs Moffatt kocht.«

»Ich meine, ob *du* hier draußen Hilfe hast? Im Verkauf?«

»Wochentags kommt über Mittag gelegentlich eine Aushilfe – Larissa Townsend. Es ist nicht so einfach, im Ort Leute zu finden.«

»Das glaube ich. Aber das ist ganz schön viel für dich, da steckt doch noch jede Menge Organisation dahinter.«

»Es macht mir Spaß«, wiegelte sie ab.

»Das merkt man!«, stellte Will fest, und sie war sich nicht sicher, ob sie tatsächlich Bewunderung in seinen nebelgrauen Augen las. »Es ist wirklich wunderschön hier!« Unter seinem anerkennenden Blick wurde ihr warm.

»Danke!« Obwohl Annabella sich unbändig über das Lob freute, war es ihr peinlich. Zum Glück lenkten die Zwillinge, die zu weinen begannen, die Aufmerksamkeit aller auf sich.

Becky nahm eines der Mädchen aus dem Wagen und hielt die Kleine Hope entgegen. »Hältst du Amy mal kurz? Ich glaube, sie hat den größeren Hunger.«

»Liebend gern!« Hopes hellbraune Augen leuchteten, als sie das Baby in ihre Arme bettete.

»So wie du strahlst, wird es bei dir und Ryan auch nicht mehr allzu lange dauern, oder?«, neckte Kylie sie.

»Jetzt lass uns erst mal heiraten, und dann sehen wir weiter«, wehrte Hope, sichtlich verlegen, ab.

»Gibt's schon einen Termin?«

»Wir wollen bis zum Sommer warten. Juni vermutlich. Das genaue Datum müssen wir noch festlegen.«

Kylie deutete auf den herzförmigen Bernstein auf Hopes Verlobungsring. »Ihr seid doch schon ein Weilchen verlobt, oder?«

Hopes Grinsen wirkte verschämt. »Ja, bald schon ein Vierteljahr, seit September. Ich hatte ehrlich gesagt überhaupt noch nicht damit gerechnet. Wir waren ja erst seit Juli wieder zusammen.« Sie kitzelte die Kleine am Kinn, die selig gluckste.

»Ryan vergöttert dich und wollte sichergehen, dass du ihm nicht wieder verloren gehst«, sagte Becky zwinkernd, während sie Hope ihre Tochter abnahm und an die Brust legte.

Annabella lächelte Hope zu. »Der Verlobungsring ist wirklich außergewöhnlich schön, etwas ganz Besonderes.« Sie hatte schon gehört, wie Ryan von Hopes »Bernsteinaugen« geschwärmt hatte – es war süß, dass er den passenden Ring dazu ausgesucht hatte.

Hope strahlte. »Das ist er. Da hat sich Ryan echt Mühe gegeben, ihn zu finden.«

»Wie hat er denn um deine Hand angehalten?«, wollte Annabella wissen und biss sich gleich auf die Zunge. Sie wollte nicht neugierig erscheinen.

Doch Hope schien es ihr nicht übel zu nehmen, sie lächelte. »Es gibt da ein Plätzchen im Wald, an dem wir gern …

picknicken.« Sie räusperte sich. »Ryan ließ mich die Decke ausbreiten, und als ich mich hingesetzt hatte, war er auf einmal mit den Hunden verschwunden. Ich hatte wirklich von nichts eine Ahnung.« Ihr Gesicht begann zu leuchten. »Plötzlich kam Chief auf mich zugetrabt – mit dem Ringkästchen und einem Schild im Maul, auf dem stand: *Willst du mich heiraten?*«

»Chief ist toll!«, kommentierte Matty.

Annabella lächelte. Ryans älterer Bobtail war tatsächlich einfach großartig, eine Seele von einem Hund.

»Und dann hast du Ja zu Chief gesagt? Und nun heiratet ihr beide?«, alberte Kylie.

Hope kicherte. »Genau.«

»Immerhin hast du mit meinem Wingman keine schlechte Wahl getroffen«, kommentierte Will.

»Nur ich mit ihm? Pah!« Gespielt empört wölbte sie die Unterlippe nach vorn.

Mit einer übertriebenen Geste legte Will die Hand auf sein Herz. »Alles andere ist eine Selbstverständlichkeit! Jeder Mann, der dich zur Frau bekommt, kann sich glücklich schätzen!«

»Oh, jetzt haust du aber Nägel rein!«, prustete Hope heraus.

In dem Moment ertönte die Türglocke, und Ryan schneite im wahrsten Sinne des Wortes herein. Er schüttelte Schneeflocken von seiner Jacke, bevor er die Tür schloss und sich die Füße abtrat.

»Wenn man vom Teufel spricht …«, kommentierte Will grinsend, was allgemeine Erheiterung auslöste.

»Ihr seid mir ja eine schöne Bande! Da warte ich, bis diese Frau da, die Praxis, Tisch und Bett mit mir teilt, mir etwas zu essen bringt, damit ich nach getaner harter Arbeit wieder zu Kräften komme, und was ist? Sie versumpft! Und zur Begrüßung werde ich noch ausgelacht«, beschwerte sich Ryan, doch das amüsierte Funkeln in seinen Augen verriet ihn.

»Du Ärmster!«, spottete Becky.

Hope schmiegte sich an ihn und küsste ihn. »Uh, du bist kalt. Lass dich wärmen!« Sie küsste ihn wieder. »Ich mache es später wieder gut!« Sie strich sanft über Ryans Dreitagebart. »Will hat gerade festgestellt, wie glücklich du dich schätzen kannst, mich zu haben! Also schimpf nicht mit mir!«

»So, hat er?« Mit einem gespielt mürrischen Brummen zog Ryan die Augenbrauen zusammen. »Wenn ich mir nicht absolut sicher wäre, dass mein Freund Will durch und durch loyal ist, und wenn ich nicht genauso sicher wüsste, dass er der überzeugteste Single auf Gottes Erdboden ist, der Bindungen meidet wie der Teufel das Weihwasser, dann würde ich jetzt glatt eifersüchtig werden.«

Für einen Moment trat ein Ausdruck auf Wills Züge, der Annabella an den schüchternen Jungen von früher erinnerte, der sich unwohl fühlte, wenn er im Mittelpunkt der Aufmerksamkeit stand. Doch er hatte sich gleich wieder im Griff. »Gut erkannt: Kein Grund zur Sorge, so sehr ich Hope mag! Um es mit Shakespeare zu sagen: ›Bewahrt Euch, Herr, vor Eifersucht, dem grüngeaugten Scheusal, das besudelt die Speise, die es nährt‹«, konterte er mit getragener Stimme, was ihm allgemeines Gelächter einbrachte.

Auch Annabella lachte mit. Dennoch nagten Ryans Worte an ihr – was sollte das denn? Wills nicht vorhandene Bindungs-Absichten konnten ihr doch völlig gleichgültig sein. Vermutlich kam das Rumoren in ihrem Magen nur vom Hunger. Zumindest war dies die Erklärung, die ihr am besten gefiel.

Becky schloss ihre Bluse, legte sich ein Tuch über die Schulter, nahm ihre Tochter auf und klopfte ihr auf den Rücken, um sie zum Aufstoßen zu bringen. »Sag nicht, Will, du kennst noch mehr Shakespeare-Zitate auswendig, du Streber!«

»Nein, ich musste mal ein Referat über *Othello* halten«, gab er grinsend zurück. »Diesen schwierigen Satz habe ich mir irgendwie gemerkt.«

Sein Seitenblick streifte Annabella, doch sie tat, als hätte sie nichts bemerkt. Sie erinnerte sich, zumindest an das Referat. Damals hatten sie im Literaturkurs heftig über die Geschichte diskutiert. Über den Umgang mit Eifersucht. Warum Othello der geliebten Frau Desdemona nicht die Chance gegeben hatte, sich zu rechtfertigen, bevor er sie und anschließend sich selbst getötet hatte.

Warum kam ihr gerade jetzt in den Sinn, dass auch sie selbst Will niemals eine Chance zur Rechtfertigung gelassen hatte? Schnell schob sie den Stuhl nach hinten. »Bleibst du, Ryan? Was kann ich dir bringen?«

Er gab seine Bestellung auf, und die anderen schlossen sich ebenfalls noch einmal an.

Kylie stand auf. »Ich helfe dir!«

Im Weggehen hörte Annabella Becky sagen: »Will, wenn du in Literatur so bewandert bist, dann könntest du doch eigentlich zu uns in den ›Lynnwood Falls Buchklub‹ kommen. Annabellas Cousin Chester und der alte Wes Tucker sind die einzigen Männer, die gelegentlich vorbeischauen. Sie freuen sich bestimmt über männliche Verstärkung. Wir treffen uns immer einmal im Monat.«

Annabella hielt die Luft an und verfluchte das Zischen der Kaffeemaschine, als Kylie die Latte Macchiato für Hope zubereitete. Sie musste die Ohren spitzen, um Wills Antwort zu verstehen.

»Mel aus der Bibliothek hat mich auch schon öfter gefragt.« Er lachte. »Vielleicht schaffe ich es irgendwann doch einmal.«

»Da wird Mel sich bestimmt freuen!« Becky klang ebenfalls erfreut.

Annabella hörte nur noch mit halbem Ohr zu, während

Becky den anderen den Ablauf der Buchklub-Treffen erklärte. Die verschiedensten Gefühle wirbelten in ihr durcheinander. Sie hatte gar nicht gewusst, dass Will Melanie Rowling so nahestand, dass die beiden sich »öfter« unterhielten. War er immer noch Stammgast in der Bibliothek? Mel war zwar eher ruhig, aber sehr sympathisch und hatte süße Grübchen. Und sie war Single. Ob sie Will wohl gefiel?

Mechanisch schob Annabella Servietten unter die Baguettes. Egal, es ging sie nichts an! Sie würde bestimmt nicht dazu verfallen, sich um Dorfklatsch zu kümmern. Doch auch der Gedanke, dass Will und sie selbst – wie früher – gemeinsam zusammensitzen und über Bücher sprechen würden, löste zwiespältige Gefühle in ihr aus. Eine unbestimmte Furcht ergriff von ihr Besitz. Am besten, sie verhielt sich ihm gegenüber neutral – freundlich, aber reserviert –, bis sie das Chaos in sich einzuordnen wusste.

Zum Glück kam in dem Moment Beckys Mann Ian. Schneeflocken hingen in seinen roten Haaren wie überdimensionale Schuppen. Der Hüne füllte den kompletten Türrahmen aus. Er eilte nach einem allgemeinen Gruß auf seine Frau und die beiden kleinen Töchter zu. Becky bekam einen innigen Kuss. Überraschend zart umfassten Ians große Hände die winzigen Mädchen, als er sie je auf einen Arm nahm und herzte. Erst dann wandte er sich Annabella zu. »Dein Auto steht bei mir vor der Garage.«

»Du bist ein Schatz! Was bekommst du?«

Er schüttelte den Kopf. »Quatsch nicht, es lag auf dem Weg. Gib mir einen Kaffee dafür. XL und schwarz wie meine Seele.«

Sie lachte. »Alles klar. Ich danke dir. Aber dann musst du auch was essen.«

»Das BCT-Baguette sieht klasse aus, das nehme ich auch.«

Immer noch lachend griff sie nach einem weiteren Teller, während Kylie den Kaffee herausließ. Im Raum wurden unterdessen eifrig Tische und Stühle gerückt, um die Runde zu vergrößern.

Eine wohlige Wärme breitete sich in Annabella aus. Sie liebte große Runden. Als ihre Mutter noch gelebt hatte, hatte diese immer freitagnachmittags genau an diesem Ecktisch und dem danebenstehenden Tisch ihre Bridge-Runde abgehalten. Genauso viel Gelächter wie jetzt hatte dann den Raum erfüllt. *Annabella's Café* war seit seiner Gründung stets gut besucht gewesen. Und es kam häufig vor, dass sich die Leute hier zusammensetzten, die sich kannten.

Doch heute war es genau der Umstand, den sie sich immer heimlich erträumt hatte: ein Treffpunkt für die Leute von Lynnwood Falls. Der Ort, an dem man zusammenrückte. An dem man hängen blieb, auch wenn man eigentlich nur kurz ein Sandwich oder etwas Gebäck hatte kaufen wollen. Annabellas Fingerknöchel traten weiß hervor, so fest hielt sie den Tellerrand umklammert. Sie durfte dieses Café nicht verlieren! Es war ihre Heimat. Die einzige, die sie besaß.

Will

Lynnwood Falls

Gedankenverloren öffnete Will in seiner Kanzlei die Tür zum Vorzimmer. Elly drückte die Stopptaste, nahm die Kopfhörer herunter und sah von der Tastatur auf. Sie tippte wohl gerade die Korrespondenz, die er ihr diktiert hatte. »Und, was sagt der gegnerische Anwalt?« Sie kraulte Zeus, der gleich zu ihr gelaufen war.

Will zuckte mit den Schultern. Das Gespräch mit dem Vertreter von *Brakenshaw Enterprises* war unbefriedigend gewesen. »Ich fürchte, wir müssen schwerere Geschütze auffahren. Es hört sich an, als hätten sie keinerlei Interesse daran, dass Annabella ihr Café weiterführt. Auch Gordon hat einen abschlägigen Bescheid für die Miete der Wohnung im ersten Stock erhalten. Sie wollen wohl tatsächlich eine Filiale von *Sweet or Tasty* hier eröffnen.«

»Hast du ihnen gesagt, dass Lynnwood Falls keinen solchen Humbug braucht? Und dass keiner hier ihren Laden besuchen wird, wenn sie dafür die Einheimischen aus dem Haus graulen? Wir brauchen niemanden von auswärts«, stieß Elly empört hervor. Ihre Augen blitzten.

Will musste lachen. »Vielleicht hätte ich dich mit ihm reden lassen sollen? Ich habe es ihm zu verstehen gegeben, ja. Sobald sich das Wetter etwas beruhigt hat, werde ich hinfliegen und etwas deutlicher werden.« Er zögerte. Eigentlich hätte er am Samstag im Auto mit Annabella ihre Strategie besprechen wollen, doch die gemeinsame Fahrt war ausgefallen. Irgendwie war die Stimmung zwischen ihnen nach wie vor angespannt, und er hatte am Samstag im Café nicht den richtigen Moment – oder auch nicht die richtigen Worte – gefunden. »Ich bleibe auf jeden Fall dran. Aber jetzt muss ich los.«

»Wenigstens ist das Wetter ja heute etwas besser. Wenn es nach mir ginge, könnte der Winter schon vorbei sein. Mein Bruder Jesse hat gerade angerufen. Er treibt sich auf den Bahamas rum, auf der Spur der Wale, die dort im Winter in ihre Geburts- und Paarungsgründe ziehen. Wie gern wäre ich jetzt bei ihm!« Ein sehnsüchtiger Ausdruck trat auf ihre Züge.

»›Bahamas‹ klingt tatsächlich nicht schlecht.« Er schlüpfte in seine Jacke.

»Ach, Will, denkst du an das Essen mit Doreen Saunders am Mittwoch?«

»Ja, den Termin habe ich notiert. Ich komme vorher her, aber auf jeden Fall bin ich dann vor Ort. Ich weiß noch nicht sicher, ob wir in Portland bleiben oder was A. J., ich meine Jay«, korrigierte er sich, »gern tun würde.«

Elly schenkte ihm ein mitleidiges Lächeln. »Das wird sicher komisch für deinen Bruder, nach so langer Zeit wieder Freiheit zu schnuppern. Vielleicht will er erst mal auf den Putz hauen?«

»Gut möglich! Wir werden sehen.« Will nahm Zeus' Leine vom Haken. »Mach bitte auch morgen noch keine Termine für mich aus. Ich melde mich.«

»Alles klar. Sag Jay einen Gruß«, rief Elly ihm hinterher.

Er hob nur grüßend die Hand.

Die Straßen waren zum Glück inzwischen wieder einigermaßen geräumt, auch wenn sich links und rechts an den Straßenrändern hohe Schneeberge auftürmten. Nachdem das Wochenende noch recht trüb und stürmisch gewesen war, strahlte heute die Sonne vom Himmel, als wollte sie seinem Bruder Jay zeigen, wie schön die Welt sein konnte.

Es war zwölf Jahre her, dass sie sich zum letzten Mal hier in Lynnwood Falls gesehen hatten. Damals hatte Will seine Heimat direkt nach dem Schulabschluss verlassen. Mit seiner Mutter im Schlepptau, die jedoch eine Weile später wieder zu ihrem Mann zurückgekehrt war. Und einige Jahre danach waren seine beiden Brüder ins Gefängnis gekommen. Eine B-Klasse-Verurteilung für bewaffneten Raubüberfall und Drogenbesitz.

Jay hatte eigentlich nur im Auto gewartet. Ihr großer Bruder Donny war ausgerastet und hatte den Besitzer des Ladens, einen Chinesen, schikaniert und mit einer Waffe bedroht. Auch wenn es ihm nie jemand erzählt hatte, vermutete Will, dass es Donny und seinen widerlichen Kumpels nie um eine Beute, sondern um Ärgermachen gegangen war. Jay wurde der Mittäterschaft bezichtigt sowie wegen Alkohol und Drogen am Steuer verurteilt. Im Gegensatz zu ihrem größten Bruder, der davon überzeugt gewesen war, man tue ihm mit der Verurteilung unrecht, hatte Jay die lange Gefängnisstrafe widerspruchslos hingenommen und war voller Reue.

Mit dem Ältesten, dem inzwischen vierzigjährigen Donny,

hatte Will, abgesehen von den regelmäßigen Zahlungen auf dessen Gefängniskonto, wenig persönlichen Kontakt, seit dieser nach einer Messerstecherei erneut – diesmal wegen Totschlags – verurteilt und daraufhin verlegt worden war. Die Hochsicherheitsgefängnisse lagen alle fernab im Nirgendwo.

Will hatte Jay, den mittleren Bruder, der sich in den letzten Jahren sehr zu seinem Vorteil verändert hatte, regelmäßig besucht. Es war deshalb gar keine Frage für ihn gewesen, dass er derjenige sein würde, der seinen Bruder nach der Freilassung vom Gefängnis abholte. Dennoch fühlte Will sich angespannt. Während der gesamten Fahrt durch den verschneiten Wald war er in Erinnerungen versunken. Mechanisch folgte er den Anweisungen seines Navigationsgerätes, das ihn die schnellste Strecke durch den morgendlichen Verkehr von Portland zum Cumberland County Jail lotste, das im Süden von Old Port lag. Er parkte vor dem mit Klinkersteinen verkleideten Komplex.

Endlich öffnete sich die Tür, und sein Bruder verabschiedete sich von dem Wächter. Will stieg aus dem Wagen und hob grüßend die Hand. Jays Schritte wirkten etwas unsicher, so, als wäre er es nicht mehr gewohnt, ohne Fußketten zu gehen. In den Straßenklamotten – Jeans, Sweatshirt, Daunenjacke und Boots –, die Will ihm vor einigen Tagen gebracht hatte, sah sein Bruder ungewohnt aus. Sonst hatte er ihn in den letzten sieben Jahren nur in diesem orangefarbenen Gefängnis-Overall gesehen.

Jay blieb stehen, ließ die Tasche mit den wenigen Habseligkeiten sinken und hob das Gesicht in die Sonne. Atmete tief durch. Ein Leuchten ging über seine Züge, das den Kloß in Wills Kehle anschwellen ließ. Er hatte das Gefühl, vor sich hin zu stolpern, als er Jay entgegenlief. Seine Stimme versagte, und so nahm er seinen Bruder einfach stumm in den Arm. Will konnte nicht sagen, wie lange sie nur so in dieser Umarmung dastanden und keiner von ihnen sprach.

Bis er sich schließlich löste. »Lass uns losfahren! Ich nehme an, du willst nicht mehr Zeit als nötig hier verbringen.«

Jay lachte, nicht weniger heiser. »Da hast du allerdings recht.« Anerkennend musterte er den Wagen. »Coole Karre hast du. Ein F150 Hybrid? Ist einer der Ersten, oder?« Die Autozeitschriften, mit denen Will ihn regelmäßig versorgt hatte, schienen informativ gewesen zu sein.

»Yep, er ist ein knappes Vierteljahr alt.« Will wollte ihm gerade anbieten, das Steuer zu übernehmen, als ihm einfiel, dass Jay ja seinen Führerschein erst wieder neu beantragen musste. So stieg er auf der Fahrerseite ein und drehte sich nach hinten, wo sein Hund mit gespitzten Ohren saß. »Das ist Zeus.« An den Golden Retriever gewandt, fügte er hinzu: »Das ist mein Bruder Jay.«

Der Rüde hechelte begeistert, als Jay die Hand durch die Maschen des Netzes schob und ihn daran schnuppern ließ.

Will deutete auf die Tüte von *Holy Donuts*, bei denen er vorbeigefahren war. »Falls du Hunger hast …?«

»Nein, danke, ich brauche momentan nichts.«

»Hast du Durst? Sollen wir einen Kaffee trinken gehen?«

»Nein, alles gut. Ich …« Jay zögerte. »Können wir ans Meer fahren?«

Will lächelte. »Natürlich!«

Der Weg zur südlichen Küste betrug nur wenige Minuten Fahrtzeit, in denen sie sich über die neue Generation Fahrzeuge unterhielten. Durch den kräftigen Wind in den letzten Tagen war die Dünung auf dem Atlantik mächtig. Mannshohe Brecher rollten heran und donnerten gegen die Böschung, spritzten meterhoch. Will steuerte auf den Strand zu, wo die Brandung einen breiten weißen Schaumgürtel am Ufersaum bildete. Es war gerade Ebbe, der Strand zeigte sich in voller Breite. Lediglich am äußeren Rand, zwischen den Felsbrocken, lag noch etwas Schnee; den Rest hatte sich die Flut geholt.

Auf dem Parkplatz gab es nur wenige Fahrzeuge. Im Sommer standen hier Eiswagen, und am Strand leuchteten farbenfroh jede Menge Sonnenschirme – es wimmelte von Menschen. Dagegen wirkte es im Winter regelrecht ausgestorben. Abgesehen von einigen unermüdlichen Joggern und Leuten, die ihre Hunde ausführten, tummelte sich kaum jemand hier.

Sie stiegen aus. Ein frischer Wind, erfüllt von dem Geruch nach Salz und Algen, empfing sie.

Jay sog genüsslich den Atem ein. »Hast du überhaupt Zeit für einen kurzen Spaziergang, oder musst du gleich zur Arbeit?«

»Nein, ich habe mir heute freigenommen. Und mein Hund muss eine Runde laufen. Sieh doch, wie er sich freut!«

Zeus' Schwanz schlug rhythmisch gegen Wills Bein, als er ihm den Brustgurt umlegte und die Schleppleine einhakte.

Einige Minuten gingen sie schweigend nebeneinander her, nur unterbrochen von Zeus' aufgeregtem Hecheln. Der Sand knirschte unter ihren dicken Sohlen, das Meer rauschte, die Möwen kreischten. In den Schneeresten funkelten die Kristalle in der Sonne.

»Warum tust du das?« Jay sah ihn von der Seite an.

»Was meinst du?«

Jay machte eine weit ausholende Handbewegung. »Alles! Die finanzielle Unterstützung in den letzten Jahren. Mich jetzt abholen, den Tag freinehmen …«

»Du bist mein Bruder.«

»Du weißt nur zu genau, dass ich ein räudiger Bruder war. Ständig besoffen und zugedröhnt …«

Will stieß ihm den Ellbogen in die Rippen. »Du warst acht, als ich geboren wurde. Damals noch nicht.«

»Aber es hat nicht lange gedauert, bis es anfing.« Jay stieß hörbar die Luft aus.

»Als ich klein war, hast du mir eine Flöte geschnitzt«, erinnerte Will ihn.

»Die der Alte dann zerbrochen hat, weil er das scheiße fand.« Jay schürzte die Lippen.

»Trotzdem hattest du sie mir geschenkt. Außerdem hast du mir das Baumhaus gebaut.«

»Aus egoistischen Gründen, schließlich war es auch ein Rückzugsort für mich zum Kiffen«, wiegelte Jay ab.

»Du willst wohl kein Lob annehmen?« Will lachte, doch sogleich wurde er wieder ernst. »Ich weiß nicht, warum der Alte uns das Baumhaus gelassen hat …«

»Weil das was Cooles, was Jungsmäßiges war«, fiel Jay ihm ins Wort.

»Vielleicht. Wenn er gewusst hätte, dass ich da oben meine ›mädchenhaften‹ Bücher horte – wie er sie nannte –, die er sonst immer zerrissen oder verbrannt hat …«

»Ich weiß, das sollte man über seinen Erzeuger nicht sagen, aber was war er manchmal für ein Arsch!«, stieß Jay voller Inbrunst hervor.

»Das kannst du laut sagen!«

»Er war ein Arsch!«, schrie Jay gegen den Wind, der ihm die Worte von den Lippen riss.

Ein alter Mann in einem abgetragenen Mantel und einer Strickmütze, der mit fingerlosen Handschuhen im angespülten Strandgut stöberte, hob entgeistert den Kopf.

Will musste lachen. Und zum ersten Mal stimmte auch Jay aus vollstem Herzen ein. Immer noch prustend, fingen sie an zu laufen, bis sie rannten, dass der Sand nur so von ihren Sohlen stob. Irgendwann blieben sie erschöpft stehen.

Jay stützte sich mit den Händen auf den Knien ab und japste nach Luft. »Hey, ich werde nächstes Jahr vierzig, bin ein alter Mann. Und – zumindest lauftechnisch – völlig untrainiert, ich habe lediglich Gewichte gestemmt. Mich kannst du nicht mehr so jagen.«

Will boxte ihn in den Arm. »Dann wird's mal Zeit, dass du wieder fit wirst. Ich sollte dich wohl ab jetzt viel öfter umherscheuchen.« Er musste allerdings selbst um Atem ringen. »Okay, mir schadet es vielleicht auch nichts.«

»Der Einzige, der hier noch kann, ist Zeus.« Jay lachte, doch Will konnte sehen, wie es in ihm arbeitete.

»Was ist?«

Jay nahm ihn an den Schultern. Und Will blickte in Augen, die genauso grau wie seine eigenen waren. Auch sonst bestand zwischen den drei McGinty-Brüdern eine Ähnlichkeit, zumindest äußerlich. Auch Jay hatte die gleichen schwarzen, leicht gelockten Haare wie er selbst – nur kurz geschnitten, aber noch ebenso dicht. Sie waren ungefähr gleich groß, etwas über einen Meter achtzig. Jay war in den letzten Jahren breiter als Will geworden; in seinen Junkie-Jahren war er ein wandelndes Skelett gewesen.

Jay wurde ganz ernst. »Ich möchte mich bei dir entschuldigen. Für alles, was ich dir in deiner Jugend angetan habe.«

»Quatsch, das ...«

»Ich meine es ernst! Ich war ein genauso großes Arschloch wie der Alte. Sorry für die Fäkalsprache, doch dafür gibt es kein netteres Wort. Mein Verhalten tut mir unendlich leid. Ich kann nicht verlangen, dass du mir vergibst, aber ...«

»Weil es nichts zu vergeben gibt! Du standest unter dem Einfluss von ihm und Donny. Der das charakterliche Ebenbild von unserem ... Erzeuger ist.« Das Wort »Vater« kam ihm in dem Zusammenhang immer schwer über die Lippen, meist war er bei ihnen einfach »der Alte«.

»Ich habe so viel Mist gebaut ...«

»Nichts, was mir nachhaltig geschadet hätte.« Will zwinkerte ihm zu.

»Du warst gerade mal zehn, als ich dich an meinem Joint habe ziehen lassen!«

»Ja, aber davon musste ich so husten, dass ich niemals das Rauchen angefangen habe.« Will lachte. »Die Aktion hatte wirklich was Gutes: Ich habe danach nie mehr Drogen angerührt. Nicht mal in Harvard während des Studiums, wo mehr Schnee im Umlauf war, als sich hier im Winter an den Straßenrändern auftürmt.« Als er sah, das Jay sich immer noch Vorwürfe machte, stieß er ihn an. »Komm, lass uns zurücklaufen. Im Stehen wird's kalt.«

Jay nickte, und sie schlenderten in Richtung Auto.

Will ließ Zeus von der Leine, der noch einen sichtlichen Bewegungsdrang hatte, und fuhr fort. »Ich meine das ganz ehrlich: Ich bin dir nicht böse, und da gibt es nichts zu verzeihen! Vieles war Mist, was du oder auch ich gemacht haben. Jetzt ist für dich aber die Zeit gekommen, dein Leben so zu formen, wie du es für richtig hältst.«

»Danke!«, krächzte Jay, dann legte er den Arm um Wills Schulter. »Ich bin so unglaublich stolz auf dich, kleiner Bruder. Welch ein großartiger Mensch du geworden bist! Und auf das, was du aus deinem Leben gemacht hast.«

Will winkte ab. »Jetzt übertreib mal nicht. Ich hatte vermutlich auch viel Glück.« Er grinste. »Und genügend schlechte Vorbilder als Abschreckung.«

Wie er gehofft hatte, lachte Jay auf. Laut und befreit. Und gab ihm einen Stoß. Sie balgten sich wie früher, als sie jung gewesen waren und Jay versucht hatte, ihm beizubringen, wie man sich beim Kämpfen zur Wehr setzen konnte. Zeus sprang aufgeregt kläffend um sie herum, bis Will ihn beruhigte, dass sie nur Spaß machten.

Jay hielt inne. »Okay, wir sprechen nicht mehr darüber. Aber eine Sache muss ich noch auf den Tisch bringen, weil sie mich seit Jahren verfolgt und mir aufs Gemüt drückt. Der Abend deines Abschlussballs …«

»Schwamm drüber!«, unterbrach ihn Will scharf. »Lass uns nicht mehr davon sprechen.«

Jays Brust hob und senkte sich. Kurz dachte Will, er würde seinen Wunsch nicht respektieren, doch dann nickte er. »Alles klar.«

Als sie wieder zurück im Wagen waren und Zeus abgetrocknet und in seiner Kiste war, fragte Will: »Was möchtest du nun unternehmen?«

»Irgendwann sollte ich zu meinem Bewährungshelfer. Er wollte mir bei der Zimmer- und Jobsuche helfen.«

Will sah ihn erstaunt an. »Du willst gleich eine eigene Bude? Ich dachte, du wohnst erst mal bei mir? Ich habe eine Wohnung in Portland mit Gästezimmer, und ich bin nicht immer dort; du hättest da oft deine Ruhe. Oder du kommst mit auf den Hof in Lynnwood Falls. Das alte Gebäude ist abgerissen. Mein neues Wohnhaus ist zwar kleiner, aber es gibt genügend Platz. Ich habe meinen Schlafbereich unter dem Dach, im Erdgeschoss sind Küche, Wohnraum und Gästetoilette, doch der erste Stock wird quasi kaum genutzt. Es gibt dort ein Gästezimmer mit einem großen Bad, das kannst du für dich haben, und ein Büro, das du auch nutzen kannst. Ich arbeite meist nicht da. Außerdem habe ich dort eine große Bibliothek eingerichtet. Das ist das einzige Zimmer im ersten Stock, in dem ich mich ab und zu aufhalte. Du kannst dich bedienen, wenn du was zum Lesen suchst.«

Jay grinste. »Danke, das mache ich bestimmt! Im Knast bin ich vor lauter Langeweile auch zur Leseratte mutiert. Apropos Langeweile: Ich würde mich auch gern irgendwie betätigen, bis ich Arbeit gefunden habe. Vielleicht auf dem Hof?«

»Der alte Bob ist noch da und kümmert sich um die Schweine. Er hat einige Jungs, die ihm auf der Farm zur Hand gehen, ich bin ja viel unterwegs. Du kannst auf jeden Fall dort mit anpacken, bis du dir was anderes suchen willst. Es gibt immer genug zu tun.«

»Das ist dein Ernst, oder?« Jay blinzelte. »Du würdest mich tatsächlich mit nach Lynnwood Falls nehmen?«

»Na, das ist doch auch dein Zuhause! Oder willst du dort nicht mehr sein?«

»*Du* machst den McGintys endlich einmal Ehre. Ich will deinen Ruf im Ort nicht in den Schmutz ziehen.«

»Die Leute von Lynnwood Falls sind vielleicht eigen. Aber du bist immer noch einer von ihnen. Und wir halten zusammen, auch wenn mal jemand Murks baut.«

Jay drückte den Kopf gegen die Nackenstütze. »Ich …«, er schluckte, »… wie oft habe ich in den langen, schlaflosen Nächten von Lynnwood Falls geträumt! Von der frischen Luft, den weiten Feldern, den endlosen Weiden, auf denen sich Tiere tummeln. Der Sauberkeit, die der Ort ausströmt. Diesem Zusammenhalt. Du liebe Güte, wieso war mir früher nie klar, wie wundervoll wir gewohnt haben?« Seine Stimme war nur noch ein Krächzen.

Ein sehnsuchtsvoller Druck breitete sich in Wills Brustkorb aus. »Mir ist es auch erst viel später – nach dem Studium – so richtig bewusst geworden. Beziehungsweise, als ich nach dem Tod des Alten nach Lynnwood Falls zurückkam. Damals wollte ich alles nur wegen Mom behalten, solange sie noch dort wohnte. Aber irgendwie …« Er seufzte. »Dieser Ort ist einfach magisch.«

»Das ist er!« Jay straffte die Schultern. »Du hast die Schweinezucht behalten?«

»Ja.«

»Wieso? Ich dachte immer, du hasst sie …«

»Die Schweine selbst habe ich nie gehasst. Nur wie sie leben mussten und das, was mit ihnen gemacht wurde. Ich habe die Anzahl radikal dezimiert, damit jedes Tier genug Platz hat. Momentan leben zwei Familienverbände dort. Man kann gefahrlos zu ihnen reingehen. Ich füttere sie immer mit Gemüsestücken, und wenn sie dir dann mit ihren weichen Schnauzen in die Kniekehlen stupsen …« Er lächelte. »Auch die Ställe sind modernisiert, wir … haben jetzt einen Biobauernhof.«

»Das ist großartig!«

»Wegen der rechtlichen Seite: Ich habe den Hof komplett übernommen, Mom war Alleinerbin. Es waren einige Schulden darauf, die habe ich beglichen und Mom den restlichen Wert auf ein Treuhandkonto eingezahlt. Der Hof ist nun auf meinen Namen eingetragen. Wenn du aber mit einsteigen willst, können wir das jederzeit regeln …«

Jay winkte ab. »Darüber reden wir noch.«

Will nahm sich einen Donut aus der Tüte – in seinem Magen war plötzlich wieder ein leichteres Gefühl. »Willst du trotzdem heute erst mal hier in Portland bleiben? Auf den Putz hauen? Man hört doch immer, das erste Bedürfnis ist, ein blutiges Steak zu essen …«

Jay schüttelte den Kopf. »Auch ich bin nicht scharf drauf, und du willst doch sowieso keins.«

»Ich finde in jedem Restaurant eine Alternative zu Fleisch.« Will wischte sich mit einer Serviette den Puderzucker vom Mund. »Und heute darf ich das ja frei entscheiden und werde nicht mehr gezwungen.«

»Wie grausam der Alte war, dass er dich, mit gerade mal acht Jahren, deinen eigenen Hasen schlachten ließ! Und dich zwang, ihn zu essen!« Jays Stimme klang gepresst.

»In Erpressung war unser Erzeuger groß!« Will rieb sich übers Kinn, versuchte, die Gefühle, die ihn so lange gequält hatten – Wut, Hass, Erniedrigung –, nicht an sich heranzulassen. »Im Nachhinein habe ich mich oft gefragt, ob ihm das einen Kick gegeben hat, andere zu quälen. So wie er uns auch gezwungen hat, die jungen Kätzchen zu ersäufen, die er überschüssig fand.«

»Du hast sie doch heimlich gerettet.«

»Zum Glück. War der Alte tatsächlich ein Sadist?«

Jay schnaubte. »Wenn nicht er, wer dann?«

Will schüttelte sich, als könnte er damit auch die Gedanken loswerden. »Aber nun zurück zur Planung …« Er zögerte. »Wie sieht's mit Frauen aus? Ich bin ja kein Strafverteidiger, aber von den Kollegen weiß ich, dass das eines der ersten Bedürfnisse ist … Sollen wir ausgehen?«

Jay schwieg. Rutschte unruhig auf dem Sitz umher.

»Die McGintys on Tour«, versuchte Will zu scherzen. War Jay das Thema unangenehm?

»Es ist wirklich total lieb, wie viele Gedanken du dir um mein Wohlbefinden machst. Aber ich …« Jay räusperte sich. »Ich bin schwul.«

Will bremste an einer roten Ampel und warf ihm einen Seitenblick zu. Ein unpassendes Lachen stieg in ihm auf. Er konnte sich nicht halten, warf den Kopf in den Nacken und lachte lauthals heraus.

»Was ist daran so witzig?« Jays Augenbrauen stießen beinahe aneinander.

»Entschuldige, ich lache nicht wegen der Tatsache. Mir ist das total egal. Aber der Alte!«, japste Will. »Wie mich das freut! Ich wünschte, ich könnte jetzt sein Gesicht sehen. Der homophobste Mensch auf Gottes Erdboden! Und nun … sein eigen Fleisch und Blut …« Das Lachen wollte nicht enden.

Nun stimmte Jay ein. »Ja, schade, ich hätte es ihm auch gern an den Kopf geworfen. Aber vermutlich hätte er mich dann eigenhändig umgebracht.«

Will fuhr wieder an, als es grün wurde. »Seit wann weißt du es? Ich meine, wusstest du es früher schon und hast es nur gut verborgen? Schließlich habt ihr mich an meinem sechzehnten Geburtstag in einen Puff geschleppt, das tolle *väterliche* Geschenk.«

»Oh, ich erinnere mich vage, ich war ja an dem Tag völlig zugedröhnt. Vielleicht wusste ich es damals schon indirekt. Ich war ja mit einigen Frauen zusammen, aber das war es einfach nie.« Er kratzte sich am Kopf. »Später dachte ich, es liegt an der Masse von Alkohol und Drogen, dass sich beim Anblick von nackten Frauen …«, er deutete auf seine Mitte, »bei mir nichts regt.« Er räusperte sich. »Ich … hatte damals in dem Puff nicht wirklich Sex.«

Will musste lachen. »Ich auch nicht. Was aber nicht daran lag, dass ich nicht auf Frauen stand – ich war schon neugierig –, sondern an der schmuddeligen Bettwäsche, vor der ich mich geekelt habe, und dem abtörnenden Gedanken, dass es ihr nur ums Geld geht …«

»Steckt ein Romantiker in dir?« Jay grinste.

Will knurrte nur unwillig zur Antwort.

»Und unser großer Bruder Donny hat sich so vor dem Alten gebrüstet, dass du nun endlich zum Mann gemacht worden wärst.«

»Tja, so kann man sich irren. Das hat noch ein bisschen gedauert.« Will lachte freudlos.

Jay zögerte. »Wie sieht's eigentlich mit dir aus? Hast du jemanden?«

»Es gibt gelegentlich Frauen, verschiedene. Nichts Festes, im gegenseitigen Einvernehmen. Ich genieße meine Freiheit.« Er schürzte die Lippen. »Was funktionierende Beziehungen angeht, glänzen die McGintys nicht wirklich als Vorbilder …«

Jay brummte zustimmend. »Apropos Frauen: Was ist eigentlich aus Annabella geworden?«

Will versteifte sich. »Sie hat in Paris studiert, ich glaube, Kunst, kam dann wieder zurück nach Lynnwood Falls und hat dort ein klasse Café eröffnet.«

»Habt ihr noch Kontakt?«

»Meine Kanzlei vertritt sie gerade in einer Vertragssache.«

»Sie ist noch sauer auf dich?«

Wirklich sauer hatte sie am Samstag nicht mehr gewirkt, doch immer noch deutlich distanziert. »Nun, zumindest stehe ich auf ihrer Beliebtheitsskala nicht gerade auf einem Top-Ranking. Zu Recht, würde ich sagen. Aber vergiss es einfach! Das ist Schnee von gestern.«

Jay stieß die Luft aus. »Du warst damals so verliebt …«

»Können wir das bitte lassen?«, unterbrach Will ihn scharf. Als er sah, wie betroffen Jay war, fügte er in scherzendem Tonfall hinzu: »Du willst nur von dir ablenken. Eigentlich wolltest du von deinem Outing erzählen.«

»Mein Outing ist soeben hier erfolgt«, gab Jay trocken zurück.

»Was?« Verblüfft sah Will ihn an.

»Ich habe zuvor noch nie mit jemandem darüber gesprochen«, murmelte Jay. »Aber ich habe es so satt, mich zu verstellen. Mit den Lügen muss jetzt endlich Schluss sein!«

»Und ich Trampel lache auch noch. Aber das ist einfach nur, weil es mir so schnurzegal ist.« Er boxte Jay kameradschaftlich. »Du bist mein Bruder, ich möchte, dass du glücklich bist. Das ist alles, was für mich zählt. Du bist jetzt frei – und zwar auf allen Ebenen.«

»Hör auf, sonst fange ich vor Rührung an zu heulen.«

»Das möchte ich sehen«, frotzelte Will und schaffte es damit, dass Jay wieder lachte.

»Okay, du willst die Geschichte tatsächlich hören, wie es dazu kam, dass es mir selbst klar wurde?«

»Na, logisch!«

Jay räusperte sich. »Da war dieser Reverend. Ein Ehrenamtler, der zu uns kam, falls jemand Gesprächsbedarf hatte. Eigentlich wollte ich nur mit ihm reden, weil es eine Abwechslung vom drögen Alltag war.« Nun wirkte er verlegen. »Dabei habe ich mich Hals über Kopf in ihn verliebt.«

»Und ihr konntet was miteinander anfangen?« Will verbarg sein Erstaunen nicht. Die Bedingungen bei Besuchen waren normalerweise streng; er hatte seinem Bruder nicht nahekommen dürfen.

»Nein.« Jay lachte. »Larry hatte keine Ahnung, dass er mir gefiel. Zumindest gab er mir nie etwas in der Richtung zu verstehen.« Jay knetete die Hände. »Als ich clean und so langsam klarer in der Birne wurde, habe ich mich gehasst für das, was ich früher getan habe. Ich war öfter dran, dem Ganzen ein Ende zu setzen – vermutlich hätte ich es getan, wenn ich die Möglichkeit dazu gehabt hätte.« Obwohl Jay es fast im Plauderton erzählte, breitete sich ein eigentümliches Stechen in Wills Brust aus.

Jay starrte zum Seitenfenster hinaus, als gäbe es da etwas wesentlich Spannenderes zu sehen als einen verschneiten Baum nach dem nächsten. »Larry und ich haben viel miteinander geredet und zusammen gebetet. Und irgendwie gab er mir die Kraft, das alles durchzustehen und zu entdecken, wer ich wirklich bin, was mir selbst wichtig ist. Er hat mich zu der Konditor-Ausbildung überredet. Er … war der Erste, bei dem ich mich nicht als das totale Arschloch fühlte, als das ich mich früher immer aufgeführt hatte. Larry … gab mir das Gefühl, trotz allem, was ich verbockt hatte, nicht völlig wertlos zu sein …« Jay verstummte.

Das hat unser ›lieber Vater‹ bis zur Vollendung geschafft, dass man sich völlig wertlos und ständig schuldbewusst fühlt … Will würgte die Bitterkeit hinunter und knuffte Jay gegen den Arm. »Dann müssen wir diesem Reverend ja dankbar sein.« Er merkte selbst, dass er heiser klang.

In dem Moment passierten sie die Stelle, an der Annabella liegen geblieben war, und Wills Gedanken verselbstständigten sich.

»Ich würde Mom so gern sehen«, riss Jay ihn aus den Erinnerungen.

Will sah auf die Uhr, die kurz vor zwölf zeigte. »Jetzt ist schon Essenszeit. Und danach hält sie Mittagsschlaf. Lass uns heute Abend zum Abendessen hingehen. Ich füttere sie immer, wenn ich dort bin. Wenn du magst …?«

»Das klingt gut!«

Eine Weile hingen sie jeder ihren Gedanken nach, bis sie auf der Anhöhe angekommen waren und das tief verschneite Lynnwood Falls sich im Tal ausbreitete. Die strahlende Mittagssonne brachte das Stahlblau des Himmels zum Leuchten. Sie hüllte ihren Heimatort mit seinen schneebedeckten bunten Häusern in einen goldenen Schein und ließ die Eiskristalle glitzern – ein regelrechtes Fotokalender-Motiv. Um diese Jahreszeit war es oft neblig-grau. Es freute Will für seinen Bruder nun doppelt, dass ihn sein Zuhause so sonnig begrüßte.

»Heimat!« Das Wort kam als einziges Seufzen heraus. Jay räusperte sich. »Kannst du kurz anhalten?«

»Natürlich.« Will steuerte den Ford an die Seite. Instinktiv spürte er, dass sein Bruder einen Moment für sich brauchte. Er nahm Zeus, der sich beim Anhalten sofort aufgerichtet hatte, an die Leine. »Ich lasse ihn kurz raus. Bis gleich!«

Der Hund war gleich Feuer und Flamme und schnupperte fröhlich am Waldrand herum.

Will schrak zusammen, als irgendwann Jays raue Stimme hinter ihm ertönte. Er hatte gar nicht mitbekommen, dass sein Bruder ihm gefolgt war. »Dein Hund ist klasse.«

Will lächelte. »Das stimmt! Goldies sind eigentlich Familienhunde. Es ist doch schön, dass er jetzt eine hat.«

Jay wandte das Gesicht ab. »Danke!«, erwiderte er so leise, dass Will ihn kaum verstand, doch die Hand, die gerührt seinen Arm drückte, sprach ihre eigene Sprache.

»Was hältst du davon, wenn wir uns gleich die Pizza bei *Toni's* bestellen?«, lenkte Will ab, bevor es zu rührselig wurde. »Dann kommt sie, wenn wir unten sind. So langsam kriege ich Hunger.«

»Gern, ich könnte jetzt auch was Herzhaftes vertragen. Den alten Toni gibt es also nach wie vor?« Jay klang immer noch heiser.

»Ja, sein Neffe Giacomo ist mit eingestiegen; er liefert aus. Und die Pizzen sind nach wie vor genial.«

»Klingt nach einem super Plan! Gibt's die Pizza mit Hummer noch?«

»Ich denke, schon.« Will setzte sich hinters Steuer und betätigte die Freisprecheinrichtung. Er bestellte eine Pizza mit Ziegenkäse und Spinat und eine mit Hummer. »Und Tiramisu zum Nachtisch.« Er sah Jay fragend an, der nickte. »Zwei Portionen, bitte.«

»Das nächste Tiramisu mache ich dir selbst«, sagte Jay, nachdem Will aufgelegt hatte.

Er startete den Wagen. »Von mir aus gern. Dann kann ich sehen, was du so gelernt hast«, neckte er.

»Du wirst dich wundern.« Jay lachte. »Dem Knast sagt man zwar keine kulinarischen Genüsse nach, aber die Erzeugnisse aus unserer Konditorei konnten sich durchaus sehen lassen.«

»Davon lasse ich mich gern persönlich überzeugen!«

Als Will am nächsten Morgen aufwachte, zog ihm der Geruch nach frischem Gebäck in die Nase. Für einen Augenblick musste er sich orientieren, wo er war. Sowohl in Portland als auch in Lynnwood Falls schlief er unter dem Giebel. In beiden Schlafzimmern hatte er riesige Dachfenster – er liebte es, vom Bett aus die Sterne zu betrachten. Über sich sah er eine dichte Wolkendecke; der Himmel hatte sich wieder zugezogen. Sein Blick fiel auf das Teleskop, er war also in Lynnwood Falls. Da es hier auf dem Land rundum weniger Lichtquellen gab, konnte er in klaren Nächten seinem Hobby, der Astronomie, frönen.

So langsam liefen die Mühlen seines Denkens wieder an. *Jay!* Sein Bruder war da, genau! Sie hatten bis in die frühen Morgenstunden geredet. Obwohl Will Jay zuliebe, der trocken bleiben wollte, auch keinen Alkohol getrunken hatte, fühlte er sich irgendwie gerädert. Vielleicht lag es an den vielen Erinnerungen, die in ihren Gesprächen in ihm aufgekommen waren. Energisch setzte er sich auf.

Jay stand am Herd, ein Küchenhandtuch steckte in seinem Jeansbund als provisorische Schürze. Das köstliche Aroma entströmte dem Backofen, vermischte sich mit Kaffeeduft. Zeus, der das Geschehen fasziniert zu beobachten schien, rannte zu Will, um ihn zu begrüßen.

»Na, du treulose Seele. Haust einfach ab«, sagte er lachend, während er das weiche Fell kraulte.

»Guten Morgen! Ich haben Zeus schon kurz rausgelassen«, informierte Jay ihn mit einem leicht schuldbewussten Gesichtsausdruck. »Ich hoffe, es ist okay, dass ich hier alles gleich so in Beschlag genommen habe …«

»Natürlich, red keinen Quatsch. Zum einen freue ich mich über alles, was so lecker riecht, und zum anderen ist das auch dein Zuhause, auch wenn es jetzt anders aussieht als früher.«

»Definitiv anders, ich bin froh darüber. Auf die Erinnerungen bin ich nicht scharf. Es ist echt schön geworden.«

Will folgte Jays Blicken durch die Küche. Im Gegensatz zu seinem Apartment in Portland hatte er das Haus – abgesehen von der Bibliothek – eher modern eingerichtet. Die Küche bestand größtenteils aus hellem Ahornholz. Die Schranktüren waren teilweise aus Rauchglas, passend zur grauen Arbeitsplatte und der ebenfalls grauen Theke, an der Will normalerweise aß. Den Tisch im Wohn-Ess-Zimmer benutzte er kaum. Jay hatte bereits für zwei gedeckt; auch Butter, Honig und Marmelade standen schon bereit. Will ließ sich auf dem verchromten Barhocker nieder und versuchte, einen Blick in den Backofen zu erhaschen.

»Was zauberst du uns denn da Leckeres?«

»Scones. Dafür braucht man nur wenige Zutaten – und Mehl, Backpulver, Zucker, Milch und Butter hast du ja zum Glück. Deine Hühner haben auch schon fleißig Eier gelegt heute.«

»Na ja, wenn es mich überkommt, kann ich mich manchmal zu Pfannkuchen aufraffen. Aber wenn du das Kochen übernehmen willst, kommen wir uns nicht in die Quere.«

»Liebend gern!« Jay war anzusehen, dass er froh war, etwas zu tun zu bekommen. »Willst du auch noch Rührei dazu?«

»Später vielleicht, ein zweites Frühstück nach dem Ausreiten. Scones sind erst mal perfekt.«

Will nahm sich eine große Tasse, ließ sich einen Kaffee aus dem Vollautomaten und goss einen Schuss Milch darauf. Dann richtete er Zeus' Futter. »Hast du gut geschlafen?«, wandte Will sich an Jay.

»So ein richtiges Bett bin ich nicht mehr gewohnt, aber es war großartig. Noch …«, Jay klopfte sich mit den Fingerknöcheln gegen den Kopf, »muss diese Mühle des Denkens mal zur Ruhe kommen, aber das wird.«

»Bestimmt bald!« Will erwiderte das Lächeln.

»Das hoffe ich! Jetzt lass uns erst mal essen!« Mit einer Kelle beförderte Jay das heiße Gebäck in den Korb.

Sie sahen sich während des Essens zusammen die Nachrichten auf CNN an, bevor sie sich zum Ausreiten fertig machten.

»Du kannst die schwarz-weiß gescheckte Appaloosa-Stute nehmen. Pocahontas ist absolut lammfromm. Solid Gold macht manchmal gern auf Diva, aber mit einer strengen Hand geht es.«

»Dann ist Pocahontas genau das Richtige fürs erste Mal.« Jay ging in die Box, und Will konnte hören, wie sein Bruder der Stute den Hals klopfte und leise mit ihr sprach.

Sein schwarzer Mustang Running Wild hob den Kopf und wieherte erfreut auf, als er zu ihm an die Box trat. Will presste die Wange gegen die weichen Nüstern. Schon beim ersten Aufeinandertreffen hatte sich der wundervolle, vor ungezähmter Kraft strotzende Hengst direkt in Wills Herz galoppiert, auch wenn es ihn einiges an Geduld und Arbeit gekostet hatte, bis das gegenseitige Vertrauen aufgebaut und sie beide ein eingespieltes Team geworden waren.

Auch Will sprach während des Sattelns mit Running Wild.

Der Wind hatte wieder etwas zugenommen, die dichten grauen Wolken wälzten sich über den Himmel. Zeus zitterte am ganzen Körper vor erwartungsvoller Anspannung, er liebte es, beim Ausreiten nebenherzulaufen. Will schwang sich auf Running Wilds Rücken, zügelte ihn und klopfte ihm den Hals. Es war förmlich zu spüren, wie auch er es nicht erwarten konnte, über die verschneiten Wiesen zu jagen.

Am Anfang ließ Will ihn zum Warmwerden im Schritt laufen, auch um Jay Zeit zu geben, sich an Pocahontas zu gewöhnen, bevor er in einen leichten Trab verfiel.

Das McGinty-Gelände lag etwas außerhalb des Ortskerns, und sie waren schnell auf der freien Ebene. Das durch den Schnee gedämpfte Hufgetrappel mischte sich mit dem Rauschen des Williams Creek, dem Will seinen Vornamen zu verdanken hatte. Der Regen im Oktober hatte den Wasserstand ansteigen lassen; er reichte bis zur Höchstmarke. Der Fluss umspülte die Uferböschung, von der momentan unter der Schneedecke nur wenig zu erkennen war. Über dem Fluss waberte eine feine Dunstschicht; die Holzbrücke wirkte wie mit einem Weichzeichner fotografiert, was dem Ganzen etwas Mystisches gab.

Ein Stück voraus schälte sich die Papiermühle aus dem Nebel, die schon vor Jahrzehnten stillgelegt worden war. In dem Moment riss die Wolkendecke auf. Ein Sonnenstrahl brach durch eine Lücke und hüllte die alte Mühle in einen goldenen Schein. Das halb verfallene Dach und die Streben des Mühlrades, die eine zentimeterhohe Schicht von Schnee trugen, erstrahlten regelrecht unwirklich, wie eine Erscheinung, bevor sich die nächste Wolkenschicht vor die Sonne schob und die Welt wieder in Nebelgrau hüllte.

»Wow!«, stieß sein Bruder hervor, und auch Will gab ergriffen einen Laut von sich.

Jay trieb Pocahontas an; da ließ Will die Zügel ebenso locker und presste die Fersen in Running Wilds Flanken. Als hätte er nur auf das Signal gewartet, preschte der Mustang an Pocahontas vorbei, die nun ebenfalls weiter ausholte. Mit einem glücklichen Bellen jagte Zeus hinterher.

Sie flogen über die Ebene, der kalte Wind peitschte sie, fraß sich in Gesicht und Beine, selbst durch die Mütze, die Handschuhe und die gefütterte Goretex-Jacke, dennoch wurde Will von einer wundervollen inneren Wärme erfüllt.

Als sie die Pferde am Waldrand zügelten, hatte Jay Tränen in den Augen. Er wischte mit dem Rücken des Handschuhs darüber. »Der kalte Wind«, erklärte er heiser.

Will nickte lächelnd.

Kapitel 5

Annabella

Lynnwood Falls

Annabella schnitt einige Scheiben von dem orangefarbenen Cheddarkäse-Laib und drapierte sie auf dem Sesam-Bagel, den sie bereits mit einem Hauch Remoulade bestrichen hatte. Sie schichtete einige Salatblätter auf den Käse und klappte das Oberteil darauf. Dann wickelte sie den belegten Bagel in eine Serviette. »Darf ich alles zusammenpacken?«

Ryan zeigte sein verschmitztes Grinsen. »Logisch! Hopes Roastbeef-Sandwich wird meinen Bagel nicht beißen.« Wieder grinste er schelmisch.

Sie lachte, doch bei der Erwähnung der Tierärztin fror ihr Lächeln ein. »Apropos Hope …«

»Was ist?« Ryans braune Augen musterten sie besorgt.

»Ich weiß es nicht sicher, aber meine Katze Happy Lee macht mir etwas Sorgen.«

»Was hat sie?«

»Sie hat Durchfall und sich mehrmals erbrochen.«

»Wie lange geht das schon?« Ryans Stimme nahm einen geschäftsmäßigen Tonfall an.

»Am Wochenende hat's angefangen. Erst dachte ich, sie hätte vielleicht Schnee gefressen oder so. Das hatte sie schon mal.«

»Hm, das soll Hope sich mal genauer ansehen. Ich bin am Nachmittag auf den Höfen unterwegs. Soll ich dir den letzten Termin in der Nachmittagssprechstunde reservieren, kurz nach siebzehn Uhr?« Er schaute in sein Handy. »Ja, siebzehn Uhr zehn würde klappen.«

»Ja, das wäre super. Danke.«

»Alles klar. Ich nehme aber schon einmal eine Kotprobe mit. Zeig mir schnell die Katzentoilette, ja?«

Der Termin bei Hope rückte schnell heran. Zum Glück waren die Straßen wieder einigermaßen frei. Annabella fand mit ihrem Corolla auch gleich einen Parkplatz vor der Praxis. Vorsichtig nahm sie Happy Lees Katzenkorb heraus.

Hopes Mutter, Mary Archer, die Tierärztliche Fachassistentin der Praxis, begrüßte sie mit einem warmen Lächeln. »Hey! Wie geht es dir?« Auch sie war mit Annabellas Mom befreundet gewesen.

»Hi, Mary! Mir geht's so weit gut, aber Happy Lee hat sich wohl was eingefangen.« Sie sah sich um. »Habt ihr die Praxis renoviert? Ich war schon eine Weile nicht mehr da, fällt mir auf. Es sieht toll aus mit den apricotfarbenen Wänden.«

»Ja, im Sommer. Hope hatte das als Überraschung organisiert, als mein Mann in der Reha war.«

»Es ist richtig toll geworden, sehr heimelig, und alles harmoniert wunderbar.«

»Danke dir!« Mary lächelte. »Nimm doch einen Moment im Wartezimmer Platz, Hope ist bald fertig.«

Kurz darauf steckte Hope den Kopf herein. »Annabella?«

»Hallo!« Schnell griff sie nach Happy Lees Katzenkorb, folgte der Tierärztin ins Sprechzimmer und stellte Happy Lees Korb auf den Untersuchungstisch. Sie schnappte nach Luft, als ihr ihr eigenes Gemälde entgegenlachte.

Hope musste ihre Reaktion bemerkt haben, sie lächelte. »Es ist Ryans Sprechzimmer, meine Mom macht bei mir gerade den Untersuchungstisch sauber. Der Hund sieht aus wie Chief, nicht wahr?«

Annabella konnte selbst nicht erklären, was in sie gefahren war, als sie sich sagen hörte: »Es *ist* Chief.«

»Was?« Verblüffung stand auf Hopes Zügen.

Hitze schoss Annabella in die Wangen.

Bevor sie nach einer Ausrede suchen konnte, krauste Hope nachdenklich die Nase und kniff die Augen zusammen. Sie war schon immer clever gewesen und zählte natürlich nun eins und eins zusammen. »*Du* hast das Bild gemalt?« Sie schlug sich gegen die Stirn. »Logisch! Bellamy Karms! Warum bin ich nicht gleich darauf gekommen?«

»Ich …«

Doch Hope ließ sie gar nicht zu Wort kommen. »Wie großartig! Ich erinnere mich, dass du früher manchmal Zeichnungen für unsere Schülerzeitung angefertigt hast. Die waren schon genial! Mensch, wieso versteckst du dein Talent so? Nimmst du auch Aufträge an? Also bezahlte, meine ich! Würdest du Miss Sophie für mich malen?«

»Ähm, klar …« Annabella nestelte verlegen an der Tür des Katzenkorbs.

Hope strahlte entzückt. »Dann habe ich endlich auch so ein wunderschönes Bild in meinem Sprechzimmer. Hach, ich freue mich!«

Annabella hob Happy Lee verlegen auf den Arm und streichelte das weiche Fell, was ihrer Katze ein Schnurren entlockte. Dann fasste sie sich ein Herz. »Macht es dir nichts aus, dass …«, sie räusperte sich, »dass ich Chief gemalt habe?«

»Um Himmels willen, nein! Wieso …« Erkenntnis trat in ihre haselnussbraunen Augen. »Du meinst, wegen Ryan?«

Die Hitze in Annabellas Wangen verstärkte sich. Sie nickte nur.

»Nein!« Hope lächelte verständnisvoll und kraulte Happy Lees Hals. »Ich hatte schon gemerkt, dass dein Interesse an ihm mehr als freundschaftlicher Natur war.«

»Weiß … Ryan es auch?«

Hope zuckte mit den Schultern. »Männer sind in der Hinsicht oft etwas betriebsblind. Ich weiß es ehrlich gesagt nicht, er hat zumindest nichts gesagt. Es kann sein, dass er auch einfach deine Freundschaft schätzt.«

Annabella stieß die Luft aus. »Gut! Und du bist nicht böse?«

»Wie könnte ich? Ich kann doch sehr gut verstehen, wenn du ihn süß findest.« Sie zwinkerte ihr verschwörerisch zu, bevor sie wieder ernst wurde und Mitgefühl sich in ihren Zügen spiegelte. »Ich hoffe nur, es hat dich nicht allzu sehr getroffen, dass ich wiedergekommen bin?«

»Ich war ziemlich zickig zu dir damals, nicht wahr?« Annabella musste sich beherrschen, nicht vor Verlegenheit den Blick abzuwenden.

Hope lachte. »Ein bisschen vielleicht. Doch ich glaube, ich war auch etwas stutenbissig. Vielleicht war ich ebenfalls etwas eifersüchtig.«

»Auf mich?« Annabella verbarg die Überraschung nicht.

»Ja, Ryan mag dich. Und ich … Na ja. Damals lagen wir ja noch etwas im Clinch. War es schlimm für dich, dass wir wieder zusammengekommen sind?«

Annabella hob die Schultern. »Nein. Ich … mag Ryan. Deshalb freue ich mich total für ihn, dass er so vor Glück strahlt. Er ist ein toller Mensch. Und mit seinem verschmitzten Grinsen süß, wie du sagst. Aber im Unterbewusstsein wusste ich immer, dass Ryan nicht frei ist.« Sie zögerte. »Es war wohl mehr eine Schwärmerei.« Als die Worte draußen waren, merkte sie auf einmal, dass sie tatsächlich der Wahrheit entsprachen. Sie horchte in sich hinein. Da war kein gebrochenes Herz. Erleichterung durchflutete sie, und ihr Lächeln fiel strahlend aus. »Ich freue mich wirklich für euch, dass ihr so glücklich seid. Ihr zwei gehört einfach zusammen.«

»Ja«, stimmte Hope schlicht zu. »Ryan ist meine andere

Hälfte, er ergänzt mich. Nur mit ihm fühle ich mich vollständig, auch wenn das blöd klingt.«

»Nein, ich verstehe sehr gut, was du meinst.« Annabella lächelte. Warum musste sie gerade an Will denken?

Hope machte eine entschuldigende Geste. »Aber du bist nicht gekommen, um dir meine Schwärmereien über Ryan anzuhören.« Sie nahm ihr die Katze vorsichtig aus den Armen. »Wie heißt du denn, meine Kleine?«

»Happy Lee.«

»Oh, welch schöner Name!«

»Ja, finde ich auch.« Annabella lächelte.

»Ich habe ihren Stuhl untersucht. Sie hat Würmer. Nichts Schlimmes. Ich gebe dir eine Wurmkur mit. Das bekommen wir schnell wieder in den Griff.«

Während Hope die Katze noch abtastete und nebenher die Anwendung der Wurmkur und Behandlung erklärte, knetete Annabella verlegen die Hände.

»Ich hatte das echt verpasst, jetzt habe ich ein schlechtes Gewissen.« Nun machte sie sich doch ernsthafte Vorwürfe. »Ich war so mit mir selbst beschäftigt …«

Hope legte ihr den Arm um die Schulter. »Du hattest ja auch viel zu verarbeiten.« Sie tätschelte ihr den Rücken. »Mach dir keine Gedanken, wirklich nicht. Die Würmer bekommst du wieder weg. Und in Zukunft besorgst du dir regelmäßig für Happy Lee eine Wurmkur.«

Annabella nickte. »Ich habe auch zu Hause schon alles desinfiziert und mache es jetzt immer.«

»Das klingt gut!« Hope drückte abermals ihren Unterarm. »Wenn du Probleme hast, melde dich auf jeden Fall!«

»In Ordnung, danke!«

»Sag mal, hast du morgen Abend schon was vor?«

»Nichts Bestimmtes, warum? Soll ich noch mal wiederkommen?«

»Mit Happy Lee nur, wenn es Probleme gibt. Aber du

könntest zu mir kommen. Dann kannst du dir Miss Sophie mal in ihrer gewohnten Umgebung anschauen. Auch wenn es mit dem Gemälde überhaupt nicht eilt.«

Ein warmes Gefühl wallte in Annabella auf. »Sehr gern!«

»Ryan, Brandon und die Fuller-Zwillinge machen morgen einen Männerabend bei Ian McIntyre. Vielleicht kommen auch Will und sein Bruder …« Sie stockte. »Hast du gehört, dass Jay wieder da ist?«

Annabella hob schmunzelnd die Augenbrauen. »Wir leben in Lynnwood Falls. Mein Café ist der Umschlagplatz für Informationen. Da müsste ich mir schon die Ohren zukleben, wenn solche Neuigkeiten an mir vorübergehen sollten.« Kurz hatte es sie getroffen, als sie von Jays Entlassung erfahren hatte, und sich gefragt, warum Will es am Samstag nicht erwähnt hatte. Bis sie sich gesagt hatte, dass sie sich ja schließlich nicht so nahestanden.

»Stimmt, das war eine blöde Frage.« Hope lachte. »Na ja, die Jungs schauen sich morgen Abend jedenfalls bei Ian das Eishockey-Spiel an. Becky kommt mit den Mädels zu mir. Elly und Lizzy auch. Dann machen wir uns einen richtig tollen Frauenabend. Frag Kylie ruhig, ob sie ebenfalls Lust hat.«

Annabella presste das Gesicht in Happy Lees Fell, um ihre Rührung zu verbergen. »Das klingt klasse, danke! Kylie ist mit ihrem Freund Darren zum Skifahren nach Vermont gefahren, sie ist nicht da. Aber ich komme gern. Soll ich was mitbringen?«

»Wir bestellen Pizza bei *Toni's*. Zu trinken ist genug da.«

Annabella grinste. »Wie wäre es mit ein paar Zimtrollen zum Nachtisch?«

Hope strahlte.

»Oder, nein, warte! Ich wollte die Tage ohnehin Zimtsterne backen. Das Rezept stammt von meiner deutschen Urgroßmutter. Das Gebäck ähnelt Mandel- oder Nussmakronen, in Sternform, mit viel Zimt. Die schmecken dir bestimmt.«

»Du bist die Beste!« Hope seufzte genießerisch. »Du weißt, wie du mich kriegst, das klingt megalecker!«

»Dann ist das gebongt.« Annabella verstaute die etwas widerstrebende Happy Lee in ihrer Transportkiste. »Ich freue mich!« Zum Abschied umarmte sie Hope. »Ich danke dir! Für alles!«

Die Tierärztin erwiderte das warme Lächeln. »Nichts zu danken! Bis morgen dann! Ich freue mich auch!«

Der Abend mit den Mädels wurde ein voller Erfolg. Die Cooper-Farm von Ryan und Hope, die auch alten Tieren als Gnadenhof diente, war äußerst gemütlich eingerichtet, mit vielen Naturholzmöbeln. Man spürte auch die Liebe, die in diesen Räumen schwebte. Im Wohnzimmer hingen Fotografien von Lynnwood Falls in allen vier Jahreszeiten – vermutlich von einem Punkt etwas oberhalb der Cooper-Farm aufgenommen. Sofort wuchs in Annabella der Wunsch, ähnliche Gemälde zu erstellen.

Mit Chief verstand sie sich ohnehin gut, aber auch Hopes Labradorhündin Miss Sophie schien sich schnell an sie zu gewöhnen und brummte genüsslich, als sie ihr das weiche goldfarbene Fell kraulte.

»Jemand so Liebes wie dich male ich doch supergern!«, raunte Annabella ihr zu, was ihr einen warmen Blick aus braunen Hundeaugen bescherte.

Sie beschlossen einheitlich, sich ebenfalls das Eishockey-Spiel der *Maine Mariners* anzusehen. Es war erstaunlich, wie seelenruhig Beckys Zwillinge, Juna und Amy, die meiste Zeit in ihrem Doppelwagen schliefen, obwohl es mit Anfeuerungsrufen, Gelächter und Reden recht laut zuging. Das gelegentliche Quengeln legte sich meist, wenn sie auf den Arm genommen wurden.

Als hätte das »Outing« bei Hope, dass sie in ihrer Freizeit malte, eine Mauer in ihr niedergerissen, packte Annabella nach einer Weile ihren Zeichenblock aus und fertigte nebenher einige Skizzen von Hopes Labradorhündin Miss Sophie und auch von den beiden Kleinen an.

Das Lob, mit dem die anderen sie überschütteten, war ihr regelrecht peinlich.

»Du hast echt krass Talent«, lobte Lizzy.

»Du musst unbedingt mal eine Ausstellung mit deinen Bildern machen«, schwärmte Elly.

»Kylie liegt mir auch immer damit in den Ohren«, gestand sie.

»Na also! Dann los! Wenn du dir diese Chance entgehen lässt, wärst du ja schön blöd!«, beschied Elly, die selten ein Blatt vor den Mund nahm, und Becky nickte.

Hope kicherte. »Ich hätte es anders ausgedrückt, aber Elly hat recht. Mach das!«

Ob es der Weißwein war, den Annabella intus hatte, oder ob die vertrauliche Stimmung sie verführte – sie versprach den anderen, darüber nachzudenken. Sie sagte auch zu, als Elly vorschlug, sie sollten alle gemeinsam Schlittschuh laufen gehen, sobald der Bearhead Lake dafür freigegeben wurde.

Als Becky, die wegen der Zwillinge nichts trinken konnte und den Fahrdienst übernommen hatte, sie so gegen elf wieder vor ihrer Haustür absetzte, umarmte Annabella sie stürmisch. »Danke fürs Mitnehmen! Und den wunderschönen Abend! Ich habe schon lange nicht mehr so viel gelacht!«

»Ich habe ihn auch so genossen. So ein Mädelsabend ist einfach Gold wert!« Beckys Gesicht strahlte im Licht der Innenraumbeleuchtung.

»Da stimme ich dir zu«, ertönte Ellys Stimme von hinten. »Und vergiss nicht, über die Ausstellung nachzudenken.«

Der beschwingte Zustand hielt an, bis Annabella sich gerichtet hatte und im Bett lag.

Warum war ihr eigentlich nie aufgefallen, wie zurückgezogen sie in letzter Zeit gelebt hatte? Die Renovierung des Cafés hatte sie voll in Anspruch genommen. Und seit ihre Mom nicht mehr da war, fehlte ihr die Motivation. Es war an der Zeit, wieder nach vorn zu blicken.

Elly hatte ihr heute prophezeit, dass Will ganz sicher eine Lösung für ihr Café finden würde. Sein Gesicht war das Letzte, was sich in ihren Sinn schob, bevor sie in den verdienten Schlaf fiel.

Das Lob am Vorabend hatte Annabella so zum Malen motiviert, dass sie am nächsten Tag kaum den Feierabend erwarten konnte. Hope hatte ihr ein Foto von Miss Sophie im Grünen mitgegeben, und sie hatte auch selbst einige Aufnahmen gemacht. Nun hatte sie richtig Lust, direkt mit dem Bild anzufangen.

Sie wurde von einer Prozession auf dem Marktplatz abgelenkt.

Hilary Higgins eilte auf das Café zu. »Sie stellen den Christbaum auf! Ich schaue mir das Spektakel lieber von hier drin an. Hier ist es wenigstens schön warm«, kommentierte sie, nachdem sie den Mantel ausgezogen hatte.

Annabella schmunzelte. »Ist es nun endlich so weit? Haben wir einen würdigen Kandidaten gefunden?«

»Ja, eine herrliche Weißfichte. Wir sind ja wirklich viel zu spät dran in diesem Jahr!« Hilary schnaubte empört. »Aber sie mussten nun warten, bis sich das Wetter ein bisschen beruhigt hatte. Und nun haben sie auf die Schnelle ein paar Männer zusammengetrommelt.«

Annabella versuchte, unter den Mützen und hinter dicken Schals die Herren zu identifizieren. Kurz holperte ihr Herzschlag, weil sie meinte, Will zu erkennen, doch die Haare waren kürzer. War es sein Bruder?

Nur widerwillig riss sie sich los, als weitere Gäste das Café betraten. »Was darf ich euch bringen?«

In kurzer Zeit füllte sich der Raum, Gesprächsfetzen wirbelten durch die von Kaffeeduft, Vanille und Zimt geschwängerte Luft. Die meisten standen an der Fensterfront in Richtung Marktplatz. Zusammen mit Hilary rückte Annabella einen Tisch vor das Fenster, auf dem die Tassen und Teller abgestellt werden konnten. Auch Mathilda Moffatt und Mrs Bloomberg kamen aus der Küche dazu. Annabella bereitete auch sich einen Cappuccino zu und verfolgte gespannt, wie die Weißfichte mithilfe des eigens aus Portland angemieteten Krans aufgerichtet wurde.

In diesem Jahr gestalteten sich die Lichter etwas schlichter, lediglich in Rot und Weiß – fast, als hätten sie sie passend zu Annabellas Fensterbeleuchtung ausgewählt. Außerdem geschmückt mit einer Kette aus unzähligen roten Kugeln, Holzanhängern und Glöckchen, wirkte die stolze Fichte regelrecht elegant.

Hilary sprach ihr aus dem Herzen, als sie ergriffen seufzte: »Ach, ist das wieder schön!«

Annabella legte ihr den Arm um die Schultern. Vermutlich dachten sie gerade beide daran, wie sehr dies ihrer Mom gefallen hätte. Sie blinzelte. Ihre Blicke schweiften durch das Lokal, und trotz des Schmerzes breitete sich ein Gefühl der Wärme in ihr aus. Sie war nicht allein. Sie war in Lynnwood Falls. Und diese Menschen gehörten zu ihr.

Nach und nach löste sich die Runde auf, und der ein oder andere Schein wanderte in ihre Trinkgeldkasse.

Francy Ross verabschiedete sich mit Ellys Mutter als Letzte. Annabella verstaute die Kuchen im Kühlhaus, putzte die Auslagen und wrang soeben den Putzlappen aus, als die Türglocke abermals läutete.

»Habt ihr was vergessen?«, fragte sie über die Schulter.

»Hallo, Annabella! Entschuldige …«, ertönte da eine männliche Stimme.

Annabella zuckte zusammen. Zwischen ihren Schulterblättern begann es zu prickeln. Die Stimme kam ihr nur vage bekannt vor. Ihr Mund wurde trocken. Sie drehte sich langsam um. »Ich habe eigentlich schon geschlossen.«

»Ich weiß, ich … wollte kurz mit dir reden.«

Sie hatte die Innenraumbeleuchtung bereits ausgeschaltet. Im Gegenlicht hätte man die Gestalt in Mütze, schwarzer Daunenjacke, Jeans und Boots fast für Will halten können. Der mittlere der McGinty-Brüder war inzwischen jedoch etwas fülliger als sein jüngerer Bruder.

Annabella zögerte. Unzählige Gefühle in ihr kämpften gegeneinander um die Oberhand: Erstaunen, Neugierde – und absurderweise mischte sich auch Angst darunter. Der Rest der McGintys waren Rassisten gewesen. Hatte sie etwas zu befürchten? Zudem war A. J. ein verurteilter Straftäter. Wegen Raubüberfalls – auch wenn Gerüchte sagten, dass da noch mehr dahintersteckte. Dort stand griffbereit die Trinkgeldbüchse. In ihrer Kasse befanden sich die gesamten Tageseinnahmen. Manchmal packte sie tagsüber zwischendurch einen Teil in den Safe, doch häufig – wie auch heute – war sie leichtsinnig. Hier in Lynnwood Falls musste man normalerweise keine Angst haben, dass man bestohlen wurde.

Auf A. J.s Zügen, die bislang fast schüchtern fragend gewirkt hatten, spiegelte sich Betroffenheit. Waren ihr die Gedanken so deutlich auf die Stirn geschrieben gewesen? Beschämt beschäftigte sie sich eingehend damit, den Putzlappen auszuwringen.

»Ich möchte dir nichts tun, und ich werde dir nicht lange auf die Nerven gehen«, murmelte er.

»Ich … habe gleich noch was Wichtiges zu erledigen, aber was kann ich für dich tun, A. J.?«, sagte sie so freundlich wie möglich. Dennoch hörte sie selbst, wie abweisend sie klang.

»Ich …« Dann schüttelte er den Kopf. »Es war dumm von mir, dich einfach so zu überfallen. Ich war gerade hier, weil ich beim Aufstellen des Baumes geholfen habe, und danach bei Doris einkaufen.« Er deutete auf den Rucksack auf seinem

Rücken. »Beim Vorbeiradeln sah ich das Licht und dass du allein bist … Und das Schild war noch auf *Open* gedreht … Ich komme einfach ein andermal wieder, wenn es dir besser passt.« Er machte Anstalten, die Tür wieder zu öffnen – es wirkte fast wie eine Flucht.

Ob es an seiner Unsicherheit lag, die so deutlich spürbar war, oder an der Neugierde, was er von ihr wollte – auf einmal ärgerte Annabella sich über sich selbst. Sie benahm sich ja kindisch! »Nein, warte! Ich …« Sie räusperte sich. »Ich wollte gerade die Maschine putzen, so lange bin ich ohnehin noch da. Was wolltest du von mir, A. J.?« Klang das auch noch zu unfreundlich?

Sein Lächeln erinnerte an das von Will. »Erstens wäre es mir recht, du lässt das ›A.‹ weg und nennst mich nur noch ›Jay‹. Großvater Albert brauche ich nicht zwingend in meinem Namen.«

Die Neugierde in Annabella wuchs. Sie kannte den alten McGinty. Er war genauso schlimm wie sein Sohn gewesen – beiden hatte so etwas Rohes, Brutales angehaftet. Sie hatte schon gehört, dass Jay sich um hundertachtzig Grad gewandelt haben sollte – die alte Mrs Tucker und Mrs Pillsbury hatten kürzlich von ihm gesprochen, als sie hier in der Schlange gestanden hatten. *So ein höflicher junger Mann* sei er geworden – obwohl er ja nicht mehr ganz so jung war. *Da merke man doch den Einfluss der sanftmütigen Mutter bei der Erziehung.*

Wie auch bei Will, setzte Annabella in Gedanken hinzu.

»In Ordnung, Jay«, erwiderte sie schnell, als sie merkte, dass er sie abwartend musterte.

Sein Lächeln wirkte nun irgendwie müde. »Ich hatte mir so eine tolle Rede zurechtgelegt, um mich bei dir zu entschuldigen, und nun weiß ich nicht, wie ich anfangen soll, ohne …« Er verstummte.

Sie riss die Augen auf. »Bei mir entschuldigen? Wieso das denn?«

»Euer Abschlussball …« Jay trat unbehaglich von einem Fuß auf den anderen.

Annabella wurde es gleichzeitig heiß und kalt. Was hatte *er* damit zu tun? »Schickt Will dich?«

»Um Himmels willen, nein! Er würde mir den Hals umdrehen, wenn er wüsste, dass ich hier bin.« Jay stieß die Luft aus.

»Ich glaube, ich brauche jetzt einen Drink.« Etwas sagte ihr, dass sie gleich Klarheit bekommen würde – und sie wusste plötzlich nicht mehr, ob sie das überhaupt wollte oder verkraften konnte. »Möchtest du auch was?«

»Nein, danke! Ich bin trocken.« Er musste ihr Erstaunen bemerkt haben, denn er fügte hinzu: »Auch wenn sich meine Lebensumstände geändert haben, möchte ich kein Risiko eingehen, schließlich war ich einmal abhängig. Ich will nie wieder in den Zustand zurück, in dem ich einmal war.« Er sagte es im Plauderton, doch Annabella konnte den tief sitzenden Schmerz spüren. Und auf einmal brach die anfängliche Ablehnung gegen ihn wie ein Kartenhaus in sich zusammen.

Sie sah ihm in das glatt rasierte Gesicht. Ja, es besaß eine gewisse Ähnlichkeit mit Will: diese faszinierenden grauen Augen und die gleichen leicht nach oben gebogenen Mundwinkel. Nur war Jay um einiges blasser. Man konnte ihm ansehen, dass er schon viel durchgestanden hatte. Die erlebnisreichen Jahre hatten Fältchen um Augen und Mund gegraben.

»Wie wäre es mit einer heißen Schokolade?«

Er zögerte. »Du willst doch sauber machen …«

Mit einem Lachen wischte sie seinen Einwand beiseite. »Aber ich habe noch nicht angefangen, noch ist die Maschine in Gebrauch. Komm, ich mache uns eine. Setz dich!« Sie deutete auf den Barhocker vor der Theke.

»Okay, ich … könnte, glaube ich, etwas vertragen, um meinen Mund zu befeuchten«, gestand er mit einem schüchternen Grinsen, das ihren Herzschlag irgendwie holpern ließ. »Du kannst dir aber ruhig auch einen Drink machen, das stört mich überhaupt nicht.«

»Okay!« Sie kippte sich einen Schluck *Allen's Apricot Brandy* – von dem Mrs Bloomberg heute einen Schuss in die Zuckerglasur des Karottenkuchens für Mrs Albrights Sonderbestellung gegeben hatte – in die Tasse, bevor sie die heiße Schokolade daraufgoss. Mechanisch füllte sie zwei Gläser mit Wasser, stellte sie auf die Theke und belud einen Teller mit einigen Gebäckstücken. Dann zog sie sich einen Barhocker heran, den sie auf ihrer Seite für die ruhigen Momente platziert hatte, und ließ sich darauf nieder. Irgendetwas sagte ihr, dass sie weiche Knie bekommen könnte.

Vorsichtig rührte sie die kalte Sahne unter die Schokolade, um diese etwas abzukühlen, bevor sie daran nippte.

»Vielen Dank!« Jay sah sich mit anerkennender Miene um. »Du hast es wunderschön hier. Ein echter Traum!«

»Danke dir!« Sie lächelte. Es war zu spüren, dass das Kompliment von Herzen kam. Sie deutete auf den Teller. »Greif zu.«

»Gern später, ich …«

»Okay, dann schieß los. Ich bin bereit.« Und sie fragte sich im selben Moment, ob sie es wirklich war.

»Du weißt ja, wie unsere Familie – vor allem unser … Vater – war. Das brauche ich dir nicht zu erzählen.«

»Nein, definitiv nicht«, stimmte sie ihm trocken zu.

»Das ist … keine Entschuldigung für den Mist, den ich gebaut habe, schließlich war ich erwachsen und für mich selbst verantwortlich.« Er nahm einen Schluck aus der Tasse. »Oh, köstlich. Machst du sie mit richtiger Schokolade?«

»Ja, flüssige.« Sie erwiderte das Lächeln.

»Total lecker!« Er fuhr sich genießerisch mit der Zunge über die Lippen. »Okay, weiter.«

Sie nickte stumm.

»Ich bin gerade dabei, mich bei vielen Leuten zu entschuldigen, und du fragst dich bestimmt, was ich eigentlich von dir will.«

»Richtig.« Das abermalige Lächeln konnte sie sich nicht verkneifen, auch wenn sie angespannt war.

»Ich … denke, ich fange am besten von vorn an.«

»Gute Idee.« Wie er herumdruckste, war irgendwie süß.

»Eigentlich begann es schon ein paar Tage vor eurem Abschlussball.«

Annabellas Herzschlag beschleunigte sich.

»Will rief mich in sein Zimmer. Er strahlte übers ganze Gesicht.« Jay schluckte hörbar. »Er hatte sich einen Anzug gekauft. Für den Ball. Von seinem eigenen Geld, das er sich mit Hilfsarbeiten verdient hatte. Dem Einräumen von Büchern in der Bibliothek. Dem Schleppen von Futtersäcken bei Francy Ross. Solche Sachen. Der Anzug war secondhand, aber wirklich chic. Anthrazitfarben, mit einer dazugehörigen Weste und einem fliederfarbenen Hemd. Das war neu. Plus der passenden Krawatte.« Jay spielte mit dem Löffel. »Sah irgendwie total cool aus. Ein bisschen Geld dafür hat ihm auch unsere Mom zugesteckt. Unser … Vater wollte ihm keinen Anzug kaufen, weil …« Er rieb sich übers Kinn und verstummte, sichtlich verlegen.

»Weil euer Vater nicht mit der Wahl von Wills Abschlussballpartnerin einverstanden war«, half Annabella ihm aus und würgte die Bitterkeit, die in ihr aufsteigen wollte, nur mühsam mit einem Schluck heißer Schokolade hinunter.

Jay pustete beschämt in seine Tasse. »Ja«, murmelte er so leise, dass sie ihn kaum verstand. Dann straffte er die Schultern. »Mein kleiner Bruder war so verdammt stolz. Auf diesen Anzug. Darauf, dass er es trotzdem schaffte. Sein Gesicht hat vor Vorfreude geglüht.« Er blinzelte. »Ich sehe ihn immer noch vor mir, wie er dastand, gekleidet in diesen schicken Anzug, und mich fragte, ob ich ein paar Tanzschritte mit ihm üben könnte. Er war so nervös und hatte Angst, er könnte dir mit seinen ebenfalls neuen Schuhen auf die Füße treten.« Ein angespannter Zug trat auf sein Gesicht.

In Annabellas Hals wuchs ein Kloß heran. Sie umklammerte den Griff ihrer Tasse.

»Der ...« Er räusperte sich. »Der Abschlussball-Abend kam heran. Will hatte Blumen für dich besorgt. Veilchen. Er sagte, sie passen zu dir.«

Das Atmen fiel Annabella schwer. Sie erinnerte sich daran, dass er sie extra gefragt hatte, welche Farbe ihr Kleid hätte.

»Er hatte auch so ein Ansteckstäußchen für dein Handgelenk. Und für sich das passende Arrangement fürs Knopfloch.«

Sie sog scharf die Luft ein.

Jay wischte sich mit der Hand über die Augen. »Weißt du, ich ... Damals war ich ziemlich zugedröhnt. Ich war Alkoholiker und ein Junkie. Und ... ein grenzenloser Egoist.«

»Was ist passiert?«, fragte Annabella tonlos.

»Er ... Will kam herunter. In seinem Anzug. Mein ... Vater war gerade aus dem *Drunken Horse* zurückgekommen. Der ... Alte war kein Alkoholiker, er war auch nicht wirklich betrunken, zumindest selten. Doch er hatte schon dieses Level erreicht, wo seine sadistische Seite in ihm verstärkt zum Vorschein kam. Man musste sehr aufpassen, wenn er in diesem Zustand war.«

In Annabella wuchs gleichermaßen der Wunsch, sich die Ohren zuzuhalten und Jay anzutreiben, endlich weiterzuerzählen. Deshalb nickte sie nur stumm.

Jay knetete die Hände. »Weißt du, ich habe Will irgendwie immer bewundert. Er war so ruhig. Schon von klein auf. Nie aufbrausend. Hat einen immer angesehen mit diesem Blick, der irgendwie so … rein war. Ich weiß, das klingt blöd, aber besser kann ich es nicht beschreiben.«

Wieder nickte sie nur. Sie wusste, was er meinte.

»Will hat so ein extrem stark ausgeprägtes Unrechtsbewusstsein, sich stets für andere eingesetzt – für Menschen und Tiere –, doch ich habe niemals zuvor erlebt, dass er etwas für sich selbst gewollt hatte. Außer vielleicht seine Bücher. Für die hat er auch gekämpft.«

Wieder machte Jay eine Pause, in der Annabella meinte, sie müsse vor Anspannung platzen.

»Der Alte fragte ihn, wo er hinwollte. In diesem ganz bestimmten Tonfall, der nichts Gutes verhieß.« Jay nahm einen Schluck Kakao. »Ich sehe es noch genau vor mir, wie wir alle stocksteif in der Küche standen. Will mit dem Blumenstrauß in der Hand. Wie er ganz ruhig antwortete, dass er zum Abschlussball ginge.« Er rieb sich mit der Hand über die Augen. »Unser Alter war ziemlich clever. Er wusste genau, wo Wills Schwachstelle lag.« Jay presste die Hand auf den Mund, dennoch entrang sich ihm ein Ton, der wie ein unterdrücktes Schluchzen klang. »Ich hätte es verhindern sollen …«

»Was … ist passiert?« Annabella erkannte beinahe ihre eigene Stimme nicht, so rau war sie.

Jay klang nicht weniger heiser. »Der Alte packte unsere Mutter an den Haaren. Schüttelte sie. Schrie sie an, dass es ihre Schuld sei, dass sie den Jungen verzogen habe. Dass sie ihm die Flausen im Kopf nicht ausgetrieben habe. Und … sie machte noch den Fehler zu sagen, dass er Will doch gehen lassen solle.« Jay presste die Finger gegen die Schläfen. »Will hatte es noch nie ertragen, wenn unser Vater Mom grob angefasst hat. Da ging er immer dazwischen, hat lieber mal selbst Schläge dafür kassiert.«

»Aber wieso ist eigentlich nie jemand eingeschritten, der Sheriff oder …«

»Ich … du darfst das nicht falsch verstehen. Es gibt andere

Familien, da wurden die Kinder oder die Frauen so richtig verprügelt. Unser Alter hat nicht so oft Hand angelegt – klar gab es gelegentlich mal eins mit dem Gürtel –, doch kleine, kurze Schläge gegen den Hinterkopf waren sein Favorit. Getarnt als ›freundschaftliche‹ Ermahnungen. Er hat uns eher unter Druck gesetzt oder erpresst. Gegeneinander ausgespielt. Wenn wir etwas angestellt hatten, musste es unsere Mutter ausbaden. Dann warf er ihr den Teller mit Essen ins Gesicht. Weil sie in der Erziehung versagt hätte, wie er behauptete. Wenn er Will wieder mit Büchern, die keine Schulbücher waren, erwischte, dann packte der Alte unsere Mom an die Brust und fragte, womit sie ihn eigentlich als Baby gesäugt hätte, dass William so missraten sei. Solche Dinge. Das war seine Masche.«

Kälte kroch in Annabellas Glieder. »Du meine Güte! Aber … gab es denn gar nichts, was ihr hättet tun können?«

»Das werfe ich mir heute noch vor. Ich hätte für meine Mutter da sein müssen. Für meinen kleinen Bruder, der so zu mir aufgesehen hat, als er noch jung war. Ich war ein Versager, Annabella! Ich habe mich einfach in meine vernebelte Welt des Alkohols und der Drogen geflüchtet. Schon seit meiner frühesten Jugend. Ich bin einfach quasi in meinem Geist davongelaufen, habe alle im Stich gelassen. Aber Will war der Held. Doch sobald er sich gewehrt hat, mussten Mom oder seine Tiere dafür leiden. Es war ein übler Teufelskreis.« Jay hob mit einer hilflosen Geste die Hände.

Obwohl Annabella eigentlich etwas über den Fortgang jenes Abends hören wollte, konnte sie sich die Frage nicht verkneifen: »Und eure Mutter? Wieso hat sie diesen Mann nicht mit euch verlassen?«

Ein Schatten glitt über Jays graue Augen, als hätte man eine Gardine vorgezogen. »Ich … hatte im Knast viel Zeit, darüber nachzudenken. Gut, zum einen hatte unser Vater auch seine guten Tage. Er hat viel gearbeitet und für seine Familie stets in materieller Hinsicht gesorgt. Das hat sie oft betont, wenn sie ihn vor uns entschuldigt hat. Vielleicht hat sie sich daran geklammert. Ich denke, Mom gehört zu den Menschen, die anderen hörig sind. Die diese Unterdrückung vielleicht auch brauchen? Ich weiß nicht, was sie in ihrer Kindheit erlebt hat – sie ist im Heim aufgewachsen. Wir vermuten, Mom hatte zuvor wesentlich Schlimmeres erlebt«, fügte Jay leise hinzu. Er musste sich sammeln, bevor er sie wieder mit klarem Blick ansah. »Kurz nach dem Ganzen – es war ja Schulende – hatte Will unsere Mutter geschnappt und ist mir ihr abgehauen. Er hat während des Studiums nebenher Tag und Nacht geschuftet, um ihnen Essen und eine winzige Bude zu finanzieren. Doch nach einigen Monaten kam Mom wieder zurück zu unserem Alten. Niemand weiß, ob sie bei ihm sein wollte. Vielleicht wollte sie auch Will nicht zur Last fallen – das ist Wills Befürchtung, obwohl es ihm so tausend Mal lieber gewesen wäre, wie er immer betont.«

Erinnerungsfetzen jagten durch Annabellas Kopf. Das erklärte vieles von Wills Verhalten als Jugendlicher. Vermutlich hatte er niemanden gehabt, dem er vollkommen vertrauen konnte, wenn sie Jays Selbstanklagen richtig interpretierte.

Aber wieso war er nicht zu ihr gekommen? Warum hatte er ihr nicht vertraut?

»Was ist denn an dem Abend des Abschlussballs passiert?«, erinnerte sie ihn sanft.

»Richtig!« Jay schüttelte sich, als müsste er ebenfalls erst in die Gegenwart zurückkommen. Seine Miene verzog sich gequält. »Als … unsere Mutter versuchte, ein gutes Wort für Will einzulegen, schlug ihr unser Vater mitten ins Gesicht, dass es nur so klatschte. Und schrie, dass sein Sohn nicht mit …« Eine feine Röte überzog seine Wangen.

»Einer Niggerin ausgeht«, ergänzte Annabella.

Jay schloss die Augen. »Es tut mir so leid.«

»Schon gut, erzähl weiter.«

»Will sah rot. Vermutlich wegen der Aussage und weil der Alte unsere Mom geschlagen hatte. Ich habe Will noch nie ausrasten sehen. Er ging jeder körperlichen Auseinandersetzung, so gut es ging, aus dem Weg. Wenn andere Jungs sich prügelten, war Will derjenige, der Argumente ins Spiel brachte. Doch das hat das Fass zum Überlaufen gebracht. Er ging wie ein Berserker auf unseren Vater los und zerrte ihn von unserer Mutter weg. Drückte ihn gegen die Wand. Vermutlich hatte sich so einiger Hass in ihm angesammelt. Er schrie, der Alte solle sich mal den Mund auswaschen – er hätte eine widerliche Ausdrucksweise. Beharrte darauf, dass er mit dir zum Abschlussball gehen würde, er sei erwachsen und lasse sich nichts verbieten. Und drohte dem Alten, ihn umzubringen, wenn er unsere Mom noch ein Mal anrührte. Da … sagte Donny zu mir: ›Wir müssen ihn stoppen.‹«

Jay rieb sich mit den Handballen über die Augen. »Ich weiß nicht mehr genau, was in meinem drogenumnebelten Gehirn vorging, aber ich redete mir vermutlich ein, es Will zuliebe zu tun, damit er den Alten nicht umbringt und sich dabei straffällig macht oder so. Oder damit Mom es nicht mit ansehen muss. Aber im Endeffekt war ich wohl nur zu feige, Donny zu widersprechen. Oder hatte Schiss vor unserem Alten. Oder ich war einfach zu abgebrüht und gleichgültig.

Wir zogen den tobenden Will von ihm weg. Hielten ihn links und rechts an den Armen. Da …«, er schnappte nach Luft, »holte der Alte aus und donnerte ihm mit voller Wucht die Faust ins Gesicht. Zum Glück verfehlte er das Auge, traf aber die Augenbraue. Die Haut platzte. Blut lief über Wills eine Gesichtshälfte, auf das Hemd und den schönen Anzug, auf den er so stolz gewesen war …« Seine Stimme versagte.

Der Schmerz in Annabellas Brustraum verstärkte sich. »Warum ist er nicht zu mir gekommen? Ich hätte ihm doch …« Sie sprach eigentlich eher zu sich selbst, bis auch ihr die Stimme wegblieb.

Jay presste die Lippen zusammen, bis sie weiß wurden. »Weil er nicht konnte«, sagte er schließlich gepresst.

»Was …?«

»Will wurde panisch, weil sein Anzug schmutzig wurde.« Jay schloss die Augen. »Der Alte wies uns an, Will zu zeigen, wie ein wirklich schmutziger Anzug aussieht. Wir …«, er öffnete die Augen wieder, und sie konnte tiefen Schmerz darin lesen, »warfen Will in den Schweinestall. Er hat sich zwar mit Händen und Füßen gewehrt, aber Donny war stark wie ein Baum. Und wir waren drei gegen einen. Die Schweine damals waren schmutzig, stinkend und aggressiv. Sie rammten und stießen ihn. Bissen nach ihm, zerfetzten ihm den Anzug. Donny warf den Strauß hinterher. Ich …«, wieder versagte Jay die Stimme, und er musste sich sammeln, »werde nie vergessen, wie Will auf dem Bauch liegend nach diesem Strauß hechtete. Ihn verzweifelt nach oben hielt. Als könnte er ihn noch für dich retten. Als die alte fiese Sau die Blumen in seiner Hand auffraß, sah ich in Wills Augen, dass etwas in ihm zerbrach.«

Das Brennen hatte sich zunehmend verstärkt, doch nun konnte Annabella sich nicht mehr halten. Eine einsame Träne rollte ihre Wange hinunter.

»Es tut mir so leid, Annabella!«, murmelte Jay.

»Aber warum ist er nicht zu mir gekommen?«, wisperte sie. »Ich hätte es doch verstanden! Hat er sich so geschämt?«

Jay schüttelte langsam den Kopf. Sein Brustkorb hob und senkte sich unter dem dunkelblauen langärmeligen Polohemd, und erst jetzt fiel ihr auf, dass er irgendwann aus der Jacke geschlüpft sein musste.

»Will konnte nicht. Wir haben ihm sein Handy abgenommen und ihn danach auf Geheiß des Alten in den Keller gesperrt. Er konnte dir nicht mal Bescheid sagen. Es tut mir so unendlich leid.« Nun vergrub Jay das Gesicht in den Händen. »Er war mein kleiner Bruder. Ich hätte ihn beschützen und für ihn da sein müssen. Stattdessen …« Seine Schultern bebten, doch falls er weinte, dann lautlos.

Der Schmerz in Annabella hatte sich längst von ihrem Brustraum auf den gesamten Bauch ausgeweitet. Das Atmen fiel ihr schwer. »Und ich habe ihn beschimpft, ihn einen Feigling genannt«, wisperte sie tonlos.

Jay blickte auf. Die Äderchen in seinen Augen waren gerötet. »Das ist er nicht. Der Feigling war ich. Mit dieser Schuld lebe ich seit Jahren. Ich musste zu dir kommen und es dir sagen. Ich weiß, ich kann dich nicht bitten, mir zu verzeihen, doch ich bitte dich inständig, es Will nicht nachzutragen. Er kann wirklich nichts dafür.«

Nun waren es ihre Augen, die ganz einfach überflossen. »Wie muss es damals für Will gewesen sein? Welche Gedanken muss er sich in diesem Keller gemacht haben? Und dann habe ich ihn auch noch dermaßen heruntergeputzt! Er stand da wie ein geprügelter Hund. Hat alle meine Beschimpfungen über sich ergehen lassen. Hat nur genickt und immer wiederholt, dass es ihm leidtut. Hätte er nur einen Ton gesagt, was wirklich …« Sie griff nach einer Serviette und schnäuzte sich. »Ich … habe mir zuerst Sorgen gemacht. Ich dachte, ihm wäre vielleicht was passiert. Sein Handy war aus. Dann habe ich bei euch angerufen. Deine Mutter ging ans Telefon. Sie sagte, dass Will krank sei. Da riss ihr euer Vater den Hörer aus der Hand und brüllte mich an, dass er seinem Sohn verboten hätte, mit einer … wie mir auszugehen. Und dass ein McGinty immer tut, was sein Vater sagt.« Sie schniefte. »Deshalb dachte ich …«

Jay schüttelte müde den Kopf. »Das traf ganz sicher auf Donny zu. Vielleicht auch auf mich – ich bin stets den Weg des geringsten Widerstandes gegangen. Aber Will nicht! Er wäre gekommen. Um jeden Preis. Wenn Donny und ich ihn nicht …« Wieder versagte seine Stimme. Er leerte die Schokolade in einem Zug. »Herrje, ich wünschte, ich könnte mir jetzt einen Drink hinter die Binde kippen«, gestand er.

»Ich werde dir nichts geben.«

Nun lächelte er schwach. »Ich würde es auch nicht nehmen – ganz sicher nicht!«

Eine Weile war es still zwischen ihnen. Die Weihnachtsbeleuchtung warf zuckende Lichtblitze auf Jays versteinerte Züge.

»Danke, dass du es mir erzählt hast«, sagte Annabella schließlich. Sie presste die Fingerspitzen auf die Augen. »Ich hätte ihm die Möglichkeit lassen sollen, es mir zu erklären. Er hatte gesagt, dass er nicht konnte, aber ich dachte eben immer, er konnte nicht, weil euer Vater es nicht wollte.«

Jay hob die Schultern und ließ sie langsam fallen. »Vermutlich hätte er es sowieso nicht erzählt. Er ist der Typ, der lieber die Schuld auf sich nimmt, als andere bloßzustellen. Ziemlich sicher hat er sich für uns in Grund und Boden geschämt.«

Annabella griff nach Jays Tasse und bereitete ihm ungefragt noch eine heiße Schokolade zu. Sie musste sich irgendwie beschäftigen. Er schien es gar nicht mitzubekommen, so war er in Gedanken versunken. Erst als sie die gefüllte Tasse wieder vor ihn hinschob, zuckte er zusammen.

»Was …? Oh, danke! Ich …« Er schüttelte den Kopf und hob einen Mundwinkel. »Das habe ich eigentlich gar nicht verdient.«

»Schon okay. Ich bin froh, dass du gekommen bist!« Sie befeuchtete die Lippen. »Irgendwie hing es mir ständig nach, so versetzt worden zu sein. Ich habe mich verraten gefühlt, war verletzt, weil er mir nicht mal abgesagt hatte. Ich dachte immer, es wäre ihm nicht wichtig genug gewesen – das … hat mir sehr wehgetan.« Einen Augenblick war sie über sich selbst erstaunt. Warum erzählte sie das ausgerechnet Wills Bruder –

einem quasi Fremden –, wo sie bisher nie mit jemandem so offen über die Gefühle gesprochen hatte?

»So war es nicht, das kann ich dir garantieren. Es war ihm sogar *sehr* wichtig.« Ein Schatten glitt über Jays Züge. »Es tut mir wirklich so …«

»Du brauchst dich nicht noch mal zu entschuldigen. Ich glaube dir!« Sie nahm einen Schluck Wasser und sagte das Erste, was ihr in den Sinn kam: »Wer weiß, wie unser Leben sonst verlaufen wäre? Wäre ich nach Paris gekommen? Hätte ich heute dieses Café?« Sie seufzte. »Zumindest *noch* habe ich es ja.«

»Was meinst du damit?« Er sah sie fragend an.

»Der Vermieter ist gestorben, und die neuen Eigentümer wollen mir den Mietvertrag nicht verlängern. Aber dein Bruder ist an der Sache dran.«

»Dann wirst du dein Café auch behalten«, sagte Jay mit einer Zuversicht, die ein solch großes Vertrauen in seinen Bruder verriet, dass es sie irgendwie anrührte.

»Du vergötterst deinen kleinen Bruder?« Sie lächelte.

»Ja, das kann ich wohl unschwer verbergen, nicht wahr? Ich frage mich immer, wie er es mit uns geschafft hat, solch ein guter Mensch zu werden.« Er lachte heiser. »Obwohl er wahrlich keinen Grund dazu hat, ist er so wunderbar zu mir.«

Sie legte ihre Hand auf Jays, die trotz der Wärme im Café noch kalt war. »Ich denke, Will kann sehr gut abschätzen, wer es verdient hat, dass man gut zu ihm ist. Du warst auch nur ein Produkt deiner Erziehung. Jeder Mensch verdient eine zweite Chance.«

Jay nahm ihre Hand in seine beiden. »Sei du nicht auch noch so nett zu mir. Dazu hast du ganz bestimmt keinen Grund. Für nichts, was in der Vergangenheit passiert ist.«

Sie entzog ihm die Hand und winkte ab. »Schwamm drüber. Lass es uns vergessen. Willst du noch was essen?«

»Nein, danke! Diese Sterne sind total lecker. Mit Eischnee, Nüssen, Zucker und Zimt, oder?«

»Genau.« Er kannte sich offenbar aus.

Wieder überraschte er sie, indem er vorschlug: »Apropos Essen! Ich koche gleich noch für Will und mich. Willst du mitkommen? Ich mache einen Gemüse-Pie, das reicht für drei.«

Verblüfft sah sie ihn an. »Das ist lieb von dir. Aber ich möchte gleich zu meiner Katze hochgehen, sie braucht ihre Medikamente.« Bevor sie sich zurückhalten konnte, hatte sie ihren nächsten Gedanken auch schon laut ausgesprochen: »Und offengestanden muss ich das alles erst verarbeiten, bevor ich Will wieder gegenübertrete.« Sie biss sich auf die Unterlippe. Was war eigentlich mit ihr los? Sie trug doch sonst nicht das Herz auf der Zunge. Wieso war sie ausgerechnet Jay – einem McGinty! – gegenüber so offen?

Er lächelte. »Das verstehe ich sehr gut.« Verlegen spielte er mit dem Löffel. »Wenn du Will vielleicht nicht direkt sagst, dass du ihm deswegen verzeihst, weil ich dir alles erzählt habe …«

»Das werde ich nicht. Im Grunde hatte ich ihm schon verziehen.« Das Mitleid mit dem Jungen von damals zerriss sie gerade innerlich.

»Ich hatte den Eindruck, Will denkt, dass du deswegen noch sauer auf ihn bist … Es ist gut, dass das nicht der Fall ist.«

Will dachte also noch daran? Das Ziehen in ihrer Brust verstärkte sich wieder.

»Würde es dir was ausmachen, wenn wir das Gespräch in die Küche verlagern? Ich muss noch kurz ein paar Sachen vorbereiten für morgen früh.«

»Kann ich dir was helfen?«, bot Jay sofort an.

»Nein, passt schon!« Sie ging zur Eingangstür und schloss sie ab, inzwischen war sie sich sicher, dass sie von Jay wirklich nichts zu befürchten hatte. »Ich möchte nur den Rest fertig machen, dann können wir in der Küche reden.«

Jays bewundernder Blick wanderte durch den Raum: über die vier Elektro-Backöfen, die beiden großen Gas-Kochfelder mit je vier Flammen, die drei riesigen Kühlschränke und die Gefriertruhe. »Wow, du bist ja spitzenmäßig ausgestattet«, lobte er. »Und Antihaft-Backbleche! Davon habe ich im Knast immer geträumt.«

Ein Lachen sprudelte in ihr auf. »Du träumst im Knast von Antihaft-Backblechen?«

Er stimmte in das Gelächter ein. »Das klingt echt bescheuert, oder?«

»Also, dass jemand dort von Frauen träumt, habe ich ja schon gehört, aber …«

Er hob bedauernd die Hände. »Nicht mal das. Ich träume dann eher von den Backblechen.«

Neugierig sah sie ihn an.

Er zog eine Grimasse, die irgendwie süß wirkte. »Ich mag euch, aber ich stehe nicht auf Frauen.«

»Du bist schwul?«

»Jep!«

Sie musste grinsen. »Aber deshalb musst du noch lange nicht auf Backbleche stehen, das wäre doch wirklich ein Klischee.«

Nun lachte er laut heraus. »Da hast du allerdings recht. Nein, ich bin Konditor von Beruf.«

Annabella riss die Augen auf. »Heute ist wirklich der Tag der Überraschungen. Wo arbeitest du?«

Seine Züge verdunkelten sich. »Ich bin auf der Suche. Im Moment helfe ich auf dem Hof. Ich habe schon die umliegenden Bäckereien abgeklappert, aber du weißt ja: Die meisten sind Familienbetriebe. In Portland habe ich es auch bei *Holy Donuts* und einigen anderen Schnellimbissen versucht, die Gebackenes anbieten, doch meine Vita ist nun nicht gerade vertrauenerweckend. Ich kann's ihnen ja nicht mal verdenken.« Das Lächeln konnte nicht über die Betrübnis, die wohl auf seiner Seele lastete, hinwegtäuschen. »Übernächste Woche habe ich ein Probe-Arbeiten in einem Burger-Laden. Ich muss mich wohl langsam hocharbeiten.« Er hob einen Mundwinkel. »Und solange mäste ich Will mit meinen Back-Exzessen, bis er platzt.« Sein Lachen war sympathisch.

Annabella wusste selbst nicht, was sie ritt, als sie sich sagen hörte: »Du kannst bei mir Probe-Arbeiten, wenn du magst.«

»Was?« Jay wirkte genauso verblüfft wie sie selbst.

»Du suchst einen Job, oder?«

Er nickte stumm.

»Und ich suche jemanden, der hier backt. Einen echten Konditor kann ich mir vermutlich nicht leisten. Das heißt, du wirst nicht so viel verdienen, aber mit dem Gehalt eines Burger-Ladens kann ich bestimmt mithalten.« Ihr gefiel diese Lösung immer besser.

Er schien es immer noch nicht richtig fassen zu können. »Und was ist mit Mrs Bloomberg? Ich habe gehört, sie hilft dir.«

»Sie möchte kürzertreten. Sie hat nur ausgeholfen, nachdem meine Mutter … gestorben ist. Mom hat ja früher hauptsächlich das Backen und Kochen übernommen und mir hier geholfen; sie war Teilhaberin.«

Jay legte die Hand auf ihre Schulter, Wärme lag in seiner Stimme und dem Blick. »Das mit deiner Mom tut mir so leid. Ich habe es gehört. Muss schlimm sein, wenn man einen Menschen verliert, der einem so nahesteht. Und auch noch so plötzlich.«

»Das ist es.« Sie schluckte. »Immer wieder komme ich in die Küche und will ihr was sagen, und dann … ist sie einfach nicht mehr da.« Zum zweiten Mal an diesem Abend rollten ihr Tränen über die Wangen. Auf einmal fand sie sich in Jays Umarmung wieder. Und es tat so verdammt gut, sich einfach festhalten zu lassen, die Wärme eines anderen Menschen zu fühlen. Er roch gut. Nach einem herben Rasierwasser und heißer Schokolade. Tröstlich irgendwie. Sie wusste selbst nicht, warum sie ausgerechnet zu ihm solch ein Urvertrauen verspürte.

Nach einer Weile löste sie sich von ihm. Wischte sich über die Augen. Deutete verschämt auf den Fleck auf seiner Brust. »Ich habe dein Polohemd nass gemacht.«

Er lachte leise. »Ich werde es überleben.«

Sie hob den Kopf und blinzelte ihn an. »Was ist jetzt mit dem Probe-Arbeiten?«

Sanft strich er ihr eine Haarsträhne aus dem Gesicht, die sich aus ihrem Zopf gelöst hatte. »Das war dein Ernst, oder?« Die Verunsicherung in seinem Blick schickte warme Wellen durch ihren Körper.

»Ich bin nicht so der Clown-Typ, der einen Scherz nach dem anderen reißt, auch wenn ich es mir manchmal wünschte«, gab sie trocken zurück. »Ja, es war mein Ernst«, setzte sie hinzu, als er immer noch unsicher wirkte.

»Also – natürlich liebend gern! Das ist ein Traum!« Er klang atemlos. »Das mit dem Geld ist wirklich nicht vorrangig. Ich bin total genügsam und …«

»Du musst schon um halb sieben da sein …«

»Das ist kein Problem«, beteuerte er sofort. Hätte sie zwei Uhr nachts gesagt, hätte er vermutlich auch zugestimmt, und es hätte ihm wahrscheinlich nicht mal etwas ausgemacht. Sein Eifer wirkte süß.

»Aber dir liegt noch was auf dem Herzen?«, hakte sie nach.

Er nickte. »Mein Ruf ist nicht der beste. Ich will deinen nicht kaputtmachen. Bist du dir sicher, dass du …?«

»Lass das mal meine Sorge sein. Ich bin mir sicher«, erklärte sie fest. »Ich suche nur jemanden, der wirklich zuverlässig ist und dauerhaft hierbleibt.«

»Ich werde an dir kleben wie ein alter Kaugummi an einer Schuhsohle«, versicherte Jay grinsend.

»Ich würde ja sagen, das hört sich gut an, doch ich weiß nicht sicher, ob mir das Bild so gefällt.« Ein albernes Kichern brodelte in ihr auf, und sie ließ es einfach heraus.

Abermals stimmte Jay ein.

Sie standen in ihrer Küche und lachten – wie die kleinen Kinder. Manchmal geschahen noch Wunder. Einfach so und unerwartet.

Will

Lynnwood Falls

»Du hast ein Jobangebot in deinem Beruf? Das ist ja wunderbar!« Will schlug seinem Bruder erfreut auf den Rücken.

»Ist erst mal nur ein Probe-Arbeiten«, bremste Jay seine Euphorie, doch er strahlte heller als die fünfstrahlige Küchenlampe.

Will schob sich eine Gabel mit Gemüsekuchen in den Mund. »Wenn du dort auch so leckeres Zeug zubereitest, dann bezweifle ich nicht, dass du übernommen wirst«, sagte er, nachdem er geschluckt hatte. »Wie bist du denn da hingekommen? Ich hätte dich doch gefahren.«

»Es ist ja hier. In Lynnwood Falls. Da komme ich gut mit dem Rad hin, selbst bei Schnee.«

»Hier? Also doch bei den Carmichaels?« Er schob sich eine weitere volle Gabel in den Mund.

Jay stocherte in seinem Essen herum. »Nein. Bei … Annabella.«

Will hätte sich beinahe verschluckt. »Du arbeitest bei Annabella?«, echote er.

»Ja. Stört dich das?« Jay wirkte betreten.

»Äh, nein, natürlich nicht, aber wie kommst du denn dazu?«

Sein Bruder sah ihn nicht an. »Sie sucht Unterstützung.«

»Woher wusstest du das? Sie hat doch gar keinen Aushang.«

»Das hat sie mir vorhin erzählt«, druckste Jay herum.

Will ließ die Gabel sinken. »Du warst heute bei ihr? Und ihr habt euch unterhalten?«, hakte er nach. Der Verdacht, der in ihm aufkeimte, gefiel ihm gar nicht. Sein Bruder hatte schon berichtet, dass er sich bei einigen Leuten entschuldigt hatte.

Auch Jay legte das Besteck weg und sah ihn nun voll an. »Ich weiß, dass du nicht glücklich darüber bist. Und ich habe auch fest vor, mich aus deinen Privat-Angelegenheiten rauszuhalten. Aber ich kann nicht dulden, dass du für etwas die Schuld auf dich nimmst, wofür du gar keine trägst.«

»Du hast ihr alles erzählt«, schlussfolgerte Will tonlos.

Er zögerte. »Ich will dich nicht anlügen. Ja, das habe ich.« Neben Betroffenheit stand außerdem Stolz, vielleicht auch Starrsinn in Jays Blick.

Will unterdrückte den Impuls, seinen Bruder anzufahren. Nur mühsam beherrscht griff er nach dem Wasserglas, nahm einen Schluck. In seinem Inneren tobte ein Chaos.

»Sie war schon vorher nicht mehr sauer auf dich«, versicherte Jay.

»Darum geht es nicht.« Er wusste überhaupt nicht, was er davon halten sollte. Sollte er sich darüber freuen? Die Scham war immer noch überwältigend.

»Ich denke, sie mag dich noch.«

»Schön! Ich möchte jedoch keinesfalls, dass du auf die Idee kommst, uns verkuppeln zu wollen. Falls dir das – zur Wiedergutmachung deiner vermeintlichen Schuld – vorschwebt!«

Jay bewegte sich unbehaglich unter seinem scharfen Blick. »Nein, das …«

»Dann ist ja gut«, unterbrach er. »Ich gedenke nämlich nach wie vor nicht, mich zu binden, und Annabella wäre wirklich die Letzte, der ich in dieser Richtung vor den Kopf stoßen möchte. Also setz ihr bitte keine Flausen in den Kopf. Versuch nicht, Werbung für mich zu machen«, betonte er.

»Alles klar, ich habe verstanden.« Jay fuhr sich durch die Haare. »Würde es dich stören, wenn sie mich anstellen würde?«

Nun lächelte Will doch. »Nein, ganz und gar nicht. Ich freue mich für dich. Und ich freue mich für sie, wenn sie eine kompetente Hilfe hat. Backen und Kochen kannst du, das kann ich bestätigen.« Er griff wieder nach seiner Gabel, um noch ein Stück Pie abzustechen. Der Mürbeteig war kross und das Gemüse – Paprika, Zucchini, Kürbis und Brokkoli – al dente. Das Ganze war lecker mit Kräutern gewürzt und mit einer dicken Schicht Mozzarella überzogen. Trotzdem kaute sich das Ganze plötzlich wie Sägemehl.

»Danke! Dann bin ich froh. Weißt du …«, Jays Blick glitt in die Ferne an einen imaginären Punkt, »ich hatte mir im Knast offen gestanden oft ausgemalt, irgendwann einmal ein kleines Café zu führen. Nicht mal in den kühnsten Träumen hätte ich es mir so schön ausgemalt wie Annabellas Laden, deshalb ist es für mich mehr als die Erfüllung einer Illusion, wenn ich tatsächlich dort arbeiten könnte.«

»Will sie jemanden fest einstellen?«

»So habe ich es verstanden, ja. Ihre Mutter war Teilhaberin und komplett involviert – für diesen Vollzeitjob sucht sie Ersatz. Das Gehalt wird nicht üppig sein, aber dann stände ich endlich auf eigenen Beinen.«

»Das wäre natürlich wirklich super für dich, das freut mich«, murmelte Will, doch seine Gedanken rasten bereits weiter.

Den Rest des Essens verbrachten sie schweigend, jeder in seine eigenen Überlegungen versponnen.

Erst als sie das Geschirr zusammenstellten, sprach Jay wieder. »Hast du schon was Neues über Annabellas Mietsituation herausbekommen? Das scheint ihr auf der Seele zu liegen.«

»Ich bin gerade dabei. Das Wetter scheint jetzt stabil zu bleiben, der Flugverkehr findet wieder ganz normal statt. Ich fliege am Montag nach Chicago und treffe den Anwalt von *Brakenshaw Enterprises*, der den Kauf des Hauses geregelt hat.« Will grinste. »Und ich kann ihn sicherlich überzeugen, dass sein Mandant keinen Nutzen aus dem Haus ziehen kann und sich besser nach einem anderen Objekt umsieht. Ich habe etwas in der Nähe von Freeport gefunden, das ich ihm als Alternative vorschlagen werde.«

»Klingt klasse! Und was passiert dann mit dem Haus? Und Annabellas Miete?«

»Ich bin schon mit den Voreignern im Gespräch«, murmelte Will ausweichend. »Wir finden eine Lösung, lass das mal meine Sorge sein.« Die Idee, die in seinem Kopf Gestalt annahm, musste er erst selbst ausreifen lassen.

»Ich bin gespannt, kleiner Bruder.« Jay räusperte sich. »Kannst du mich dann am Montag mit nach Portland nehmen? Ich könnte meinen Führerschein abholen.«

»Oh, das ist super. Ich wollte schon am Sonntagabend fahren, wenn das für dich okay ist. Dann könnten wir auf dem Weg bei Mom vorbeifahren und abends ausgehen.«

»Klar, das hört sich klasse an.«

»Ich habe schon mit Ian gesprochen. Sein Bruder hat einen Autohandel in Portland. Dort können wir uns mal umsehen. Aktuell hätte er einen Dodge Pick-up für dich …«

»Bevor du weitersprichst: Ich möchte meinen Wagen selbst bezahlen.« Jay hob das Kinn. »Ich schätze absolut, was du für mich tust, aber es wird wirklich Zeit für mich, auf eigenen Beinen zu stehen.«

»Wie kommst du darauf, dass ich …«

»Weil ich dich kenne«, fiel Jay ihm mit einem sarkastischen Unterton ins Wort.

»Okay, du hast recht«, gab Will mit einem verschämten Grinsen zurück. »Ist in Ordnung. Das verstehe ich.«

»Gut. Ich habe noch gut tausend Dollar. Und mehr …«

Nun war es an Will, ihn wieder zu unterbrechen. »Wenn du von mir nichts nehmen möchtest: Es gibt Geld im Treuhandfonds – Moms Erbe. Du könntest dir davon deinen Teil vorab …«

»Vergiss es!«, widersprach Jay sofort. »Ich will von niemandem Geld nehmen.«

Will seufzte übertrieben. »Sturkopf! Ich hatte es befürchtet.« Er zwinkerte ihm zu. »Der Pick-up ist älter, ein alter Dodge, royalblau-metallic. Kostet fünfzehnhundert, ein Freundschaftspreis.« Er öffnete auf dem Handy die Bilder, die Ian ihm geschickt hatte. »Sieh hier! Lass mich dir die fünfhundert vorstrecken, und du stotterst sie von deinem Gehalt ab. Wir können uns natürlich auch noch andere Autos ansehen, aber das ist ein klasse Deal.«

An dem Leuchten in Jays Augen sah er, dass der Wagen seinem Bruder gefiel. »Das klingt fair. Danke.«

»Ich sage Ian, du holst den Pick-up bei seinem Bruder in Portland ab. Dann hast du was zum Heimfahren.« Er schrieb Ian eine Nachricht, der sofort mit einem kurzen *Gebongt* antwortete.

»Großartig, danke!« Jay schmunzelte. »Habe ich schon mal gesagt, dass ich Lynnwood Falls liebe? Wie wundervoll sich hier alles fügt! Egal, was man braucht, es ist immer jemand da!«

»Da hast du recht.« Wills Aufmerksamkeit wurde auf seinen Hund gelenkt, der ihm gerade sein aktuelles Lieblings-Spielzeug, die Plüschente, gegen das Knie drückte. »Gehen wir raus, alter Knabe?«

Sein Goldie ließ die Ente fallen und hechelte begeistert. Sofort flitzte er nach draußen, um seinen Brustgurt zu bringen.

Will streifte ihm ihn über und wandte sich wieder an Jay: »Apropos Zeus: Könnte ich ihn dann bei dir lassen? Wenn du tagsüber arbeitest, kannst du ihn zu Elly ins Büro bringen.«

»Logisch, ich freue mich! Dann habe ich Gesellschaft!« Er kraulte Zeus hinter den Ohren.

»Prima!«

Es war zwar schon wieder dunkel, trotzdem griff Will nach dem Futterbeutel und füllte ihn mit einigen Hundekeksen und Dörrfleisch. Während er draußen auf der Koppel immer wieder den Beutel warf und ihn von Zeus apportieren ließ, jagten seine Gedanken wild durcheinander.

Will sog die kalte Brise in seine Lungen, die nach Schnee und feuchter Erde roch, und sah hinauf in den Himmel, an dem zwischen Wolkenfetzen vereinzelt Sterne glitzerten. Er liebte die klare Luft in Lynnwood Falls, die meist eine beruhigende Wirkung auf ihn hatte.

Dennoch breitete sich in seinem Bauch ein Grummeln aus, das er nicht auf den delikaten Gemüsekuchen zurückführen konnte. Es tat sich etwas. Sein Bruder fand ins Leben zurück. Hatte einen tollen Job in Aussicht. Das freute ihn von Herzen. Doch so richtig konnte Will sich nicht entscheiden, ob ihm die Entwicklung auf allen Ebenen gefiel oder nicht. Sein Privatleben war ihm heilig. Niemand durfte sein Inneres betreten, das hielt er streng verschlossen. Und irgendwie hatte er das Gefühl, jemand rüttelte vehement an dieser Stahltür.

Kapitel 6

Annabella

Lynnwood Falls

Aus der Küche ertönte Gelächter – Mrs Bloombergs Lachen klang wie das eines jungen Mädchens, begleitet von Jays in einem tiefen Bariton. Annabella unterdrückte ein Grinsen, während sie vorsichtig Nancy Tuckers bestellten Blueberry Cheesecake in einem Karton verstaute.

Die Neugierde stand Nancy ins Gesicht geschrieben, als sie sich über die Theke beugte und die Stimme senkte. »Ich habe schon gehört, der mittlere McGinty arbeitet jetzt hier. Wie macht er sich denn?«

Annabella lächelte die Freundin ihrer Mutter an. »Probier den Cheesecake, und du wirst es wissen. Jay ist ein Meister seines Fachs, außerdem arbeitet er wie ein Berserker.« Sie deutete mit dem Daumen über die Schulter. »Und wie du hören kannst, passt auch das Betriebsklima wunderbar.«

»Bleibt Mrs Bloomberg denn trotzdem noch?«

»Nur diese Woche und danach stundenweise. Wir legen einen gewissen Vorrat an Weihnachtsgebäck an, da kann man gut mehrere Hände gebrauchen.«

In dem Moment kam Mrs Bloomberg mit einer neuen Ladung Zimtsterne aus der Küche. Jay hielt ihr galant die Schwingtür auf, lüpfte die Bäckermütze und rief ein charmantes »Einen wunderschönen Tag, die Damen« in den Raum, bevor er sich wieder an den Backofen verzog. Er brachte jeden Morgen eine Portion Fröhlichkeit in den Laden, die ihnen allen guttat – auch die eher zurückhaltende Mathilda Moffatt war zu seinem großen Fan mutiert. Außerdem war er äußerst kreativ im Erfinden von neuen Rezepten oder Abwandlungen. Bei den Zimtsternen hatte er die Puderzucker-Glasur noch mit einem Schuss Zitrone verfeinert; das gab dem Rezept eine pfiffige Note. Annabella ergriff einen mit der Zange und hielt ihn Nancy Tucker hin. »Koste mal! Ich verspreche dir eine Geschmacksnerven-Explosion. Außen knusprig, innen saftig.«

»Köstlich!«, lobte Nancy Tucker. »Weißt du, was? Pack mir doch noch ein paar davon mit ein – es ist immer gut, etwas im Haus zu haben.«

Auch Mary Archer, die als Nächste an die Reihe kam, um sich etwas für den Nachmittags-Kaffee mit Francy Ross zu kaufen, ließ sich gleich eine Ladung der Zimtsterne einpacken.

Der Laden brummte – erst gegen Feierabend kam Annabella zum Luftholen.

Jay arbeitete nun bereits vier Tage hier, und sie fragte sich schon, wie sie eigentlich je ohne ihn hatte auskommen können. Er war mehr als arbeitswillig – meist blieb er bis Ladenschluss und werkelte in der Küche, obwohl er eigentlich schon früher hätte gehen können, da er ja zeitig anfing. Zudem brachte er auch eigene Ideen und Vorschläge ein und stürzte sich mit einer Vehemenz, die eine wahre Freude war, auf das alte Kochbuch ihrer Urgroßmutter, um die Rezepte zu testen.

Einmal mehr überraschte Jay sie positiv, als er jetzt fragte: »Du gehst nachher zum Großeinkauf in die Mall – soll ich dich begleiten?«

»Du hast doch Feierabend. Hast du nichts vor?«

»Nichts Wichtiges. Ich gehe gern mit, wenn du magst. Wir können mit meinem Pick-up fahren.««

»Musst du heute nicht für Will kochen?«, erkundigte sich Annabella scheinbar beiläufig.

»Nein, Will ist seit Montag geschäftlich unterwegs. In Chicago. Und danach in der Gegend von Syracuse. Wegen der Mietsache.«

Annabellas Herzschlag beschleunigte sich. Sie hatte sich schon gewundert, warum er nicht irgendwann einmal hereinschaute, wo doch sein Bruder jetzt hier arbeitete, doch vielleicht war seine Abwesenheit der einzige Grund. Und nicht die Tatsache, dass er wusste, dass sie nun über die wahren Begebenheiten am Abschlussballabend informiert war – Jay hatte ihr gestanden, dass er es Will gebeichtet hatte. »Wow! Er ist extra meinetwegen dorthin geflogen? Aber die Kosten …?«

»Mach dir keinen Kopf. Ich glaube, er hatte in Chicago noch einen anderen Termin.« Jay zwinkerte ihr zu. »Doch er wäre sicherlich auch extra für dich gefahren.«

Annabella ignorierte das warme Prickeln, das sich in ihrem Bauch ausbreitete. Das Gefühl, das in letzter Zeit öfter in ihr aufkam, wenn sie an das dachte, was Jay ihr erzählt hatte. Will mit dem Blumenstrauß in der Hand … Das Flattern in ihrem Magen verstärkte sich. »Weißt du denn schon, ob er etwas erreicht hat?«

»Ich denke, er möchte selbst mit dir reden, aber er klang gestern am Telefon sehr zuversichtlich.« Jay lächelte sie an.

Sie drückte seinen Arm. »Ich bin so aufgeregt.«

»Ja, ich auch.« Er biss sich auf die Lippe. »Ich meine, für dich auf jeden Fall und falls ich dableiben darf …«

Sie stieß ihm den Ellbogen in die Rippen. »Was heißt da ›falls‹?«

»Ich meine … willst du mich denn fest übernehmen? Mein Probe-Arbeiten läuft bis morgen. Du hast noch nicht gesagt, ob …« Er kratzte sichtlich verlegen ein Stück Teig von der Arbeitsplatte, den er gerade ausgerollt hatte.

Nun war sie ehrlich verblüfft. »Oh! Das stimmt, aber ich … natürlich darfst du! Ich dachte, du hättest gemerkt, wie wunderbar es funktioniert.« Nun war es an ihr, verlegen zu sein. »Du hast recht! Ich muss dringend mal nach einem Arbeitsvertrag schauen. Offen gestanden habe ich das noch nie gemacht – mit Mrs Bloomberg und Mrs Moffatt habe ich Aushilfen-Vereinbarungen. Ich wollte es schon die ganze Zeit abends angehen. Ich mache mich gleich nachher wegen deines Vertrags schlau. Ich suche was aus dem Internet oder frage Kylie, die hatte schon einen festen Mitarbeiter.«

»Soll ich Will bitten?« Als sie zögerte, fügte er schnell hinzu: »Nein, du hast recht, das war eine blöde Idee. Er ist mein Bruder, er könnte ja zu meinen Gunsten agieren. Wir lassen lieber jemand Unabhängiges …«

»Nein, das ist schon okay. Da hätte ich überhaupt keine Bedenken, ich traue ihm.« Als sie es ausgesprochen hatte, merkte sie, dass es die Wahrheit war. Sie vertraute Will. Irgendetwas sagte ihr, dass er sie nicht übervorteilen würde, er war absolut integer. »Ich wollte ihm nur nicht noch mehr aufbürden. Doch wir können ihn ja fragen, ob er damit schon zu tun hatte. Vielleicht hat er ja einen fertigen Vertrag in petto. Und dann machen wir Nägel mit Köpfen. Du kommst mir nicht mehr aus den Knethaken.«

Mit einem befreiten Lachen schlang er die Arme um sie, hob sie hoch und wirbelte sie im Kreis herum. Sein Gesicht glühte regelrecht. »Ich freue mich so! Danke!« Langsam ließ er sie wieder herunter.

Annabella zog ihm lachend die Mütze in die Stirn und tippte ihm auf die Nase. »Ich mich auch. Und wie!« In der Schwingtür zum Café drehte sie sich nochmals um. »Und dann sehen wir auch zu, dass du – außer dem Montag – noch einen freien Tag dazubekommst.«

»Mir würde es reichen, wenn ich sonntags in die Kirche könnte.« Er sah verlegen aus. »Um die Zeit ist ja kein Hauptgeschäft. Davor und danach könnte ich kommen.«

»Natürlich kannst du, das geht auf jeden Fall klar. Wir können es auch flexibel gestalten und uns sonst, je nach Bedarf, halbtage- oder stundenweise freinehmen.«

»Prima, danke! Das klingt super, meinetwegen gern auch flexibel. Aber apropos freier Tag – den solltest zuerst du dir nehmen«, gab er augenzwinkernd zurück.

»Ich schaue mal, ob ich mir vielleicht gelegentlich ein bisschen Zeit zum Malen nehme«, stimmte Annabella zögernd zu. Das Thema Ausstellung geisterte zunehmend in ihrem Kopf herum.

»Mach das! Unbedingt! Wenn ich mir ein bisschen Geld zusammengespart habe, möchte ich mir ein Bild von dir kaufen und es da …«

»Dir schenke ich auch eines«, unterbrach sie lachend.

Abwehrend hob er die Hand, die von einer feinen Schicht Mehl überzogen war. »Das ist nicht dasselbe. Ich will mir eines *kaufen.* Auf deiner Ausstellung. Darauf freue ich mich schon richtig. Und nicht nur, weil ich dich mag – du bist einfach großartig.« Er sah aus, als meinte er es von Herzen.

Annabella blinzelte gerührt. »Du bist süß!«

»Du weißt nicht, was süß ist.« Er ging zu ihr und schob ihr ein Stück Mürbeteig in den Mund. »*Das* ist süß! Koste mal!«

Annabella rollte den Teig auf ihrer Zunge herum. »Hm, lecker, was ist das? Schmeckt fast wie Marzipan?«

»Das Marzipan kommt erst nach dem Backen darauf – eine feine Schicht, zwischen zwei Mürbeteigherzen. Ich habe den Teig mit Bittermandelöl verfeinert. Das Ganze tauchen wir in Schokolade. Und obenauf verzieren wir es dann mit einer glasierten Mandel. Ich sehe es schon vor mir. Das wird super«, schwärmte er – schon wieder ganz in seinen Plänen versunken.

Amüsiert ging Annabella zurück in den Laden, um die Maschine sauber zu machen. Jay *war* süß, ob er das hören wollte oder nicht.

Am übernächsten Tag schweiften ihre Blicke immer wieder zum Schaufenster hinaus. Gestern Abend hatte es nochmals geschneit. Der Weihnachtsbaum von Lynnwood Falls – das wahrlich prächtige Exemplar einer Weißfichte – sah aus, als wäre er mit Puderzucker bestäubt. Die Lichter darauf konkurrierten mit den hellen Sonnenstrahlen, die die Fichte regelrecht erstrahlen ließen. Der stahlblaue Himmel bildete einen herrlichen Kontrast zu dem leuchtenden Weiß.

»Deine Augen strahlen genauso wie der Baum«, raunte Jay ihr ins Ohr.

Sie zuckte zusammen, sie hatte ihn gar nicht kommen hören. »Hey, du Puma! Schleichst dich so heran!« Sie deutete nach draußen. »Welch ein herrlicher Tag! Da juckt's mir in den Fingern zu malen.«

»Worauf wartest du noch? Wir können in der Küche gut mal eine Pause einlegen und übernehmen den Laden. Und du machst dich ein paar Stunden vom Acker. Freitags ist doch über Mittag nicht ganz so viel los; das kriegen Mathilda und ich gut hin. Zum Nachmittagsgeschäft bist du wieder da.«

Annabella zögerte. »Bist du dir sicher?«

»Logisch. Oder traust du uns das nicht zu?«

»Doch, natürlich!«, beeilte sie sich zu versichern.

Er nahm sie bei den Schultern und schob sie in Richtung Hintertür. »Dann los, zieh dir was Warmes an und mach, dass du fortkommst.

Sie drehte sich um und drückte ihm ein Küsschen auf die Wange. »Danke. Für alles!«

Er strich ihr eine Haarsträhne aus dem Gesicht – eine zärtliche Geste, die ein warmes Gefühl in ihrem Bauch verursachte.

In Windeseile hatte sie sich umgezogen, die Staffelei eingepackt und eilte nach draußen. Der frisch gefallene Schnee knirschte unter ihren gefütterten Stiefeln, als sie zu ihrem Parkplatz eilte. Obwohl sie den Duft nach Weihnachtsgebäck liebte, der gerade täglich ihr Café erfüllte, sog sie genießerisch die kalte Winterluft ein. Sie fühlte sich fast ein wenig sündig, einfach so mitten am Tag die Arbeit zu schwänzen. Aber vielleicht hatte Jay recht: Sie musste ab und zu etwas für sich tun. Kylie würde ihm sofort zustimmen. Sie war schon gespannt, was ihre Freundin nach der Rückkehr vom Skifahren für ein Gesicht machen würde, wenn sie die Neuigkeiten erfuhr.

Annabella zog die Haube von ihrem Corolla und schüttelte den Schnee herunter. Zum Glück sprang der Motor gleich an. Nun war sie dankbar, dass Ian ihr die Schneeketten aufgezogen hatte; die Straßen waren noch nicht vollständig geräumt. Auch wenn sie das Rattern auf dem schneebedeckten Asphalt immer etwas nervös machte. Sie lenkte den Wagen hangaufwärts, vorbei an der *Cooper-Farm*, die Ryan zu einem Gnadenhof umfunktioniert hatte. Passierte das weitläufige Gelände der Legrands. An einer kleinen Ausbuchtung hielt sie an. Von hier aus hatte sie einen weitläufigen Ausblick über das Tal von Lynnwood Falls. Das gleißende Sonnenlicht ließ den Ort fast unwirklich erstrahlen.

Ihr Herzschlag beschleunigte sich. Die ebene Stelle, an der sie die Staffelei aufbaute, lag an der Grenze zwischen den Cooper- und den Legrand-Grundstücken, gehörte zu Legrands *Big Cattle Farm.* Aber niemand würde ihr einen Strick daraus drehen, dass sie hier fremdes Land betrat, da war sie sich sicher. Sie schlüpfte in ihre Halbfinger-Handschuhe und bewunderte dabei den Adler, der über dem Wald seine Kreise zog. Die Silhouette hob sich gegen den stahlblauen Himmel ab.

Schnell schoss sie mit dem Handy ein Foto. Ihr Blick fiel auf die kleine Holzbrücke, die sich über den Williams Creek zog. Im Sommer ein Ort, um ein Buch zu lesen und die Seele baumeln zu lassen. Die alte Papiermühle lag schräg hinter ihr. Sie hatte sie schon im Herbst, in Nebel gehüllt, gemalt. Ein Winterbild wäre sicherlich auch schön, vor allem bei diesem Traumwetter. Doch die Mühle würde sie besser von unten aus der Nähe malen. Unwillkürlich schweiften ihre Augen auch zur McGinty-Farm, die im Südosten lag. Und redete sich ein, dass ihr Blick länger darauf verweilte, weil sie nun schließlich auch Jays Zuhause war. Stand dort etwa Wills Ford? War er schon wieder zurück? Wieso war er nicht vorbeigekommen? Energisch verdrängte sie die Enttäuschung und riss sich von dem Anblick los.

Sie sollte die Mittagssonne nutzen. Schließlich wollte sie schon seit Langem ein Gemälde von ihrem Heimatort haben, hatte sich bislang jedoch nicht getraut, sich öffentlich beim Malen zu zeigen. Und seit sie die Fotografien auf der *Cooper-Farm* gesehen hatte – Lynnwood Falls in allen vier Jahreszeiten – träumte sie davon, dies als Gemäldeserie zu realisieren. Heute war der ideale Tag, um damit zu beginnen.

Schnell schoss sie einige Fotos und Panoramaaufnahmen mit ihrem Handy, um hinterher noch einen Anhaltspunkt zu haben. Aus der Perspektive wirkten die schneebedeckten bunten Häuser wie eine Spielzeugstadt. Aus einigen Kaminen quollen Rauchwolken wie Zuckerwatte und trugen den Geruch nach Holzfeuer zu ihr.

Schon nach kurzer Zeit war sie völlig in ihre Arbeit vertieft. Der Stift flog über die Leinwand, auf der sie grob den Rahmen und Aufbau vorskizzierte. Auch der Adler fand seinen Platz auf dem Gemälde. Die bewaldeten Hänge, der felsige Steilabbruch hinter Tuckers Gelände, der *High Meadows Farm* – jedes Detail saugte sie regelrecht in sich auf, und ihre Hand brachte es wie von selbst auf die Leinwand. Die umliegenden Geräusche blendete sie aus. Motorenlärm, das Schlagen einer Axt in Holz, irgendwo kreischte auch eine Säge. Aus den Ställen klang gedämpft gelegentlich Muhen, Blöken oder Wiehern zu ihr herauf.

Ein Bellen und das gedämpfte Klappern von Hufen erregte ihre Aufmerksamkeit. Am Williams Creek entlang galoppierte ein Mustang mit Reiter über die Ebene. Die Mähne flatterte im Wind. Reiter und Pferd verschmolzen regelrecht ineinander; sie schienen eine Einheit zu bilden. Sie strahlten so viel ungezähmte Kraft aus, dass Annabellas Herzschlag sich regelrecht überschlug. Ohne darüber nachzudenken, zoomte sie mit dem Handy, so weit es ging, heran und startete eine Videoaufnahme. Auch ohne Zeus, der mit wehendem goldenen Fell förmlich neben den beiden herflog, hätte sie sofort erkannt, dass Will der Reiter war. Nur er besaß hier solch einen wundervollen Mustang. Sie filmte, bis die drei im Wald verschwanden. Welch ein Anblick! Das hätte sie gern auf Leinwand festgehalten, vielleicht ließ sich etwas aus dem Film machen.

Annabella musste sich regelrecht zwingen, sich wieder auf ihr aktuelles Gemälde zu konzentrieren, das ihr im Gegenzug dazu beinahe farblos erschien.

Annabella konnte nicht sagen, wie viel Zeit vergangen war, sie hatte sich schon wieder völlig in ihrem Bild verloren und war bereits dabei, das Blau für den Himmel zusammenzumischen, als sich wieder Hufgetrappel näherte. Dieses Mal von der Anhöhe hinunter. Will musste durch den verschneiten Wald geritten sein.

Für einen Moment war sie versucht, ihre Staffelei zusammenzuraffen und zu flüchten, doch dann zwang sie sich, die Farbe weiter in gleichmäßigen Tupfen aufzutragen. Sie sah erst auf, als Zeus auf sie zustürmte und sie schwanzwedelnd begrüßte und Will seinen Hengst neben ihr zügelte. Reiter, Pferd und Hund stießen voluminöse Dampfwolken in die kalte Luft – alle drei wirkten gelöst. Das Strahlen in Wills Augen, die im Widerschein des Himmels fast bläulich wirkten, ging ihr unter die Haut.

»Hi, Annabella!« Sein Lächeln war eher verhalten, vielleicht auch unsicher.

Warum wollte ihr das Bild von ihm im Anzug nicht aus dem Kopf gehen? Und der Gedanke, dass sie ihm vielleicht doch nicht so unwichtig gewesen war wie befürchtet?

»Hi, Will!« Schnell bückte sie sich zu Zeus, um den Hund zu kraulen. Sein Fell dampfte, der Körper war warm. Der Golden Retriever schien sich tatsächlich zu freuen, sie zu sehen.

Will sprang vom Pferd und klopfte ihm den Hals. »Brav, Running Wild. Du bist mein Bester.« Der Schmelz in seiner Stimme ließ eine wohlige Gänsehaut über ihren Rücken rieseln.

»Kann ich ihn streicheln?«

Will packte ihn an der Trense und tätschelte ihm beruhigend die Wange. »Jetzt schon.«

Vorsichtig fuhr Annabella dem Mustang mit den unbedeckten Fingerspitzen über die weichen, warmen Nüstern. »Du bist also Running Wild. Der Name passt hervorragend. Ein schönes Tier.«

Der Hengst schnaubte leise einige Wölkchen in die klare Luft.

Sie lachte. »Schönheit ist dir wohl nicht so wichtig? Ein kraftvolles, ungestümes Tier vielleicht?«

Nun erklang ein leises Wiehern.

Will stimmte in ihr Lachen ein. »Das scheint ihm besser zu gefallen.« Er schob mit dem Stiefel den Schnee beiseite, bis einige kurze Grashalme durch die Schneedecke lugten. Dann ließ er die Trense los. Running Wild drückte mit der Oberlippe den restlichen Schnee weg und riss vorsichtig einige Halme mit den Zähnen ab. Die Mähne fiel ihm dabei in die Stirn. Ohne nachzudenken griff Annabella nach Bleistift und Block und skizzierte den Anblick grob mit einigen Strichen.

Will hob unterdessen einen Kiefernzapfen auf, der von den umstehenden Bäumen herabgefallen war, hielt ihn Zeus zum Schnuppern hin und warf ihn ihm im hohen Bogen ins Feld. Freudig kläffend rannte Zeus hinterher.

Will trat an die Rohskizze ihres Gemäldes. »Du malst noch?«

»Ja, ich … baue es gerade wieder etwas aus«, gestand sie,

ohne mit der Skizze aufzuhören. »Musst du dein Pferd nicht anbinden?«

»Nein, Running Wild bleibt bei mir«, gab Will schlicht zurück. Er grinste. »Sonst würde Zeus ihn wohl auch aufhalten.«

In dem Moment kam der Goldie stolz mit dem Kiefernzapfen zurück. *Alle bleiben freiwillig bei Will. Sie wissen, dass es ihnen bei ihm gut geht*, schoss es ihr durch den Kopf.

»Wie läuft's denn mit Jay?«, erkundigte sich Will, während er den Zapfen abermals warf, doch der Plauderton konnte nicht darüber hinwegtäuschen, dass er ihrer Antwort entgegenfieberte.

»Super! Wirklich super! Er ist ein Gott in der Küche.«

Um Wills Mundwinkel zuckte es, und sie musste ebenfalls lachen. Wie sich das anhörte! Wärme stieg in ihre kalten Wangen.

»Also ich meine, er backt göttlich«, korrigierte sie schnell. »Bringt sich ein. Ist ein Arbeitstier – und dabei auch noch ständig gut gelaunt. Ich bin wirklich heilfroh, dass er bei mir ist.«

»Das freut mich sehr!« Nun klang Will erleichtert.

Sie lächelte ihn an. »Mich auch.« Verlegen spielte sie mit ihrem Pinsel. »Er ist auch schuld, dass ich jetzt mitten am Tag hier bin. Er hat mir einfach ein paar freie Stunden verordnet.«

»Sehr gut! Das hast du dir verdient!« Will nickte anerkennend. »Du solltest unbedingt mehr aus deinem Talent machen!«

»Ich hatte nicht so viel Zeit die letzten Jahre. Der Aufbau des Cafés …«

»Aber es ist doch echt schade, wenn du dieses Talent vergeudest«, beharrte er. »Das könntest du beruflich nutzen. Ich hatte eigentlich immer damit gerechnet, dass du mal etwas Künstlerisches machen wirst. Oder auch in die Literatur gehst – vielleicht Lektorin wirst.«

Sie versteifte sich. »Es mag vielleicht seltsam klingen. Ich weiß, dass der Betrieb eines Cafés intellektuell vielleicht nicht so hoch angesehen wird, doch …«

»Hältst du mich für einen Snob?« Er runzelte die Stirn. »Das wollte ich damit überhaupt nicht ausdrücken! Ich weiß, wie clever du bist. Ich bin auch nicht der Ansicht, dass das kein intellektueller Job ist. Ich weiß, was da alles dahintersteckt. Du bist Kauffrau, Bäckerin, Entertainerin, Designerin und vermutlich manchmal auch Psychotherapeutin in einem.«

Unwillkürlich musste sie schmunzeln. Sie nickte, doch er sprach schon weiter

»Sich ständig etwas Neues zu überlegen kostet sicherlich viel Hirnschmalz. Du musst auch auf die schwierigen Kunden eingehen. Die Ausstattung, die du so liebevoll gestaltest, macht jedem Innenarchitekten alle Ehre. Ich möchte um Himmels willen nicht, dass du das Café aufgibst – dafür würden mich einige hier in Lynnwood Falls steinigen.« Sein Grinsen war nun irgendwie süß. »Ich war nur neugierig, wie du auf die Idee gekommen bist, ein Café zu eröffnen.«

»Während meines Studiums in Paris habe ich in einem Straßencafé gearbeitet. Und die Arbeit hat mir Spaß gemacht. Damals kam mir schon der Gedanke, dass so etwas in Lynnwood Falls eigentlich fehlt: ein schönes Café. Ich wollte Kunst und Kulinarisches vereinen. Wichtig waren mir frische Zutaten von lokalen Bauern.«

»Das ist klasse«, warf er ein.

»Natürlich war es ein Wagnis, auf dem Land, wo die Leute ständig auf ihren Farmen beschäftigt sind, so etwas – eher Gediegenes – zu eröffnen. Aber ich fände es falsch, die Bewohner von Lynnwood Falls zu unterschätzen, nur weil viele davon Farmer sind. Heutzutage haben die meisten studiert …«

Will, der ihr sichtlich interessiert zugehört hatte, unterbrach sie lachend. »Das brauchst du mir nicht zu erzählen. Ich werde oft mit juristischem Fachwissen überrascht, das mir die Ohren schlackern lässt.«

»Wieso bist du eigentlich nicht in die Literatur gegangen?«, konnte sie die neugierige Frage nicht unterdrücken. »Offen gestanden hatte ich gedacht, ich bekomme irgendwann einmal ein Buch von dir zu lesen …«

»Du lieber Himmel! Nur weil ich gern lese, heißt das nicht, dass ich auch gut schreiben kann.«

»Deine Artikel in der Schülerzeitung waren immer klasse.«

»Kurze Texte gehen. Ich hätte vielleicht Journalist werden können, das hätte mich auch interessiert. Aber heute bin ich froh, wenn ich meine Plädoyers einigermaßen geschmeidig formuliert bekomme.«

»Du hättest ja auch Literaturprofessor werden können, wie unser guter alter Harris.« Annabella kicherte bei dem Gedanken an ihren ehemaligen Lehrer, der es nie geschafft hatte, sich die braunen Stoffhosen nicht mit Kreide zu beschmieren – manchmal vorn am Schritt, was immer für viel Heiterkeit unter den pubertierenden Schülerinnen und Schülern gesorgt hatte.

Will stimmte ein, und für einen Moment wurden sie auf den Campus zurückkatapultiert. Die Distanz schmolz.

Das ermutigte sie zu der nächsten Frage. »Wie kamst du auf Jura? Davon hattest du früher nie etwas erwähnt.«

Will zuckte verlegen mit den Schultern. »Irgendwie hatte ich mir eingebildet, ich könnte damit für Gerechtigkeit sorgen.«

»Und? Bist du damit zufrieden?«

Nachdenklich blickte er nach oben, und wieder wurden seine Augen von einem bläulichen Schimmer überzogen. »Ja, ich denke schon. In den meisten Fällen. Oft gibt es ja wirklich spannende Projekte. Aber zurück zu dir …«

Typisch Will! Er mag es nicht, wenn man über ihn spricht!

»Ich finde, du musst dein Talent trotzdem unbedingt nutzen. Wieso hört und sieht man nie was von dir? Auch wenn es nur ein Hobby ist.«

»Hast du dich mit Kylie, Jay, Hope, Elly und Becky verschworen? Die liegen mir damit auch in den Ohren.« Sie blies die Wangen auf.

In einer scherzhaften Geste legte Will die in Lederhandschuhen steckenden Hände zusammen und schielte nach oben. »Dem Himmel sei Dank, ich bin nicht allein.«

Sie stieß ihn gegen die Brust. »Blödmann.«

Über sich selbst erschrocken nahm sie die Hand wieder zurück. Hatte der ungezwungene Umgang mit Jay sie plötzlich Will gegenüber mutig werden lassen? Oder lag es an der Tatsache, dass sie sich gerade zum ersten Mal wieder vertraulich unterhalten hatten? Es war eine Premiere gewesen, dass sie ihn seit damals wieder einmal berührt hatte. Obwohl eine dicke Daunenjacke und ihr Handschuh zwischen seiner Brust und ihrer Hand gelegen hatten, prickelte ihre Handfläche plötzlich.

Seine Augen verdunkelten sich für einen Moment, als hätte sich eine Wolke vor die Sonne geschoben. Hatte er gerade das Gleiche gedacht?

Schnell sagte sie das, was ihr als Erstes in den Sinn kam: »Ich habe mich stilistisch noch nicht festgelegt. Sehr gern würde ich mich auch in Aquarell-Malerei versuchen. Aber damit habe ich wenig Erfahrung. Vielleicht sollte ich mal einen Kurs besuchen?«

»Ich glaube zwar nicht, dass du einen Kurs nötig hättest, aber das *Maine Art College* in Portland bietet so etwas doch sicher an? Oder haben sie strenge Aufnahmebestimmungen?«

»Ich muss mich mal schlaumachen!«

Will wirkte nachdenklich. »Das klingt doch gut!«

»Aber jetzt muss ich erst mal sehen, was mit meinem Café ist …« Sie sah ihn fragend an. Vor lauter Angst vor der Antwort hatte sie das Problem hinausgeschoben, doch nun drückte die Sorge sie zu sehr.

»Ich hatte Jay vorher schon geschrieben, dass ich nach Feierabend vorbeikommen werde, um mit dir zu sprechen.«

»Okay?« Dass sie von einem Fuß auf den anderen trat, lag nicht nur an der Kälte.

Nun war sein Lächeln voller Wärme. »Du darfst dein Café behalten.«

Zischend ließ sie die Luft aus den Lungen strömen. Sie schloss die Augen. »Danke!«, hauchte sie schließlich. Der Felsbrocken, der ihr vom Herzen rollte, ließ sie auf einmal wesentlich freier atmen. Glücksperlen sprudelten in ihr auf. Sie durfte ihre Heimat behalten! Am liebsten hätte sie vor Freude getanzt.

Wieder wurde der Drang, Will dafür um den Hals zu fallen, fast übermächtig. Lediglich die Schüchternheit, die sie in seiner Gegenwart so oft verspürte, hielt sie zurück. »Wie hast du das geschafft?«

»Ich konnte sie überzeugen, dass niemand in Lynnwood Falls in einen Laden gehen wird, in dem Leute *von auswärts* unsere Einwohner verdrängt haben.« Sein schelmisches Grinsen ließ ihren Herzschlag holpern. »Sie werden in Richtung Freeport ausweichen.«

»Sehr gut!« Trotz des Lächelns, das sich unwillkürlich auf ihr Gesicht schlich, konnte sie das bange Gefühl in ihrem Inneren nicht unterdrücken. »Und was ist mit der Miete?«

»Wird keinesfalls höher.« Nun wandte er den Kopf ab, beobachtete scheinbar konzentriert Zeus, der im Schnee herumschnüffelte und nach dem Kiefernzapfen suchte. »Ich … es wird einen neuen Eigentümer geben.«

»Oh! Und …«

»Die Mietverträge werden in Ordnung sein«, beruhigte er sie sofort, als hätte er ihren Einwand vorausgesehen.

»Aber?« Irgendwas lag ihm noch auf der Seele.

»Hast du …«, er räusperte sich. »Hast du dir schon mal überlegt, ob *du* das Haus nicht kaufen möchtest?«

»Ich?« Vor Verblüffung wäre ihr beinahe der Skizzenblock aus der Hand gefallen. Erst jetzt fiel ihr auf, dass sie ihn immer noch mit der Linken umklammert hielt. Vorsichtig ließ sie ihn auf das aufgeklappte Arbeitstischchen sinken, auf dem auch die Palette lag, auf der die Farbe so langsam festtrocknete. Geistesabwesend rührte sie mit dem Pinsel in dem Blauton, um ihn streichfähig zu halten. »Ich … darüber habe ich mir noch gar keine Gedanken gemacht«, gestand sie.

»Ich habe es mal ausgerechnet. Wenn du deine Wohnungsmiete und die Miete des Cafés zusammennimmst, hast du eine hohe monatliche Belastung. Die könntest du auch gut nutzen, um einen Kredit für das Haus damit abzubezahlen. Und wenn du die Wohnung im ersten Stock vermietest, hättest du noch zusätzliche Einnahmen, die eine Abzahlung beschleunigen würden.«

Was sich im Moment beschleunigte, war ihr Herzschlag. Nicht nur wegen Wills Blick, in dem sich Wärme und Vorsicht spiegelten. *Ein eigenes Haus? Mein eigenes Haus? Ein Café, das mir niemand mehr wegnehmen kann?*

»Du überwältigst mich.«

Wieder zuckte es um seine Mundwinkel. Dennoch blieb er ernst, als er sagte: »Denk einfach in Ruhe drüber nach. Du musst dich nicht sofort entscheiden.«

Tausenderlei Gedanken wirbelten durch ihren Kopf. »Aber brauche ich nicht Geld für eine Anzahlung? Die Beerdigungskosten meiner Mom waren hoch und ich … Weißt du, wir hatten nie ein eigenes Haus. Mein Dad war großartig, doch vom Sparen hielt er nicht viel. Meine Mom hat gerade so die Kosten für seine Beerdigung abgestottert, und es war jetzt nichts übrig für …« Herrje, was stammelte sie da? Will musste sie für geistig unterbemittelt halten – die Aussage, dass sie clever war, würde er schnell wieder revidieren.

»Ich weiß, ich habe dich überrumpelt. Aber gerade, als ich deine Bilder sah … Du warst früher schon gut. Ich denke, wenn du ein paar verkaufst, dann hättest du schnell die Anzahlung für das Haus zusammen. Es muss ja nicht sofort sein.«

»Ich … muss sehen, ob mir der finanzielle Druck nicht über den Kopf wachsen würde. Aber es wäre definitiv schön, etwas Eigenes zu haben.«

Er zögerte.

»Was ist? Du hast doch noch was auf dem Herzen?«

»Bin ich so durchschaubar?« Er hob die Mundwinkel.

Leider überhaupt nicht. Ich wüsste gern viel öfter, woran ich bei dir bin! Stattdessen sagte sie: »Im Moment schon!«

Er gab sich sichtlich einen Ruck. »Jay erzählte mir, deine Mutter sei Teilhaberin gewesen …«

»Ja, das …« Annabella ließ den Pinsel sinken, mit dem sie immer noch gerührt hatte. »Denkst du, was ich denke? Du meinst Jay?«

»Es war nur eine spontane Idee von mir. Als Alternative, wenn es dir allein zu viel ist. Jay hat keinen blassen Schimmer davon. Glaub mir, ich schlage das nicht vor, weil er mein Bruder ist. Oder weil ich ihn auf irgendeine Weise bevorteilen möchte. Es wäre nur eine Möglichkeit für dich, um auch dir selbst wieder mehr Zeit für dich selbst zu verschaffen. Man könnte einen Vertrag machen, dass dir der größere Anteil des Cafés gehört. Jay würde es zwar vor mir nie zugeben, weil er denkt, es würde mich verletzen, doch ich weiß, dass er gern eine eigene Wohnung hätte, um richtig auf eigenen Füßen zu stehen. Er könnte zum Beispiel den ersten Stock übernehmen. Man könnte es quasi als Eigentumswohnungen aufteilen. Alles Gedankenspielereien von mir, von denen nichts, aber auch wirklich gar nichts in Stein gemeißelt ist. Er hat absolut keine Ahnung von meinen Ideen! Doch es wären Optionen – so oder so! Mach dir einfach ganz in Ruhe Gedanken. Wenn du es allein stemmen möchtest, ist das großartig und du vergisst den Vorschlag einfach. Wenn du nichts ändern willst, dann mietest du Wohnung und Geschäftsräume weiterhin, und wir suchen dir einen Mieter für den ersten Stock, mit dem du gut zurechtkommst.«

Wir! Wie selbstverständlich er »wir« gesagt hatte! Wärme strömte durch ihren Leib.

»Nein, die … Lösung mit dem Teilhaber klingt tatsächlich nicht schlecht. Jay würde vermutlich ausflippen vor Freude!«

»Das würde er!«, stimmte Will trocken zu.

»Aber du sagtest, es gibt einen neuen Eigentümer?«

»Den könnte es geben. Ich habe da eine Vereinbarung mit den Erben getroffen«, murmelte er ausweichend, und irgendetwas sagte ihr, dass er etwas verborgen hielt, das er ihr aber jetzt nicht mitteilen würde. Doch schließlich hatte sie auch so genug, über das sie nachdenken konnte.

»Ich lasse das Ganze mal sacken.«

»Mach das! Und … bitte sprich zuerst mit mir und sag Jay erst mal nichts davon. Egal, wie du dich entscheidest. Ich weiß, dass er es wollen würde. Aber im Falle eines Falles müsste ich dann an einer Lösung arbeiten, dass er versteht, dass er es auch kann. Finanziell gesehen«, gestand er sichtlich verlegen.

Annabella blinzelte gerührt. Nun erst ging ihr auf, was das bedeutete. Würde Will etwa …?

»Das wäre eine Option, wobei ich fürchte, er würde von mir nichts nehmen. Aber Jay steht noch Geld zu, das er nicht anrühren will. Ich … müsste mir ein paar clevere Argumente zurechtlegen, um ihn zu überzeugen, es anzunehmen«, erklärte Will ausweichend; er musste ihre Überlegungen richtig interpretiert haben. »Ich werde dir auf jeden Fall die nächsten Tage die aktuellen Mietverträge vorbeibringen, damit du etwas in der Hand hast und dich sicher fühlst. Und du sagst mir, falls wir noch etwas unternehmen sollen.«

»Wie kann ich mich denn bei dir erkenntlich zeigen, Will? Du hast jetzt so viel …«

Er winkte ab. »Das passt alles.«

»Und den Flug nach Chicago?«

»Ich hatte dort noch einen anderen geschäftlichen Termin, der mir eine neue Mandantin einbrachte.«

»Aber trotzdem: Ich möchte mich revanch…«

»Ernsthaft jetzt? Du hast meinen Bruder eingestellt! Trotz seiner Vorgeschichte! Das bedeutet mir unendlich viel. Mehr, als du dir je vorstellen kannst!« Er klang heiser. »Du schuldest mir wirklich gar nichts.«

»Dann … danke!« Sie nahm all ihren Mut zusammen und umarmte ihn. Nur für einen Moment. Der lange genug andauerte, dass sie den Hauch des herben Rasierwassers inhalieren konnte, den sie schon in seinem Auto wahrgenommen hatte. Für einen Sekundenbruchteil berührten ihre Fingerspitzen seine dichten Haare, die im Nacken unter der Mütze hervorlugten. Doch sie besaß genug Selbstbeherrschung, nicht die Hand darin zu vergraben, obwohl es so verlockend war. Dann war der Moment vorbei, und auf einmal bemerkte sie die winterliche Kälte.

Die Verlegenheit zwischen ihnen dehnte sich aus, trotzdem war sie nicht in der Lage, den Blick von seinen grauen Augen zu lösen, die sich verdunkelten.

Fast schon abrupt wandte Will sich ab. »Gern geschehen«, sagte er über die Schulter.

»Warte!« Sie musste gerade ihre mutigen fünf Minuten haben.

Er drehte sich zurück. »Ja?«

»Du weißt ja, Jay hat mir alles erzählt …« Sie biss sich auf die Unterlippe. An die Wärme, die bei dem Gedanken an den verzweifelten Will im Anzug mit dem Blumenstrauß durch ihre Eingeweide strömte, hatte sie sich schon gewöhnt. »Was ich damals zu dir gesagt habe, tut mir schrecklich leid, ich …«

»Nein!«, unterbrach er sie mit einer Schärfe, die sie zusammenzucken ließ. »Entschuldige!« Sofort klang er milder. »Du hattest recht. Ich verstehe deine Reaktion, habe sie immer verstanden. Es tut *mir* wirklich unendlich leid, dass ich dich verletzt habe.«

Einen Moment verlor sie sich in seinem Blick, der sich wieder verklärt hatte.

Als hätte Running Wild Wills Anspannung gespürt, warf er schnaubend den Kopf zurück und stampfte auf, und der Hund brachte in diesem Augenblick den Kiefernzapfen wieder zurück, den Will ihm abermals geworfen hatte.

»Ich muss los, meine beiden werden ungeduldig«, murmelte er.

Bevor sie sich eine sinnvolle Erwiderung einfallen lassen konnte, schwang er sich auf den Rücken seines Pferdes und ritt davon, Zeus im Schlepptau. Nur die Abdrücke der Pfoten und die Hufspuren im Schnee und der Hauch von Wills Rasierwasser an ihrer Wange erinnerten physisch noch an die Gegenwart der drei. Sonst hätte sie sich vielleicht tatsächlich gefragt, ob sie nur geträumt hatte.

Will

Lynnwood Falls

Will sicherte das Dossier über seine neue Mandantin, das er gerade angelegt hatte, als jemand anklopfte. Zeus sprang unverzüglich auf und wedelte hechelnd mit dem Schwanz. Sein Goldie erkannte sofort, wer vor der Tür stand.

»Komm rein, Elly«, rief er.

»Hi! Schleicht sich so heimlich in der Mittagspause herein«, beschwerte sie sich lachend. »Und, wie war's? Du hast ihnen also das Haus abgekauft?«

Kurz zögerte er, doch schließlich war Elly durch und

durch vertrauenswürdig. So gern sie manchmal über Begebenheiten aus Lynnwood Falls plauderte – bei anwaltlichen Angelegenheiten nahm sie die Schweigepflicht äußert ernst. »Ich habe es optioniert. Und das Geld vorgestreckt«, korrigierte er. »Mit einer privaten Hypothek auf die Farm. Ich habe es nicht vom Geschäftsguthaben …«

»Hör mal, es geht mich nichts an, ich bin nur angestellt, deshalb kannst du mit dem Geld machen, was du willst. Selbst wenn es so wäre, würde es mich nicht stören.« Elly zog die Nase kraus. »Ich weiß, dass du lieber dein letztes Hemd verkaufen würdest, bevor du uns kein Gehalt mehr zahlen könntest, also bin ich bestimmt nicht besorgt.«

»Das beruhigt mich. Ich habe nicht vor, das Haus zu behalten, sondern Annabella gefragt, ob sie es nicht übernehmen möchte, anstatt Miete zu zahlen. Die monatliche Belastung wäre gar nicht so viel höher. Und wenn sie sich vielleicht noch einen Teilhaber dazunimmt …«

Wenigstens hatte er es nun geschafft, seine Assistentin zu verblüffen, und das war bei Elly gar nicht so einfach. Sie starrte ihn mit offenem Mund an. »Das ist eine großartige Idee! Das heißt, du hast schon mit ihr gesprochen?«

»Ja, ich habe sie gerade zufällig während meines Ausritts getroffen. Sie hat gemalt – oben, in der Nähe der *Big Caddle Farm.*«

»Mit ihren Bildern könnte sie auch echt Geld machen.«

»Sie sagte schon, dass ihr ihr damit in den Ohren gelegen hättet. Ich finde auch, dass ihr das ein schönes finanzielles Polster schaffen könnte. Sie macht sich Gedanken bezüglich des Hauskaufs.«

Elly wirkte zufrieden. »Das klingt nach einem guten Plan. Das hast du hervorragend geregelt – mal wieder!« Sie ging auf ihn zu und küsste ihn auf die Wange. »Du bist ein guter Mensch!«

»Wieso denn das schon wieder?« Lachend schob er sie von

sich. »Ich habe nur meine Arbeit gemacht und den Auftrag erfüllt.«

»Weil du dir Gedanken darum machst, dass es Annabella nicht recht sein könnte, wenn sie erfährt, dass du das Haus gekauft hast. Und weil du ihr so Selbstbewusstsein und einen dringend benötigten Auftrieb gibst, wenn sie etwas wirklich Eigenes hat. Und wenn womöglich Jay mit einsteigt, ist beiden super geholfen. Die perfekte Lösung.«

»Von wegen gutherzig, das ist Unsinn! Wie du sagst, es wäre praktisch. Ich denke nur lösungsorientiert«, wehrte er verlegen ab.

»Du kannst dir selbst was vormachen, aber mir nicht! Du bist ein guter Mensch. Punkt.«

»Genug gelobhudelt.« Er deutete auf die Sitzgruppe. »Warum holst du uns nicht einen Kaffee, und wir besprechen, was in den letzten Tagen so angefallen ist?«

Elly kam mit zwei dampfenden Tassen zurück, der leckere Duft nach Kaffee zog durch den Raum. Dazu stellte sie einen Teller Erdnusskekse auf den hölzernen Tisch.

»Von Annabella … beziehungsweise vermutlich von Jay gebacken«, erläuterte sie, bevor sie gleich zum Thema kam: »Amanda Riley war die Tage hier oben. Sie wollte einen Rat bezüglich eines Fake-Verkaufes im Internet, auf den sie hereingefallen ist. Irgendwelcher Friseurbedarf. Sie wollte wissen, ob sie Klage einreichen kann.« Während Elly ihm die Fälle schilderte, von denen sie – kompetent wie sie war – die meisten schon selbst gelöst oder zumindest fachlich hervorragend vorbereitet hatte, schweiften seine Gedanken immer wieder zu Annabella. Die Freude hatte ein Leuchten in ihr Gesicht gezaubert, das ihn irgendwie anrührte.

Er sagte sich, dass die Wärme in seinem Inneren da herrührte, dass er es erleichternd fand, wenn sich Fälle zur beiderseitigen Zufriedenheit lösten und bald abgeschlossen werden konnten.

Nun musste er nur noch seine Gedanken dazu bringen, auch einen baldigen Abschluss zu finden und das Bild von Annabellas leuchtenden Gesichtszügen zu eliminieren, das sich immer wieder in den Vordergrund schob. Denn schließlich stand sein Entschluss, sich nicht auf eine engere Beziehung einzulassen, felsenfest.

Kapitel 7

Annabella

Lynnwood Falls

»Dich kann man nicht allein lassen. Kaum ist man mal ein paar Tage Ski fahren, ist nichts mehr wie bisher!« Grinsend ließ sich Kylie, deren Galerie wie das Café montags geschlossen hatte, auf Annabellas rotes Sofa fallen.

»Ja, es hat sich einiges getan, das stimmt! Was möchtest du denn trinken?«

»Es ist noch mitten am Tag. Einfach nur ein Wasser, ich hatte genug Alkohol die letzten Tage in den Après-Ski-Bars.« Ihr Grinsen wurde breiter.

»Wie war denn der Urlaub? Du bist schön braun geworden.«

»Ich sagte dir doch, ich werde dich toppen«, flachste Kylie.

»Angeberin! Jetzt erzähl mal.« Sie stellte zwei Wassergläser auf den marmornen Couchtisch.

»Schnee war spitze, es gab Sonne, wir hatten viel Spaß, nette Leute, mit Darren lief es auch okay«, ratterte sie herunter.

»Nur okay?«, hakte Annabella nach.

Kylie winkte ab. »Ach, du weißt ja, wie er ist. Er flirtet gern. Aber wir hatten wirklich eine schöne Zeit.«

Annabella biss sich auf die Lippe. Sie hatte nie einen Hehl daraus gemacht, dass ihr Kylies Freund nicht besonders ans Herz gewachsen war. Er kam ihr immer etwas oberflächlich vor, und am meisten störte sie, dass er niemals zu Kylie kam, wenn Matty da war. Er behauptete, es liege daran, dass er die Geschwister nicht stören und ihnen die Zeit miteinander gönnen wollte, doch Annabella hatte da so ihre Zweifel, ob das tatsächlich der Grund war. Vielleicht tat sie ihm aber auch unrecht, und sie ließ sich von seinem etwas geschniegelten Aussehen täuschen. Andererseits betonte Kylie gelegentlich, dass ihre Beziehung nichts Festes war; sie hatten einfach Spaß miteinander.

»Willst du darüber reden?«

Kylie winkte ab. »Nichts ist so spannend, dass ich Zeit damit vergeuden würde, es auszuführen. Ich platze nämlich schon vor Neugierde zu erfahren, wie es dazu gekommen ist, dass Will nicht mehr dein erklärter Erzfeind ist und dass du davon abgesehen sogar seinen Bruder eingestellt hast und dir überlegst, ihn zu deinem Teilhaber zu machen – in dem Café, das du jetzt nicht mehr verlieren wirst.« Sie ergriff ihre Hand und drückte sie. »Darüber freue ich mich übrigens total!«

Annabella nahm Happy Lee auf, die gerade verzückt die Krallen in ihre Spielzeugmaus jagte, und setzte sich ebenfalls. Sie zögerte. Irgendwie erschien es ihr – selbst vor ihrer allerbesten Freundin – wie Verrat, die ganze Geschichte zu erzählen, die Jay ihr anvertraut hatte. Schließlich entschied sie sich für die Kurzversion: »Wills Vater hatte ihn damals eingesperrt, er konnte gar nicht weg.«

Kylie pustete gegen ihren asymmetrisch geschnittenen Pony. »Uh, das ist bitter! Aber ich hatte ja schon immer so meine Zweifel daran, dass Will dermaßen rücksichtslos sein sollte. Das hat einfach nicht zu ihm gepasst.« Ein schelmisches Lächeln schlich sich auf ihre Züge. »Dann könnt ihr ja eigentlich da weitermachen, wo ihr einst aufgehört habt, und diese Freundschaft weiter ausbauen, oder?«

Annabella hob die Augenbrauen. »Du hast doch gehört, was Ryan an dem Tag gesagt hat, als ihr hier alle im Café gefrühstückt habt? Will ist der überzeugteste Single *ever.* Er scheint auch überhaupt keine Ambitionen in meine Richtung zu hegen.« Sie ignorierte die feine Enttäuschung geflissentlich, die bei diesen Worten in ihr aufstieg.

Doch Kylie kannte sie gut genug; ihr Blick wurde durchdringend. »Und was ist mit *deinen* Ambitionen?«

»Ehrlich gesagt habe ich mir darüber noch keine Gedanken gemacht.« Wenigstens war das die volle Wahrheit. Jegliche Überlegungen in diese Richtung verdrängte sie vehement.

Kylie nickte wissend. »Du willst nicht darüber reden, okay. Dann sag mal: Du überlegst dir also, das Haus zu kaufen. Und weißt nicht, ob du es allein machen oder ob du dir Jay als Teilhaber dazunehmen sollst, wenn ich deine kryptischen Andeutungen auf dem Messenger korrekt verstanden habe, richtig?«

»Genau! Ich denke, ich kann Eigenkapital zusammenbekommen. Und dazu würde ich auf dein Angebot zurückkommen: Bereitet es denn bei einer Ausstellung keine Probleme, dass ich mich nicht auf eine Stilrichtung festlege? Ich habe Bleistiftzeichnungen, Impressionistisches beziehungsweise Post- oder Neoimpressionistisches dabei. Wahre Kunstkritiker suchen einen individuellen Stil, wie ein Warhol …«

»Du weißt nur zu gut, dass auch Andy Warhol als Grafikdesigner von Grußkarten mit Tuschezeichnungen begann«, fiel ihr Kylie lächelnd ins Wort.

»Du hast recht.« Aufgeregt fasste Annabella sich ans Kinn. »Aber ich fürchte einfach …«

Kylie hob abwehrend die Hand. »Du bist gut! Glaub mir! Ich habe in meiner Galerie einige Kunden aus der weitläufigeren Umgebung, von Portland über Freeport, sogar bis hoch nach Augusta. Die Mehrheit sind heimatverbundene Menschen. Wenn sie Maine in einem deiner Bilder erkennen, werden sie zugreifen wollen – ich muss nur an dein Gemälde von der *Carly Martin Memorial Library* denken, das dort an der Wand hängt, ohne dass jemand weiß, dass es von dir stammt!

Das hat die gestrenge Mrs Dubois damals für den Vorraum gekauft, weil es *gut* ist! Für deine Bilder gibt es einen Markt, und der ist nicht klein. Unterschätze das nicht! Das Publikum hier in Maine kannst du nicht mit den Möchtegern-Yuppies vergleichen, die sich am liebsten ein Bild aufhängen würden, das vorher im MoMA ausgestellt wurde, nur um damit angeben zu können. Und – wer weiß – vielleicht hängst auch du eines Tages dort.«

Annabella gluckste. Die Vorstellung, eines ihrer Bilder könnte im Museum of Modern Art in New York ausgestellt werden, amüsierte sie.

Kylie durchschaute sie, mal wieder! »Lach nicht! Du wärst gut genug. An deinem Selbstbewusstsein müssen wir noch arbeiten, daran mangelt es dir wirklich. Mit deinem Stil musst du dich bestimmt nicht verstecken!«

»Okay, okay!« Annabella hob ergeben die Hände. »Ich arbeite an mir!«

»Immerhin haben wir dich so weit, dass ich deine Arbeiten nun ausstellen darf. Lass uns gleich mal auf den Dachboden gehen und aus deinen Beständen eine Auswahl treffen. Vielleicht können wir zum Jahresanfang eine kleine Matinee veranstalten? Wie wäre es in der zweiten Januar-Hälfte?«

»So bald schon?« Annabella blies die Wangen auf.

»Das sind noch rund sechs Wochen. Ich bin überzeugt, danach wirst du mit Anfragen eingedeckt werden.«

»Puh, wie soll ich das alles schaffen?«

Kylie grinste. »Indem du einen Teilhaber mit ins Café nimmst?« Sie strich ihr über die Wange. »Ich denke, das ist die beste Lösung. Du musst dich um keine Lohnnebenkosten kümmern, ihr teilt euch die Ausgaben, jedem liegt daran, dass das Café läuft. Nach dem, was du von Jay berichtet hast, traue ich ihm zwar zu, dass er sich als Angestellter genauso hineinkniet, doch ich denke, die Belastung wird keine höhere sein, als wenn du Gehalt und Zusätze bezahlen musst. Bislang hat das Café ja genug für deine Mom und dich abgeworfen. Wenn du dir unsicher bist, dann bitte Will, eine Klausel in den Vertrag einzubauen, dass du jederzeit das Recht hast, Jays Anteile zurückzukaufen, wenn es wider Erwarten Zwistigkeiten geben sollte.«

In ihrem Inneren war die Entscheidung eigentlich schon längst gefallen, ohne dass sie sich darüber bewusst gewesen war. Dass ihre beste Freundin nun derselben Ansicht war, bestätigte sie nur in ihrem bereits gefassten Entschluss.

»Danke dir, so werde ich es machen. Das ist eine prima Idee.« Sofort fühlte sie Leichtigkeit in sich aufsteigen, die gleichzeitig ein Kribbeln in ihr verursachte. Was sicherlich nicht daran lag, dass sie nun Will kontaktieren musste, um ihm Bescheid zu geben, wie sie sich entschieden hatte.

Sie setzte Happy Lee auf den Boden, wo die Katze sich sofort wieder über die Spielzeugmaus hermachte. »Ich verschwinde kurz ins Bad, danach können wir nach oben ins Studio gehen.«

Auf dem Dachboden hatten sich inzwischen einige ihrer Gemälde angesammelt. Sie suchten zusammen dreißig ihrer besten Werke heraus. Viele hatte sie hier in der Gegend gemalt, aber Kylie bestand auch auf einigen Bildern aus Paris. Dort hatte sie häufig Bleistiftzeichnungen angefertigt.

»Wenn es dir recht ist, nehme ich sie schwungweise mit zu mir und bereite sie für die Ausstellung vor.«

»Okay, gern. Du bist super!«

Kylie grinste. »Ich weiß.«

Nachdem sie die Bilder in Kylies Range Rover verstaut hatten, umarmte Annabella ihre Freundin. »Danke! Für alles!«

»Ach, ich komme so oft mit Liebeskummer und sonstigen Problemchen zu dir, oder du hilfst mir in der Galerie, ich bin doch froh, wenn ich endlich mal was für dich tun kann!«

Gedankenverloren ging Annabella zurück ins Haus. Bevor

sie der Mut verlassen konnte, zückte sie ihr Smartphone und wählte Wills Nummer.

Als das Freizeichen erklang, fragte sie sich, ob es ihm überhaupt recht war, dass sie ihn auf dem Handy kontaktierte. Schließlich hatte er ihr die Nummer nicht offiziell gegeben. Sie besaß sie nur deshalb, weil sie von seinem Handy damals im Wald auf ihrem Mobiltelefon angerufen hatte. Sie hatte sie anschließend einfach gespeichert. Die Hitze schoss ihr ins Gesicht. Wieso hatte sie nicht lieber im Büro angerufen?

Doch bevor sie auflegen konnte, meldete er sich bereits: »Hallo, Annabella!«

Ihr Herz fing an zu rasen. Er hatte also auch ihre Nummer auf seinem Handy gespeichert, sonst hätte er nicht auf Anhieb gewusst, wer da anrief. Ob sie wohl in seinem Telefonbuch auch einfach »Annabella« war, wie die Shirleys, Sallys und Karens, oder bekamen nur Frauen, mit denen Will geschlafen hatte, in den Genuss dieses Privilegs?

Ihr Mund wurde so trocken, dass sie keinen Ton herausbrachte.

»Was kann ich für dich tun?«, fragte er schließlich.

»Ich habe mich entschieden«, brachte sie endlich heraus. »Der Hauskauf mit Teilhaberschaft wäre perfekt.«

»Das freut mich.« Er klang tatsächlich erfreut. »Wann sollen wir die Verträge machen?«

»Hast du heute Zeit? Das Café hat geschlossen und …« Verlegen verstummte sie. War sie zu forsch gewesen? Hätte sie ihn eine Uhrzeit vorschlagen lassen sollen?

»Um halb drei habe ich einen Termin, aber ich könnte jetzt noch kommen, wenn es dir passt.«

»Das wäre ganz super!« Dann hatte sie danach den Kopf frei zum Malen. Ihr Blick fiel auf die schwarze-rot-weiße Wanduhr, die mit Pariser Motiven verziert war. Es war halb zwölf. »Möchtest du etwas essen? Ich habe noch Irish Stew im

Gefrierschrank?« Für jemanden mit irischen Vorfahren musste das doch verlockend klingen.

Eine lange Pause folgte.

Am liebsten hätte sich Annabella auf die Zunge gebissen. Wie blöd war das denn gewesen? Es war kein Rendezvous, sie machten einen Vertrag. »Nein, du hast vermutlich schon andere Pläne. Ich dachte nur, nicht, dass du hungrig zu deinem nächsten Termin …«

»Das ist lieb von dir, doch ich esse kein Fleisch«, unterbrach er sie – und nun klang *er* verlegen.

Annabella hätte sich am liebsten gegen die Stirn geschlagen. Natürlich! Das wusste sie doch eigentlich! »Ich habe auch noch zwei Portionen von Mathilda Moffatts berühmtem Kartoffeleintopf, da sind sonst nur Lauch, Zwiebeln und Karotten drin«, schlug sie kleinlaut vor.

»Das hört sich lecker an, dazu sage ich nicht Nein.« An seiner Stimme konnte sie hören, dass er lächelte. »Dann bin ich so in einer halben Stunde bei dir, okay?«

Aufregung ergriff von ihr Besitz. »Einfach bei mir oben läuten!«

»Das mache ich.«

»Klasse, bis gleich!« Sie legte auf.

Direkt darauf klingelte ihr Handy. *Will ruft an!* Hatte sie noch etwas vergessen?

»Ja?« Wieso klang sie nur so dämlich atemlos?

»Ähm, ich bin's noch mal. Ich wollte nur fragen, ob ich Zeus mitbringen darf? Oder soll ich ihn bei Elly lassen?«

»Bring ihn sehr gern mit! Wenn er kein Problem mit Katzen hat?«

»Bislang noch nie.«

»Okay. Auch für Zeus gibt es was; ich habe Hunde-Plätzchen aus Hackfleisch und Getreide gebacken.«

Wills Lachen und seine Bemerkung: »Du bist genial!«, gingen ihr unter die Haut. »Dann bis gleich!«

»Ja!« Dieses Mal wartete sie, bis er nach einem kurzen Abschied auflegte.

Ihr Blick fiel auf ihr Wohnzimmer. So sehr sie im Café auf Sauberkeit und Ordnung achtete – so gern ließ sie das mit dem Aufräumen in ihrer Wohnung manchmal schleifen.

Eilig raffte sie die Bücher zusammen und räumte sie an ihren Platz im Regal. Die Zeitschriften stopfte sie in den verchromten Zeitschriftenständer. Die leeren Gläser trug sie in die Küche und stellte sie in die Spülmaschine.

Sie scheuchte Happy Lee auf, die es sich auf ihrer schwarzen Decke bequem gemacht hatte. »Wir müssen alles hübsch herrichten. Will kommt gleich«, informierte sie sie. Eilig öffnete sie das Fenster und schüttelte die Decke aus, auf der Haare von ihr und Happy Lee hafteten, bevor sie sie zusammenlegte.

Hektisch lief sie danach ins Bad. Hier hingen noch die Arbeitsklamotten vom Vortag. Sie hastete ins Schlafzimmer und warf sie auf den bereitstehenden Kleiderbutler. Das Bett hatte sie am Morgen noch nicht gemacht. Sie schnappte sich die Bettdecke und faltete sie, bis ihr auffiel, wie albern das war. Ganz bestimmt würde Will nicht in ihr Schlafzimmer kommen. Die Hitze, die sich bei diesem Gedanken von ihrem Bauch im ganzen Körper ausbreitete, ignorierte sie geflissentlich – sie musste sich sputen. Als sie an sich heruntersah, bemerkte sie, dass sie eine alte Leggins und einen ausgeleierten Stickpullover trug – ihre Mal-Kleidung.

Also riss sie sich die Klamotten vom Leib, eilte ins Bad, fuhr sich mit dem Deoroller über die Achseln, putzte sich noch einmal flugs die Zähne, bevor sie wieder zurück ins Schlafzimmer flitzte und in eine schwarze Röhren-Jeans schlüpfte. Sollte sie den taubenblauen Pullover wählen? Nein, den kannte Will ja schon – den hatte sie an dem Abend im Wald getragen. Der weinrote Kaschmir-Pullover mit dem U-Boot-Ausschnitt stand ihr auch gut. Das Material schmiegte sich eng an ihren Körper, und der seitliche Ausschnitt rutschte ihr gelegentlich über die Schulter, gab den Blick auf den Träger ihres schwarzen BHs frei. War das zu aufreizend? Doch jetzt hatte sie keinen Nerv, etwas anderes herauszusuchen.

Sie öffnete rasch ihr Schmuckkästchen und suchte nach der passenden Kette. Da war sie, ganz unten. Die großen Steine in dunklen Aubergine- und Beigetönen harmonierten hervorragend. Es blieb jetzt keine Zeit, alles wieder zurückzuräumen, aber schließlich würde Will ja diesen Raum nicht betreten.

Zurück ins Bad! Haare öffnen, die ihr nun über den Rücken fielen. Der grobzinkige Kamm verfing sich in ihren blonden Locken – Annabella riss daran, ignorierte das Ziepen. Ihre Hand zitterte, als sie Eyeliner auftragen wollte. Prompt malte sie daneben. Wischte alles wieder mit einem getränkten Wattepad ab. Sie schloss die Augen und zwang sich, ruhig durchzuatmen. Dann zog sie einen schmalen schwarzen Strich – ohne zu verwackeln. Anschließend applizierte sie weinroten Lipgloss. War das zu dick aufgetragen?

Sie riss ein Stück Toilettenpapier ab und presste es gegen ihre Lippen. So. Nur noch ein schwacher Glanzschimmer. Besser. Nicht, dass Will noch auf die Idee kam, sie hätte sich extra für ihn hübsch gemacht. Es musste zufällig wirken. Mit den Händen zerzauste sie ihr Haar wieder etwas – doch nun sah sie aus, als wäre sie gerade erst aufgestanden. Schnell hatte sie mit dem Kamm ein Mittelmaß gefunden. So.

Das Essen! Sie musste die Suppe in die Mikrowelle stellen! Im Schweinsgalopp ging es in die Küche. Annabella zog die Schublade des Gefrierschranks auf. Wo war die Suppe nur? Da! Sie drückte den Inhalt in eine Porzellanschüssel und stellte diese in die Mikrowelle zum Auftauen. Dann schnitt sie ein paar Stängel Schnittlauch aus dem Topf auf ihrem Fensterbrett ab, hackte ihn, um ihn nachher als Deko darüberzustreuen, und nahm einen Becher Sauerrahm aus dem Kühlschrank zum Verfeinern.

Ihr Puls war nun im roten Bereich angelangt, und sie atmete tief durch. Erschöpft ließ sie sich im Wohnzimmer einen Moment aufs Sofa fallen. Happy Lee hüpfte auf ihren Schoß. »Na, Sweetheart! Welch eine aufregende Zeit momentan!« Die Katze zog genüsslich die Augen zu Schlitzen zusammen und begann zu schnurren. »Du hast recht, meine Süße. Genießen wir einfach alles Gute!«

Annabellas Puls, der sich gerade wieder etwas beruhigt hatte, schnellte sofort in die Höhe, als es kurz darauf an ihrer Tür läutete. Will schien zu Fuß gekommen zu sein. Seine Wangen waren gerötet, und er und Zeus strahlten Kälte aus. Annabella war froh, dass er den Hund mitgebracht hatte; so konnte sie sich nach einem kurzen »Hi« ausgiebig mit Zeus beschäftigen, der sie freudig begrüßte.

Will hielt den Hund am Brustgeschirr fest. »Warte, mein Junge, erst die Pfoten sauber machen.« Er zog ein Tuch aus der Jackentasche.

»Schon okay, ich habe ohnehin noch nicht gewischt«, gestand sie.

»Aber er soll sich ruhig angewöhnen, dass man sich die Füße abtritt, wenn man ins Haus kommt.« Will zeigte sein süßes Grinsen, das immer ihren Herzschlag holpern ließ.

Es war aber auch zu putzig, wie der Goldie seinem Herrchen Pfote für Pfote zum Abputzen reichte.

Annabella deutete auf den lebensgroßen metallenen englischen Butler, der neben der Eingangstür stand. »Hier kannst du ablegen.«

»Coole Garderobe.« Will grinste.

Ihr selbst verging dafür das Lachen, als er die Jacke auszog. In dem schwarzen Rollkragenpullover und der eng sitzenden schwarzen Jeans sah er ziemlich sexy aus.

Annabella trat einen Schritt nach hinten und wäre dabei

beinahe über Happy Lee gestolpert, die natürlich den Besuch auch begrüßen wollte. Reflexartig griff sie nach Wills Oberarm, während er ebenfalls nach ihr hatte greifen wollen. Dabei schob sie seine Hand beiseite, die dafür ihre Brust streifte. Seine Oberarmmuskeln verspannten sich, und er sog hörbar die Luft ein, während Hitze in Annabella aufwallte.

Sein hervorgestoßenes »Sorry« war verdammt heiser.

Für einen Augenblick standen sie beide wie erstarrt da, bis Annabella abrupt seinen Arm losließ. Zum Glück lockten Zeus und ihre Katze die Aufmerksamkeit auf sich.

»Äh! Das ist Happy Lee. Zwei Worte«, setzte sie automatisch hinzu.

»Ein schöner Name! Sollen Calicos nicht auch Glück bringen?« Wills Lächeln wirkte ebenfalls noch etwas angespannt.

»Genau.« Wieso wunderte es sie nicht, dass er das wusste?

Annabella beneidete ihre Katze glühend, als Will sie sanft streichelte.

Zeus kam näher, beschnupperte Happy Lee und stupste sie begeistert mit der Schnauze an. Sie drehte zuerst in einer arroganten Haltung den Kopf weg, dann hob sie die Tatze und tippte dem gut doppelt so großen Hund auf die Nase, woraufhin er sie abermals mit der Schnauze anstupste.

Es war süß mitanzusehen, wie die beiden sich vorsichtig annäherten. Happy Lee warf sich auf den Rücken und spielte mit den Vorderpfoten mit Zeus Ohr, dass es hin und her schlackerte. Das sah nur zu allerliebst aus.

»Ich wärme die Suppe kurz auf.« Annabella deutete auf den schwarz lackierten Holztisch, der ihr als Essplatz diente. »Setz dich ruhig solange, ich bin sofort wieder da. Was möchtest du denn trinken? Ich habe eigentlich alles da.« Sie hob die Mundwinkel. »Was nicht oben ist, kann ich im Café holen.«

»Einfach ein Wasser, bitte.«

»Mit Eis und Zitrone?«

»Klingt super!«

Als sie mit den Getränken und einer Schüssel mit Wasser für Zeus zurückkam, stand Will vor ihrem Bücherregal. Mit einem anerkennenden Nicken drehte er sich zu ihr um. »Schön hast du es hier!« Er machte eine weit ausholende Geste durchs Zimmer. »Dein Sinn für Stil ist einfach unglaublich.«

Ihr Herzschlag beschleunigte sich. War sein Blick gerade auch anerkennend über sie gestreift?

Oder machte er nur Small Talk? Im Grunde war die Wohnung nichts Besonderes. Das rote Dreiersofa mit den hohen Arm- und Rückenlehnen hob sich farblich schön von dem anthrazitfarbenen Boden ab. Sie hatte zwischen viel Schwarz und Weiß immer wieder farbige Akzente gesetzt. In Form von farbenfrohen Übertöpfen für ihre Pflanzen, der Literatur in allen Farben und Größen, den gesammelten Harlekinen, die ihre Bücher voneinander trennten, und den von ihr gefertigten Gemälden: bunte Ornamente auf dunklem Hintergrund. Ja, im Grunde fühlte sie sich wohl in ihrer kleinen Welt, die sie sich geschaffen hatte.

»Danke! Um es mit Ciceros Worten zu sagen: Ein Raum ohne Bücher …«

»… ist wie ein Körper ohne Seele«, fiel Will ein, und sie lachten beide.

Im Blick seiner grauen Augen hätte Annabella sich verlieren können, und ihr Herz geriet einmal mehr gefährlich aus dem Takt.

Zum Glück wandte er sich wieder ihrem Bücherregal zu. Er deutete auf die Stirnseite, wo sich Mark Twain, Scott F. Fitzgerald, Ray Bradbury, Ernest Hemingway, John Steinbeck und Jane Austen neben Charlotte Brontë, Shakespeare und zahllosen anderen Literatinnen und Literaten tummelten. »Hier hast du den gesammelten Werken unseres Literaturkurses einen Ehrenplatz eingeräumt?«

Sie fühlte sich ertappt. Doch bevor ihr das peinlich sein

konnte, lachte er. »So eine Ecke habe ich auch in meiner Bibliothek.«

Auf einmal fiel ihr auf, wie nah sie neben Will stand. Wie gelöst er für den Moment wirkte. Wie konnte er nur so unverschämt sexy aussehen und dabei auch noch so gut riechen? Was hatte Kylie gesagt? Sie könnten ja jetzt dort weitermachen, wo sie aufgehört hatten. Auf einmal wünschte Annabella sich, es wäre möglich. Und zum ersten Mal gestand sie sich selbst ganz offen ein, dass er ihr nicht so gleichgültig war, wie sie immer vor sich selbst getan hatte.

Nur mühsam unterdrückte sie ein Aufstöhnen. Sie hatte echt ein Händchen dafür, sich immer die Typen auszusuchen, die für sie unerreichbar waren. Sie fuhr sich mit der Zunge über die Lippen.

Auch er war ernst geworden. Er sah sie an. Die grauen Augen verdunkelten sich. Sein Adamsapfel hüpfte.

Der unsinnige Wunsch, ihn zu küssen, stieg in ihr auf.

Und auf einmal war es, als hätte jemand eine unsichtbare Mauer zwischen ihnen hochgezogen; seine Wangenmuskeln zuckten.

Annabella hätte in dem Moment ihr Café für seine Gedanken eingetauscht. Diese Überlegung katapultierte sie immerhin auf den Boden der Tatsachen zurück. *Das Café!* Deshalb war er da.

Sie drückte den Rücken durch und trat einen Schritt zurück. »Die Suppe ist fertig, wenn du magst. Oder sollen wir erst die Arbeit hinter uns bringen?«

Sein Lächeln wirkte plötzlich bemüht. »Nein, wenn die Suppe schon fertig ist, dann essen wir. Und gehen dann frisch gestärkt an die Arbeit.«

Immerhin schafften sie es, beim Essen unverfänglich zu plaudern. Es war fast wie in alten Zeiten, und Will entspannte sich wieder merklich. Auch Zeus fand Freude an den Plätzchen, die Annabella ihm vorsetzte.

»Was macht eigentlich Jay heute?« Sie streute ihnen beiden etwas gehackten Schnittlauch über den Nachschlag.

»Er ist bei Baptiste und seiner Familie beim Mittagessen eingeladen.«

»Oh? Ich wusste gar nicht, dass die beiden befreundet sind?«

»Sie waren als kleine Jungs sogar dicke Freunde, bis …« Will stieß einen tiefen Seufzer aus.

Er brauchte nicht weiterzusprechen. Bis ihr »Alter«, wie Jay ihn immer nannte, vermutlich erfolgreich sein Veto gegen diese Verbindung seines Sohnes mit einem Afroamerikaner eingelegt hatte.

»Jays Entschuldigungs-Touren scheinen wirklich von Erfolg gekrönt zu sein, wenn er heute dort zum Essen eingeladen ist«, versuchte sie zu scherzen.

Es funktionierte, denn Will lachte befreit auf, was den unangenehmen Moment beendete. »Da hast du recht.«

Dennoch konnte sie sich die Frage nicht verkneifen, die ihr schon eine Weile auf der Zunge lag: »Hast du mich damals nur deshalb gefragt, um deinem Vater eins auszuwischen?«

Zumindest wirkte Wills Überraschung echt. »Nein, wie kommst du denn darauf? Ich …«, er schluckte, »wäre wirklich gern mit dir auf den Ball gegangen.«

Kurz lag ein Prickeln in der Luft, bis Will sich unbehaglich bewegte.

Schnell schob Annabella den Stuhl zurück, um ihnen Espresso in ihrer italienischen *Caffettiera* zuzubereiten, bevor sie wortwörtlich die Ärmel hochkrempelten und sich direkt in die Arbeit stürzten.

Will hatte eine Teilhaber-Vereinbarung vorbereitet, die er Punkt für Punkt mit ihr durchging. Dazu musste sie sich an der Breitseite des Tisches neben ihn setzen, was sogleich ein Prickeln an ihrer Seite auslöste. Gelegentlich streifte sein Bein ihres oder sein nackter Unterarm berührte sie. Entweder es war ihm tatsächlich gleichgültig, oder er tat nur so – genau wie sie. Wenn er sich durchs Haar fuhr, hätte sie ihm am liebsten ihre Unterstützung angeboten. Die körperliche Nähe machte es ihr schwer, sich auf seine juristischen Ausführungen zu konzentrieren. Immerhin hatte er sich wirklich bemüht, sie nicht zu übervorteilen und von selbst an ein Rückkaufsvorrecht zu ihren Gunsten für den Fall eines Streites gedacht.

Als sie alle Punkte durchgegangen waren, lehnte er sich zurück. »Du solltest dir jetzt also nur noch überlegen, ob du einen größeren Anteil für dich behalten willst …«

»Nein, wir machen fifty-fifty, wenn das Jay recht ist«, unterbrach sie ihn.

Sein Lächeln war voller Wärme. »Du musst dich nicht sofort entscheiden. Wir können den exakten Anteil offenlassen, und du kannst ruhig noch mal darüber schlafen.«

»Du hattest es ja neulich schon angedeutet, und ich hatte mir daraufhin Gedanken gemacht. Es passt so für mich. Auch Jay soll sich mit der Lösung wohlfühlen.«

Die Details über die räumliche Aufteilung des Hauses wollte sie mit Jay selbst abstimmen.

»Ich habe die Darlehensraten für die Kaufsumme mit unterschiedlichen Laufzeiten ganz unverbindlich von Eddie Pillsbury ausarbeiten lassen, der ja Kontakt zu diversen Bank- und Finanzinstituten hat. Und mich alternativ im Internet nach Finanzierungsangeboten umgesehen. Ich habe dir alles gespeichert.« Er schob ihr einen USB-Stick zu. »Ist das okay so, oder hättest du es lieber ausgedruckt?«

»Nein, das unnötige Papier können wir uns sparen! Ich sehe es mir auf dem Laptop an.«

Abermals war sein Lächeln voller Wärme. Und sie erinnerte sich daran, dass auch er sich früher schon um die Umwelt gesorgt hatte. Nun hatte sie unbewusst bei ihm gepunktet – schön!

»Du kannst noch gern Alternativangebote einholen, wenn du eine Hausbank oder sonstige Ideen hast, dann vergleichen wir«, schlug er vor.

»Okay, ich sehe mich mal um.«

»Ich würde empfehlen, wir lassen das ab dem ersten Januar laufen, dann gibt es einen sauberen Schnitt zum neuen Jahr. Das ist am einfachsten zu rechnen, auch steuerlich gesehen.«

»Wenn das mit dem Verkauf so passt, ist das für mich prima. Wie machen wir es mit Jays Anstellung?«

»Ich würde ihm sagen, dass ich dir geraten hätte, ihn bis zum Jahreswechsel als Aushilfe zu beschäftigen. Dann brauchen wir vorher keine aufwendigen Verträge abzuschließen. Was denkst du?«

Es gefiel ihr, wie Will mitdachte und bei allem versuchte, eine gute Lösung zu finden. »Sehr gern, wenn das für ihn in Ordnung ist? Ich bin sehr gespannt, wie er über alles denkt.«

»Es sind noch gut zwei Wochen bis zum Jahresende. Das kriegen wir hin.«

Annabella rollte mit den Augen. »Stimmt! Nächste Woche ist ja schon Weihnachten! Wie die Zeit rast!« Und sie wusste immer noch nicht, wie und wo sie die Feiertage verbringen würde. Sollte sie doch zu ihrer Tante fahren und mit Chester und vermutlich auch Phil und seiner Freundin Linda feiern? Oder lieber die erdrückende Fürsorge von Kylies Mutter Perpetua ertragen? Im Gemeindehaus fand vor dem Gottesdienst eine Feier für die alleinstehenden Älteren statt. Vielleicht könnte sie sich dort als Arbeitskraft anbieten? Sie musste das dringend für sich klären. Ihr Blick fiel auf Will, der sich mit seiner energischen Schrift einige Notizen machte. Vielleicht könnte sie …?

Da unterbrach er ihren Gedanken. »Ich muss mir noch was Gutes überlegen, wann und wie wir es Jay beibringen. Ist es okay für dich, wenn wir noch etwas damit warten? Weihnachten wäre eigentlich eine schöne Gelegenheit. Und dann könnten wir mit ihm die finalen Punkte klären, damit auch er in den Entscheidungsprozess eingebunden wird.«

Bevor ihr Gehirn ihr Einhalt gebieten konnte, hatte sie es schon ausgesprochen: »Wollt ihr am Weihnachtstag zu mir kommen? Dann könnten wir es ihm gemeinsam sagen?« Hitze schoss in ihr auf. Was redete sie da bloß?

Will sah betreten aus. »Wir sind schon bei Elly und Brandon ins Ferienhaus der Johnsons eingeladen. Sorry!« Bedauern trat auf seine Züge. »Bist du denn allein?«

»Nein, nein, keine Sorge! Meine Tante erwartet mich eigentlich, und Kylie hat mich auch gefragt. Es war nur so eine spontane Idee! Weil … ich wäre so gern dabei, wenn Jay es erfährt.« Am liebsten hätte sie sich beschämt zu Zeus und Happy Lee unter den Tisch verkrochen, die dort miteinander balgten.

Will legte eine warme Hand auf ihren Unterarm, was ein wohliges Kribbeln in ihr verursachte. »Natürlich. Das verstehe ich. Wir finden einen gemeinsamen Termin. Und dann sagen wir es ihm zusammen, das ist doch Ehrensache.« Er wirkte nachdenklich.

Die Verlegenheit ließ ihre Wangen immer noch glühen. »Danke dir!«

Will sah auf die Uhr, die kurz nach halb zwei anzeigte, und leerte sein Glas. »Gut, dann mache ich mich wieder auf den Weg. Ich möchte noch kurz im Büro vorbei.« Er sah unter den Tisch. »Sieh dir unsere beiden an!«

Zeus lag auf der Seite, und Happy Lee hatte sich zwischen seine Pfoten geschmiegt.

Es war so allerliebst anzusehen! Die Sehnsucht, sich ebenso an Will zu schmiegen, überrollte sie – die Gefühle stürzten Annabella in Verwirrung.

»Süß«, brachte sie mit rauer Stimme hervor und fuhr sich

mit der Zunge über die Lippen. Ihr Hals fühlte sich auf einmal wie ausgetrocknet an.

Will schob den Stuhl abrupt zurück. »Tut mir richtig leid, die Harmonie zu stören. Komm, Zeus!«

Der Goldie war bei der Nennung seines Namens schon aufgesprungen und wedelte begeistert mit dem Schwanz.

Will ging in die Knie und kraulte Happy Lee liebevoll. »Mach's gut, Kleine.«

Wärme breitete sich in Annabellas Bauch aus.

Sie folgte ihm in den Flur. Und konnte nicht anders, sie musste ihn einfach umarmen, bevor er in seine Jacke schlüpfte.

»Danke für alles!«, murmelte sie an seinem Ohr, während sie seinen Körper überdeutlich an ihrem spürte. Seinen Brustkorb an ihren Brüsten, seinen flachen, muskulösen Bauch an ihrem. Seine Hand, die sanft auf ihrem Schulterblatt ruhte.

»Gern geschehen«, erwiderte er heiser. Sein warmer Atem strich über ihren Hals. »Danke für das leckere Essen.«

Nur widerwillig löste sie sich von ihm.

Eine ganze Weile stand sie noch im Flur und starrte auf die Tür, die sich hinter Will und seinem Hund geschlossen hatte.

Es war, als hätte er sämtliche Wärme mitgenommen und nur Sehnsucht in ihr zurückgelassen. Annabella schlang die Arme um ihren Oberkörper und wünschte sich, sie hätte Will einfach festgehalten.

Die nächsten Tage rasten nur so vorbei, sie waren von früh bis spät ausgefüllt mit Arbeit. Hope und Ryan, die den Besitzern ihrer Patienten normalerweise um die Weihnachtszeit ein Tütchen mit Leckerlis mitgaben, hatten beschlossen, dieses Mal auch die Frauchen und Herrchen zu beschenken, und sich bei Annabella einen großen Karton Gebäck zum Verteilen bestellt.

Irgendwie schien es sich herumzusprechen, dass es im Café momentan delikates Weihnachtsgebäck auch zum Mitnehmen gab. Auch wenn es für viele der Hausfrauen in Lynnwood Falls Ehrensache war, selbst zu backen, und die üblichen Plätzchen-Tausch-Partys unter den Freundinnen nach wie vor stattfanden, so gingen doch überraschend viele Abholbestellungen bei Annabella ein. Einige der Frauen blieben auf einen Kaffee, und die Plätze im Café waren fast konstant belegt.

Nachdem auch Francy ihre Bestellung – einen großen Karton mit gemischten Weihnachtsplätzchen – abholte, von denen sie ihren treuen Kunden im Tierbedarfshandel kleine Tütchen als Festtagspräsent mitgeben wollte und dabei Hope als »Inspiration« erwähnte, keimte in Annabella ein Verdacht auf.

Als am Samstag wieder ein Teil der Clique – Hope und Ryan, die McIntyres mit den kleinen Zwillingen, Elly und Brandon sowie Will – zum Brunchen im Café eintrudelten, was sich irgendwie zum samstäglichen Ritual zu entwickeln schien, nahm Annabella Hope beiseite, als die anderen gerade ein paar Tische zusammenrückten.

»Sag mal, kann das sein, dass du gerade übermäßig Werbung für das Café und unser Gebäck machst? Die Leute stürmen uns die Bude.«

Hopes Pokergesicht war einfach zu auffällig unauffällig. »Wie meinst du?« Als jedoch ihr Blick rasch zu Elly schweifte, hob Annabella die Augenbrauen.

»Du *und* Elly?«

Hope grinste breit. »Ich weiß von nichts.«

Annabella lachte. »Wir kommen zwar mit dem Backen kaum hinterher, und die gute Mrs Bloomberg ist immer noch voll eingespannt, aber trotzdem: danke!« Sie umarmte Hope gerührt.

Kurz darauf kam Elly aus dem Waschraum, und Annabella fing sie ab.

»Danke, dass du so kräftig die Werbetrommel rührst!« Auch Elly wurde von ihr in eine liebevolle Umarmung gezogen.

Diese drückte sie fest an sich. »Wenn ich eine Empfehlung ausgesprochen habe, kommt sie von Herzen. Ich finde es wirklich so großartig hier, und euer Gebäck ist einfach göttlich.« Sie ließ sie los, beugte sich aber dann nochmals vor und raunte ihr ins Ohr: »Ich finde es total klasse, dass ihr das Haus kauft und du Jay als Teilhaber mit ins Boot nehmen willst. Ihr könnt die Extraeinnahmen sicher momentan gut gebrauchen.« Sie musste ihre verblüffte Miene gesehen haben. »Ich bin informiert, weil ich Wills Verträge tippe, aber keine Sorge, ich unterliege der Schweigepflicht, und meine Lippen sind versiegelt. Nicht mal Brandon weiß Bescheid.«

Annabella hakte sich bei ihr unter. »Ich bin schon so aufgeregt, was Jay dazu sagen wird. Ich platze fast! Wir wollen es ihm irgendwie nach Weihnachten erzählen«, wisperte sie.

»Warum nicht *an* Weihnachten?« Elly sah verblüfft aus.

»Ich wollte gern dabei sein«, gestand Annabella verlegen.

»Klar, das macht ja Sinn, verstehe ich! Was hast du denn über die Feiertage vor? Das Café bleibt zu, oder?«

»Ja, wir haben bisher immer geschlossen gehabt – hier in Lynnwood Falls feiern ja die meisten mit Familie. Ich …« Verflucht, warum hatte sie sich noch nicht festgelegt? »Ich fahre zu meiner Tante«, sagte sie schließlich zögerlich.

»Du sprühst ja förmlich vor Begeisterung darüber.« Nachdenklich hob Elly die Augenbrauen. »Ich verstehe, dass es dieses Jahr für dich schwierig wird, aber das ist nicht der einzige Grund für deine mangelnde Vorfreude, oder?«

Sie wollte Elly nicht anlügen. »Du weißt ja, dass ich bis vor einem knappen Jahr mit Phil Hawking, dem Quasi-Ziehsohn meiner Tante, zusammen war – Chesters bestem Freund. Er ist ja Waise und an den Feiertagen immer dort. Wir verstehen uns noch super, sind wirklich gute Freunde. Doch seine neue Freundin findet das überhaupt nicht lustig. An Thanksgiving hat sie jede Unterhaltung zwischen uns mit ihrem tödlichen Blick im Keim erstickt. Es war wirklich mühsam. Aber auf meine Tante und Chester freue ich mich natürlich.« Annabella zwang sich zu einem Lächeln.

»Wäre deine Tante sauer, wenn du nicht kommst?«

»Nein, natürlich nicht, aber …«

»Warum kommst du nicht mit zu uns?«

»Was?« Annabella riss die Augen auf.

»Brandon und ich haben dieses Jahr entschieden, Weihnachten etwas größer zu feiern. Wir fahren alle in die Hütte meiner Eltern ans Meer. Brandon zog es irgendwie raus.« Sie missinterpretierte Annabellas überraschten Blick offenbar. »Ja, ich war auch erstaunt. Sonst ist er ja nicht so der Party-Tiger. Und ausgerechnet an Weihnachten, wo wir normalerweise immer nur in der Familie waren … Aber Brandons und meine Eltern, mein Bruder Jesse, Lizzy und Jim wären sowieso gekommen. Will war die letzten Jahre meist bei uns, und Jay gehört jetzt ja automatisch mit dazu. Da spielte es auch keine Rolle mehr, noch Hope und Ryan einzuladen, nachdem die Archers dieses Jahr zu Glenns Eltern nach Seattle fahren«, erklärte Elly lachend. »Du siehst, auf eine Person mehr oder weniger kommt es nicht an. Falls dir das zu stressig wird mit Phils neuer Flamme, dann feiere doch einfach mit uns. Wir freuen uns.« Die grünen Augen strahlten sie offen an.

Okay, *das* toppte die Rührung von vorhin noch um einiges. Annabella musste den Kloß in ihrem Hals regelrecht hinunterwürgen. »Ich … weiß gar nicht, was ich sagen soll?«

»Wie wäre es mit ›Ja‹?«, schlug Elly, pragmatisch wie immer, vor und zeigte dabei ihr typisches Grinsen. »Das wäre doch echt eine … *fesche* Sache! Und wir müssten nicht mit ungeraden Zahlen herumeiern. Das ist bei den Spielen viel besser. Ich muss dich vermutlich warnen. Bei uns geht's eher laut als festlich zu – vor allem, wenn Brandon und Lizzy beide versuchen, sich bei den Spielen zu schlagen.«

Annabella war vor Rührung immer noch nicht so richtig in der Lage zu sprechen. »Ich … danke!« Ihr Herz schlug Kapriolen. *Weihnachten am Meer – mit Will!*

»Dank mir noch nicht! Wer weiß, ob du es hinterher bereust!« Elly kicherte. »Bei unserer Scharade geht's oft echt hoch her. Und ich weiß jetzt schon, dass sich alle darum schlagen werden, dich beim Pictionary, bei dem man Weihnachtsmärchen zeichnen und erraten muss, in ihrer Gruppe zu haben.«

Annabella gluckste. »Das ist mein geringstes Problem. Was soll ich denn mitbringen?«

»Oh, wenn du Lust hättest, einen vegetarischen Auflauf zu machen …? So mit Kürbis, Süßkartoffeln und Gemüse? Dafür habe ich noch kein Opfer gefunden.«

»Klar, supergern sogar!«

»Perfekt!« Elly kicherte wieder. »Was die Geschenke angeht, halten wir es unkompliziert. Jeder bekommt ein etwas größeres Präsent. Dafür legen wir anderen dann immer zusammen, jeder ein paar Dollar. Du kannst gern einsteigen!«

Erleichtert ließ Annabella die Schultern sinken. »Das klingt genial!«

»Hast du zufällig eine Idee, was wir Jay schenken könnten? Will wollte noch mal überlegen. Ich meine, ihr habt ja mit der Teilhaberschaft quasi etwas …«

»Aber ein echtes Geschenk zum Auspacken braucht er auch. Ich hätte da tatsächlich eine Idee!« Annabella strahlte. »Er flucht jedes Mal über sein Autoradio. Ich denke, er braucht nichts Schickes …«

»Das ist eine großartige Idee!« Nun war es an Elly zu strahlen. »Ich werde Jack darauf ansetzen, der kennt sich als Musiker und Computergenie damit bestimmt aus.«

Annabella drückte Elly an sich. »Ich freue mich! Vielen Dank!«

»Nichts zu danken, die Freude liegt ganz ehrlich auf meiner Seite!« Und sie sah aus, als meinte sie es genau so, wie sie es sagte.

Ob Will das genauso sehen würde?

Obwohl er lächelte, als Elly die Neuigkeit gleich am Tisch verkündete, hatte Annabella den Eindruck, dass Nachdenklichkeit in seinem Blick lauerte, als er seine Assistentin musterte.

Zumindest schien sich Jay von Herzen zu freuen, als er aus der Küche kam und die Neuigkeit hörte. Wenn er sich im Gastraum aufhielt, war er inzwischen dazu übergegangen, seinen Bäckerkittel abzulegen und gegen ein schwarzes Hemd mit einem roten Einstecktuch zu tauschen, was hervorragend zu seiner schwarzen Jeans und ihrem eigenen Outfit passte und ihm super stand.

»Das ist echt mal eine freudige Botschaft!« Lachend schwenkte er Annabella im Kreis herum und tanzte mit ihr durch das Café.

Seine überschäumende Freude war ansteckend – ein ausgelassenes Lachen brodelte in ihr auf. Sie ließ sich fröhlich von ihm herumwirbeln. Nun konnte Weihnachten kommen!

Will

Lynnwood Falls

»Hörst du mir eigentlich zu?« Elly stupste ihm empört in die Rippen.

»Was?«

»Ich hatte dich gerade gefragt, was wir Annabella schenken können. Ob dir da was einfällt.«

»Das hatte ich gehört; darüber grüble ich ja gerade nach. Du störst mich beim Denken.«

»Hast du Jay gefragt, ob er eine Idee hat?«

Will fuhr sich durch die Haare. »Ich …« Da kam er, der Gedankenblitz! »Das brauche ich nicht. Ich weiß etwas. Und kümmere mich darum.«

Er ließ die verblüffte Elly in ihrem Vorzimmer stehen und eilte an seinen Rechner. Nun wusste er genau, womit sie Annabella eine Freude machen konnten, und er lächelte.

Schon nach kurzer Zeit konnte er diesen Punkt von seiner Liste abhaken, und er gab Jay und Elly Bescheid, die es den anderen sagen wollte.

»Braucht Annabella das überhaupt?« Auf Ellys Zügen standen Zweifel.

»Sie wird sich riesig freuen«, versicherte er ihr.

»Woher weißt du eigentlich so genau, was sie sich wünscht?« Ellys neckisches Grinsen wirkte sehr zufrieden.

Er runzelte die Stirn. »Sie hat es mal erwähnt. Hör mal – der Gedanke kam mir kürzlich schon, als du sie eingeladen hast: Du hattest dabei nicht zufällig Hintergedanken?«

»Nein, ich mag sie ehrlich und freue mich, wenn sie dabei ist. Wie kommst du denn *darauf?*« Sie zog das »a« in die Länge – es klang wie *»daarauf«*.

»Weil ich dich kenne. Und vor allem, wenn du versuchst, so unschuldig zu wirken wie eben, dann ist was faul.« Er presste die Lippen zusammen, als er merkte, dass er die Worte lauter als beabsichtigt hervorgestoßen hatte.

Elly stemmte die Hände in die Hüften. »Annabella ist eine Seele von Mensch. Ich mag sie ehrlich, das ist keine Lüge. Du etwa nicht?«

»Doch, natürlich, aber …«

»Stört es dich denn, wenn sie kommt?«

Ungehalten winkte er ab. »Nein, natürlich nicht! Ich freue

mich für sie. Ich will nur nicht, dass du mich in Gedanken schon als ihren Tischherrn einplanst.«

Nun sah sie ehrlich entgeistert aus. »Herrje, ich versuche ständig, dich zu verkuppeln. Doch so heftig reagierst du normalerweise nie. Was ist denn in dich gefahren?«

»Nichts!« Er stürmte zur Garderobe. »Ich muss los, die Lesung in der Bibliothek …«

»Stimmt, du als Santa Claus. Ich habe Becky aufgetragen, ein paar Fotos zu schießen. Sie ist mit ihrer ehemaligen Klasse dort.« Elly kicherte.

»Muss das sein?« Er stöhnte genervt auf und fragte sich im selben Moment, *worauf* er eigentlich so überzogen reagierte?

Elly war genau anzusehen, dass sie sich das Gleiche fragte. Doch für eine Eigenschaft schätzte er seine Assistentin unglaublich: So gern sie manchmal redete oder nachhakte – sie wusste ganz genau, wann es besser war, den Mund zu halten.

Er atmete tief durch: »Danke, dass du die Stellung hier hältst«, lenkte er versöhnlich ein und bückte sich, um sich von Zeus zu verabschieden.

»Verschwinde schon!« Sie lachte. »Komm her, Zeus! Wir beide bleiben hier.«

Auch ein Punkt auf ihrer Positivliste war, dass sie einem selten böse war.

Dennoch brannten die nachdenklich blickenden grünen Augen regelrecht in seinem Nacken, als er nach draußen eilte.

Nein, er hatte kein Problem damit, dass Annabella mit ihnen Weihnachten feierte. Er freute sich aus ganzem Herzen für sie. Sie war ehrlich glücklich über die Einladung, das hatte er gespürt, und das gönnte er ihr ganz sicher, er war ja kein Unmensch. Das schlechte Gewissen regte sich in ihm bei der Vorstellung, sie hätte gehört, wie vehement er sich gerade geweigert hatte, ihr Tischherr zu sein. Es hätte sie mit ziemlicher Sicherheit verletzt. Auf einmal kam er sich grausam vor. Scham überwältigte ihn, und ein seltsamer Schmerz breitete sich in seinem Brustkorb aus, als er daran dachte, wie sie sich fühlen würde, wenn sie es wüsste. Dabei unterhielt er sich doch wirklich gern mit ihr; sie hatten auf vielen Ebenen die gleichen Interessen und Ansichten. Er mochte ihr manchmal etwas scheues Lachen. Wieso hatte dieser Gedanke, ihr Tischherr an der Weihnachtstafel zu sein, solch eine Panik in ihm verursacht?

Versonnen stupste er einen Eiszapfen vom weiß gestrichenen Holzzaun der Delawares. Er wusste selbst nicht, warum ihm auf einmal Annabellas Worte von damals in den Sinn kamen. Mit geröteten Augen hatte sie ihm an den Kopf geworfen, dass er ein Feigling sei.

»Wenn du wüsstest, wie recht du damit hast«, murmelte er vor sich hin.

Die alte Deirdre Stokill, an der er sich gerade auf dem schmalen Bürgersteig vorbeidrängte, sah ihn überrascht an. Das gab ihrem sonst so verbiesterten Gesichtsausdruck fast etwas Freundliches. Er grüßte sie höflich und eilte weiter.

Zum Glück lenkten ihn die Ankunft in der Bibliothek und das Zwängen in das flauschig-rote Kostüm von seinen Gedanken ab. Die funkelnden Kinderaugen bei seinem Anblick als Santa Claus hatten etwas Rührendes. Wie die Kleinen schüchtern bei der Begrüßung auf seinen Schoß kletterten und später mit offenem Mund der Geschichte lauschten, die er zusammen mit Mel vortrug, die den Weihnachtsengel spielte. Das Kinder-Jauchzen, als sie hinterher gemeinsam kleine Geschenkbeutel mit Gebäck, kandierten Früchten und Nüssen verteilten, hinterließ ein warmes Gefühl in seiner Brust.

Samantha, die mit ihrem Sohn Kevin da gewesen war, bedankte sich bei Mel: »Das war wieder großartig organisiert, vielen herzlichen Dank! Mensch, du kannst einfach wunderbar mit Kindern umgehen, das war ein echtes Highlight!«

Obwohl Mel lächelte, dabei auch ihre Grübchen zeigte, ging eine überraschende Wandlung mit ihr vor. Für einen Sekundenbruchteil blitzte Schmerz in ihren Augen auf, der Will erstaunte. Schon öfter hatte er sich gefragt, was die sympathische Bibliothekarin vor ihrem Leben in Lynnwood Falls gemacht hatte. Doch in dieser Beziehung war sie sehr schweigsam, und er war ganz sicher der Allerletzte, der nachbohren würde. Dazu konnte er viel zu gut verstehen, dass es Dinge im Leben gab, die man besser ganz tief in seinem Inneren verschloss.

Als er nach draußen kam, senkte sich bereits die Dämmerung über Lynnwood Falls, was die zahllosen Lichterketten in den Fenstern, auf den Büschen und Bäumen und in den Vorgärten erst recht zum Leuchten brachte. Beckys Angebot, ihn mitzunehmen, lehnte er dankend ab. Er war froh, einige Schritte gehen zu können, um seinen Kopf durchzulüften. Doch je vehementer er versuchte, Annabellas Gesicht wegzuschieben, das sich in seine Erinnerung drängte, desto penetranter schien ihn ihr Bild zu verfolgen.

Kapitel 8

Annabella

Lynnwood Falls

Den ganzen Montag hatte Annabella damit verbracht, das Gemälde von Miss Sophie fertigzustellen, das Ryan seiner Verlobten zu Weihnachten schenken wollte. So schnell würde Hope sicherlich nicht damit rechnen. Er hatte ihr dafür noch ein weiteres Foto der Labradorhündin zur Verfügung gestellt, wo sie im Freien herumtobte. Am Abend hatte Annabella zwar alles wehgetan, doch sie war auch ein wenig stolz auf ihr Werk.

Dafür waren viele der anderen Dinge liegen geblieben, die sie sonst montags erledigte. Sie war froh, dass Jay sie am nächsten Vormittag, als es etwas ruhiger wurde, nach oben jagte, damit sie ihre Weihnachtskarten für die Verwandten, die sie immer selbst zeichnete, fertigstellen konnte.

Sie saß dafür an ihrem Esstisch. Happy Lee fand das sehr spannend und versuchte immer wieder, auf den Tisch zu kommen.

»Hey! Du schmeißt mir noch das Tintenfass mit deinem Schwanz um!«, beschwerte sich Annabella lachend und setzte die Katze wieder auf den Boden. Sie tobte ein Weilchen mit ihr herum, um sie zu ermüden, bevor sie sich wieder an den Tisch setzte. Ihr Blick fiel auf den Skizzenblock. Was hatte sie denn da eigentlich gemalt? Augen. Es waren nicht die großen runden Augen des Engels, den sie soeben gezeichnet hatte. Sondern graue, nachdenkliche, umgeben von dichten schwarzen Wimpern. Verschämt knüllte sie das Blatt zusammen und begann aufs Neue.

Als sie kurze Zeit später wieder fürs Mittagsgeschäft ins Café kam, stand Jay hinter der Theke und schäkerte gerade mit Francy, die ihm wegen irgendetwas lachend mit dem Finger drohte. Unwillkürlich schlich sich ein Lächeln auf Annabellas Züge, was sich im nächsten Moment in ein erstauntes »Oh« verwandelte, als Jay über die Schulter rief: »Sind die Snickerdoodles schon fertig, Judith?«

Judith? Natürlich kannte sie Mrs Bloombergs Vornamen. Aber die alte Dame war in Lynnwood Falls für jedermann einfach nur »Mrs Bloomberg.« Doch Jay war es mit seinem Charme natürlich gelungen – wieso wunderte sie das nicht? Das Grinsen unterdrückend, bot sich Annabella an, in der Küche nachzusehen.

Mrs Bloomberg schichtete mit vom Backen geröteten Wangen die Zimt-Zucker-Kekse vom Blech in eine Schale.

»Kommen Sie, Mrs Bloomberg, ich bringe es raus«, bot Annabella sich an.

»Ach, Kindchen, sag doch auch einfach Judith zu mir. Ich bin so froh, dass ich da sein darf, und wir …«, sie blinzelte, »sind doch hier fast so was wie eine Familie.«

Gerührt umarmte Annabella die alte Dame. »Danke, Judith! Das stimmt!«

Judith Bloomberg tätschelte ihren Rücken. »Ich glaube, wir haben uns gegenseitig gebraucht.«

Annabella nickte nur stumm. *Das Café der verlassenen Seelen.* Vielleicht klang das ein bisschen melancholisch, aber doch irgendwie auch schön!

Kurz nach dem Mittag hatte Annabella gerade mit dem Wischmopp die feuchten Spuren auf den schwarz-weißen Fliesen entfernt, als die Türglocke ging. Sie hob den Kopf und hielt kurz die Luft an. Ein Bild von einem Mann stand vor ihr. Nackenlange blonde, leicht gewellte Haare, die Augen in der

Farbe eines Gletschersees. So eine Mischung zwischen Türkis und Grün. Groß und gut gebaut war er auch. Vermutlich Mitte dreißig. Solche Exemplare verliefen sich selten nach Lynnwood Falls. Er trug einen Parka mit einem schwarzen Schal und eng sitzende, ausgebleichte Jeans. Über seiner Schulter hing eine Kameratasche. Das Anziehendste war jedoch sein charmantes Lächeln. Vor einigen Wochen hätte er sicherlich ihren Pulsschlag in die Höhe getrieben, doch nun kamen ihr lediglich nebelgraue Augen in den Sinn. Will musste sich im Vergleich ganz bestimmt nicht verstecken.

Sie zwang ihre Konzentration wieder auf ihren Kunden. »Hi, ich bin Annabella, was kann ich für dich tun?«

»Eigentlich wollte ich mich nur kurz bei einem Cappuccino etwas aufwärmen, aber dass mich hier solch ein Juwel erwartet, hätte ich nicht gedacht.« Er sah sich anerkennend um. »Es ist wunderschön bei dir. Und es riecht so verlockend gut, dass ich gleich noch was dazu essen muss. Was empfiehlst du mir denn?«

»Wie wäre es mit einem Christmas-Cupcake? Die kommen ganz frisch aus dem Ofen.« Sie deutete auf die schokoladenfarbenen Tassenkuchen, die Jay mit einem Frischkäse-Frosting überzogen hatte, das aussah wie Schnee, und mit kleinen Tannenbäumen dekoriert hatte.

»Hört sich super an. Das nehme ich«, stimmte er zu.

»Okay, setz dich, ich bringe es dir gleich.«

»Ich sehe mich ein bisschen um. Ist das okay?«

»Klar! Fühl dich wie zu Hause.« In dem anliegenden anthrazitfarbenen Shirt war sein muskulöser Oberkörper nicht zu übersehen, als er aus dem Parka schlüpfte. »Du bist nicht aus der Gegend?«

»Eigentlich komme ich aus Massachusetts, nördlich von Boston, lebe aber seit ein paar Jahren in Portland. Hier in der Ecke war ich noch nie, da habe ich echt was verpasst.«

»Hast du«, stimmte sie ihm schmunzelnd zu, während sie den Cupcake vorsichtig auf einen Teller platzierte.

»Ich bin übrigens Mitch.«

»Hi, Mitch.« Lachend ergriff sie seine kalte Hand.

»Wäre es okay, wenn ich hier ein paar Fotos schieße?«

»Natürlich. Bist du Fotograf?«, fragte sie.

»Fotojournalist. Ich schreibe einen Artikel für ein Magazin über ›Geheime Traumorte in Maine‹ und fange gerade hier in Cumberland County an, mich umzusehen. Ich war schon bei der kleinen malerischen Brücke am Fluss. Welch ein traumhafter Platz! Wenn's nicht so kalt gewesen wäre, hätte ich mich dort direkt niedergelassen.«

»Kennst du die Papiermühle schon?«, erkundigte sie sich, während sie einen Keks und ein Zuckerpäckchen auf den Unterteller legte.

»Nein, wo ist die?«

»Ein Stück weiter flussaufwärts.«

Während sie sich über die Sehenswürdigkeiten unterhielten, schoss Mitch einige Fotos. »Wäre es okay, wenn ich die Bilder dann eventuell verwende?«

»Ähm, klar, natürlich! Das ist ja Werbung für uns.«

In dem Moment kam Jay pfeifend aus der Küche mit einer Schale voller Brownies. Sein Blick fiel auf den gut aussehenden Mitch, und seine Augen wurden größer. Das Pfeifen verstummte.

Annabella hatte als Kind einmal erlebt, wie ein Blitz in die elektrische Leitung eingeschlagen hatte. Dabei hatten Funken aus der Steckdose gesprüht, und die Luft hatte vor Spannung geprickelt. Genau so fühlte sie sich jetzt, als die beiden sich ansahen. Für einen Moment stand die Zeit still.

Jays »Hi« kam ziemlich heiser raus, bevor er die Schale in die Theke schob, auf dem Absatz umdrehte und sich wieder in die Küche zurückzog. Ob die Röte auf seinen Wangen nur von der Hitze des Backofens herrührte?

Mitch hob sichtlich interessiert die Augenbrauen. »Wer war das denn?«

»Unser Konditor, Jay. Er ist für die köstlichen Gerüche und diese wundervollen Kreationen zuständig.« Sie deutete in die Auslage.

Mitchs Blick ruhte immer noch auf der Schwingtür zur Küche. »Wenn sein Gebäck so schmeckt, wie es riecht, dann muss es ja köstlich sein.« Doch er machte irgendwie den Eindruck, als interessierte ihn nicht nur das Gebäck. »Dein Mann?«, erkundigte er sich eine Spur zu beiläufig.

»Nein, wir sind nur Geschäftspartner«, erwiderte sie etwas vorgreifend und unterdrückte ein Grinsen. Ganz sicher hatte Mitch nicht ihretwegen nachgehakt. Deshalb konnte sie auch ganz unverfroren fragen: »Und du? Bist du liiert?«

»Nein, ich bin …«, er zögerte, »Single.«

Sie lächelte zufrieden. »Aber nun setz dich doch, bevor dein Cappuccino kalt wird.«

Er nippte an der Tasse und biss in seinen Kuchen. »Oh, der ist wirklich göttlich!«, schwärmte er.

»Ich gehe schnell mal Jay holen, dann kannst du ihm das selbst sagen«, schlug sie vor. »Er ist auch hier aufgewachsen und kann dir sicherlich noch ein paar Tipps zu tollen Plätzen in der Gegend geben.«

Es war nicht sicher, ob Mitch sie durchschaute, auf jeden Fall wurde sein Nicken abermals von einem breiten Grinsen begleitet. »Sehr gern!«

Sie eilte in die Küche. Jay stellte gerade den Timer am Backofen ein. »Hast du noch was Dringendes hier zu erledigen?«

»Was? Nein, wieso?«, wollte er erstaunt wissen.

»Dann zieh dein Hemd an, du musst kurz mit rauskommen.«

Er schlüpfte aus seinem Kittel und präsentierte seinen ansehnlichen Oberkörper. »Ist so viel los?«

»Nein, es geht! Aber da ist ein Gast von auswärts, der ein paar Tipps braucht. Vielleicht hast du noch eine Idee«, murmelte sie beiläufig.

»Du meinst diesen scharfen Typen da draußen«, flüsterte er, sichtlich aufgeregt.

»Ja, genau! Aber keine Angst, er schreibt einen Artikel und möchte nur ein paar Fragen stellen.«

Sie wuschelte Jay noch kurz durchs Haar, damit es sich sexy zerzaust hinlegte, und wischte ihm etwas Mehl von der Wange. »Falls er Fotos machen will«, murmelte sie erklärend. »Okay, jetzt passt's.« Er sah echt schnuckelig aus.

Sie schob Jay hinaus. Als sie ihn in Richtung des Tisches dirigierte, hörte sie, wie er scharf die Luft einsog.

»Mitch ist Fotojournalist, er braucht ein paar Insider-Tipps zu Lynnwood Falls«, wiederholte sie laut und möglichst unbefangen.

Unverhohlenes Interesse zuckte in den gletscherblauen Augen auf.

»Mitch, das ist Jay. Der Zauberer dieses wundervollen Gebäcks, das du gerade verspeist hast.«

Wenn sie sich nicht irrte, hielt dieser Mitch Jays Hand länger fest als ihre eben.

Sie drückte den immer noch zur Salzsäule erstarrten Jay auf einen Stuhl. »Beschreibst du Mitch mal den Weg zur Papiermühle? Ich bringe dir eine heiße Schokolade. Möchtest du noch was, Mitch?«

»Das nehme ich auch, bitte. Und noch irgendetwas Leckeres, das Jay …«, den Namen ließ er regelrecht wie ein Baiser auf der Zunge zergehen, »gezaubert hat.«

Während sie die Getränke richtete, wünschte sie, sie hätte auch hinten Augen. Hatte sie einen Fehler gemacht, Jay so ins kalte Wasser zu stoßen? Gedankenverloren setzte sie den *Elf on the Shelf* vom Tassenregal zu den Gläsern.

Jays tiefes Lachen zerstreute ihre Zweifel. Erleichtert drehte sie sich um. Seine Augen strahlten fast so wie damals, als sie ihm den Job angeboten hatte. Vielleicht hatte sie doch etwas richtig gemacht?

Als sie die heiße Schokolade abstellte, ergriff er kurz ihre Hand und drückte sie. »Danke!« Und sie wusste, er bedankte sich nicht nur für das Getränk.

Als Annabella am nächsten Morgen nach unten kam, stand Jay singend in der Küche. Er schmetterte lauthals einen Weihnachtssong mit, der im Radio lief. Nicht nur sein Gesicht, der ganze Kerl strahlte heller als der Weihnachtsbaum auf dem Marktplatz.

»Hey, was machst du denn so früh da? Ich sagte doch, wenn du ausgehst, dann kannst du am nächsten Morgen gern auch später kommen!«

»Nein, das ist schon okay. Ich war wach!« Pfeifend rollte er Teig aus.

»Und?« Sie stupste ihn an.

»Wie war dein Abend?«

»Wir waren bei der Papiermühle. Und dann im *All about Meat*, bei Chris. Ich hatte Ente mit Rotkohl und …«

»Oh, du Ekel! Du wirst mich doch nicht auf die Folter spannen! Dein Essen interessiert mich gerade nicht die Bohne!« Sie nahm ihn am Arm und schüttelte ihn.

»Pass auf, du bringst ja mein Kunstwerk durcheinander!« Lachend hielt er die Teigrolle hoch; der Mürbeteig zeigte schon Unebenheiten.

»Ich nehme dir das Ding gleich ab und versohle dir den Hintern damit, wenn du mir nicht gleich mehr erzählst«, drohte sie schmunzelnd.

»Du willst alle schmutzigen Details wissen?«, hakte er nach.

»Nein, so genau nicht, aber …«

»Es gibt auch keine«, unterbrach er sie. Dennoch leuchtete

er förmlich so von innen heraus, dass es anrührend war. Und endlich erlöste er sie von ihrer Neugierde: »Doch es war ein wundervoller Abend. Wir sind später noch auf die kleine Brücke am Williams Creek gefahren. Haben über Gott und die Welt geredet, bis wir beinahe festgefroren sind. Hast du bemerkt, welch eine herrlich klare Nacht gestern war? Mit unzähligen Sternen?« Er strahlte heller als der Sirius, der hellste Stern am Himmel.

Sie drückte ihn. »Ich habe es nicht mitbekommen, aber ich freue mich für dich, dass es schön war.«

Er hielt sie umschlungen und raunte ihr ins Ohr. »Geküsst haben wir uns dort.«

»Oh, wie romantisch!«, schwärmte sie. »Und dann seid ihr brav jeder zu sich nach Hause?«

»Mitch wohnt hier im Hotel, da wollte ich nicht mit. Will würde zwar nie Einwände erheben, wenn ich jemanden mitbringe. Ziemlich sicher würde er sich sogar freuen und uns bestimmt nicht stören, aber … es wäre mir auch zu schnell gegangen«, murmelte Jay sichtlich verlegen.

Auf jeden Fall wird sich Jay wie verrückt freuen, wenn er bald seine eigene Wohnung bekommt. Am liebsten wäre sie sofort damit herausgeplatzt. »Seht ihr euch wieder, Mitch und du?«

»Mhm, ja. Heute Abend.« Wieder dieses anziehende Strahlen in den grauen Augen. »Woher wusstest du eigentlich …?« Er verstummte.

»Weil ich schon Angst um die Abrechnungssoftware haben musste. Mit dem Strom, der zwischen euch geflossen ist, als ihr euch das erste Mal ansaht, habt ihr eine Überspannung erzeugt, die beinahe das ganze Computersystem ruiniert hat«, gab sie trocken zurück.

Jays Lachen ging ihr unter die Haut – er wirkte so glücklich. »Ich glaube, ich habe mich echt so ein bisschen verliebt – auf den ersten Blick!«

»Das ist schön! Die Wohnung im ersten Stock steht so gut wie leer; nur ganz wenige Möbel haben wir noch nicht untergebracht. Es gibt eine fast neue Ausziehcouch, die ich nicht wegwerfen wollte und für die sich bisher kein Interessent fand. Falls Mitch nicht zurück ins Hotel möchte, kann er dort übernachten …«

»Danke, das ist lieb von dir. Aber nein, schon gut. Mitch kommt am Abend mit zu mir – ich koche für uns. Will ist nicht da, er hat einen Termin in Portland.«

Ein seltsames Stechen fuhr ihr in die Brust. *Einen Termin!* Mit Karen, Shirley oder vielleicht einer anderen heißen Braut? Schnell riss sie sich zusammen. »Ich freue mich so sehr für dich!«

Jay zog sie abermals in die Arme. »Danke.«

Sie lächelte. »Ich bin froh, dass es dich gibt!«

Tatsächlich rauschte der Vierundzwanzigste in Lichtgeschwindigkeit heran. Sie hatten das Café noch zum Mittagstisch bis vierzehn Uhr geöffnet. Unzählige Feiertagswünsche gingen über die Theke.

Als Mitch vorbeikam, um sich zu verabschieden, da er mit seiner Familie die Festtage in Massachusetts verbrachte, eilte Annabella zuerst auf den Friedhof an das Grab ihrer Eltern und dann zu Kylie in die Galerie, die noch geöffnet hatte, weil Gemälde auch beliebte Geschenke waren. Sogar einige von ihr hatte Kylie auf die Schnelle schon verkauft, was Annabella gleichzeitig nervös und stolz machte.

»Danke, für alles! Du bist die Allerbeste, Kylie!«

Ihre Freundin drückte sie fest an sich. »Ich wünsche dir ein ganz wundervolles Fest! Mit all den tollen Menschen wird das sicher super. Und Will …« Ein bedeutungsvoller Blick traf sie.

Annabella biss sich auf die Unterlippe. Sie hatte Kylie noch nicht eingestanden, dass sie mehr für Will empfand, aber manche Dinge musste man der besten Freundin gegenüber auch gar nicht aussprechen. »Ich habe ein bisschen Angst«, wisperte sie.

Kylies Blick war voller Wärme. »Es kann nicht immer alles schiefgehen. Vielleicht weiß er es selbst noch nicht, doch ich denke, er mag dich auch.«

»Dein Wort in Gottes Ohr!«, seufzte Annabella. »Hab du auch eine wunderschöne Zeit!«

Und abermals umarmten sie sich innig.

Als Annabella ins Café zurückkam, war Mitch schon fort. Gemeinsam mit Jay werkelte sie emsig weiter. Er hatte versprochen, als Nachtisch einen Pecan Pie zu backen, während sie den Auflauf vorbereitete und Süßkartoffeln, Kürbis und Zwiebeln schälte und mit den Zucchini schnippelte. Den Sauerrahm bereitete sie separat in einer Dose zu und würde ihn erst vor dem Backen, zusammen mit dem Käse, darübergießen. Das Radio lief auf voller Lautstärke, sie grölten jeden Weihnachtssong mit – nicht immer den richtigen Ton treffend, aber dafür voller Inbrunst. Gelächter vermischte sich mit dem Duft nach leckerem Essen.

Anschließend eilte Annabella nach oben, um sich zu duschen und zu richten. Für die Fahrt schlüpfte sie nur in eine dunkle Jeans und in einen weichen goldfarbenen Feinstrickpullover, von dem Kylie sagte, er stehe ihr gut und bringe die goldenen Sprenkel in ihren braunen Augen zum Leuchten. Happy Lee bekam heute zur Feier des Tages einen wahren Festschmaus in Form von Thunfisch serviert; sie würde nur diese eine Nacht allein bleiben müssen und wahrscheinlich ohnehin draußen herumstromern.

In einer riesigen Karawane verließen sie Lynnwood Falls in Richtung Nordosten. Brandon und Elly nahmen die Johnsons mit, während Lizzy und Jim die Simmons chauffierten. Dahinter folgten Hope und Ryan mit Chief und Miss Sophie in dem rostbraunen Ford Pick-up, während Annabella mit

Will, Jay, Zeus und Ellys Bruder Jesse das Schlusslicht bildeten. Annabella hatte Jesse vorher auf dem Friedhof von Weitem am Grab seiner Familie gesehen, doch seit dem Independence Day nicht mehr aus der Nähe getroffen. Der Tod seiner schwangeren Frau und der kleinen Tochter hatte den Meeresbiologen schwer getroffen. Annabella freute sich nun, dass er sich – zumindest dem äußeren Anschein nach – ein wenig gefangen hatte. Er hatte wieder etwas zugenommen, den zotteligen Vollbart gegen einen kurz rasierten Bart getauscht. Mit der gebräunten Haut und den sonnengebleichten Strähnen im gut nackenlangen, ordentlich geschnittenen braunen Haar war er wieder so ansehnlich wie früher. Auch sein Lächeln wirkte echt, als er sie begrüßte. Nur seine dunklen Augen waren noch umschattet. Manche Narben würden wohl nie verschwinden; Annabella konnte es ihm nicht verdenken. Gerade an den Feiertagen war es ja doppelt schwierig.

Jesse, der auf dem Beifahrersitz gesessen hatte, bot ihr seinen Platz an, doch Annabella winkte ab, so gern sie neben Will gesessen hätte. Vielleicht war es besser so, denn schon bei Wills hingehauchten Wangenküssen hatte sich ihr Herzschlag gefährlich beschleunigt.

Allerdings war sie ihm auf dem Rücksitz ebenso nah. Sie konnte schwach seinen Duft wahrnehmen, seine dichten Haare lagen bloß eine Armlänge entfernt – sie müsste nur die Hand ausstrecken –, und sein dunkles Lachen ging ihr unter die Haut, als er sich mit Jesse über dessen Expedition auf einem Wal-Forschungsschiff unterhielt. Annabella kraulte mit der Linken Zeus, während sie den Kopf entspannt an Jays Schulter lehnte. Ein Gefühl der Geborgenheit überkam sie.

Das Ferienhaus der Johnsons lag direkt am Meer. Ein wunderschönes Häuschen, das Annabella sofort zum Malen animierte. Weinrote Schindeln, weiße Fensterrahmen aus Holz und ein grünes Dach, eingebettet in schneebedeckte Felsen. Im Vorgarten stand ein großer Santa Claus mit Rentierschlitten, vor den auch »Rudolph, the red nose reindeer« eingespannt war. Das Haus erstrahlte in unzähligen bunten Lichtern, als Clint Johnson, Ellys Vater, den Strom einschaltete.

»Schade, dass es heute so bewölkt ist«, kommentierte Elly und dehnte die von der Fahrt steifen Glieder.

Doch Annabella sog genussvoll die salzhaltige Luft ein und konnte ihr nur bedingt zustimmen. Sie mochte es, wenn der Wind über die Wellen fegte und sich dieses Grau vom Meer über den Himmel auszudehnen schien. Und das nicht nur, weil sie dieses Wechselspiel der Farben an Wills Augen erinnerte. Nur mühsam riss sie sich von dem Anblick des Naturschauspiels und den Geräuschen des Windes und der Wellen los und folgte den anderen ins Haus, während Will und Ryan die Hunde am Strand laufen ließen.

Die Johnsons hatten schon zwei Wochenenden hier verbracht und das Haus war auch innen bereits festlich dekoriert. Der Blickfang war ein deckenhoher Weihnachtsbaum, bunt geschmückt mit Lichtern und allerlei zauberhaften Accessoires wie Glaskugeln, Miniaturschlitten, Rentieren, Glöckchen und natürlich den – vor allem für Maggie Johnson – obligatorischen Engeln. Auf dem ausladenden Tisch im Wohnraum standen aus dicken Holzplatten ausgesägte Tannenbäume sowie Kerzen in Form von künstlichen Äpfeln, die in Einmachgläsern steckten und heimelig flackerten, als Brandon, der heute eigentümlich aufgedreht wirkte, sie anzündete, bevor er sich daranmachte, den Kamin anzufeuern.

Elly zog eine Spieluhr mit pausbäckigen Engeln auf, die sich zu den Klängen von »Stille Nacht« im Kreis drehten. Brandon hängte zusammen mit Jim die Strümpfe mit den Geschenken an einer Leine über dem Kamin auf und platzierte die großen Päckchen unter dem Christbaum, was die drei Hunde ungemein spannend zu finden schienen. Sie beschnüffelten alles aufgeregt, bis Hope sie lachend in den Nebenraum jagte.

Ellys Vater Clint, der ruhige Gegensatz zu seinen quirligen Frauen, legte die CD von Tchaikovskys *Nussknacker* ein. Klassik-Klänge erfüllten den Raum und versetzte alle in weihnachtliche Stimmung.

Ellys Einladung anzunehmen war wirklich genau die richtige Entscheidung gewesen. Die gutmütigen Frotzeleien unter den Freunden, die sogar vor den Eltern keinen Halt machten, und das muntere Stimmengewirr verhalfen Annabella zu einer ungewohnten Leichtigkeit – auch Jesse lachte gelegentlich aus vollem Herzen. Wärme breitete sich in ihrem Brustkorb aus. Sie war sich sicher, ihre Mom und ihr Dad sowie Jesses Familie wären froh darüber, dass die Schatten so langsam etwas kürzer wurden, auch wenn es niemals mehr eine Welt ganz ohne dunkle Schemen geben würde.

Die verführerischsten Düfte zogen durch den Raum. Da jeder etwas zu essen mitgebracht hatte, bog sich der große Esstisch, auf dem die Teller gerade so noch Platz fanden, unter den zahlreichen Speisen. In der Mitte dominierte natürlich der Truthahn, der von den farbenfrohen Zutaten umsäumt wurde. Jeder packte bei der Vorbereitung mit an, sodass sie in dem Gedränge manchmal beinahe übereinander stolperten, was oft für Gelächter sorgte. Maggie hatte die obligatorischen Mistelzweige aufgehängt, und zwar gleich drei an der Zahl unter den diversen Türen, um die sie entweder Slalom liefen – wie Jesse, Jay oder sie –, während sich andere – Lizzy und Jim oder Hope und Ryan – immer wieder absichtlich darunter trafen und sich küssten. Annabella erwischte es einmal mit Ellys Vater Clint, der sie lachend auf die Wange küsste.

»Es ist mir eine Ehre!«

»Mir auch.« Annabella grinste.

Ein andermal traf es sie mit Jesse, der ihre Wangen umfasste und ihr einen brüderlichen Kuss auf die Stirn drückte.

Vor dem Dinner zogen sich alle um. Annabella hatte sich

für eine schwarze Röhrenjeans, schwarze Stiefel und einen leuchtend roten Pullover mit weitem U-Boot-Ausschnitt entschieden, den sie mit einem schwarzen Seidenschal kaschierte. Hoffentlich war wenigstens ein Bruchteil von Kylies Aussage wahr, dass sie darin »bombastisch« aussah. Will und Jay, die beide schwarze Hemden und schwarze Jeans trugen, boten ein geradezu umwerfendes Bild. Auch die anderen hatten sich fein gemacht, besonders bei Brandon fiel es ihr auf, da sie ihn heute zum ersten Mal bewusst in einem schicken Hemd sah, einem weißen, das seine breiten Schultern betonte. Auch Elly trug eine weiße Bluse und Jeans, sodass die beiden heute auch optisch gut harmonierten.

Lizzy hatte aus als Santa Claus umfunktionierten Kiefernzapfen lustige Tischkärtchen kreiert. Enttäuschung und Erleichterung fluteten gleichzeitig durch Annabella, als sie sah, dass sie am anderen Ende des Tisches – weit weg von Will – platziert worden war. Es war einerseits schwierig für sie gewesen, sich ihm gegenüber über den Nachmittag hinweg unbefangen zu geben, und dennoch … Irgendwie hatte sie trotz allem gehofft, in Wills Nähe zu sitzen. Den Blickwechsel zwischen ihm und Elly, die fast etwas trotzig das Kinn vorschob und die Augenbrauen hob, konnte sie nicht einordnen. Ein unsinniger Gedanke schoss Annabella durch den Kopf. Doch ganz sicher hatte Will nichts mit der Tischordnung zu tun. So schrecklich fand er die Gespräche mit ihr wohl hoffentlich nicht? Das aufkommende Unwohlsein in ihrem Bauch unterdrückte sie schnell.

Lizzys und Brandons Vater Robert »Rob« Simmons sprach als Ältester das Tischgebet, dann fassten sie sich alle an den Händen zum »Amen«, bevor mit Champagner angestoßen wurde. Jay, der neben seinem Bruder saß, blieb beim Wasser.

Caroline, die britische Vorfahren hatte, hatte, der Tradition ihrer Großeltern folgend, einen Christmas Pudding zur Vorspeise zubereitet.

Dass Will ihr nun – quasi über die Länge des Tisches – gegenübersaß, machte das Ganze nicht einfacher. Er diskutierte angeregt mit Ellys Vater Clint oder alberte auf der anderen Seite mit Jay, Hope und Ryan herum. Und immer wieder kreuzten sich ihre Blicke, wobei sie sich jedes Mal eigentümlich ertappt fühlte.

Der Platz zwischen Jesse, den es offensichtlich nicht zu stören schien, dass sie ihn über die Gewohnheiten der Wale ausfragte, und Jim, der einen Kalauer nach dem nächsten zum Besten gab, war auf jeden Fall sehr angenehm.

Sie wandte sich Jesse zu: »Dann bist du jetzt gar nicht mehr am *Oceanographic Institute* in Portland, sondern die meiste Zeit auf dem Forschungsschiff?«

»Doch, normalerweise lebe ich schon in Lynnwood Falls. Es war nur quasi ein Sabbatjahr – für die diesjährige Wander-Saison der Wale. Ich … wollte diese einmal quasi direkt vor Ort erleben.« Das Lächeln war freundlich, dennoch lagen die Hintergründe klar auf der Hand.

Annabella nickte verständnisvoll. Der Tapetenwechsel hatte ihm auf jeden Fall sichtlich gutgetan. Als er eine lustige Anekdote erzählte, die sich auf dem Forschungsschiff zugetragen hatte, musste Annabella lachen und verschluckte sich.

Sie presste sich die Hand vor den Mund, würgte mühsam und musste dann doch husten.

Jim schlug ihr hilfsbereit auf den Rücken. »Immer raus damit, was keine Miete zahlt.«

Das reizte sie erneut zum Lachen, und sie wäre beinahe erstickt.

»Der Heimlich-Griff!«, rief Jim, während er ihr weiter auf den Rücken klopfte.

»Danke. Es geht doch schon«, keuchte Annabella zwischen Husten- und Lachattacken, verlegen bei der Aufmerksamkeit, die plötzlich auf ihr ruhte. Allerdings schmeichelte es ihr, dass Will richtiggehend besorgt wirkte.

Zum Glück konzentrierten sich alle direkt darauf auf den Nachtisch. Unter großem Brimborium, begleitet von Jims fingierter Lufttrompete und viel Klatschen und Gelächter, wurde das Dessert eingeläutet. Jake brachte seinen mit sprühenden Wunderkerzen geschmückten Pecan Pie herein, eskortiert von Clint, der eine große Schale mit Eierpunsch in den Händen balancierte. Dazu wurden jede Menge Weihnachtsgebäck, kandierte Früchte und Nüsse serviert.

Jesse lehnte sich näher zu ihr. »Gib acht, der Punsch hat es echt in sich! Mein Dad spart bei seinem Geheimrezept definitiv nicht an Alkohol.«

Als Annabella gekostet hatte, stöhnte sie genussvoll auf. »Oh, wie unverschämt! Warum muss etwas, das so lecker ist, bloß so brandgefährlich sein?«

Sie spürte, wie ihr Kopf zunehmend anfing zu schweben und die Schüchternheit, die sich sonst häufig ihrer bemächtigte, sich gleich mit verflüchtigte. Nach dem Abräumen, bei dem wieder jeder anpackte, wurde der Tisch zur Seite geschoben und aus Sofa, Sesseln und Stühlen eine große Runde erstellt. War es ihr vorher schon laut vorgekommen, so stieg der Lärmpegel nun um einiges höher. Aus den Lautsprechern erklangen Weihnachtslieder aller Musikrichtungen, und irgendwann schnappte Jay sie und wirbelte sie zu Rock-›n‹-Roll-Klängen neben Jim und Lizzie und deren Eltern im Kreis herum. Selbst Ryan, der sonst nicht der größte Tänzer war, ließ sich von Hope auf die kurzfristig eröffnete Tanzfläche ziehen. Da Brandon wegen seines Knies streikte, zog Elly den widerstrebenden Will mit sich.

Seit damals, als er um meine Füße gefürchtet hat, hat er wohl Tanzen gelernt! Annabella lächelte wehmütig. Er bewegte sich äußerst geschmeidig übers improvisierte Parkett. Wieso musste sie gerade jetzt daran denken, wie er mit seinem Bruder Tanzschritte geübt hatte? In ihrem Magen begann es zu kribbeln.

Als Elly sich bei einem langsamen Blues glücklich in Brandons starke Arme schmiegte, wuchs in Annabella die Sehnsucht, sich an Will zu kuscheln, doch der schien gerade lieber Zeus zu kraulen. Da Hope und Ryan nun eng aneinandergepresst tanzten, begnügte sich Annabella einstweilen mit Chief und Miss Sophie, die sich über ihre ausgiebigen Streicheleinheiten wohl wenigstens von Herzen freuten.

Sie war erleichtert, dass Elly die Spielerunde einläutete.

Immerhin wählte Will sie sofort in seine Gruppe, als die Teams für Pictionary festgelegt wurden.

»Da ist mal wieder mein Zeichentalent gefragt«, scherzte sie und hoffte im selben Augenblick, dass sie sich nicht bitter anhörte.

»Oh, ich schätze auch deine anderen Qualitäten«, gab Will augenzwinkernd zurück.

»Warte ab bis zur Scharade. Dann wirst du deinen Entschluss bereuen. In Pantomime bin ich nämlich eine Niete!«

»Dafür bist du sicherlich gut im Raten, so clever, wie du bist!«

Die Hitze, die sich mit jedem Wort und anerkennenden Blick mehr in ihr ausbreitete, konnte mit der des Kaminfeuers mithalten. Flirtete Will gerade mit ihr? Oder wollte er nur nett sein? Zum Glück musste er weitere Gruppenteilnehmer auswählen.

Das Spiel wurde wie angekündigt laut und lustig. Gelegentlich berührte Annabella Will, was jedes Mal ein angenehmes Prickeln in ihr auslöste. Sie genoss es unglaublich, ihn in dieser entspannten Atmosphäre zu erleben; er ging richtig aus sich heraus. Seine Augen funkelten, und sein sympathisches Lächeln zeigte sich fast zu häufig für ihren Blutdruck, der sicherlich in astronomische Höhen schnellte. Das Gute war, dass Clints Punsch äußerst betäubend wirkte und ihr dadurch das Lachen ebenfalls leichtfiel.

Der Spaziergang mit den Hunden in der klirrenden Kälte,

während ein Teil der Gruppe die Messe besuchte, klärte Annabellas vernebelten Kopf nur unwesentlich. Dafür hatte sich der Himmel aufgeklart, und die Sterne funkelten. Der Romantik des bezaubernden Abends tat auch die klirrende Kälte keinen Abbruch. Will erklärte ihr unterwegs, dass der rötlich schimmernde Himmelskörper der Aldebaran sei, und zeigte sich beeindruckt, dass sie wusste, dass der im Sternbild des Stieres war.

Sie tauten, zurück im warmen Kaminzimmer, gerade so langsam wieder auf, als die Kirchgänger zurückkamen.

Brandon wirkte tatsächlich heute irgendwie aufgedreht. »Wie sieht's den mit den Geschenken aus?«, fragte er aufgeregt wie ein kleiner Junge.

»Die gibt's erst morgen früh, wie üblich!«, erwiderte Ellys Mutter Maggie und hob den Finger.

»Aber wir haben als Kinder immer schon ein Geschenk am Vorabend bekommen«, widersprach er grinsend. »Außerdem ist gleich Mitternacht, es ist also schon fast Christmas Day.«

»Du bist doch aber kein kleines Kind mehr?«, warf Rob lachend ein.

»Manchmal schon, wenn er etwas haben möchte.« Elly grinste ihn verliebt an.

Brandon verlegenes Grinsen wirkte total süß, als er mit den Schultern zuckte.

Annabella sah Will fragend an. Sollten sie es Jay heute schon sagen? Sie platzte ja beinahe, die Neuigkeit endlich loszuwerden. Für einen Augenblick tauchte sein Blick in ihren ein. Sein Lächeln war voller Wärme, als er nickte.

Der Lärmpegel stieg wieder fast ins Unermessliche, als die Geschenkverteilung begann. Alle redeten durcheinander.

Brandon bekam einen Bierkrug mit dem Emblem der *Beavers* – der Football-Mannschaft, die er trainierte. Hope und Ryan freuten sich über die Hollywood-Schaukel für ihre Veranda, die sie als Modell auspackten, Lizzy und Jim über ein Computerspiel. Rob erhielt Zigarren, die er gleich nach der Bescherung draußen mit Clint testen wollte. Will schien sich ehrlich über die Bleistiftzeichnung von Running Wild zu freuen, die Annabella Elly spontan noch zusätzlich in die Hand gedrückt hatte. Er tippte mit dem Finger darauf. »Es ist großartig! Aber da fehlt was.«

»Oh, was denn?« Annabella lehnte sich gegen ihn und studierte das Pferd, das ihr – ihrer selbstkritischen Meinung nach – gar nicht so schlecht gelungen war.

»Deine Signatur.« Sein schelmisches Grinsen ließ ihren Herzschlag stolpern.

»Oh, stimmt. Das hole ich nach.«

Wills Lächeln erstarb, als er ihr den Arm um die Schultern legte. Als seine Hand ihre nackte Schulter berührte, merkte sie, dass der Pullover zur Seite gerutscht war. Sie konnte sich nicht entscheiden, was ihre Haut mehr prickeln ließ: seine Finger oder die weichen Lippen, die nun ihre Wange streiften. »Danke, das ist wirklich wundervoll!«, raunte er ihr ins Ohr.

Zum Glück rettete Elly sie aus der Verlegenheit, als sie ihr ein kleines Päckchen in die Hand drückte, das sie aus dem Strumpf über dem Kamin gefischt hatte. Irgendwie war Annabella so in Gedanken bei den Geschenken der anderen gewesen, dass sie überhaupt nicht daran gedacht hatte, dass ja auch sie etwas bekommen würde. Was die anderen sich wohl für sie überlegt hatten? Es fühlte sich hart an. Sorgfältig löste sie das Papier.

»Du gehörst also auch nicht zu den Menschen, die das Papier einfach aufreißen?« Will lachte leise.

»Nein, ich … mag Vorfreude.«

Im selben Augenblick, in dem ihre Gedanken zu ganz anderen Vorfreuden wanderten, verdunkelten sich Wills Augen. Sie schluckte trocken, ihr Hals war auf einmal wie ausgedörrt.

Hatte er das Gleiche gedacht?

Schnell öffnete sie das Päckchen. Ein wunderschöner Porzellan-Harlekin lachte ihr entgegen. Annabellas Blick schweifte zu Hope und Ryan, doch die beiden reagierten nicht. Ihr blieb die Luft weg. Der Einzige, der sonst noch in ihrer Wohnung gewesen war und wissen konnte, dass sie Harlekins sammelte, war Will. Der Will, der ihr einst Veilchen gekauft hatte, weil er fand, dass sie so gut zu ihr passten.

Sie blinzelte ihn von unten herauf an.

»Gefällt er dir?«, fragte er, für einen Moment wieder der schüchterne Will von damals.

Das Hämmern in ihrem Brustkorb verstärkte sich. Sie nickte. »Total! Er ist wunderschön und wird einen Ehrenplatz bekommen.«

Unter Wills Lächeln fühlte sie sich wie ein schokoladener Santa Claus neben einem Kaminfeuer. Sie hatte jedoch keine Zeit, sich zu erholen, denn schon kündigte Elly an: »So, und nun kommt Jays Geschenk.«

Nur mühsam unterbrach Annabella den Blickkontakt. Reflexartig griff sie nach Wills Hand. Seine warmen Finger umschlossen ihre.

Jay schob vorsichtig die rote Schleife von der Pergamentpapier-Rolle. Annabella hatte eine Tusche-Skizze von ihrem Café angefertigt. Und in Plakatschrift die Worte *Anspruch auf eine 50-Prozent-Teilhaberschaft* darüber gemalt.

Jay war bei Weitem nicht so braun wie sein Bruder. Aber nun wich die Farbe völlig aus seinem Gesicht. Die anderen waren zum Großteil glücklicherweise mit ihren eigenen Geschenken beschäftigt, sodass nur Elly und Ryan zu ihnen herübersahen. »Was … hat das zu bedeuten«, wisperte er tonlos.

»Ihr werdet zusammen das Haus kaufen. Und euch das Café teilen. Es muss nur die Anzahlung geleistet werden, den Rest bezahlt ihr ab«, erklärte Will, während Annabella nach Jays Hand griff.

»Du und ich, wir besitzen dann zusammen das Café, und

dir gehört die Wohnung im ersten Stock, mir die im zweiten«, setzte sie erklärend hinzu.

Jay war nach wie vor sprachlos.

Will stieß ihn in die Rippen. »Na, ein bisschen Freude hätten wir schon erwartet.«

»Aber ich … habe kein Geld, um das …«, stammelte Jay.

Will hob die Augenbrauen. »Etwas als Weihnachtsgeschenk von mir musst du schon annehmen, und du weißt, dass du den Rest aus dem Treuhandfonds hast.«

Als Annabella sah, dass Jay widersprechen wollte, hob sie die Hand. »Ich kann es mir allein nicht leisten, ich brauche dich, Jay. Wir sind doch ein super Team! Ich hoffe, du lässt mich nicht im Stich.«

Wills Lippen formten das Wort »Danke« hinter Jays Rücken.

»Oh, meine Güte, ich … Natürlich nicht, ich … kann es gar nicht fassen! …« Nun erst schien Jay klar zu werden, was das bedeutete.

Das Leuchten, das jetzt über sein Gesicht zog, ließ Annabellas Augen feucht werden. Dafür hatte sich das Warten gelohnt!

Wortlos legte er die Arme um Will und sie. Einen Moment lang standen sie zu dritt eng umschlungen da. *Wir sind doch hier fast so was wie eine Familie*, schossen Annabella Judith Bloombergs Worte durch den Sinn, und die Kehle wurde ihr eng.

»Hey, alle haben nun ein Geschenk, und was ist mit mir?«, beschwerte sich Elly lachend. »Bekomme ich nichts?«

Nur widerwillig löste sich Annabella aus der wundervollen Geborgenheit dieser Umarmung.

Brandon zog den roten Sessel vor den Kamin, neben den Weihnachtsbaum, und drückte Elly hinein. »Dein erstes Geschenk kommt jetzt.« Er klang heiser. »Und ihr seid nun mal alle still und setzt euch!«, wandte er sich an die anderen, während er zur Stereoanlage eilte und einen USB-Stick hineinsteckte.

Ein eifriges Stühle- und Sesselrücken, dann sah man überall nur noch erwartungsvolle Gesichter. Jay fand einen freien Sessel, und Annabella und Will platzierten sich je auf eine Lehne. Jay legte die Hand auf ihr Bein, und sie verschränkte die Finger mit seinen. Will packte Zeus am Brustgurt, der zu Elly eilen wollte. Die plötzliche Stille nach dem Stimmengewirr hallte Annabella in den Ohren.

Alle Blicke waren auf Brandon gerichtet, der das Licht gedimmt hatte, sodass der Raum nur noch von der Weihnachtsbeleuchtung und den Kerzen erhellt wurde. Trotzdem konnte man sehen, dass er sich etwas unbehaglich bewegte.

»Elly hat sich nämlich etwas gewünscht …«, fing er an.

»Habe ich?«, fragte sie erstaunt.

»Du hast!« In Brandons Blick lag so viel Liebe, dass es Annabella ganz warm ums Herz wurde.

Er drückte auf die Fernbedienung. Der Anfang von *All I want for Christmas is You* von Mariah Carey erklang aus den Lautsprechern. Als sich Brandon vor Elly auf die Knie begab, schluchzte Maggie hörbar auf. Auch Carolin schniefte.

Elly fing an zu blinzeln, während Brandons Blick unverwandt auf ihrem Gesicht ruhte.

»Du hast dir nämlich einen Antrag inmitten der Menschen gewünscht, die dir etwas bedeuten.« Er klang abermals heiser.

Diese Aussage ließ nun auch das Wasser in Annabellas Augen schießen, während Lizzy, die neben ihr auf Jims Schoß saß, schon längst schwer atmete. Nur am Rande nahm Annabella wahr, dass die Musik umgeschwenkt hatte. Brandon hatte sich sogar die Mühe gemacht, einen Liedermix aus Liebeserklärungen zusammenzuschneiden. Sie leerte ihr Punsch-Glas in einem Zug, ihr Mund fühlte sich völlig ausgedörrt an.

»Aber das … habe ich doch kürzlich bei dem Film nur so

gesagt. Ich weiß doch, dass du öffentliche Auftritte hasst und …«

Brandon täuschte grinsend ein Aufstehen an. »Okay, dann hab ich ja noch mal Glück geh…«

Sie packte seinen Arm. »Untersteh dich!« Ihre Stimme klang unnatürlich hoch.

»Dann sei endlich ruhig, Weib, und lass mich ausreden.« Er stupste ihr mit dem Finger auf die Nase.

Die beiden konnten es selbst jetzt nicht lassen, sich zu necken.

Brandon wurde wieder ernst, nahm eine feierlich kniende Pose ein und ergriff Ellys Hand.

Ohne dass Annabella ihren Fingern Einhalt gebieten konnte, tasteten diese nach Wills, die neben ihren auf Jays Rückenlehne lag.

Brandon zog ein kleines Kästchen aus der Hosentasche und ließ es aufschnappen. Ein Diamantring funkelte im Lampenschein. »Eleonora Cassandra Johnson, willst du meine Frau werden? Willst du mich lieben und ehren und von mir geliebt und geehrt werden, bis wir alt und grau sind und uns die Haare und Zähne ausfallen und …«

Unter gleichzeitigem Lachen und Weinen umarmte Elly ihn. »Ja, ich will. Alles! Das Gesamtpaket. Inklusive diesem ›auf immer und ewig in Zahnlosigkeit‹.«

Er schob sie von sich. »Ich war doch noch gar nicht fertig. Willst du mit mir unseren Dachboden füllen mit einer Kinderschar …«

Der sonst so redegewandten Elly schien es unterdessen vollends die Sprache verschlagen zu haben. Sie nickte nur glückselig strahlend, mit Tränen in den Augen, während Brandon ihr den Ring über den Finger streifte und sie vom Sessel hochzog. Elly verschwand in seiner Umarmung, und die beiden küssten sich innig.

Während die Mütter sich noch kräftig schnäuzten, die

sonst eher cool wirkende Lizzy sich an Jim schmiegte und die Nase rieb, und Hope und Ryan sich ebenfalls küssten, fing Clint enthusiastisch an zu klatschen – vermutlich seine Art, mit der deutlich sichtbaren Rührung umzugehen. Rob, der zweite zukünftige Schwiegervater, stimmte sofort ein. Jesse, dessen feuchte Augen bei der Erwähnung der Kinderschar zum Kaminsims gewandert waren, auf dem ein Foto von ihm, seiner schwangeren Frau und der Tochter stand, zuckte zusammen, doch er klatschte ebenfalls, und man konnte ihm ansehen, dass er seiner Schwester alles Glück der Welt wünschte.

Erst als Will vorsichtig seine Hand aus ihrer löste, fiel Annabella auf, dass sie sie die ganze Zeit umklammert hatte.

»Ups, sorry“, entschuldigte sie sich verschämt.

Will lachte leise. »Schon okay. Ich würde sie dir ja auch lassen, aber ich brauche sie mal kurz.“

Sie stimmten in den allgemeinen Applaus ein, bevor die große Gratulationsrunde begann.

Jim lockerte die rührselige Stimmung, indem er rief: »Da gratuliere ich ja herzlich, *Eleonora!* Gut, dass ich nun deinen vollen Namen kenne.«

Annabella war immer noch zu aufgewühlt, um von Herzen in das Lachen der anderen einzustimmen. Der Champagner, mit dem sie auf Brandons und Ellys Wohl anstießen, stieg ihr nach dem Punsch direkt in den Kopf. Sie schritt so würdevoll wie möglich in Richtung Küche, um sich ein Glas Wasser zu holen, und wäre dabei beinahe mit Will zusammengestoßen, der sie lachend an den Schultern festhielt.

»Hoppla, wohin des Weges so hastig, schöne Maid?«

Auf einmal feixte Lizzy: »Hey, ihr zwei steht unter dem Mistelzweig!«

Alle Blicke wandten sich ihnen zu.

Da merkte Annabella erst, dass Will und sie selbst gemeint waren. Ob der Punsch, der Champagner oder die romantische Stimmung, Wills Bezeichnung »schön« oder alles gleichzeitig dazu verhalf, ihre Hemmungen in Luft aufzulösen, konnte sie nicht sagen. Sie warf den Kopf in den Nacken und sah die anderen herausfordernd an. »Ihr wollt mal sehen, wie ein richtiger Kuss geht?«

Sie schlang die Arme um den Hals des verblüfften Will und zog ihn zu sich hinunter. Er zögerte einen Augenblick, dann lag sein Mund auf ihrem. Weich und warm und nur allzu verlockend. Wie von selbst öffneten sich ihre Lippen. Will schmeckte nach Champagner … und dem Wunsch nach viel mehr! Sie vergrub die Hände in seinen dichten Haaren – endlich! Seine Zurückhaltung bröckelte, er schlang die Arme fester um sie und presste sie an sich. Die Knie wurden ihr weich, und sie war froh, dass Will sie festhielt. Alles um sie herum verschwamm in einem süßen Nebel. In ihrer Wahrnehmung gab es nur noch ihn. Und die Gewissheit, dass er sie – zumindest genau in diesem Augenblick – ebenso wollte. Ein heißes Glücksgefühl durchflutete sie.

Sie konnte nicht sagen, wie lange dieser Moment dauerte. Es fühlte sich an wie für die Ewigkeit; vermutlich waren es nur wenige Sekunden. Erst als Will den Griff lockerte, nahm sie die Geräusche um sich herum wieder wahr. Applaus brandete auf. Nur widerwillig löste sie die Hände aus Wills Haaren, klammerte sich jedoch noch Halt suchend an seinen Schultern fest, während er stützend den Arm um ihre Taille beließ. Sie war sich nicht einmal sicher, ob nicht vielleicht auch er Halt brauchte.

Unsinnigerweise fiel ihr ausgerechnet jetzt die Aussage gegenüber diesem Tomcat ein. *Es muss doch auch prickeln!* Das hatte nicht nur geprickelt – ihre Haut kribbelte geradewegs, als hätte sie sich in den eisigen Atlantik gestürzt, und in ihrem Bauch summte ein Hummelschwarm.

Würde *Will* sie in dem Moment fragen, ob sie mit auf sein Zimmer käme, sie würde keine Nano-Sekunde zögern.

Er verbeugte sich – die Verlegenheit überspielend – in

Richtung der anderen. »Seid ihr zufrieden?« Dass seine Stimme noch etwas rau klang, ließ ihr Herz gleich noch eine Spur schneller galoppieren.

»Eine Glanzleistung!« Elly, die immer noch vor Glück strahlte, wirkte sehr zufrieden.

Vorsichtig lockerte Will seinen Griff, als müsste er sich versichern, dass ihre Beine sie auch trugen.

Annabella konnte nicht sagen, wie sie den Rest des Abends überstand. Obwohl Will keinerlei Anstalten machte, sie nochmals unter den Mistelzweig zu locken, blieb er doch meist in ihrer Nähe. Elly war nicht die Einzige, die heute glücklich strahlte. Annabella schlang versonnen die Arme um ihren Oberkörper. Was auch immer noch passieren würde, diesen Glücksmoment konnte ihr keiner mehr nehmen.

Kapitel 9

Annabella

Cumbers Landing / Lynnwood Falls

Am nächsten Morgen gab es so einige verkaterte Gesichter. Doch sobald der erste Kaffee floss, wurde es schon wieder lebhaft.

Jay legte Annabella sanft die Hand auf die Wange. »Hast du gut geschlafen?«

»Ja, ich bin ein bisschen Karussell gefahren und habe einen Brand, doch sonst ging es. Und du?« Sie leerte das Wasserglas in einem Zug.

Er grinste breit. »Eigentlich hätte ich ja so nüchtern wie ein Baby schlafen müssen, aber ich war total aufgedreht. Mensch, ich kann es immer noch nicht fassen! Mein Bruder ist ja sowieso unglaublich, aber habe ich dir schon mal gesagt, dass du mein Weihnachtsengel bist?«

»Nein, erzähl!« Lachend schmiegte sie die Wange in seine Hand. »Ich freue mich wahnsinnig, das wird toll!« Sie biss sich auf die Unterlippe und lehnte sich näher an ihn. »War ich eigentlich sehr betrunken gestern?«

»Falls du wissen willst, ob du dich danebenbenommen hast: nein! Du warst total süß; ich mochte es, dass du so viel gelacht hast.« Sein Lächeln war voller Zärtlichkeit.

»Ich hoffe, du bist nicht der Einzige, der es so sieht«, erwiderte sie trocken.

»Nein, ganz bestimmt nicht. Auch wenn andere vielleicht

etwas länger brauchen, um sich dessen bewusst zu werden.« Sein Blick wurde bedeutungsvoll.

Jetzt war sie es, die ihm die Hand auf die Wange legte und »Danke« wisperte.

Elly und Brandon strahlten um die Wette, als sie Hand in Hand in die Küche kamen. Sie wedelte kichernd mit ihrem funkelnden Verlobungsring umher.

»Ihr seid erst verlobt«, rügte Jim breit grinsend. »So wie ihr ausseht, habt ihr schon vorher vom Tellerchen genascht.«

»Das sagt ja der Richtige«, gab Brandon brummend zurück. »Wer hat denn heute Nacht die ganze Zeit so laut im Nebenzimmer herumgekichert?«

Damit war der verbale Schlagabtausch ganz offensichtlich wieder eröffnet. Die Frotzeleien flogen nur so durch die von dem Duft nach Kaffee und geröstetem Toast erfüllte Luft.

Will kam mit vom Wind zerzausten Haaren von einem ausgedehnten Morgenspaziergang mit Zeus zurück. Obwohl Annabellas Herzschlag bei seinem Anblick sofort zu rasen anfing, war auch der Kuss plötzlich wieder präsent, und Verlegenheit überkam sie. War sie doch stärker betrunken gewesen, als sie gedacht hatte, dass sie ihn sich so vor aller Augen geschnappt hatte? Sie merkte sehr wohl auch Ellys verstohlene Blicke.

Will grüßte zwar freundlich, wirkte jedoch etwas zurückhaltend. Nach dem Kaffee ging es mit der nächsten Bescherungsrunde weiter, wie es am Christmas Day üblich war.

Bei all dem Lob, das sie für ihr Gemälde von Miss Sophie erntete, Ryans Geschenk für Hope, hätte Annabella sich am liebsten verkrochen, und sie war froh, als Elly sie erlöste und Will sein Geschenk überreichte.

Er strahlte beim Anblick der Sondereditions-Sammlung von Edgar Allan Poe, die er gleich zu Hause in seine Bibliothek stellen wollte, wie er verkündete.

Er beobachtete Annabella besonders aufmerksam, als sie

ihr nächstes Geschenk erhielt: eine mit einer Schleife verzierte Papierrolle. Welchen Gutschein konnte sie bekommen? Neugierig streifte sie das Band ab; das Blatt öffnete sich. Als Erstes sprang ihr ein wundervolles Landschaftsgemälde ins Auge. Schnell rollte sie das Papier weiter auf. Es folgte die Beschreibung eines Wochenendkurses für Aquarell-Malerei bei einem Professor namens William Brown.

»Er gibt mehrere Kurse. Den Termin kannst du dir aussuchen.« Oh, wie sie Wills schüchternes Lächeln liebte!

»Ich schmeiße in der Zeit mit Judith das Café«, fügte Jay hinzu.

»Dieser William Brown hat eine gute Reputation. Er unterrichtet auch am *College of Arts.* Und bei *dem* Vornamen dachte ich, der Kerl muss einfach klasse sein.«

Bei Wills süßem Grinsen musste sie unwillkürlich lachen. »Ganz bestimmt!« Annabellas Freude über dieses wundervolle Geschenk wurde verstärkt von einem heißen Glücksgefühl. Sie konnte Will nicht völlig gleichgültig sein, wenn er sich gemerkt hatte, dass sie gern einen Aquarellkurs belegen würde. Augenscheinlich hatte er sich – trotz seines vollen Terminkalenders – selbst um dieses Geschenk gekümmert.

Der kleine Hoffnungsschimmer in ihr, der auf Sparflamme geflackert hatte, verwandelte sich kurzfristig in ein hell loderndes Feuer.

»Danke!« Sie umarmte der Reihenfolge nach Jay, Will – bei ihm fiel ihr das Lösen schwer – und dann die anderen.

Die allgemeine Heiterkeit zog sich über den ganzen Mittag hin. Sie genossen zusammen einen Brunch mit Maine-Hummer und Lachs und den Resten des Vorabends. Unter viel Gelächter wurde das Haus aufgeräumt, und am frühen Nachmittag starteten sie in Richtung Lynnwood Falls.

Da es zum Brunch nochmals Champagner gegeben hatte, übernahm Jay das Steuer. Sie setzten zuerst Jesse ab, bevor Jay zum Café fuhr. Happy Lee musste sie gehört haben, denn sie kam ihnen im Treppenhaus entgegen.

Annabella nahm sie auf den Arm. »Hey, meine Süße! Frohe Weihnachten! Du bekommst dein Geschenk gleich noch.« Die Katze schnurrte wie die Teigmaschine, als Annabella sie unter dem Kinn kraulte.

Sie luden sämtliche Platten und das Geschirr aus und stellten alles in die Küche des Cafés.

»Können wir kurz bleiben, ich … würde mir gern die Wohnung ansehen?«, fragte Jay mit einem verschämten Grinsen.

»Klar!«, stimmte Will lächelnd zu und fasste Zeus, der mit Happy Lee getollt hatte, am Brustgeschirr.

Annabella eilte nach oben, um die Schlüssel zu holen.

»Darf ich … mich kurz allein umsehen?«, bat Jay, den das Ganze immer noch zu überwältigen schien.

»Klar, wir … warten bei mir«, erwiderte Annabella und fragte sich, ob Jay wirklich einen Moment für sich brauchte oder ob er Hintergedanken hatte.

Nun war sie zum ersten Mal seit dem Kuss mit Will allein. Happy Lee und Zeus entpuppten sich als Verräter, denn sie schmiegten sich gemütlich in einer Ecke aneinander.

Tier müsste man sein!, schoss es Annabella durch den Kopf.

Unter Wills halb verblüffter, halb amüsierter Miene wurde ihr heiß und kalt zugleich. »Habe ich … das gerade laut ausgesprochen?«, fragte sie tonlos.

Das belustigte Funkeln in seinen Augen, als er nickte, paarte sich mit etwas, das sie nicht deuten konnte.

»Das war ja wieder glorreich«, murmelte sie und wünschte sich, der Boden würde sich unter ihr auftun und sie für immer und ewig verschlingen.

Will stieß hörbar die Luft aus, nun wirkte er ernst, fast schon bedrückt. »Annabella, ich … Der Kuss gestern …« Er straffte die Schultern. »Ich hätte das nicht tun sollen. Du hattest etwas getrunken und …«

Nun war es an ihr, ihn erstaunt anzusehen. Wie meinte er das? Fühlte er sich etwa schuldig, weil er dachte, es wäre *von ihm* ausgegangen? Bedeutete das, er hatte den Kuss gewollt? Doch das Glücksgefühl wurde sofort wieder vernichtet, als er fortfuhr:

»Ich … sollte nichts anfangen, was ich nicht fortführen kann. Ich …« Verlegenheit und Mitgefühl standen ihm gleichermaßen auf die Stirn geschrieben.

Annabella hob abwehrend die Hand. »Ich weiß, dass du der überzeugteste Single auf Gottes Erdboden bist – oder wie hat Ryan es ausgedrückt? Es war nur ein Kuss, Will! Wir sind aufgeklärte, erwachsene Menschen, die in einem freien Land leben. Ich erwarte jetzt nicht, dass du mir deshalb sofort einen Ring an den Finger steckst.« Sie war von sich selbst beeindruckt, wie locker sie das in den Raum geworfen hatte. »Weihnachten ist das Fest der Liebe. Da kann man sich mal unter einem Mistelzweig küssen und ein bisschen Spaß haben, ohne dass es etwas von weitreichender Bedeutung sein muss«, fügte sie noch hinzu, und auch das unbeschwerte Lachen gelang ihr erstaunlich gut.

Damit hatte sie ihn definitiv überrascht, doch wenigstens besaß er so viel Anstand, sich die Erleichterung nicht allzu sehr anmerken zu lassen, falls er sie denn verspürte. »Ich bin froh, dass du das so siehst. Du …« Er atmete hörbar ein. »Ich habe dich schon einmal sehr verletzt.«

Unwillkürlich kam ihr das Bild von ihm mit dem Veilchenstrauß in der Hand in den Sinn.

Als sie ihm widersprechen wollte, winkte er ab. »Ob es meine Absicht war oder nicht, spielt ja keine Rolle. Du bist wirklich der allerletzte Mensch, dem ich wehtun möchte. Ich will dir nichts vormachen oder dir etwas versprechen, was ich nicht halten kann«, fügte er heiser hinzu.

Sie zwang sich zu einem Lächeln. »Nein, ich … weiß, woran ich bei dir bin, und ich kann damit umgehen. Es waren ja auch emotionale Momente gestern. Wir beide werden uns jetzt, wo Jay und ich Partner sind, sicher öfter sehen. Ich möchte nicht, dass etwas zwischen uns steht.«

Er nickte, nun sichtlich erleichtert.

Allerdings standen sie sich immer noch recht nah gegenüber. Ob es die Nachwirkung des Champagners war – irgendetwas prickelte noch gewaltig zwischen ihnen! Die Erinnerung an den Kuss wurde übermächtig. Und sie sah Will an, dass er das Gleiche dachte.

»Das siehst du doch auch so, dass man sich einfach mal unverbindlich küssen kann, oder?«, hakte sie nach, nicht in der Lage, den Blick von seinen weichen Lippen zu lösen.

»Natürlich, das sehe ich durchaus auch so.« Er rückte noch ein bisschen näher und musterte sie unter halb geschlossenen Lidern.

»Es ist immer noch Weihnachten«, erinnerte Annabella und hob ihm das Gesicht entgegen.

Mit einem beinahe resigniert klingenden Seufzen zog Will sie an sich.

Na, also! Es geht auch ohne Mistelzweig!

Und dann erlosch sämtliches Denken. Hatte sie gestern noch geglaubt, der Kuss wäre das absolute Highlight gewesen, so wurde sie heute eines Besseren belehrt. In ihrem Kopf stob ein wahrer Funkenregen auf, wie Annabella ihn nie zuvor erlebt hatte. Es war regelrecht magisch.

Sie stolperten beinahe übereinander, als sie sich, eng umschlungen und ohne den Kuss zu unterbrechen, in Richtung ihres Sofas schoben.

Als Will auf der Couch halb auf ihr zu liegen kam und sein Mund hungrig ihren eroberte, stieg eine Hitze in ihr auf, die sie innerlich zu verbrennen drohte. Das Verrückte daran war diese Geborgenheit, die sie gleichzeitig dabei empfand. Wieder fanden ihre Finger den Weg in sein Haar, während ihre Rechte seinen Rücken streichelte. Hastig und fieberhaft. Sie tastete sich unter sein Sweatshirt, zerrte ihm das T-Shirt aus dem Hosenbund und berührte seine nackte Haut, während Will ihren Hals küsste und dabei eine brennende Spur hinterließ.

Abermals verschmolzen ihre Lippen miteinander. Will ließ die Hand betörend langsam von ihrer Wange über den Hals nach unten gleiten. Wie zufällig streifte er ihre Brust, um weiter über die Taille nach hinten zu streichen und sie an sich zu drücken. Seine Hand hinterließ ein champagnergleiches Kribbeln auf ihrer Haut.

Ihr ganzer Körper schrie danach, ihm so nah wie möglich zu kommen; der Verstand bekam keinen Raum mehr. Nie zuvor hatte sie so sehr das Bedürfnis verspürt, sich im wahrsten Sinne zu vereinigen – mit Leib und Seele.

Zeus' Kläffen schreckte sie auf, und in der nächsten Sekunde läutete es an der Wohnungstür. *Verdammt!* Sie hatte Jay ganz vergessen.

Will stieß einen unterdrückten Fluch aus und löste sich schwer atmend von ihr. Seine Augen glänzten wie graue Opale.

»Moment«, wollte sie rufen, doch es war mehr ein Krächzen.

Will sprang auf. Auch ihn hatte der Kuss offensichtlich nicht kaltgelassen.

»Du musst nicht gehen. Ich kann dich später nach Hause bringen«, wisperte sie.

Will zögerte. »Nein, es … ist besser, wir stoppen hier.« Zumindest sah er ebenfalls nicht begeistert über diese Aussicht aus. »Wir … haben gerade keinen klaren Kopf. Der Restalkohol, das ganze Drumherum … Vielleicht sollten wir das erst mal sacken lassen.«

Die Enttäuschung musste er ihr angesehen haben. Er

strich ihr in einer liebevollen Geste die Haare aus dem Gesicht und küsste sie sanft auf die Lippen. »Mir fällt es auch nicht leicht, aber vernünftiger ist es. Zudem wollen Jay und ich noch zu unserer Mom fahren.« Er zog sie auf die Beine und in die Arme. »Es war auf jeden Fall ein wunderschönes Weihnachtsfest.«

Sie nickte an seinem so herrlich riechenden Hals und sog die Geborgenheit seiner Umarmung in sich auf. »Das war es. Danke für alles.«

Jay sah sehr zerknirscht aus, als sie die Tür öffnete. Mit ziemlicher Sicherheit war ihren leuchtenden Augen, den zerzausten Haaren und geschwollenen Lippen anzusehen, dass sie nicht so lange gebraucht hatte, weil sie mit Will Scrabble gespielt hatte.

»Ich könnte noch einiges in der Wohnung ausmessen, wenn du einen Zollstock für mich hättest …«, improvisierte er.

Will lächelte zwar, doch auf einmal war da wieder diese Distanz. »Schon gut, das kannst du ein andermal erledigen. Sonst kommen wir zu spät zu Mom.«

Immerhin küsste er sie zum Abschied nochmals leicht auf die Lippen und schenkte ihr eine schmerzlich-süße Umarmung.

Sie nahm Happy Lee auf, drückte ihr Gesicht in das weiche Fell und ließ sich seufzend gegen das Türblatt sinken.

Will

Lynnwood Falls

Ungehalten warf Will das Buch auf den Nachttisch, nachdem er bemerkte, dass er die Seite nun schon zum dritten Mal gelesen hatte. Immer wieder schob sich Annabellas Gesicht vor die Buchstaben.

Wie sie an Weihnachten gestrahlt hatte! Sie hatte sich unbändig über ihr Geschenk gefreut, aber ganz offensichtlich war ihre Freude darüber, wenn andere, wie zum Beispiel Jay, glücklich waren, genauso groß. Sie hatte so ein verdammt großes Herz! Genau deshalb hatte sie es nicht verdient, dass er nur mit ihr spielte. So sehr sein Körper gegen diesen Entschluss, *keine* Kurzzeit-Affäre mit ihr anzufangen, protestierte. Denn dass er Annabella wollte, konnte er nicht leugnen. Das lag jedoch nicht an diesem »exotischen Touch«, der ihr etwas Geheimnisvolles gab.

Schon früher in der Schule hatten die Jungs ihr nachgegeifert – und Will hatte es gehasst. Als wäre sie nur ein Objekt, das man anstarrte. Auch er hatte sie schon immer äußerst attraktiv gefunden, hatte oft von ihr geträumt, aber das hatte mit ihrem Aussehen wenig zu tun gehabt. Seltsamerweise fand er sie ganz und gar nicht exotisch. Vielmehr war sie ihm – auf eine fast schon unheimliche Weise – vertraut. Auch wenn sie es niemals aussprechen würde, wusste er, dass sie es hasste, aufgrund ihrer hellen Haare in Kombination mit der milchkaffeefarbenen Haut etwas »Besonderes« zu sein. Wegen seines verkorksten Elternhauses hatte sich Will früher immer ein wenig als Außenseiter gefühlt. Niemals hatte er Freunde mit nach Hause gebracht, aus Angst, sein Vater könnte ihn blamieren. Stattdessen hatte er sich in die Welt der Bücher geflüchtet.

Vielleicht hatte gerade dieses »Außenseiterdasein« Annabella und ihn so verbunden? Sie hatte zwar schon immer Kylie gehabt sowie ihren Cousin Chester und die gemeinsamen Freunde, aber auch sie hatte sich manchmal abgesondert. Sie war nicht der Cheerleader-Typ gewesen, der immer an vorderster Front stehen musste. Obwohl sie in solch einem Outfit bestimmt …

Er hielt inne. Wo wanderten seine Gedanken denn nun schon wieder hin? Der Sternenhimmel, der hinter dem großen

Dachfenster über ihm funkelte, tat ein Übriges, dass seine Überlegungen in eine romantische Richtung schweiften.

Im Moment könnte er Annabella direkt verwünschen! Wie hatte sie ihm solch ein verlockendes Angebot machen können? Heißen Sex – und dass er heiß werden würde, da war er sich sicher, bei dem Begehren, das schon allein dieser Kuss in ihm ausgelöst hatte. Will musste sich eingestehen, dass sie ihn nicht nur körperlich, sondern auch intellektuell anzog. Doch von Annabella hätte er solch ein Angebot definitiv nicht erwartet, und das rüttelte an seinen Grundfesten. Alles in ihm schrie danach, jetzt sofort zu ihr zu eilen und da weiterzumachen, wo sie aufgehört hatten.

Du musst nicht gehen!

Sein Körper erwies sich als echter Verräter. Er wollte Dinge, die sich nicht mit seinem Verstand vereinbaren ließen. Er wollte sie im Arm halten, dieses Leuchten in ihren Augen sehen, wenn sie ihn so sexy von unten herauf anschaute, und sie zum Lächeln bringen …

Mühsam rief Will sich zur Vernunft.

Annabella war die Geschäftspartnerin seines Bruders. Sie war seine Mandantin gewesen. Sie kam aus Lynnwood Falls. Und sie war quasi eine alte Freundin. Alles triftige Gründe, *nicht* mit ihr ins Bett zu steigen. Davon musste er sich nur selbst endlich überzeugen! Das Beste war, er hielt sich in nächster Zeit von ihr fern, bevor er sich noch zu einer Dummheit verleiten ließ.

Resigniert griff Will wieder nach dem Buch. Mit einem lauten Seufzen, das sogar den friedlich zu seinen Füßen schlummernden Zeus aufschreckte und ihm einen verschlafenen Blick aus braunen Hundeaugen bescherte, schlug Will die Seiten wieder auf.

Kapitel 10

Annabella

Lynnwood Falls

Das Jahresende näherte sich mit Siebenmeilenstiefeln, und die Arbeit ließ ihnen kaum Zeit zum Luftholen. Will kam vorbei, um die Verträge zu fixieren, doch es war fast schon ein Gespräch zwischen Tür und Angel. Er wirkte gehetzt und machte dabei keinerlei Anstalten, ihr näherzukommen.

Jay bestand darauf, den Namen *Annabella's Café* beizubehalten, schließlich trage es eindeutig ihren Fingerabdruck. Er stürzte sich auch mit Feuereifer in die Renovierung der Wohnung im ersten Stock, während Will sich entschuldigte, er müsse einige Tage nach Portland, der Arbeit wegen.

Zum Glück blieb Annabella wenig Zeit, um sich deswegen zu viele Gedanken zu machen, auch wenn seine grauen Augen sie jede Nacht in den Schlaf begleiteten und am Morgen das Erste waren, das ihr beim Aufwachen in den Sinn kam. Normalerweise war es zwischen den Feiertagen eher ruhig, doch in diesem Jahr gab es viele Tortenbestellungen, und Susan orderte Fingerfood für die *New Year's Eve Party* im *The Eighties.*

Gefühlte Tonnen von Mini-Donuts, kleinen Zimtschnecken, Brownies und winzigen Pies, außerdem salziges Gebäck wie Mini-Quiches wanderten aus dem Backofen in die bereitstehenden Lieferkisten. Jay und Judith arbeiten unter Hochdruck, und sogar Mathilda Moffatt wurde beim Backen mit eingespannt.

Es war schon halb sechs, als sie endlich alles abgeliefert

hatten und sich, völlig erschöpft, in der Küche gegen den Tresen sinken ließen.

Trotzdem zappelte Jay herum. Er war schrecklich nervös, weil er mit Mitch auf eine Party in Portland eingeladen war – das erste Event, das er unter vielen anderen homosexuellen Männern verbringen würde.

Annabella stupste ihn kichernd an. »Was glaubst du denn, was da so großartig anders ist? Es ist einfach eine Silvesterparty, die du mit deinem Freund besuchst. Die Leute werden dich nicht nur mögen, weil du ein heißer Typ bist, sondern weil sich hinter diesem schnuckeligen Aussehen ein großartiger Mensch verbirgt. Und schließlich hast du Mitch an deiner Seite.«

»Okay, okay! Sei schon ruhig, du Schmeichlerin.« Jays angespannte Gesichtszüge lockerten sich, und er lachte nun auch. »Aber versprich du mir, dass auch du den Jahresausklang mit den anderen würdig feierst.« Er küsste sie sanft auf die Stirn. »Das nächste Jahr wird gigantisch werden. Glaub mir!«

Die Hoffnung stirbt zuletzt! Doch Annabella verkniff sich die Bemerkung.

Sie sollte sich lieber sputen, um fertig zu werden. Nach einem ausgiebigen Schaumbad und weiteren kleineren Verschönerungsaktionen warf sie sich »in Schale«. Das Motto der *New Year's Eve Party* im *The Eighties* lautete, wie nicht anders zu erwarten, »die Achtzigerjahre«. Zum Glück hatte sie etwas Passendes im Schrank gefunden und musste nicht allzu viel improvisieren: schwarze Leggins, ein leuchtend pinkfarbenes Shirt mit großen schwarzen Punkten und Schulterpolstern sowie passende pinke Stulpen über Boots, darüber ein schwarzer Oversize-Blazer – und das Ganze noch verziert mit riesigen Creolen und unzähligen Ketten und Armreifen, die Haare offen und toupiert … So fühlte sie sich bestens gerüstet. Ausnahmsweise schminkte sie sich etwas stärker, mit Lidschatten und pinkfarbenem Rouge, wie es damals Mode gewesen war.

Pünktlich um acht Uhr standen Lizzy und Jim von der Haustür, die sich angeboten hatten, sie mitzunehmen. Beide steckten in Punk-Outfits, die ihnen gut standen. Annabellas Herzschlag beschleunigte sich, als sie sich im *The Eighties* durch die Menschenmenge in Richtung der Billardtische drängten. Die waren heute an die Wand geschoben worden und fungierten – mit Sperrholzplatten und Tischdecken belegt – als Buffet-Tische, auf dem sich Platten mit Fingerfood und zahlreiche andere Leckereien türmten, darunter auch Gebäck aus dem Café. Alles sah köstlich aus.

Elly hatte ihnen den Tisch reserviert, an dem sie öfter saßen. Sie trug die Karottenjeans und das blau-schwarze Karohemd, das sie vor dem Bauch geknotet hatte, mit einer unvergleichlichen Lässigkeit. Auch sie und Hope, gekleidet in Röhrenjeans und einen mintgrünen Blazer, hatten die Haare hochtoupiert.

Annabella musste sich ein Lachen verkneifen, als Brandon und Ryan, die zwei Pitcher Bier für alle geholt hatten, auf sie zukamen. Der eine im weißen Anzug, der andere – Ryan – in Jeans und dunkelblauem Jackett, sahen sie aus, als wären sie geradewegs *Miami Vice* entstiegen. Nun fehlte nur noch Will. Doch statt ihm kam zu ihrer Überraschung Jack auf sie zu. In einer Röhrenjeans und einem blauen Hemd, das zu seinen Augen passte, die Haare wuschelig nach oben gegelt.

Vorsichtig, um ihr Make-up nicht zu zerstören, erwiderte sie seine Wangenküsse. »Was ist mit dir los? Ich dachte, du feierst in Portland. Musste deine Freundin überraschend im Krankenhaus arbeiten?«

Er zuckte die Schultern. »Ex-Freundin. Es hat … nicht ganz so funktioniert«, murmelte er.

»Oh, Jack!« Nun pfiff sie doch auf ihr Make-up und

drückte ihn fest an sich; es gab Momente, da waren Äußerlichkeiten absolut zweitrangig. »Das tut mir leid.«

Er seufzte. »Schon okay!« Dann zwinkerte er ihr zu, wieder ganz der Alte: »Ich würde mich ja mit dir trösten, aber ein Vögelchen hat mir gezwitschert, da betrete ich fremdes Terrain.«

Annabellas Herzschlag beschleunigte sich. *Schön wär's!* Während sie verlegen an ihren Armreifen spielte, zog sie eine Grimasse. »Seit wann gibst du was auf Vogelgezwitscher?« Irgendwie kam das weniger lustig heraus als beabsichtigt.

Jack trat übertrieben einen Schritt zurück und deutete auf den Boden. »Das war ja mal ein Sprung mitten ins Fettnäpfchen, oder?«

Annabella nickte, dieses Mal gelang ihr das Grinsen. »Mit beiden Beinen bis zu den Knöcheln.«

Jack legte den Arm um ihre Schultern, drückte sie kurz und sagte dann: »Lass uns heute feiern. Es ist *New Year's Eve!* Jetzt können wir dem alten Jahr noch mal so richtig den A… llerwertesten zeigen.«

Sie stimmte in sein Lachen ein. »Das machen wir!«

Doch es war eher andersherum – das alte Jahr wollte ihr wohl noch mal zeigen, dass es nicht ihres war: Will tauchte nicht auf, so sehnsüchtig Annabella auch nach ihm Ausschau hielt.

Sie folgte den anderen unter die Discokugel und tanzte ausgelassen zu den Klängen der Live-Band, die einen alten Song nach dem nächsten spielte und die Stimmung mächtig anheizte, doch selbst die ausgiebige Bewegung konnte ihre Anspannung nicht vertreiben. Hatte Will plötzlich ein Date wahrgenommen? Würde er gar nicht mehr kommen? Aber hätte Jay dann nicht etwas gesagt?

Irgendwann gegen kurz vor neun hielt Annabella es nicht mehr aus. Sie lehnte sich zu Elly vor und brüllte ihr ins Ohr: »Was ist eigentlich mit Will?«

Elly riss die Augen auf. »Ich dachte, du wüsstest es! Er musste heute Nachmittag kurzfristig wegen eines Notfalls zu einer Mandantin.« Sie sah ihr wohl die Enttäuschung an, denn sie fügte gleich hinzu: »Aber er wollte schnellstmöglich nachkommen.«

»Alles klar!« Annabella gab sich lässig, auch wenn ihr Ellys mitleidiger Gesichtsausdruck sagte, dass diese vermutlich sehr wohl ahnte, was in ihr vorging.

Auch Hope argwöhnte es wahrscheinlich, denn sie war ständig bemüht, Annabella zu beschäftigen und auf die Tanzfläche zu locken. Hoffentlich bemerkte sonst niemand etwas von dem Chaos, das in ihrem Inneren tobte.

Will bei einer Mandantin. Ihr Gefühl sagte ihr, er würde nicht mehr kommen. Die alte Wut loderte in ihr auf, diesmal war es jedoch in erster Linie Wut auf sich selbst. Sie hatte es doch gewusst! Wieso hatte sie nur zugelassen, dass sich dieser Hoffnungsfunke in ihr so penetrant hielt, anstatt ihn gleich in einem Haufen Schnee zu ersticken?

Die Uhr tickte erbarmungslos weiter. Es war schon halb elf. Fleißige Helfer räumten die Platten von den Tischen, die Tanzfläche wurde erweitert. Elly hatte einen Teller mit Häppchen für Will beiseitegestellt und schlug Jim auf die Finger, als er davon naschen wollte.

»Glaubst du echt, er kommt noch? Der hat sich doch bestimmt unterwegs ein Date abgecheckt.« Jim ächzte, als Lizzy ihm, begleitet von einem strafenden Blick, den Ellbogen in die Rippen rammte.

Annabella hob die Hände. »Leute, da ist nichts zwischen uns, ihr braucht auf mich keine Rücksicht zu nehmen. Ein Kuss unter dem Mistelzweig, der unter der Wirkung des Punschs etwas ausuferte. Mehr nicht!« Sie fand, sie klang verdammt überzeugend.

Während Jack sie gutmütig neckte, ob sie ihm einen solchen Kuss mal zeigen könnte, und sie damit widerwillig zum

Lachen brachte, zückte Elly, wie schon öfter an diesem Abend, ihr Handy. Ihr Diamantring funkelte dabei.

»Will steckte länger als befürchtet fest, aber er hofft, dass er rechtzeitig zum Jahreswechsel da ist. Er ist schon unterwegs. Hoffentlich sind die Straßen durch den Wald nicht so glatt und er kommt gut durch!« Sie musste gegen den Musiklärm anschreien, dennoch konnte man ihre Besorgnis spüren.

In Annabella mischte sich Erleichterung mit Sorge. Sie hatte mit einem Mal große Angst. Dass ihm etwas zustieß. Dass sie nicht mit ihm das neue Jahr begehen konnte – irgendwie erschien ihr das wie ein schlechtes Omen.

Die Zeiger der Wanduhr, die gegen den Uhrzeigersinn lief und die Aufschrift *Manchmal läuft alles verkehrt* trug, kannte kein Erbarmen. Unerbittlich rückten sie voran. Um halb zwölf hielt Annabella die innere Unruhe nicht mehr aus. Sie kämpfte sich durch die Menschenmenge nach draußen. Checkte auch ihr Handy abermals. Doch warum sollte Will ihr schreiben, wenn er schon mit Elly in Kontakt stand?

Die kalte Nachtluft fühlte sich wie ein Schlag mit dem Kricket-Schläger ins Gesicht an. Sie hatte zwar ihren Blazer wieder übergezogen, aber vermutlich hätte sie besser ihren Mantel mitgenommen. Fröstelnd zog sie die Schultern zusammen. In der Ferne ertönten bereits die ersten Kracher, und auch die eine oder andere Rakete zischte schon in den schwarzen Nachthimmel – vermutlich von Jugendlichen gezündet, die es nicht erwarten konnten. Annabella drehte sich gerade um, um wieder hineinzugehen, da wurde die gelbe Hauswand des *The Eighties* von Scheinwerfern erhellt.

Annabella fuhr herum. Ungewöhnlich forsch für die winterlichen Witterungsverhältnisse bog Will auf den Parkplatz. Wie von selbst setzten sich ihre Beine in Bewegung, und ungeachtet der Glätte rannte sie ihm entgegen. Kaum war er ausgestiegen, flog sie ihm um den Hals.

»Ich hatte schon Angst, du schaffst es nicht mehr rechtzeitig! Oder dir passiert etwas auf den glatten Straßen«, stieß sie hervor.

Will drückte sie an sich. »Hast du etwa in dieser eisigen Kälte auf mich gewartet?«

Annabella nahm den Kopf zurück, ohne sich von ihm zu lösen, und sah ihm ins Gesicht. Er wirkte etwas versteinert, doch dieses Mal lag es offenbar nicht an ihr. Sie hatte schon einiges an Bier intus, in der Aufregung hatte sie mehr getrunken als beabsichtigt. Dennoch sah sie plötzlich völlig klar. Wills erschöpfte Gesichtszüge wirkten gestochen scharf, als sie die Hand hob und ihm mit dem Daumen die Falte zwischen den Augenbrauen glattstrich.

Eine höhnische Stimme ließ sie zusammenzucken. »Sieh dir die Turteltäubchen an!« Al Kingsman kam aus dem Raucherpavillon auf sie zugetorkelt; seine Stimme klang schleppend. »Ich wusste gar nicht, dass du so anhänglich bist, Blondie!« Er lachte hässlich. »Obwohl … bei einer wie dir!« Der Gestank nach Fusel und kaltem Rauch waberte ihnen entgegen.

War Will vorher schon angespannt gewesen, so versteifte sich sein Körper nun noch mehr. Er schob Annabella beiseite. »Pass auf, was du sagst, Kingsman!« Seine Wangenmuskeln zuckten.

»Na komm, die Blondie-Schlampe schreit doch förmlich: ›Nimm mich!‹, auch wenn sie immer so prüde tut!«

Will trat einen Schritt vor, und Annabella packte ihn schnell am Arm.

»Lass ihn! Er ist es nicht wert!«, raunte sie ihm zu.

Doch Will schüttelte nur den Kopf. Mit einem verächtlichen Schnauben wandte er sich an Al: »Wusstest du, dass es bei den Polynesiern in Samoa verhältnismäßig mehr Blonde gibt als in Skandinavien?«

Auf Al Kingmans betrunkenes Gesicht trat ein verständnisloser Ausdruck.

Will winkte ab. »Ach nein, du weißt ja nicht mal, wo Skandinavien liegt, nicht wahr? So alt geworden und eine Allgemeinbildung, für die sich manch ein Fünfjähriger schämen würde!« Er legte den Arm um Annabellas Schultern und wandte sich mit ihr in Richtung Eingang.

»Komm her, du arroganter Wichser«, brüllte Al ihnen nach, doch sie ließen ihn einfach stehen.

»Danke«, murmelte Annabella mit einem scheuen Lächeln. Vermutlich war der Samoa-Vergleich die süßeste Verteidigung, die sie je gehört hatte. »Ich hatte kurz Angst, du gehst auf ihn los.«

Will wirkte immer noch wütend. »Ich hasse diese Typen! Der sollte sich mal den Mund mit Seife auswaschen! Wegen eines solchen Mistkerls habe ich heute schon Stunden in der Notaufnahme und auf der Straße verbracht!«

Annabella riss erschrocken die Augen auf. »Was ist passiert?«

Er rieb sich müde über das Gesicht. »Der Mann einer Mandantin hat sie mit einem Baseballschläger verprügelt, als sie ihm sagte, dass sie ihn verlassen wird. Sie musste genäht werden. Ich habe sie anschließend in Sicherheit gebracht, weil er sie immer noch jagt.« Er schüttelte sich, sein Lächeln wirkte gezwungen. »Aber jetzt lass uns reingehen, bevor du dich noch erkältest.«

Die Scham darüber, dass sie ihm ein heißes Date unterstellt hatte, wurde von einer fast schon schmerzhaften Zuneigung verdrängt. Will hätte sicherlich auch lieber hier mit seinen Freunden gefeiert. Aber er würde niemals jemanden im Stich lassen, der seine Hilfe brauchte. Sie lächelte ihn an. »Du hast dir jetzt echt was zu trinken verdient!«

»Aber so was von!«

Erst als Will die anderen begrüßte, fiel ihr auf, wie cool er mit der schwarzen Jeans, dem Muskelshirt und der schwarzen Lederjacke darüber aussah.

Brandon hieb ihm auf die Schulter, Besorgnis spiegelte sich in seinem Blick, nachdem Will ihm von dem gewalttätigen Ehemann erzählt hatte. »Nächstes Mal sagst du Bescheid, dann helfen wir dir. Du solltest so was nicht allein angehen, das ist echt scheißgefährlich. Irgendwann erwischt dich mal einer dieser Typen ...«

»Auf jeden Fall sind wir dabei!«, bestätigte Jack, auch die anderen stimmten sofort zu.

Annabellas Herzschlag, der schon bei Wills sexy Aussehen aus dem Takt geraten war, legte noch einen Zahn zu. Daran hatte sie noch gar nicht gedacht. Die Angst um ihn schnürte ihr auf einmal die Kehle zu.

»Danke euch, Leute, aber ich hatte die Cops und auch die Staatsanwältin involviert.« Will hob die Mundwinkel. »Lasst uns nicht mehr darüber reden. Es ist alles gut ausgegangen. Jetzt habe ich erst mal einen Bärenhunger und Durst!«

Elly, die ebenfalls besorgt gewirkt hatte, reichte ihm den Teller, während Ryan ihm ein Glas aus dem Pitcher randvoll schenkte. Nachdem sie angestoßen hatten und Will den Krug in einem Zug geleert hatte, zog Elly ihn beiseite und ließ sich vermutlich in allen Einzelheiten darüber aufklären, was passiert war.

Bis Brandon sie unterbrach und zur Tür deutete. »Wir sollten rausgehen. Es ist gleich so weit!«

Dieses Mal nahm Annabella ihren Mantel mit. Curtis schaltete die Musik vom Streaming-Dienst an, auch die Musiker mischten sich unter die Menschenmenge, die sich durch den Ausgang schob.

Irgendwie hatte sich dieses Jahr ganz passend verabschiedet: ziemlich aufregend und turbulent. Es bestand auf jeden Fall Hoffnung, dass das nächste besser werden würde. Wehmut überkam Annabella, als ihr Blick auf die Umstehenden fiel. Hope und Ryan. Elly und Brandon. Lizzy und Jim. Irgendwie schien jeder jemanden zu haben, der ihm den Arm um die Schultern legte. Sogar Jack hatte kurzfristig noch ein Mädchen aus dem Nachbarort angesprochen. Auf jeden Fall schien ihr sein Flirten zu gefallen, denn sie legte den Kopf an Jacks Schulter.

Wo war eigentlich Will? Sie hatte gesehen, dass Pete Lawrence ihn aufgehalten hatte, doch nun war er verschwunden. Al Kingsman stand weit entfernt beim Raucher-Pavillon, zum Glück wurde Will dort nicht in einen weiteren Streit verwickelt. Auf einmal fühlte sie sich völlig verloren.

»Zehn, neun, acht …«, fing der Chor an herunterzuzählen, doch die Worte blieben Annabella im Hals stecken.

Plötzlich wurde ihr ein Sektglas in die Hand gedrückt, und ein Arm legte sich um ihre Schultern. Wills Augen funkelten mit den Sternen um die Wette. »Fünf, vier …«

»Drei, zwei, eins«, stimmte Annabella glücklich ein und schmiegte sich an ihn, als sie alle gemeinsam *Auld lang syne* anstimmten, während über ihnen die Raketen zischten und die Welt in einen bunten Funkenregen hüllten.

Will sah ihr in die Augen, als er mit ihr anstieß. »Happy New Year!«

Sie benetzte die trockenen Lippen, ohne ihren Blick von seinem zu lösen. Annabella leerte ihr Glas in einem Zug und schlang die Arme um seinen Hals. »Ich wünsche dir ein ganz wundervolles neues Jahr«, wisperte sie an seinem Ohr. Und dann lagen seine Lippen auf ihren. Warm und verlockend. Sie vergaß die Kälte, die Menschen um sich herum, den Lärm und wusste nicht, ob das Feuerwerk in ihrem Kopf von Wills zärtlichem Kuss oder von den Raketen stammte.

Als sie auf Wolke neun schwebend zahllose Umarmungen und Neujahrswünsche erwiderte, flutete Erleichterung durch sie. Sie hatte es geschafft! Auch wenn sie keine Ahnung hatte, wie das Jahr weitergehen würde: Den wundervollen Beginn konnte ihr definitiv keiner mehr nehmen.

Abermals landeten sie kurz darauf auf der Tanzfläche.

Doch dieses Mal tanzte sie sich nicht den Frust aus dem Leib, sondern war von einer glückseligen Ekstase erfüllt.

Irgendwann gegen halb vier Uhr am Morgen wankte die ganze Clique als letzte Gruppe aus dem *The Eighties*, und sie krochen gemeinsam auf die Ladefläche des Pick-ups des alten Hank, der einen Fahrdienst bot. Sie saßen so dicht gedrängt, dass sich Annabella eng in Wills Arme schmiegen konnte. Der einzige Wehrmutstropfen war, dass sie am nächsten wohnte, also als Erste abgesetzt wurde. Und nicht den Mut fand, Will zu bitten, mit ihr zu kommen. Wenigstens gab er ihr einen zärtlichen Kuss, den sie mit in ihre Träume nehmen konnte.

Kapitel 11

Annabella

Lynnwood Falls

Am Neujahrstag blieb das Café geschlossen. Annabella war heilfroh darüber, denn am Nachmittag fand das obligatorische Neujahrsrodeln auf dem Huckleberry Hill statt. Groß und Klein tummelten sich heute hier. Als Annabella ankam, sauste Will gerade zusammen mit Mel auf dem Schlitten den Hang hinunter. Sie mochte die sympathische Bibliothekarin von Herzen, doch in diesem Moment hätte sie gern mit ihr getauscht.

Sie hätte Hope küssen können, als diese Melanie nach dem Absteigen vom Schlitten direkt abfing und in ein Gespräch über den Buchklub verwickelte.

Der ohnehin schon sonnige Tag wurde noch ein bisschen heller, als Will sie – nach einem Begrüßungskuss auf die Wange – fragend ansah. »Sollen wir?«

Das Strahlen konnte sie nicht unterdrücken, und sie bejahte. Das Adrenalin peitschte nur so durch ihre Adern, während sie, an seinen Körper gedrückt, den Hang hinunterflitzte. Der Rausch hielt den ganzen Nachmittag an, doch wieder landete sie, nach einem unverbindlichen Abschiedskuss, allein in ihrer Wohnung.

Der nächste Tag, ein Samstag, wurde turbulent. Sie feierten die »Eröffnungsparty« für die neue Geschäftskooperation. Annabella freute sich, dass fast alle Freunde und Bekannte aus Lynnwood Falls kurz vorbeischauten. Auch ihr Cousin Chester, der in einem Vorort von Portland lebte, kam mit ihrer Tante Ruth vorbei. Will, Kylie und Mitch halfen tatkräftig mit, und auch die anderen packten alle an, wenn Not am Mann war.

Wie schon an den beiden vergangenen Tagen machte Will keine Annäherungsversuche, aber sie spürte mehr als einmal, wie seine nachdenklichen Blicke sie streiften, wenn er dachte, sie merke es nicht. Und jedes Mal kribbelte es wohlig in ihrem Magen.

Als endlich alles wieder aufgeräumt war, umarmte Annabella Jay. »Das ist doch super gelaufen, Partner!«

Er küsste sie auf die Nasenspitze. »Ich könnte mir keine bessere Partnerin als dich vorstellen.«

Wills Gesichtsausdruck konnte sie nicht deuten. Ungeduld brodelte in ihr auf. Sie wollte endlich wissen, woran sie bei ihm war. Sie war froh, dass sich Kylie sowie Mitch und Jay gleich verabschiedeten.

Will hatte Zeus bei dem Trubel heute in Annabellas Wohnung gelassen, wo er immer wieder nach ihm sehen und ihn auch zwischendurch ausführen konnte. Der Hund bellte schon begeistert, als er die Schritte hörte, und quetschte den Kopf zur Katzenklappe heraus.

Annabella lachte auf. Es war ein zu putziges Bild. Auch Will stimmte ein. Wie sie sein dunkles Lachen liebte!

»Hey, nicht so ungeduldig, wir kommen doch schon!«

Während er Zeus begrüßte, als hätten die beiden sich Jahre nicht gesehen, eilte Annabella mit einer gemurmelten Entschuldigung in ihr Schlafzimmer und bat Happy Lee im Geiste um Verzeihung, dass sie ihr nicht die gleiche Aufmerksamkeit widmete. Aber sie hatte einen Plan.

Eilig schlüpfte sie aus ihren Arbeitsklamotten in eine schwarze Leggins und eine lange hellgraue Bluse aus weichem Baumwoll-Material, das sich weich an ihren Körper schmiegte. Schnell öffnete sie die Haare und war froh, dass sie trotz des anstrengenden Tages einigermaßen gut fielen. Sie ordnete sie nur mit den Händen. Ihr Blick fiel aufs Bett. Es war aufgeschlagen, das passte. *Falls* sie es brauchen sollte …

Ein letzter Blick in den Spiegel. In einem Anfall von Mut (oder Wahnsinn?) öffnete sie noch einen weiteren Knopf, sodass der Ansatz ihrer Brüste zu sehen war. Verführerisch, aber nicht ordinär. Auf Schmuck verzichtete sie.

»Stößt du noch mit mir auf die neue Partnerschaft mit deinem Bruder an? Ich brauche jetzt einen Drink. Wie wäre es mit einem Gin Tonic?« Sie bemühte sich um ein kokettes Lächeln.

Will, der in der Ecke kniete und mit Zeus und Happy Lee spielte, sah erstaunt auf. Seine Augen weiteten sich bei ihrem Anblick. »Gern!« Dass seine Stimme heiser klang, jagte wohlige Schauer über ihren Rücken. »Du bist den ganzen Tag herumgerannt. Sag mir, wo ich was finde, dann mixe ich ihn.«

Mechanisch antwortete Annabella. Während sie ihm zusah, wie selbstverständlich er sich in ihrer Wohnung bewegte, verstärkte sich das Summen in ihrem Bauch. Schnell setzte sie sich auf das rote Sofa, bevor er auf die Idee kommen könnte, zum Esstisch zu gehen. So war er gezwungen, sich neben ihr niederzulassen, als er ihr den Drink reichte.

»Danke!« Das Glas schmiegte sich kalt in ihre Finger. Sie hob es … und zögerte. Schließlich sagte sie neutral: »Auf Jay!«

Will nickte ihr zu. »Auf Jay! Und auf dich!«

»Und dich, der die Idee mit der Partnerschaft erst angeregt hat.« Sie nahm einen großen Schluck, der ein genauso warmes Gefühl in ihrem Bauch verursachte wie Wills Lachen.

»Darauf wärt ihr früher oder später auch selbst gekommen.«

»Okay, dann trinken wir auf … uns.« Zu gern hätte sie dabei ihrer Stimme einen rauchigen Touch gegeben, stattdessen kam es eher etwas verschüchtert heraus.

Das heisere »Annabella«, das Will nun ausstieß, klang regelrecht gequält.

Sein Gesicht kam ihrem nahe, in den grauen Augen lag die pure Magie. Ihr Puls fing an zu rasen. Und endlich küsste er sie. Mit einer Leidenschaft, die sie regelrecht überwältigte. Als wäre ein Damm in ihm gebrochen, der die – vielleicht mühsam aufrechterhaltene – Zurückhaltung abrupt niederriss. Ungeachtet seines gemurmelten »Wir sollten das nicht tun« drückte er sie nach hinten, bis sie eng aneinandergepresst zum Liegen kamen. Seine Lippen bedeckten ihr Gesicht und ihren Hals, bevor er wieder hungrig die ihren suchte. Sie spürte an ihrer Hüfte, dass der ekstatische Kuss auch ihn absolut nicht kaltließ.

Dieses Mal würde sie niemand stören! Sie vergrub die Hand in seinen Haaren, ihr gesamter Körper war zum Bersten gefüllt mit Glückshormonen. Will war zärtlich und leidenschaftlich zugleich, als er die Hand unter ihre Bluse schob und ihren Rücken streichelte.

Achtsamkeit!, schoss es ihr seltsamerweise durch den Kopf. Genau das war es, was sie an Will so mochte. Er war achtsam gegenüber allen Lebewesen, ob Mensch oder Tier. Oder sogar Pflanzen. Genau dafür liebte sie ihn. Als ihr klar wurde, was sie da gerade dachte, zuckte sie innerlich zusammen. *Liebe?*

Ob es jetzt Wills Empathie war oder ob er das Zusammenzucken gespürt hatte, auf einmal zog er sich schwer atmend zurück. »Wir sollten das nicht tun!«, stieß er hervor, dieses Mal deutlicher.

»Was?« Sie blinzelte verwirrt, hatte Mühe, aus ihrem Glückstaumel zu erwachen.

Er wirkte gequält. »Das ist … nicht richtig. Wir sind Freunde, sollten keine Affäre eingehen!«

»Ich habe dir gesagt, dass es für mich okay ist …«, widersprach sie, doch vielleicht klang sie nicht überzeugend genug.

Will sprang auf. »Nein! Wir … Du bist die Partnerin meines Bruders. Wir werden uns häufig sehen. Es … geht nicht … Wir … Ich … kann das nicht!« Sein Brustkorb hob und senkte sich immer noch schnell.

Annabella stand ebenfalls auf und verschränkte die Arme vor der Brust, als könnte sie den Schmerz, der in ihr tobte, so in Schach halten. »*Kannst* du es nicht, oder *willst* du es nicht?«

Will presste die Lippen zusammen, dann nahm er sie an den Schultern und blickte sie eindringlich an. »Sieh mir in die Augen und schwöre, dass es dir nichts bedeutet! Dass du nicht mit dem Herzen dabei sein wirst, wenn wir jetzt weitermachen! Dass es dir tatsächlich nur darum geht, ein bisschen unverbindlichen Spaß zu haben.«

Annabella öffnete den Mund. Und schloss ihn wieder. Das Ziehen in ihrem Brustkorb wurde fast unerträglich. Es wäre doch so einfach! Sie müsste ihm nur jetzt etwas vorlügen, dann würden sie eine wunderbare Nacht miteinander verbringen, die sie für immer und ewig in ihrem Herzen bewahren konnte. Doch sie brachte kein Wort über die Lippen.

»Versichere mir, dass es dir nichts bedeutet«, wiederholte er, fast flehentlich.

Sie war schon immer eine verdammt schlechte Lügnerin gewesen. *Sag was!*, befahl sie sich selbst, doch sie brachte keinen Ton heraus.

Wills Griff an ihrer Schulter verstärkte sich, aber er schien es nicht zu merken. »Es tut mir so leid, Annabella!« Wenigstens wirkte er ehrlich schuldbewusst, auch wenn ihr das jetzt nichts brachte. »Es ist besser, wir hören hier auf, bevor es noch Scherben gibt!

Dafür ist es längst zu spät! Doch wenigstens konnte sie sich diese Worte verkneifen.

Auf einmal wurde sie wütend: »Sag du mir doch, dass ich mich irre! Dass da nichts zwischen uns ist! Dass wir uns nicht *zueinander* hingezogen fühlen!«

Nun schienen *ihm* plötzlich die Worte zu fehlen.

»Sag mir ins Gesicht, dass ich dir gleichgültig bin und Sex das Einzige ist, das du von mir willst!«, schleuderte sie ihm entgegen.

»Ich … habe nie gesagt, dass du mir gleichgültig bist! Im Gegenteil. Gerade *deshalb* kann ich das nicht!« Die Qual in seiner Stimme ließ sie kurzfristig wanken, dennoch loderte die Wut höher in ihr auf.

»Ach ja?«, höhnte sie. »Und warum nicht? Weil du dich nicht binden willst?«

Nun wurde auch er wütend. »Genau das habe ich dir von Anfang an gesagt, dabei habe ich dir nichts vorgemacht! Eine Beziehung kommt für mich in keinem Fall infrage!«

»Du willst dich nicht binden, weil du alle Frauen, die dir gefallen, flachlegen willst?«

»Darum geht es doch gar nicht«, gab er ungehalten zurück.

»Dann erklär es mir!«

»Ich kann das nicht! Ich will es einfach nicht, verstehst du das nicht?« Kurz blitzte Verzweiflung in ihm auf, die sie irgendwie anrührte, dann krachte die innere Zugbrücke hinauf, und er verwandelte sich wieder in diese uneinnehmbare Festung.

»Hilfst du mir, es zu verstehen?« Nun klang sie flehentlich.

Für einen Moment wirkte er, als wollte er direkt davonstürzen, dann stieß er hervor: »Mein Leben lang musste ich Erwartungen erfüllen! Und egal, was ich getan habe, ich habe sie immer enttäuscht.«

»Dein Vater?«

Seine Stimme überschlug sich fast. »Alle haben Mitleid, weil unser Vater uns manchmal verprügelt hat. Aber ihr habt doch wirklich keine Ahnung! Das war nur rein körperlich. Diese Schmerzen vergehen über kurz oder lang, sie sind nichts gegen diesen ständigen Erwartungsdruck, das Bewusstsein zu versagen – egal, was du tust. Niemals gut genug zu sein …« Er presste die Lippen zusammen. Und zum ersten Mal, seit sie Will kannte, hatte sie den Eindruck, dass er ihr einen winzigen Einblick in sein wahres Ich gewährt hatte. Diese panische Angst davor, Menschen zu enttäuschen, die ihm von klein auf eingepflanzt worden war …

Ihr Herz drohte überzufließen. Ihre Wut verpuffte. Sie legte die Hand auf seinen Arm, doch er schüttelte sie ab.

Sein Gesicht war eine starre Maske. »Es tut mir leid, ich weiß, ich verletze dich. Mal wieder. Deshalb ist es besser, ich ziehe mich jetzt zurück, bevor es noch mal passiert. Darauf habe ich absolut keine Lust mehr!«

So offen würde sie ihn vermutlich nie wieder erleben; sie musste einfach nach dem Strohhalm greifen. »Es muss doch nicht zwingend Erwartungen …«

Er schnaubte. »Oh, zeig mir diese eine Beziehung, in der es keine gäbe!«

Sie spürte, wie die Mauer wieder dicker und undurchdringlicher wurde.

»Also verbringst du lieber den Rest deines Lebens als Eremit, als einem anderen Menschen entgegenzukommen, nur, damit du ihn nicht aus Versehen enttäuschst?«

»Wenn du es so sehen willst …« Er verschränkte die Arme vor der Brust; seine Lippen waren nur noch ein Strich.

Verzweiflung wallte in ihr auf. »Niemand ist eine Insel, Will! Auch du nicht!«

»Das ist eine Entscheidung, die nur ich allein zu treffen habe!« Nun wirkten seine Gesichtszüge regelrecht kantig.

Der Schmerz, der in ihrem Inneren tobte, ließ sie harscher reagieren als geplant. »Vermutlich hatte ich damals doch recht, und du *bist* ein Feigling!«

Wills Gesichtszüge versteinerten. »Da würde ich dir nicht einmal widersprechen«, erwiderte er so leise, dass sie ihn kaum verstand.

Bevor sie sich von dem Schock erholt hatte, schnappte er

seine Jacke und stürmte, gefolgt von einem sichtlich aufgelösten Zeus, aus der Wohnung.

Wie festgefroren starrte Annabella ihm nach.

Was hatte sie bloß getan?

Will

Lynnwood Falls / Portland

»Wie kommst du eigentlich darauf, dass zwischen Annabella und mir etwas im Argen liegt?« Will gab sich keine Mühe, seine Ungehaltenheit zu verbergen.

Jay stieß ein verbittertes Lachen aus. »Weil ich kein Volltrottel bin. Ich sehe Annabellas verquollene Augen. Und dich, wie du ihr aus dem Weg gehst. Ich verstehe nicht, warum man unnötig leiden muss.«

»Du hältst dich wohl für einen Beziehungsspezialisten, nur weil du gerade mal eine gut zwei Wochen währende Beziehung hast?«, höhnte Will und funkelte Jay verärgert an. Im selben Augenblick wusste er, wie ungerecht er war. Doch die Tatsache, dass Annabella litt, schmerzte ihn und machte ihn wütend zugleich. Allerdings konzentrierte sich die Wut mehr auf sich selbst, weil er schwach geworden war. Und weil diese verfluchte Sehnsucht nach ihr einfach nicht weichen wollte.

Sein Bruder schien nicht weniger sauer zu sein, doch vermutlich nicht nur wegen dieser Bemerkung allein. »Das behaupte ich gar nicht. Ich weiß, was dich umtreibt, so gut kenne ich dich! Aber du musst mir ganz bestimmt nichts von Beziehungsängsten erzählen. Weil ich weiß, wie sich das anfühlt.« Nun wurde auch Jay lauter. »Mir hat man sieben Jahre lang vorgeschrieben, wann ich aufs Klo gehen darf, und mir dabei zugesehen. Über mich entschieden, wann es mir erlaubt ist, die Sonne zu sehen und frische Luft zu atmen. Erzähl *mir* nicht, wie es ist, von jemandem *eingeschränkt* zu werden, denn davon hast du …«

»Ich habe nie von Einschränkung …«

Jay wischte den Einwand mit einer Handbewegung weg. »Du hast Angst, dich auf jemanden einzulassen. Das verstehe ich vom Prinzip her. Du magst mich für einen Versager halten …«

»Das tue ich nicht«, unterbrach ihn Will ehrlich empört, doch Jay sprach schon weiter:

»Zumindest in manchen Punkten hast du damit recht. Aber glaub mir, ich habe verflucht viel Erfahrung damit, wie es ist, mit den Konsequenzen zu leben, wenn man den falschen Weg eingeschlagen hat. Hast du tatsächlich darüber nachgedacht, was dein Entschluss für dich, für euch bedeutet?« Er ließ ihm keine Zeit zu antworten. »Ich war kein guter großer Bruder, doch ich nehme mir jetzt das Recht heraus, dir einer zu sein. Ob du das willst oder nicht! Weil ich Angst um dich habe – Angst, dass du die falsche Entscheidung triffst. Du bist verblendet. Und irgendeiner muss dir mal sagen …«

»Wieso? Ich bin erwachsen!«, unterbrach Will ihn ungehalten.

»Willst du mir weismachen, dass du nicht erkennst, welch ein wundervoller Mensch Annabella ist?«

»Natürlich erkenne ich das! Genau deshalb braucht sie jemanden, der sich ihrer würdig erweist …«

»Ach, komm! Hör doch auf mit dieser falschen Bescheidenheit! Ich habe schmerzlich lernen müssen, dass man Chancen ergreifen sollte, wenn sie sich einem bieten. Auch wenn es manchmal wehtut …«

Will hatte das Gefühl, dass sich alles in ihm verhärtete. Er zwang sich zur Freundlichkeit. Na ja, zumindest dazu, mit dem Brüllen aufzuhören. »Ich weiß, dass du es gut mit mir meinst. Aber ich bin nicht dazu bereit, eine feste Beziehung einzugehen, und diesen Entschluss musst du akzeptieren, ob du das willst oder nicht!« Mit diesen Worten stürmte er nach draußen.

Und kam direkt vom Regen in die Traufe, denn er traf auf Ryan, der soeben aus dem Stall kam. Er hatte die jungen Ferkel untersucht.

»Welche Laus ist dir denn über die Leber gelaufen?«, wollte er erstaunt wissen.

Will ignorierte die Frage. »Wie geht es den Ferkeln?«

»Gut! Alles in Ordnung. Aber was ist mir dir?«

Will zwang sich zu einem unbekümmerten Lachen, das selbst in seinen eigenen Ohren schief klang. »Nur eine familiäre Meinungsverschiedenheit mit meinem Bruder.«

»Willst du darüber reden?«

Will sah Ryan an. Er konnte ihn wirklich als seinen guten Freund bezeichnen. Doch er wusste genau, dass auch der ihm raten würde, es einfach auf einen Versuch mit Annabella ankommen zu lassen. Hatten sich eigentlich alle gegen ihn verschworen? So winkte er nur seufzend ab. »Danke, Kumpel! Aber es ist schon okay. Das legt sich auch wieder.«

»Wenn du jemanden zum Reden brauchst – du weißt, mein Ohr ist jederzeit für meinen Wingman offen. Und gegen ein Männerbier habe ich nie etwas einzuwenden.«

»Danke, das weiß ich. Ich melde mich dann!«

Im Weglaufen drehte sich Ryan nochmals um. »Lass dir besser nicht zu viel Zeit damit.«

Während sich die Tür des rostbraunen Ford geräuschvoll hinter Ryan und seinem Bobtail Chief schloss, kämpfte Will immer noch mit der kryptischen Aussage seines Freundes. Etwas sagte ihm, dass Ryan sie nicht darauf bezogen hatte, zu ihm zu kommen.

Wusste hier eigentlich gerade jeder besser, wie er, Will, sich zu verhalten hatte?

Will redete sich ein, er müsse die darauffolgenden Tage in

Portland bleiben, weil die Arbeit ihn hier festhielt. Seine Mandantin brauchte ihn, und er hatte einen neuen spannenden Fall – Klagen gegen einen Kunststoffhersteller, der bei seinen Abgaswerten betrog. Das war nicht nur lukrativ, die Anwaltspraxis konnte das Geld immer gut gebrauchen, da die aktuelle Mandantin keines hatte und auch die Verhandlung vermutlich nicht viel einbringen würde. Aber solche Klagen lagen eben genau auf seiner Wellenlänge. Also vergrub er sich von früh bis spät in die Arbeit.

Elly kam einen Tag zu ihm, weil sie ihn und Gordon ins Gericht begleitete. Seine Sekretärin Cindy war lediglich für die Terminvergabe und das Sekretariat zuständig und übernahm keine juristischen Tätigkeiten.

Kaum war die Verhandlung vorüber, schlug ihm Gordon auf die Schulter. »Souverän gemeistert! Ich muss los! Habe jetzt eine Vorlesung!« Mit wehendem Haar stürzte er davon.

»Du bleibst die Tage in Portland?«, versicherte sich Elly.

»Ja, warum? Die Fahrerei …«, murmelte Will ausweichend.

»Brauchst du mich noch mal hier?« Elly wickelte sich den Schal um den Hals.

»Nein, nicht zwingend. Wir können auch telefonieren oder bei Bedarf eine Videokonferenz starten, wenn du nicht extra herkommen möchtest. Warum?«

»Weil deine schlechte Laune unerträglich ist«, erwiderte Elly unverblümt wie immer.

»Ich habe keine schlechte Laune. Wie kommst du denn darauf?«, gab er ungehalten zurück.

»Genau das meine ich!« Nun wurden ihre Gesichtszüge weich. »Du bist nicht nur mein Boss, Will, sondern auch einer meiner besten Freunde. Das darf ich doch so sagen, oder?«

Er stieß die Luft aus. »Natürlich darfst du das! Aber du brauchst dir keine …«

»Ich soll mich um meinen eigenen Mist kümmern, ich

weiß. Aber wenn man Freunde hat, dann macht man sich zwangsläufig Gedanken, ob man das will oder nicht.«

»Mir geht's gut, um mich brauchst du dir wirklich kei…«

Sarkastisch hob sie die Augenbrauen. »So siehst du aus!« Sie zögerte. »Darf ich dir einen ungebetenen Rat geben?«

»Wenn er juristisch ist, unsere Arbeit betrifft, jederzeit gern.« Die Ironie hätte er sich sparen können, denn nicht umsonst hatte sie »ungebeten« gesagt. Natürlich folgte dieser Rat prompt:

»Ich weiß, dass du um deine Freiheit fürchtest. Eine Beziehung ist nie einfach. Auch für Brandon und mich nicht, und der Gedanke an eine Hochzeit und dieses ›auf immer und ewig‹ beschert auch uns manchmal kalte Füße. Aber wir leben doch zum Glück in einer modernen Zeit, in der man auch einfach mal ausprobieren kann, ob etwas funktioniert.«

In Will fing es an zu brodeln. »Hat Annabella etwas gesagt?«

»Ha, ich wusste es, dass deine Laune etwas mit ihr zu tun hat! So wie mit ihr hatte ich dich zuvor noch nie erlebt. Ich dachte mir schon, dass es Differenzen gegeben hat, weil auch sie wie ein Gespenst herumläuft … obwohl sie doch wahrlich Grund genug hätte, sich mit ihrem neuen Geschäftspartner zu freuen! Der Grund ist nicht schwer zu erraten, so gut kenne ich dich. Sag, dass ich gut darin bin, Fangfragen zu stellen! Sag, dass ich eine großartige Juristin bin!«

Er sah sehr wohl, dass Elly versuchte, ihn mit dem Scherz aufzuheitern, und las die Botschaft hinter ihren Worten. Dennoch kam er nicht umhin, sich wie ein Trottel zu fühlen. Als käme er sich nicht schon seit Tagen idiotisch genug vor!

Es war an der Zeit, den Spieß umzudrehen. »Glaubst du, ich mache mir meine Entscheidungen leicht? Denkst du nicht, dass ich sie sorgfältig abwäge, bevor ich sie fälle? Hältst du mich für den Typ, der kopflos reagiert? Oder fürchtest du, ich wäre herzlos?«

Betreten sah sie ihn von unten herauf an. »Nein, das nicht ...«

»Ich halte mich nicht für unfehlbar, aber warum vertraust du mir nicht einfach, dass ich mir sehr wohl ausreichend Gedanken gemacht habe?« Er konnte ihr ansehen, dass sie dieses Mal an ihm zweifelte. Doch immerhin widersprach sie ihm nicht, sondern zog die Mütze an.

Sie küsste ihn auf die Wange. »Ich vertraue dir blind, aber manchmal steht man sich selbst auch zu nah, als dass man unvoreingenommen die richtige Entscheidung treffen kann. Denk daran: Wenn du reden willst, ich bin immer für dich da, Will! Ich wünsche mir nur von Herzen, dass du glücklich bist!«

Nachdenklich sah er ihr nach, wie sie den Gang des Gerichtsgebäudes entlangeilte. *Glücklich!* Er schnaubte. Das war er gewesen, bevor seine Welt aus den Fugen geraten war und andere sich in sein Leben eingemischt hatten. Niemand ist eine Insel, äffte er Annabella in Gedanken nach und wusste gleichzeitig, wie unfair das war. Sie sah schlecht aus. Genau *das* hatte er vermeiden wollen! Dieser konstant gegenwärtige Druck in seiner Brust verstärkte sich.

Unwillkürlich drängte sich ihm ihr Gesicht vor Augen. Wie sie aus diesem Schlafzimmer gekommen war. Total verunsichert und trotzdem eine kleine Kämpferin. Diese Mischung hatte ihn regelrecht ausgeknockt. Sie hatte um ihn gekämpft! Hatte ihn gewollt! Das Schlimme war: Ihm war es genauso gegangen. Er hatte sie in dem Moment auch gewollt – und wie! Und nicht nur körperlich. Das hätte die Alarmglocken in ihm zum Schrillen bringen und er hätte einfach davonlaufen sollen. Stattdessen war er schwach geworden. Zum Glück hatte er rechtzeitig die Notbremse gezogen. Natürlich hatte sie recht – da war etwas zwischen ihnen. Aber das bedeutete nicht, dass das gut war.

Wieder und wieder grübelte er, was an dem Abend schiefgelaufen war. Vielleicht hätte er auf Annabellas Frage einfach behaupten sollen, dass er zahllose Frauen »flachlegen« wollte, dass ihm eine nicht genügte. Wäre das besser gewesen? Hätte sie das abgeschreckt? War das womöglich überhaupt *die* Lösung? Sollte er sich einfach zur Ablenkung in ein paar Affären stürzen? Und dafür sorgen, dass Annabella davon erfuhr? Dann konnte sie ihn wieder für einen Idioten halten. Wut war so viel einfacher zu handeln als Schmerz.

Er hatte diverse Kontakte, die er einfach unverbindlich anrufen konnte.

Nachdenklich lief er auf den Ausgang zu und schrak zusammen, als der Wachmann ihm einen schönen Nachmittag wünschte.

»Danke, Ihnen ebenso, Louis!« Will zwang sich zu lächeln.

Vielleicht ging er erst mal ins *Woody's*; eventuell ergab sich dort etwas. Dort tummelten sich häufig nette Jura-Studentinnen. Und wenn nicht, hatte er immer noch sein Adressbuch.

»*Sorry seems to be the hardest word*«, schallte ihm Joe Cocker entgegen, als er die Tür aufstieß. Am liebsten hätte er sofort wieder kehrtgemacht. Mit steifen Schritten ging er zur holzgetäfelten Bar. »Bourbon on the rocks, bitte«, bestellte er bei einem ihm noch unbekannten Barkeeper, bevor er sich an der Seite niederließ, auf der er einen guten Blick über die gesamte Lokalität hatte. Es war gemütlich hier, mit viel in die Jahre gekommenem Holz, das mochte er.

Er entdeckte einige nette Mädels. Eine warf ihm auch direkt kokette Blicke zu, doch sie ließ ihn irgendwie gerade kalt. Er konnte nicht mal sagen, warum. Sie sah ziemlich gut aus. Um ihr nicht so deutlich eine Abfuhr erteilen zu müssen, zog er sein Handy aus der Hosentasche und gab sich beschäftigt.

Doch anstatt durch die Kontakte zu scrollen, öffnete er unwillkürlich seinen Messenger.

Es tut mir so leid. Ich hätte das mit dem Feigling nicht sa-

gen sollen, leuchtete ihm Annabellas Nachricht von vor ein paar Tagen entgegen.

Schon okay. Du hast ja recht.

Warum er – in Dreiteufelsnamen – einen Zwinker-Smiley dahintergesetzt hatte, wusste er selbst nicht mehr.

Zumindest hatte es eine ganze bange Weile – genauer gesagt sich unendlich in die Länge ziehende dreiundvierzig Minuten – gedauert, bis sie geantwortet hatte: *Sind wir noch Freunde?*

Sein *Natürlich* war sofort darauf erfolgt.

Daraufhin war ein lächelnder Smiley von ihr gekommen.

Seitdem herrschte Funkstille. Und er musste ständig daran denken, wie Annabella sich wohl gefühlt hatte, als sie ihm diese »Freunde-Frage« gestellt hatte. Was sie die dreiundvierzig Minuten lang gedacht hatte. Wie viele Nachrichten sie geschrieben und wieder gelöscht hatte, bevor sie diesen Satz gesendet hatte.

Sie sieht aus wie ein Gespenst, hallten ihm Ellys Worte im Ohr.

Und er – Bastard – führte diese Freundschaft nun, entgegen seinem Versprechen, gar nicht so »natürlich« weiter. Er sollte zurück nach Lynnwood Falls fahren. Es war seine Heimat. Er sollte seinem Bruder bei der Renovierung der Wohnung helfen und das nicht allen anderen überlassen. Nur weil Jay plötzlich anfing, den großen Bruder hervorzukehren, der ihm gute Ratschläge erteilte und um sein Glück besorgt war, mied er ihn. Er sollte zu Annabella gehen und ihr zeigen, dass sie nicht wieder ein Dutzend weiterer Jahre verstreichen lassen mussten, um miteinander zu sprechen. Sie könnten doch tatsächlich Freunde sein. Aber – sie hatte es gut erkannt – er war feige. Im Grunde fürchtete er sich tatsächlich höllisch davor, ihr wieder zu begegnen. Und wieder schwach zu werden. Wie stark er auf sie reagierte, verursachte ihm regelrecht Panik.

Er zwang sich, den Blick zu heben. Schließlich war er mit einem ganz bestimmten Ziel hergekommen, und zumindest in dieser Richtung war seine Feigheit nicht ausgeprägt. Inzwischen war er ganz gut darin, Frauen anzusprechen, die ihm gefielen. Wenn er es darauf angelegt hatte, hatte er noch nie allein nach Hause gehen müssen.

In dem Moment öffnete sich die Tür. Wills Herzschlag beschleunigte sich. Auf einmal fühlte er sich ins kalte Wasser gestoßen. Einen Entschluss zu fassen und ihn dann so schlagartig auch auszuführen, überforderte ihn plötzlich. Schnell tippte er wahllos auf seinem Handy herum und tat, als hätte er sie nicht bemerkt. Aber sie musste ihn sehr wohl gesehen haben – warum hatte er sich bloß so als Blickfang drapieren müssen?

»Hi, Will!« Heathers Stimme klang rauchig, als sie sich nach vorn lehnte und ihn auf die Wange küsste. »Schön, dich so bald schon wiederzusehen. Happy new year!«

Mechanisch legte sich sein Arm um ihre Taille, und er erwiderte den Wangenkuss. »Das wünsche ich dir auch.«

»Wartest du auf jemanden?«

Kurz erwog er zu lügen, dann schüttelte er den Kopf.

»Hast du einen Fall verloren?«, erkundigte sie sich.

»Nein, wie kommst du denn darauf?«

Sie lachte ihr kehliges Lachen. »Weil du nicht gerade wie ein strahlender Sieger wirkst.«

Er zuckte nur mit den Schultern.

Nun trat ein besorgter Ausdruck auf ihr Gesicht. »Geht es wieder um diese Mandantin?«

»Nein, da ist alles okay. Es ist … nichts.«

»Oje!«

»Ich weiß nicht, was du meinst.« *Puh!* Wenn Heather ihm nun auch schlechte Laune vorwarf, konnte er es ihr nicht mal verübeln. »Und, wie läuft's bei dir?«, setzte er schnell und mit einem hoffentlich charmanten Lächeln hinzu.

»Kindesmissbrauch. Der Stiefvater. Eine üble Sache. Die Verhandlung läuft noch.« Sie schüttelte sich.

Mitleidig rieb er ihr über den Rücken. »Willst du was trinken?«

Ihr Blick wanderte von seinem Gesicht zu dem unangerührten Drink, in dem die Eiswürfel beinahe geschmolzen waren, dann zog sie sich einen Hocker heran und wandte sich an den Barkeeper. »Das Gleiche bitte, Clive.« Sie schien den Neuen schon zu kennen.

Die Eiswürfel klirrten, als Heather ihr Glas gegen seines stieß, ohne zu warten, dass er es hob. Sie nahm einen großen Schluck. »Möchtest du darüber reden?«

»Nein. Willst du über deinen Fall sprechen?«

»Nein.«

Eine Weile schwiegen sie, bevor Heather eine Hand auf seinen Oberschenkel legte und sie langsam ein Stück höher gleiten ließ. »Möchtest du dich ablenken?« Sie fragte es nicht flirtend wie sonst, sondern es kam fast schon mitleidig heraus.

Genau deswegen war er schließlich hergekommen. Wieso sagte er nicht einfach Ja und nahm Heather mit zu sich nach Hause? Verbrachte eine schöne Nacht mit ihr, wie schon öfter. Stattdessen legte er die Hand auf ihre, bevor sie weiter nach oben wandern konnte.

Heather entzog sie ihm und leerte den Whiskey in einem Zug. Dann schüttete sie die Eiswürfel in sein – immer noch unberührtes – Glas und nahm es an sich. Er widersprach ihr nicht. »Eine Frau.« Es war eine Feststellung. Erst der nächste Satz kam fragend heraus. »Sie will was Festes?«

Er öffnete den Mund. Doch was sollte er eigentlich darauf sagen? »Sie hatte mir eine Affäre angeboten«, erwiderte er schließlich widerwillig und wusste selbst nicht, warum er geantwortet hatte. Kein Wunder, dass Heather eine relativ hohe Verurteilungsrate hatte, wenn es den Verbrechern bei ihr auch so erging.

Sie pfiff durch die Zähne. »So ernst ist es?«

»Wie meinst du das? Seit wann ist eine Affäre ernst?«

Sie ignorierte seine Antwort. »Hast du dich schon entschieden, ob du es mal mit etwas Festem versuchen willst?«

Er runzelte die Stirn. »Da gibt es nichts zu entscheiden!«

Sie nickte. »Ich verstehe.«

Und irgendwie hatte er den Eindruck, sie verstand tatsächlich.

Eine Weile schwiegen sie, dann sah Heather ihn direkt an. »Weißt du, was ich den Kronzeugen sage, die damit hadern, ob sie gegen Schwerverbrecher aussagen sollen?«

Verwirrt schüttelte er den Kopf.

»Jede noch so unbedeutend anmutende Entscheidung ist eine, die den gesamten Rest ihres Lebens betrifft. Sie können es sich einfach machen, den Kopf in den Sand stecken und so tun, als wüssten sie von nichts. Aber dennoch leben sie danach in ständiger Angst, denn diese wird nie enden, solange sie sich ihren Verfolgern nicht stellen. Oder sie können einen Schritt nach vorn tun. Der viel Mut erfordert. Sie vielleicht vor aller Augen bloßstellt. Aber womöglich sind sie hinterher freier.«

Will holte Luft, doch Heather hob die Hand. »Du siehst aus, als hättest du schon genug gute Ratschläge erhalten. Und ich bin vermutlich nicht in der richtigen Position, um diese zu erteilen.«

Wider Willen musste er lächeln. »Damit liegst du richtig! Mit beidem.«

Sie lächelte ebenfalls und legte ihm friedfertig den Arm um die Schultern. »Kommst du zum Ball der Anwaltskammer übernächsten Samstag?«

Will schob betreten den Unterkiefer vor. »Uh, gut, dass du es sagst, den hätte ich wohl verschwitzt!« Seine Gedanken waren überall gewesen, nur nicht bei seinen Pflichten. Die alljährliche Versammlung aller Juristen in der Gegend war *das*

Event des Jahres! Und kein Anwalt, der etwas auf sich hielt, konnte dort fehlen. Obwohl er überhaupt keine Lust hatte, musste er dorthin gehen.

Heather lachte. »Cindy oder Elly hätten dich schon daran erinnert. Reservierst du mir einen Tanz?«

»Aber hallo! Auf jeden Fall! Ich freue mich schon darauf!«

»Und ich erst!« Sie lächelte. »Was macht Zeus?«

»Der ist bei Cindy. Ich hole ihn gleich.«

Heather leerte nun auch sein Glas, bevor sie sich zu ihm beugte und ihn auf die Wange küsste. Bei ihr roch sogar der Whiskey nicht unangenehm. »Dann würde ich vorschlagen, du gehst jetzt zu deinem Hund. Er ist sicherlich schon ungeduldig!«

Sie legte ihm in einer zärtlichen Geste die Hand auf die Wange und küsste ihn nochmals leicht auf die andere, bevor sie, ehe er protestieren konnte, ein paar Scheine auf die Theke warf und hinausschwebte. Nur der Duft nach Rosen, der ihr immer anhaftete, hing noch in der Luft.

Will sprang auf. Dieser aktuelle Zustand war tatsächlich untragbar. Er musste etwas dagegen unternehmen, was auch immer. Etwas von Heathers Worten begann, an seinem Unterbewusstsein zu kratzen. Plötzlich war es wie ein Faustschlag in seinen Magen. Er musste hier raus! Ganz dringend brauchte er frische Luft, bevor sein Gehirn noch völlig vernebelte. Das konnte er doch nicht ernsthaft in Erwägung ziehen!

Kapitel 12

Annabella

Lynnwood Falls / Portland

»Das ist nicht dein Ernst?«, stöhnte Annabella auf.

Kylie verschränkte die Arme vor der Brust. »Wie oft habe ich dich um etwas gebeten? Nun bitte ich dich, mich auf die Vernissage zu begleiten. Ist das wirklich so ein Weltuntergang? Du hast selbst bald eine Ausstellung. Es schadet nichts, wenn du dich vorher auf anderen umsiehst, wie sie ablaufen.«

»Ich war schon auf mehr als einer Vernissage«, erinnerte Annabella sie ungehalten. »Und außerdem habe ich nichts so Schickes anzuziehen. Abendgarderobe – um Himmels willen!«

»Du brauchst auch für deine eigene Vernissage ein Kleid!«, erinnerte Kylie. »Oder willst du dort in Leggings erscheinen?«

»Nein, aber ich dachte an einen Hosenanzug …«

»Auf gar keinen Fall. Du wirst dein Licht nicht unter den Scheffel stellen und als graues Mäuschen fungieren. Die Ausrede zählt nicht. Wirst du mir die Bitte abschlagen?«

»Du solltest mitgehen!«, schaltete sich auch Jay ein, und die beiden tauschten einen vertraulichen Blick, der Annabella nur noch mehr aufbrachte.

»Ihr wollt doch bloß, dass ich mal wieder rauskomme, weil ihr denkt, ich blase Trübsal!«, fuhr sie auf.

Wieder dieser vertrauliche Blick zwischen den beiden. Seit wann waren die zwei eigentlich so dicke?

»Kürzlich sagtest du erst, du hättest erkannt, dass ich dein

Bestes will. Hast du das schon vergessen?« Kylie pustete sich gegen den Pony.

»Nein! Aber mir ist aktuell wirklich nicht nach Weggehen. Hier ist immer so viel los und …«

»Eben weil so viel los ist, musst du mal ausspannen. Ich werde am Sonntag mit Judith und Larissa den Laden schmeißen. Du nimmst dir frei. Dein Partner befiehlt dir das!«, bestimmte Jay, während er prüfend das Glas, das er gerade aus der Spülmaschine geholt hatte, gegen das Licht hielt und mit einem Handtuch die Wasserflecken wegpolierte.

Annabella wand sich innerlich. Ihr ging es nicht so schlecht, wie ihre Freunde taten. Gut, Wills Zurückweisung schmerzte. Ja, sie war unglücklich verliebt. Vielleicht war auch ihr Stolz verletzt – sie hatte Mut gefasst und war abgewiesen worden. Und Will machte sich extrem rar, obwohl er ihr Freundschaft versprochen hatte. Aber wie hatte ihre Mom immer so schön gesagt? *»Die Zeit heilt alle Wunden.«* Alles war für etwas gut. Auch wenn Annabella im Augenblick nicht wusste, wofür.

»Ich wollte es dir eigentlich erst später erzählen, doch es gibt in Portland eine Galeristin, die an einer Ausstellung mit dir interessiert wäre. Die wirst du an dem Abend auch treffen.« Kylie sah sie nicht direkt an. Hatte sie ein schlechtes Gewissen, weil sie etwas hinter ihrem Rücken ausgemacht hatte?

Unwillkürlich beschleunigte sich Annabellas Puls. »Eine Galeristin? Wer?«

»Das wirst du schon selbst sehen, wenn du mitkommst.«

»Okay. Ich … überlege es mir«, stieß Annabella widerwillig hervor.

Nun grinste Kylie breit. »Wann gehen wir dein Kleid kaufen?«

Jetzt musste Annabella doch lächeln. »Lass uns am Montag nach Portland fahren. Ihr gebt ja doch keine Ruhe!«

Kylie und Jay wirkten äußerst zufrieden.

Das Kleid war ein Traum aus Bordeaux, das mit Spaghettiträgern versehene Oberteil eng anliegend, mit Spitzen verziert, der Rock etwas weiter schwingend, sodass sie genügend Beinfreiheit haben würde. Dazu gab es auch das passende Bolero-Jäckchen. Sie musste sich schnell noch einen trägerlosen BH besorgen. Kylie bestand auf einer sexy Variante in Kombination mit dem passenden Höschen, ebenfalls in Bordeaux.

»Herrje, mich wird auf dieser Vernissage bestimmt niemand in Unterwäsche zu sehen bekommen«, murrte Annabella. »Oder hast du mir ein paar pikante Details zu diesem Event verschwiegen?«

Kylie grinste. »Nein! Aber du fühlst dich ganz anders, wenn du von Grund auf gut gekleidet bist.«

Ihre Freundin hatte recht! Annabella fühlte sich gut, als sie sich am Tag der Vernissage vor dem Spiegel drehte. Auf einmal wünschte sie sich, Will würde sie so zu Gesicht bekommen. Er war immer noch die meiste Zeit in Portland. Wie schon in den letzten beiden Wochen. Kurz fragte sie sich, ob Kylie, die immer noch irgendetwas zu verbergen schien, ihn wohl zu der Vernissage bestellt hatte, doch dann verwarf sie den albernen Gedanken wieder. Was sollte das bringen, Will dort zu treffen? Wenn er sie wiedersehen wollte, könnte er das genauso gut hier tun.

»Du siehst großartig aus«, lobte Hope.

»Wie eine Prinzessin«, stimmte Jay zu.

»Du wirst allen anderen die Show stehlen«, setzte Elly noch einen obendrauf.

»Oh, das will ich keinesfalls!«, sagte Annabella erschrocken. »Hätte ich lieber …«

»Halt den Mund!«, ertönte es unisono aus drei Mündern, und alle brachen in ein albernes Gelächter aus, in das Annabella einstimmte.

Sie war immer noch dankbar, dass die drei ihr beim Richten geholfen hatten. Elly hatte – zusammen mit Jay – eine kunstvolle Hochsteckfrisur gezaubert, mit der sie fast wie eine griechische Göttin wirkte.

»So viel Brimborium für einen Gast bei einer Vernissage«, brummte Annabella, doch die anderen ignorierten ihre Einwände.

Jay blickte auf sein Handy. »Okay, ich muss dann los. Hast du deine Tasche für die Nacht gepackt? Alles dabei?«

»Ja! Aber bleibt ihr nicht, bis Kylie mich abholt?« Enttäuschung machte sich in Annabella breit.

»Mitch kommt gleich!«, erwiderte Jay, und das Strahlen in seinem Gesicht ließ wenig Platz für Bedauern.

»Ich muss leider auch los. Ryan …«, murmelte Hope, und Elly stimmte sofort ein: »Ich fahre dich! Brandon freut sich auch, wenn er bald was zu essen bekommt!«

Mit vorsichtigen Wangenküssen, um ihr nicht weniger kunstvolles Make-up nicht zu ruinieren, verabschiedeten sich die drei.

»Danke euch, für alles!« Irgendwie hinterließen sie eine Leere.

Versonnen nahm sie ihre Schmuckschatulle zur Hand und entschied sich für die Goldkette ihrer Mutter mit dem tropfenförmigen Diamant-Anhänger. Und den passenden Ring sowie Ohr- und Armschmuck.

Da läutete es schon.

Sie riss die Tür, ohne hinzusehen, auf und eilte zurück in die Wohnung. »Nur eine Sekunde, ich gehe vor der Fahrt noch kurz aufs Klo.«

»Tu das!« Ein leises, dunkles Lachen ertönte.

Annabella fror in der Bewegung ein. Im Zeitlupentempo drehte sie sich wieder um. Sie blinzelte. Glaubte zu träumen.

Da stand Will! In einem Smoking! Mit einem riesigen Strauß tiefroter Baccara-Rosen im Arm. In dem eleganten Outfit wirkte er fremd – wäre da nicht dieses kaum wahrnehmbare, unsichere Aufblitzen des Will von früher in seinen Zügen gewesen. Ihr wurden die Knie weich.

»Was …?« Dann versagte auch ihre Stimme. Sie räusperte sich. »Gehst du mit auf die Vernissage?«

»Nein! Die verschieben wir noch etwas.« Sein unwiderstehlich verschämtes Grinsen beschleunigte ihren Herzschlag. »Aber ich … schulde dir noch einen Ball!« Er drückte ihr die Rosen in die Hand. »Ein Dutzend. Eine für jedes Jahr, für das du darauf warten musstest.«

Mechanisch nahm sie den Strauß entgegen. Ein betörender Duft wehte ihr entgegen. Von den Rosen … und von Will.

Doch das Betörendste war dieser Blick aus grauen Augen. Um Entschuldigung bittend. Und so voller Wärme und Zuneigung, dass ihr vor Rührung die Tränen kamen. Sie blinzelte, versteckte ihr Gesicht in dem Strauß. Zu gern wäre sie ihm um den Hals gefallen, aber da war dieser riesige, so wundervolle Strauß. Rote Rosen! Ob Will wusste, wofür sie standen? Das Herz schlug ihr bis zum Hals. »Wohin gehen wir?«

»Leider nur zum alljährlichen Ball der Anwaltskammer, aber auf die Schnelle hat sich sonst nichts Passendes geboten.« Wieder zeigte er dieses unwiderstehliche Lächeln.

Der Ball der Anwaltskammer! Er nahm sie mit zu seinen Kollegen! Bedeutete das, dass er ihre Freundschaft festigen wollte? Würden sie eine Affäre beginnen? Oder …? Sie traute sich nicht zu fragen, hatte Angst zu hoffen. »Das klingt spannend! Ich … stelle nur schnell die Blumen ins Wasser. Danke!« Zum Glück war sie noch nicht in ihre hochhackigen Schuhe geschlüpft. Damit wäre sie mit den zittrigen Beinen vermutlich sonst sofort umgeknickt.

Will folgte ihr in die Küche. Angelte für sie die Vase aus dem oberen Fach des Schranks und ließ Wasser hinein. Als sie die Rosen in der Glasvase anordnete, immer noch betört von dem Duft, trat Will hinter sie. Er legte die Hände auf ihre nackten Schultern – sofort strömte seine Wärme durch sie hindurch – und küsste sie auf den Hals. »Du siehst wunderschön aus, der Wahnsinn«, raunte er heiser. Sein Atem streichelte ihren Nacken.

Sie drehte leicht den Kopf, bis ihre Wange an seiner glatt rasierten lag. »Du kannst dich aber auch sehen lassen.«

Wills befreites Auflachen ging ihr unter die Haut. Er drehte sie ganz zu sich herum und küsste sie mit einer Sehnsucht, die bis in ihr Herz vordrang.

Kurze Zeit später schob er sie von sich. »Ich … Wir hören besser jetzt auf, sonst schaffen wir es nicht auf den Ball, und ich möchte doch endlich von dieser alten Schuld befreit sein.«

Ein glockenhelles Lachen sprudelte aus ihr hervor. Das Glück wurde nur von der Sorge, ob es bloß um die Begleichung dieser Schuld ging, etwas gemindert. Resolut verdrängte sie den Gedanken. Den heutigen Abend würde sie einfach genießen. Solange es ging. Der Rest würde sich zeigen.

Sie bat Will, die Vase oben auf das Regal neben ihre Literaten-Ehren-Ecke zu stellen, den Klassikern aus ihrem Literaturkurs. Sie brauchte es nicht auszusprechen, sie sah Wills Lächeln an, dass er es auch so verstand.

Als sie in Richtung Tür ging, hielt Will sie grinsend auf. »Wolltest du nicht vorher …?« Er deutete mit dem Kopf auf die Badezimmertür.

»Stimmt!« Sie kicherte. Im Spiegel erkannte sie sich fast nicht wieder. War das wirklich sie, deren Gesicht so von innen heraus leuchtete?

Will half ihr ganz gentlemanlike in das Bolero-Jäckchen. »Das Auto steht direkt vor der Tür, innen ist es warm. Wenn du magst, kannst du den Mantel auch später anziehen?« Er legte ihn sich über den Arm und nahm ritterlich ihre kleine Reisetasche auf.

Plötzlich wurde sie nervös. Wenn sie gewusst hätte, dass sie zu Will ging, hätte sie vielleicht nicht gerade das bequeme Sweatshirt-Nachthemd mit dem Bären darauf eingepackt.

Oder würde sie das vielleicht gar nicht brauchen? Nun wurde ihr so heiß, dass ein Mantel definitiv überflüssig war.

Aus dem ersten Stock ertönte ein Bellen. Ihr fiel auf, dass sie das vorher schon unbewusst wahrgenommen hatte – auch Happy Lee hatte das Köpfchen gehoben, als sie sie zum Abschied gekrault hatte.

»Ist das Zeus?«

»Ja, wir lassen ihn bei Jay.«

Als sie die Tür zu dessen Wohnung passierten, öffnete sie sich prompt. Nicht nur er selbst, der Zeus am Brustgurt hielt, sondern auch Elly, Hope und sogar Kylie strahlten ihnen sehr zufrieden entgegen. Unter großem Gelächter wurden sie verabschiedet. »Wir wünschen euch viel Spaß!«

»Ihr seid mir vielleicht Freunde«, beschwerte sich Annabella glucksend. Die Wärme, die in ihr aufstieg, war eine andere als die, die Will in ihr verursachte, aber ebenfalls schön. Sie schwebte die Stufen regelrecht hinunter. *Freunde!*

Will öffnete ihr zuvorkommend die Wagentür. Der Sitz war wunderbar vorgewärmt. Nun wusste sie, wie Cinderella sich gefühlt haben musste. Wenn dieser Märchenprinz nur im Entferntesten an Will herankam, konnte sie die bösen Stiefschwestern verstehen. Auch Annabella hätte sich mit Wonnen die Ferse oder den Zeh abgehackt, um in den verlorenen Schuh zu passen und an der Seite »ihres Prinzen« sein zu können. Zum Glück war das nicht nötig!

Die Fahrt verlief größtenteils in einträchtigem Schweigen. Aus dem Radio erklangen einschmeichelnde Rockballaden, doch nachdem bei Will alles im Verborgenen lief, konnte sie nicht sehen, ob er die Musik extra eingelegt hatte, sie über einen Streaming-Dienst lief oder das Radioprogramm sich zufällig auf ihre romantische Stimmung einstellte. Sie hätte ihn gern gefragt, wie es nach dem Abend weitergehen würde. Doch sie hatte Angst vor der Antwort. Und wollte auch die zauberhafte Stimmung nicht gefährden. Vielleicht war ja das

Nicht-Planen genau das, was Will brauchte? Dieser Abend gehörte ihr! Was immer darauf folgen würde.

Er fuhr mit ihr in sein äußerst geschmackvoll eingerichtetes Apartment in Portland. Die Spielecke für Zeus neben dem Kamin, mit Intelligenzspielzeug, wo der Goldie sich seine Leckerlis erarbeiten musste, entlockte ihr ein Lächeln.

Die Wohnung war der pure Wahnsinn. Vor allem der Ausblick auf den nächtlichen Hafen von Portland war überwältigend. »Hier würde ich gern mal sitzen und malen«, entfuhr es ihr.

Wills Lächeln war voller Zärtlichkeit, doch er ging nicht darauf ein. Stattdessen führte er sie in ein gemütlich eingerichtetes Gästezimmer mit anliegendem Bad.

»Falls du dich noch kurz frisch machen möchtest, bevor wir weiterfahren. Das Taxi kommt gleich.«

Annabella ließ nicht zu, dass die Enttäuschung sie einholen konnte. Wenn sie eben nur der Abend an seiner Seite und eine Nacht allein im Gästezimmer erwarteten, so waren Will und sie doch zumindest dann Freunde. Alles war besser, als ihn gar nicht in ihrem Leben zu haben. Und immerhin hatte er sie vorhin leidenschaftlich geküsst.

Erst als sie im Taxi saßen, wurde Annabella nervös. Was, wenn sie zwischen all den Juristen fehl am Platz war? Als hätte Will ihre Zweifel gespürt, ergriff er ihre Hand und drückte sie. Strich mit dem Daumen über ihren Handrücken, ehe er einen Kuss darauf hauchte. Auch auf dem Weg zum Eingang hielt er ihre Hand und verschränkte die Finger mit ihren, bis sie bei der Garderobe waren.

Sie hatte Mühe, etwas von ihrer Umgebung wahrzunehmen, die pompöse Eingangshalle mit den hohen Decken, die livrierten Bediensteten, die illustren Gäste … Sie hatte nur Augen für Will, der in dem schwarzen Wintermantel und dem weißen Schal darüber einfach gigantisch aussah. Sie hatte nie gewusst, dass sie auf Typen im Anzug stand, aber bei Will war das definitiv der Fall. Wieder half er ihr galant aus dem Mantel – mit der gleichen Selbstverständlichkeit und Souveränität, mit der er sich hier auch zwischen den anderen gut gekleideten Menschen bewegte.

Den linken Arm besitzergreifend um ihre Taille gelegt, schlenderte Will mit ihr in den Saal, der die Eingangshalle an Prunk noch um einiges übertraf. Er ließ sie auch nicht los, als er im Vorbeilaufen diverse Hände schüttelte. Will schien unter den Kollegen beliebt zu sein, allgemeines Wohlwollen schlug ihnen entgegen. Nie versäumte er es, sie vorzustellen. Auch wenn er stets nur ihren Namen nannte, ohne einen Zusatz wie »Bekannte« oder »Freundin«, aus dem sie selbst hätte schlau werden können, wo sie stand, so bezog er sie doch jedes Mal rücksichtsvoll in den Small Talk mit ein.

Annabella behielt das glückselige Lächeln einfach konstant bei – sie konnte gar nicht anders als zu strahlen. Ihr war, als steckten Will und sie in einer wattierten Blase. Die Welt um sie herum verschwamm in einem farbenfrohen Nebel.

Es gab zahllose runde Tische, für jeweils ein Dutzend Personen. Ihre Bedenken, zwischen den anderen stumm wie ein Fisch zu sitzen, erwiesen sich als unbegründet. Ausgerechnet ihr Sitznachbar, Wills Kollege Raphaël, stammte ursprünglich aus Frankreich. Er brach in Entzücken darüber aus, dass sie seinen Namen richtig aussprach, und überschlug sich beinahe vor Begeisterung, als er erfuhr, dass Annabella in Paris studiert hatte. Gemeinsam schwärmten sie, teilweise auf Französisch, über die dortige Hauptstadt, die Bretagne und die Provence. Sie war sich nicht sicher, aber sie traute Will zu, dass er die Sitzordnung so arrangiert hatte, als er sie mit einem feinen Lächeln fragte, ob sie sich wohlfühlte. Sie konnte nur selig bejahen.

Ihr Gegenüber am Tisch erinnerte sie mit seiner flapsigen Art an Jim und Jack; sie mochte den jungen Juristen auf Anhieb. Und eine ältere Kollegin namens Maria erzählte einen Witz nach dem anderen.

Die lockere Stimmung sorgte dafür, dass Annabella merklich auftaute und es schaffte, auch mit Will herumzualbern. Jeder Gang des Essens war ein Traum, aber Annabella merkte kaum, was sie aß.

Sie kam nicht umhin, sich weiterhin wie in einer wundervollen Illusion zu fühlen, als Will sie nach einem göttlichen Nachtisch direkt auf die Tanzfläche führte. Auch wenn der von der Kapelle gespielte melancholische Song nicht so ganz zu der vorsichtig in ihr schwelenden Hoffnung passte, so war es doch wunderschön, sich zu den langsamen Takten in Wills Armen zu wiegen. Er überragte sie trotz ihrer hohen Schuhe noch um ein Stück; und so konnte sie sich herrlich an ihn schmiegen und die Geborgenheit genießen. Am liebsten hätte sie die ganze Nacht in seinen Armen durchgetanzt und bedauerte, als die Band eine Pause machte.

Zu ihrer Überraschung führte Will sie jedoch nicht an ihren Tisch zurück, sondern ins Foyer, wo sich einige Gäste an Stehtischen versammelt hatten.

»Kylie hat dir von einer Galeristin erzählt, die du heute treffen wirst, nicht wahr?«

Annabella sah ihn verblüfft an. »Ja, warum? Das war ja ein schönes Komplott!«

»Du bist nicht böse, oder?« Nun hatte der zerknirschte Blick etwas Jungenhaftes.

»Das fragst du nicht ernsthaft, oder?« Sie beugte sich vor und küsste ihn auf die Wange.

»Gut! Kylie hat auch gar nicht gelogen. Die Frau eines Anwaltskollegen hat nämlich eine Galerie hier in Portland. Kylie war bei ihr und hat ihr einige deiner Bilder gezeigt. Sie war begeistert und freut sich schon darauf, dich kennenzulernen!«

Da blieb ihr glatt die Sprache weg. Annabella war froh, dass in dem Moment ein livrierter Kellner mit einem Tablett voller Champagnergläser vorbeilief und Will ihnen zwei herunternahm.

Er sah ihr tief in die Augen. »Auf die mit Abstand wunderschönste Frau hier!«

Die Verlegenheit ließ sie albern werden. »Wie jetzt? Nur hier?«

Wäre sie nicht schon bis über beide Ohren in Will verliebt gewesen, wäre es spätestens jetzt – bei seinem dunklen Lachen – passiert. »Du bist die Schönste im ganzen Land!«

»Hör besser auf damit, sonst bekomme ich heute noch einen Höhenflug.«

»Sollen wir das Kennenlernen der Galeristin streichen?«, neckte er sie.

»Untersteh dich!« Sie stimmte in sein Lachen ein. »Ich zwicke mich schon die ganze Zeit, um zu sehen, ob ich träume.«

Seine Lippen streiften kurz ihre Wange, bevor er ihr ins Ohr raunte: »Du kannst damit aufhören. Du bekommst nur blaue Flecken davon. Es ist alles real.«

Die Frau, zu der Will sie führte, war eine wahre Schönheit. Das mit Ornamenten bedruckte goldene Kleid, das die gebräunte Haut vorteilhaft betonte, war ein Blickfang, genauso wie das lange lackschwarze Haar, das ihren kompletten Rücken bedeckte, auch die stolze Kopfhaltung. Was einen jedoch sofort für die Frau einnahm, war das offene, herzliche Lachen. Der indigene Schmuck war vermutlich Handarbeit und zeugte davon, dass die Galeristin, die Will als Mona vorstellte, auf ihre einheimischen Vorfahren stolz war.

»Du bist also Annabella, die Künstlerin? Es freut mich riesig, dich kennenzulernen«, begrüßte Mona sie herzlich. Auch die Stimme war angenehm dunkel. »Das ist mein Mann, Jamie.«

Ein Mann, der äußerlich stark an Denzel Washington erinnerte, begrüßte sie mit einem charmanten Lachen, was ihn ihr sofort sympathisch machte.

Bevor sie sich's versah, war sie mit Mona in ein angeregtes Gespräch über Kunst vertieft.

Jamie packte Will am Arm. »Komm, wir besorgen uns derweil was zu trinken. Ich sehe schon, wir sind bei unseren Frauen vorerst abgemeldet.«

Unseren Frauen!

Und Will hatte nicht widersprochen! Die Endorphine in Annabella wollten übersprudeln.

Bis sie jäh zum Ersticken gebracht wurden. Die Gesprächsrunde hatte sich etwas erweitert, und plötzlich kam eine Frau in einem schwarzen Abendkleid auf sie zu, das gerade durch seine Schlichtheit absolut überwältigend wirkte. Annabella hätte nicht einmal sagen können, was genau die Alarmglocken in ihr hatte zum Schrillen bringen lassen.

»Oh, die Frau Staatsanwältin!«

Warum dabei einige Blicke zu ihr selbst schweiften, konnte Annabella nur mit dem Urinstinkt einer Frau erahnen.

Will küsste die Frau auf die Wangen, und die Art, wie sie ihn dabei an den Schultern hielt, hatte etwas sehr Vertrautes. »Ich hatte mich schon gewundert, wo du bleibst, ist alles okay?«, fragte er leise. Er wirkte besorgt.

Die »Staatsanwältin« krauste die Nase und sah sogar dabei noch bezaubernd aus. »Ja, es gab nur leider einen Wasserrohrbruch in der Wohnung über meiner.« Sie lachte unbeschwert. »Ich hatte Pizza vom Lieferdienst statt des köstlichen Dinners hier. Aber nun bin ich ja da und kann den mir versprochenen Tanz einfordern.« Mit diesen Worten hängte sie sich bei Will ein.

Er löste ihren Arm vorsichtig aus seinem und zog die Frau zu ihr. »Darf ich dir Annabella Marks vorstellen? Annabella, das ist Heather Donovan. Sie ist Staatsanwältin.«

Heather war die Staatsanwältin, und wer war sie für ihn?

Meine Jugendfreundin? Meine Freundin? Sag doch endlich etwas dazu, Will!, flehte sie ihn stumm an.

Über das Gesicht der anderen glitt kurz Erstaunen, gefolgt von einem solch breiten Lächeln, dass Annabella ihr unmöglich böse sein konnte. Vor allem, als Heather sie begrüßte, als hätte sie schon von ihr gehört, und auch noch hinzufügte: »Oh, entschuldigen Sie, Annabella! Dann verzichte ich selbstverständlich darauf, Will zur Einhaltung seines Versprechens zu verpflichten.«

Annabella wusste nicht, was sie ritt, als sie sagte: »Wenn er Ihnen einen Tanz versprochen hat, dann muss er das einhalten. Will bricht seine Versprechen nicht gern.«

Er sah sie so verblüfft an, dass sie lachen musste. »Es ist okay, geht schon, ihr zwei!«

Zusammen mit Mona, Jamie und einigen anderen folgte sie Will und Heather zum Tanzsaal.

»Ist es wirklich okay?«, versicherte sich die Staatsanwältin netterweise, und Annabella nickte.

Allerdings hätte sie zu gern gewusst, über was die beiden auf der Tanzfläche redeten. Irgendwie hatte sie den Eindruck, dass auch sie in dem Gespräch eine Rolle spielte.

Sie war so vertieft in die Beobachtung gewesen, dass sie gar nicht bemerkt hatte, dass die anderen weitergegangen waren – plötzlich stand sie allein da. Vielleicht sollte sie die Zeit nutzen, um sich kurz frisch zu machen?

Sie schrak zusammen, als eine Hand sie am Ellbogen packte, und drehte sich um. Ihr Gegenüber erinnerte sie spontan an das Schweinchen Dick, wobei das vermutlich eine Beleidigung für die Looney-Tunes-Comicfigur war.

»Wo McGinty nur immer die schönsten Frauen auftut? Dieses Mal hat er ja ein ganz besonders exotisches Pflänzchen aufgegabelt, alle Achtung!«

Dieser schmierige Kerl verursachte auf Anhieb Abscheu in ihr, die einen kalten Schauder über ihren ganzen Körper jagte.

Dennoch kam sie nicht umhin, dass seine Worte sich in ihr Hirn brannten. Was meinte er mit »immer«? Brachte Will jedes Jahr eine andere Frau mit auf den Ball? »Vielen Dank für das Kompliment«, zwang sie sich zur Höflichkeit.

»McGinty sollte eine solch bezaubernde Frau wie Sie nicht allein lassen und mit seiner Gespielin tanzen. Wie geschmacklos von ihm!«

Annabella versteifte sich. »Wenn Sie mich bitte jetzt entschuldigen, *Sir?* Ich wollte mir soeben die Hände waschen gehen.« Sie musste ihn am feisten Handgelenk packen, um seinen Klammergriff zu lösen.

Er lehnte sich vertraulich näher. »Nehmen Sie sich besser in Acht vor der Staatsanwältin, und lassen Sie sie nicht aus den Augen. Nicht, dass die beiden hier zwischendurch in einer stillen Ecke verschwinden. Es wäre nicht das erste Mal.« Sein dreckiges Lachen verfolgte sie.

Sie schloss sich in einer Kabine ein und ließ sich gegen die marmornen Wandfliesen sinken. Sämtliche Freude und Hoffnung stürzten wie ein Kartenhaus in sich zusammen.

Was hatte sie denn gedacht? Will hatte zahllose Affären. Sie selbst hatte ihm ja sogar – in einem Anfall von Wahnsinn – eine angeboten. Warum war sie so naiv gewesen zu glauben, er würde ihr urplötzlich mehr bieten? Es dauerte eine Weile, bis sie sich gefasst hatte.

Sie wusste nicht, wie sie es schaffte, eine unbefangene Miene aufzusetzen, als sie wieder in den Tanzsaal kam. Obwohl Will sie sogleich auf die Tanzfläche zog, war die überschäumende Freude von eben verschwunden. Wie hatte sie nur annehmen können, dass sie die einzige Frau war, die Will je mit hierher genommen hatte?

Er lehnte sich etwas zurück, während er sie im Kreis drehte. »Ist alles okay?«

»Ja, alles prima«, behauptete sie, doch sie sah ihm an, dass er ihr nicht glaubte. »Ich … habe nur etwas Durst.« Auf einmal wollte sie nicht mehr mit ihm tanzen. Wollte sich nicht länger als etwas Besonderes fühlen. Wollte nicht weiter hoffen, nur um hinterher umso tiefer zu fallen.

Will führte sie ins Foyer, wo eine kleine Bar aufgebaut war. »Bist du verärgert über den Tanz mit Heather?«

»Nein, ganz bestimmt nicht«, erwiderte sie wahrheitsgemäß.

Wie aus dem Nichts stand die Staatsanwältin plötzlich neben ihr. Hoffentlich hatte sie die Bemerkung nicht gehört!

Annabella war froh, dass ihr beim Anstoßen etwas Champagner über die Finger lief. Sie stellte das Glas auf den Tisch. »Ich … gehe mir kurz die Hände waschen.« Sie schloss sich abermals in einer Kabine ein, um durchzuatmen. Als sie herauskam, stand Heather am Waschbecken. Im Spiegel sah Annabella die betretene Miene der Staatsanwältin.

»Sind Sie böse wegen des Tanzes?«

»Nein, nein! Ich habe es doch selbst vorgeschlagen!«

»Ich habe gesehen, dass Dirty Dick mit Ihnen gesprochen hat. Was hat er gesagt?«

Annabella brauchte nicht zu fragen, wen die Staatsanwältin meinte. Der Spitzname passte zu diesem Ekel. »Nichts von Bedeutung«, wiegelte sie ab, während sie sich die Hände wusch.

Heather warf einen prüfenden Blick zu den Kabinen, die allesamt momentan leer standen. »Er hat eine Bemerkung über Will und mich gemacht, oder?«

Annabella nickte steif. »Ja, aber das ist schon okay.«

Heather nahm sie an der Schulter, die Distanz schmolz. »Hör zu! Will ist ein toller Mann und guter Liebhaber, doch wem sage ich das? Aber …«

»Da kann ich nicht mitreden«, warf Annabella trocken ein.

Irgendetwas verriet ihr, dass die Staatsanwältin schon von Berufswegen nichts so leicht aus der Bahn werfen konnte, aber ihr war es offensichtlich gerade gelungen. »Wow, es ist ihm wirklich ernst!«

»Meinst du?«

»Er hat bislang noch nie eine Frau mitgebracht, egal, zu welchem Event!«

Annabellas Herz machte einen Satz vor Freude. »Aber … dieser Dirty Dick …« Sie biss sich auf die Unterlippe.

»Gleichgültig, was er dir erzählt hat, es diente nur dazu, einen Keil zwischen euch zu treiben.« Heather zwinkerte ihr zu. »Du hast es geschafft, dir einen der begehrtesten Junggesellen hier zu angeln.«

»Das muss sich erst noch zeigen«, gab sie, abermals trocken, zurück, obwohl Heathers Worte unwillkürlich auch Freude in ihr ausgelöst hatten.

»Glaub mir, Annabella, ich kenne Will schon seit einer Weile. Ich habe ihn kürzlich getroffen. Und er wollte mich nicht nach Hause begleiten – nun kenne ich den Grund persönlich!« Sie lächelte etwas wehmütig. »Sei vorsichtig mit ihm. Er ist ein Juwel, das du nicht aus den Fingern lassen solltest.« Sie zwinkerte ihr freundschaftlich zu. »Aber Vorsicht, er darf nicht merken, dass er festgehalten wird. Eine fragile Angelegenheit.«

»Ich weiß. Und mir ist klar, dass es schwierig werden wird.« Nachdenklich sah sie die Staatsanwältin an. »Hättest du Will gewollt?«

Heather lächelte. »Er ist ein ganz großartiger Mensch mit dem Herz am rechten Fleck; es gibt wenige wie ihn. Und … bitte entschuldige die etwas unsensible Bemerkung eben über den Liebhaber. Glaub mir, das zwischen uns war unverbindlich. Auf beiden Seiten. Ich bin fast acht Jahre älter als Will. Nicht, dass mich so etwas stören würde, aber es war, im Einvernehmen, einfach ein schöner Zeitvertreib. Wir mögen und respektieren uns, das war's.« Nachdenklich sah sie in den Spiegel und zupfte an kaum vorhandenen Falten. »Vielleicht gibt es auch für mich einen anderen, den ich bisher nicht an mich heranlassen wollte.« Sie seufzte. »Vermutlich sollte ich Wills Beispiel folgen und diesem Kerl endlich eine Chance geben.«

»Ja, tu das! Besitzt dieser Glückliche einen Abendanzug? Dann bitte ihn her! Verschenke keine Minute, jede ist kostbar«, stimmte Annabella ihr lächelnd zu, auch wenn die Bemerkung ein Gefühlschaos in ihr ausgelöst hatte.

Lässt Will mich gerade an sich heran?

Er wartete vor der Tür, als sie herauskamen. Und sah besorgt aus. »Alles okay?«

»Ja, wieso nicht?« Annabella lächelte ihn unbefangen an.

»Ich gehe mal telefonieren!« Heather hob verschwörerisch die Augenbrauen. Und sie lachten beide.

»Was war das denn?« Will wirkte neugierig.

»Nichts, ein Insider. Du weißt ja: Was auf einer Damentoilette passiert, bleibt auch dort.« Annabella hakte sich lachend bei ihm ein. »Ich möchte jetzt noch etwas trinken und dann mit dir tanzen. Deshalb sind wir schließlich gekommen, nicht wahr?«

»Das klingt nach einem guten Plan.« Will wirkte erleichtert.

Obwohl sie es vorher noch eilig gehabt hatte, nach Hause zu kommen, weil die Ungeduld in ihr brodelte, wie es mit ihnen weitergehen würde, so genoss sie die nächsten Stunden, in denen sie in Wills Armen über das Parkett schwebte. Er hüllte sie ein in eine Aufmerksamkeit, die das pure Balsam für ihre Seele war. Definitiv stand dieser Ball einem Abschlussball in nichts nach. Nur die immer noch latent schwelende Unsicherheit hielt die Endorphine zum Glück etwas im Zaum, bevor sie wie Champagner aus einer geschüttelten Flasche übersprudeln konnten.

Irgendwann kam Heather mit einem Mann an ihrer Seite auf die Tanzfläche, den sie als Frank, einen hiesigen Detective, vorstellte. Sie zwinkerte Annabella vielsagend zu, bevor sie sich hingebungsvoll in die Arme des Mannes schmiegte.

Sie tanzten noch einige Runden, bis die Ersten sich verabschiedeten.

»Möchtest du noch bleiben?«, erkundigte sich Will mit einem Funkeln in den Augen, das ihre Hormone in Wallung versetzten.

»Nein, mir tun die Füße weh, ich bin keine hochhackigen Schuhe gewohnt«, gab sie lachend zurück, auch wenn ihr Herz anfing zu rasen. Der Moment der Wahrheit rückte näher.

Mona und Jamie umarmten sie zum Abschied und luden Will und sie ein, sie demnächst gemeinsam besuchen zu kommen. Will widersprach nicht. Und Annabella bekam noch die Anweisung, sich baldmöglichst wegen einer Ausstellung mit Mona in Verbindung zu setzen.

Im Taxi schwiegen sie. Selbst im Aufzug zu seiner Wohnung machte Will keine Anstalten, sich ihr zu nähern. Er wirkte plötzlich abwesend.

Fragil, schoss es Annabella durch den Kopf.

Mit einem erleichterten Seufzen schlüpfte sie aus den Schuhen, während Will ihr aus dem Mantel half. Und ihr auch das Bolero-Jäckchen auszog. Auch wenn sie es die meiste Zeit des Abends nicht getragen und Wills Hände auf ihren nackten Schultern gespürt hatte, wurde das Kribbeln, das seine Berührungen jedes Mal auslösten, plötzlich stärker, als er ihr sanft über den Nacken strich. Er löste die Fliege, schlüpfte aus dem Jackett und knöpfte das Hemd ein Stück auf, ehe er sie ins Wohnzimmer schob, wo er das Licht dimmte.

»Möchtest du etwas trinken?« Er deutete auf das hübsche zur Bar umgebaute Kinderbett.

»Nein, danke, ich hatte genug. Aber nimm dir ruhig etwas.«

Er schüttelte den Kopf. Plötzlich wirkte er angespannt, was

sich auch auf sie übertrug. Hätte sie doch einen Drink nehmen sollen? War die Einladung zum Ball nur das Abtragen einer alten Schuld gewesen, mit dem Ziel, ihre Freundschaft zu festigen? Hatte Heather sich getäuscht?

Dass er ihr nun einen fast schon brüderlich anmutenden Kuss auf die Stirn drückte, machte das Ganze nicht besser.

Er lachte verschämt. »Ich hatte eine großartige Rede vorbereitet, und nun bringe ich kein Wort heraus. Toll, Herr Anwalt! Machen Sie im Gerichtssaal nur so weiter!«

Auf einmal bekam sie fürchterliche Angst vor dem, was er ihr sagen wollte. »Rede« klang nicht gerade nach dem Liebesbekenntnis, nach dem sie sich sehnte. »Möchtest du, dass ich im Gästezimmer schlafe?«

Verwirrt blinzelte er. »Was? Nein! Keinesfalls!«

»Warum verschieben wir dann das Reden nicht einfach?«, schlug sie vor. *Wer ist hier nun feige?* Bemüht, diese kleine fiese Stimme in ihrem Inneren zu ignorieren, hob sie die Arme und zog sich die Nadeln aus den Haaren, bis sie in weichen Wellen über ihre Schultern fielen.

Will sog scharf die Luft ein. Und schon lag sie in seinen Armen. Er presste sie so fest an sich, dass kein Blatt Papier mehr zwischen sie gepasst hätte. Einen Augenblick hielt er sie, dann nahm er ihr Gesicht in seine Hände und küsste sie. Wie nur Will küssen konnte: voller Verlangen und gleichzeitig so unglaublich zärtlich. Er vergrub die Hände in ihren Haaren, und sie tat es ihm gleich. Seine Finger hinterließen eine prickelnde Spur auf ihrem Rücken, als er den Reißverschluss ihres Kleides aufzog. Raschelnd fiel es zu Boden.

Sie bekam gar nicht richtig mit, wie Will sie die Wendeltreppe hinaufkomplimentierte. Das ausladende Bett wurde nur von dem endlosen Sternenhimmel erhellt, der durch das Dachfenster funkelte. Annabella schloss die Augen und spürte die kühlen Laken in ihrem Rücken. Für die Sterne, die nun hinter ihren Lidern erstrahlten, war nur Will verantwortlich.

Heather hatte gesagt, er sei ein guter Liebhaber, aber das war wohl die Untertreibung des Jahrhunderts. Die Angst, die immer noch in Annabella schwelte, wurde von den Glückshormonen verdrängt. *So fühlt sich also Seligkeit an*, schoss es ihr durch den Kopf, als sie ihm das Hemd von den Schultern streifte. Und dann erstarb alles Denken, es gab nur noch Will und sie in einem Sturm der Gefühle.

Sie schwebte immer noch in diesem Kokon aus purer Glückseligkeit, als Will sie am nächsten Morgen zum Frühstück ins *Chez Charlie* einlud. Anders als bei ihrem Treffen mit Tomcat in diesem Café, konnte Annabella heute gar nicht mehr aufhören zu strahlen.

Gemeinsam kommentierten sie die Bilder an den Wänden, und trotz der Verlegenheit, die in dem Wissen um die leidenschaftliche Nacht, die hinter ihnen lag, über ihnen schwebte, fanden sie genügend interessanten Gesprächsstoff, ohne danach suchen zu müssen. Obwohl die vor ihr liegende Aussprache Annabella wie ein Stein im Magen lag, fanden die Schmetterlinge dort noch genug Platz, um aufgeregt herumzuschwirren.

Doch auf der Fahrt in Richtung Lynnwood Falls wurde Will zunehmend schweigsamer. Erst als sie an der Stelle vorbeikamen, an der sie im Schnee liegen geblieben war, griff er nach ihrer Hand, führte sie an seine Lippen, drückte einen Kuss darauf und lächelte versonnen.

»Damals, als du die Fahrertür aufgerissen hast und deine Gesichtszüge bei meinem Anblick einfroren, dachte ich, du wirst mich vermutlich auf ewig hassen.«

»Ich habe dich nie gehasst; ich wusste nur immer, dass du …« Sie zögerte. Eigentlich wollte sie sagen, dass er die Macht besaß, sie zu verletzen. Doch sie wollte ihn nicht unter Druck setzen. So vervollständigte sie den Satz etwas lahm: »… etwas in mir auslöst.«

»Das beruht auf Gegenseitigkeit.« Aber sie war sich nicht sicher, ob ihn das glücklich stimmte. Irgendwie wirkte er nachdenklich.

»Was dachtest du damals?«, lenkte sie schnell ab.

Es funktionierte: Will lachte leise. »Ich muss gestehen, es hat mir gefallen, dein Held zu sein und dich aus dem Schneesturm zu retten.«

»Oder mir heldenhaft mein Café zu bewahren?«, neckte sie.

»Auch das!«

Sie lehnte den Kopf an seine Schulter. »Es hat geklappt. Du hast den Heldenstatus bei mir inne.«

Plötzlich wurde er ganz ernst. »Ich weiß nicht, ob ich den verdient habe.«

Annabella war froh, dass sie saß; vermutlich hätten ihre Knie sonst unter ihr nachgegeben. Das konnte ihr Herz trotzdem nicht davon abhalten, ins Bodenlose zu stürzen. Sie nahm ihren ganzen Mut zusammen. »Was … wolltest du mir eigentlich gestern sagen? In deiner ›Rede‹?«

Will steuerte den Wagen in die Parkbucht auf der Anhöhe. Im Tal unter ihnen breitete sich Lynnwood Falls aus. In eine Nebeldecke gehüllt, so grau wie Wills Augen, über die ebenfalls ein Schleier zog, der Annabellas Angst schürte.

Er drückte kurz ihre Hand. »Ich … bin mir nicht sicher, ob ich deine Erwartungen erfüllen kann.«

»Aber du weißt doch gar nicht, was ich erwarte!« Die Panik ließ ihre Stimme eine Oktave höher werden. »Ich bin nicht dein Vater, der dich ständig unter Druck setzt!«

Ohne den Blick von Lynnwood Falls zu nehmen, verschränkte Will die Finger mit ihren. Trotz der Anspannung kam sie nicht umhin, die Geborgenheit zu spüren, die sie immer umhüllte, wenn er sie so festhielt.

»Ich … habe keine Übung in festen Beziehungen. Natürlich hatte ich Affären, aber das hier ist Neuland für mich. Ich möchte dich nur nicht enttäuschen …« Er hob die Hand, als er wohl sah, dass sie ihn unterbrechen wollte. Sein Blick tauchte in ihren ein. Wärme breitete sich in ihr aus. »Warte! Ich bin gerade bei meinem Plädoyer, da darfst du nicht dazwischenfunken.« Verschmitzt lächelnd tippte er ihr auf die Nase. Ich …«, seine Stimme wurde heiser, »… möchte dich nicht enttäuschen, weil du mir so wichtig bist.«

Ihr Herz begann zu flattern.

Will räusperte sich. »Ich … Wenn ich morgens aufwache, gilt mein erster Gedanke dir. Wenn ich vor dem Einschlafen lese, wünsche ich mir, du lägst neben mir und ich könnte mich mit dir über das Buch unterhalten.«

»Oh …«

Seine Finger, die zart über ihren Hals streichelten, machten ihr das Zuhören schwer. »Natürlich würde ich danach auch gern ganz andere Dinge mit dir anstellen, es war einfach unglaublich heute Nacht.« Seine Lippen strichen zart über ihr Ohr.

Sie war ausnahmsweise froh, nichts darauf sagen zu müssen. In ihrem Hals bildete sich ein Kloß.

»Ich … möchte auf meinem Sofa liegen und dir beim Malen zusehen. Ich frage Jay jeden Abend, wie sein Tag gewesen ist. Natürlich interessiert mich das auch, aber eigentlich möchte ich wissen, wie es *dir* ergangen ist. Und ich beneide ihn darum, dass er die ganze Zeit bei dir sein darf.«

»Oh!« *Wie einfallsreich!* Sie könnte zwischendurch auch mal etwas Intelligenteres von sich geben, doch sie war einfach so sprachlos vor Glück.

»Das sagt mir, dass du mir unglaublich viel bedeutest. Aber ich weiß nicht, ob das ausreicht …«

»Meine Liebe reicht für uns beide«, warf sie leise ein und erkannte im selben Augenblick, was sie da gesagt hatte. Verzweifelt schloss sie die Augen. *Herzlichen Glückwunsch!* Genau die richtige Aussage, um einen Mann mit Bindungsängsten direkt in die Flucht zu schlagen. Sie hatte es schon wieder vermasselt! »Entschuldige! Ich ... Verdammt, ich ... Vergiss einfach meinen Einwand, du warst ja gerade bei deinem Plädoyer!« Dieses Mal klang sie definitiv panisch.

Er küsste sie auf den Mund. Zärtlich. »Du brauchst dich nicht zu entschuldigen. Entschuldige dich niemals dafür, wenn du jemandem deine Gefühle zeigst. Der neurotische Idiot bin ich.« Will zog sie an sich. »Meine Empfindungen reichen aus. Ich ... tue mich tatsächlich schwer, Worte wie ›Liebe‹ in den Mund zu nehmen, ich lasse lieber Blumen sprechen.«

Also *hatten* die Rosen eine Bedeutung! Ihr Herzschlag holperte.

Er schob sie ein Stück zurück, und unter dem zärtlichen Blick wurde ihr ganz schummrig. »In deinem Fall hat mein Herz entschieden, ich hatte da nichts zu melden.«

Vermutlich wäre sie jetzt vor Rührung zerflossen, wenn da nicht immer noch dieses dicke »Aber« im Raum stünde. »Dein Plädoyer war noch nicht beendet, oder?«, hakte sie vorsichtig nach.

Zart fuhr er mit dem Finger ihre Gesichtszüge nach, als wollte er sie sich für alle Zeit einprägen. »Eigentlich ... stand eine feste Beziehung nie auf meinem Plan. Und dann kamst du. Noch nie habe ich mich einem Menschen so nahe gefühlt wie dir.« Sein scheues Lächeln steckte voller Zuneigung. »Wärst du denn bereit, einen Versuch mit so einem verkorksten Typen wie mir zu wagen? Die eigentliche Frage – nach meiner langen Vorrede – war die, ob du Geduld mit mir haben könntest? Ich ... kann dir nicht versprechen, nicht manchmal kompliziert zu sein, aber ...« Er holte tief Luft, hatte viel zu schnell geredet. »Ich will dich nicht verletzen.« Seine Stimme wurde leiser. »Und nicht verlieren.« Sein verunsicherter Blick jagte einen süßen Schmerz durch ihren Körper.

Sie schmiegte ihre Hand in seine. »Du wirst mich nicht

verlieren. Niemals. Freunde werden wir immer bleiben – egal, was passiert. Ich …« Sie schluckte. »Diese Nähe … spüre ich auch. Es ist verdammt schön. Aber auch ich habe ein bisschen Angst, weil die Gefühle so intensiv sind. Ja, sie machen verletzlich. Doch wenn wir gegenseitig auf uns achtgeben, werden wir es schaffen.« Sie zog seinen Kopf zu sich. Das Folgende war nicht bloß ein Kuss, nicht nur die Vereinigung ihrer Lippen, sondern auch die ihrer Seelen. Voller Wärme, Zärtlichkeit und Magie. Und dem Wunsch nach mehr.

»Lass uns nach Hause fahren«, stieß er heiser hervor.

Auf der Hauptstraße ihres Heimatortes hätte Annabella am liebsten das Fenster geöffnet und ihre Freude laut in die Welt hinaus gejubelt.

Will ergriff abermals ihre Hand und strich zärtlich mit dem Daumen über ihren Handrücken. »Ich hätte früher nicht gedacht, dass ich mal eine Freundin aus Lynnwood Falls haben würde.«

»Es ist der Ort, in dem verlorene Herzen ein Zuhause finden.« Sie schmiegte den Kopf an seine Schulter. »Ist das also nicht die logische Konsequenz?«

Sein leises Lachen verursachte ihr eine wohlige Gänsehaut. »Vermutlich hast du recht.«

»Natürlich habe ich recht. Das habe ich immer«, flachste sie.

»Ich …«, Will legte eine bedeutungsvolle Pause ein, »*liebe* clevere Frauen … Und eine im Besonderen!«

Er parkte den Wagen und zog sie in seine Arme zu einem innigen, nicht enden wollenden Kuss.

Alles wird gut, ging ihr der Lieblingsspruch ihrer Mom durch den Kopf, als Will mit ihr Hand in Hand über die Schwelle *ihres* Cafés trat. *Wie recht du hast!*, erwiderte sie stumm und gestattete den Schmetterlingen in ihrem Bauch, die Flügel zu entfalten.

Dankeschön

Ich freue mich sehr, dass ihr mich in das wunderschöne Städtchen Lynnwood Falls begleitet habt, und hoffe, ihr hattet eine ebenso spannende Zeit dort wie ich beim Schreiben. Vielen lieben Dank an meine Leserinnen und Leser für diese gemeinsame Reise! Ich freue mich jederzeit riesig über eure Rückmeldungen und Rezensionen, denn diese motivieren mich zum Dranbleiben! Kontaktiert mich gern unter *helen_paris@freenet.de* oder über Facebook und Instagram. Auch vielen lieben Dank an all die Bloggerinnen und Lovelybooks-Leserunden-Teilnehmerinnen für das wundervolle Feedback zum ersten Band – ich bin total glücklich!

An der Entstehung eines Buches sind zahlreiche Personen beteiligt, und ich habe das Glück, dabei von außergewöhnlichen Menschen begleitet zu werden. Mein allerherzlichster Dank gilt: meiner großartigen Agentin Anna Mechler von Lesen & Hören für die stetige Unterstützung. Der wunderbaren Anna-Lena Meyhöfer und dem Team von be-ebooks/Bastei Lübbe für die Realisierung dieses tollen Projektes und den schönen Kontakt. Die Zusammenarbeit mit meiner grandiosen Lektorin Dorothee Cabras ist eine pure Freude, der Rotstift trifft stets exakt die richtigen Stellen.

Auch meine testlesenden Autorenkolleginnen sind Gold wert: Sylvia Kaml, »meine« Tierärztin, die sogar – welch glückliche Fügung! – vier Jahre in den USA praktiziert hat und mir mit Rat und Tat sowie fundierter Textkritik zur Seite steht. Julia K. Rodeit, die kompetente Erstleserin und Seelentrösterin. Karin Seemayer, zum Brainstormen und Austauschen. Sabine Fischer, die kritische Anmerkungen auf den

Punkt bringt. Ilona Schmidt, die alle offenen Fragen zu den USA geduldig beantwortet. Und meine amerikanische Freundin Barbara Gladney versorgt mich mit Input zu den örtlichen Gewohnheiten.

Last, but not least danke ich meiner Familie, die immer für mich da ist und mich lehrte, was Zusammenhalt bedeutet. Besonders meinem Mann, Wegbegleiter, Reisegefährten und kritischstem Testleser Hajot. Dank dir weiß ich, was innige Liebe ist, und kann darüber schreiben.

Wo die Liebe auf dich wartet

Helen Paris
LYNNWOOD FALLS –
SOMMER DER LIEBE
DEU
ISBN 978-3-404-18385-2

Die erfolgreiche Tierärztin Hope kehrt in ihre Heimat Lynnwood Falls zurück, um vorübergehend in der Tierarztpraxis ihrer Eltern auszuhelfen. In der beschaulichen Kleinstadt fühlt Hope sich seit langem erstmals wieder geborgen. Wäre da nicht Ryan, ihre erste große Liebe! Ryan arbeitet ebenfalls als Tierarzt, und immer wieder geraten er und Hope aneinander. Hope will so schnell wie möglich zurück nach New York. Doch dann bringt ausgerechnet Ryan ihre ganzen Vorsätze zum Schmelzen ...
Der erste Band der romantischen Reihe rund um die Kleinstadt Lynnwood Falls, in der verlorene Herzen ein Zuhause finden.

Lübbe

Ein Single Dad zum Verlieben.

Melanie Harlow
ONLY US –
UNWIDERSTEHLICH
Roman
Aus dem amerikanischen
Englisch
ISBN 978-3-404-18448-4

Mack ist erfolgreich, gutaussehend und alleinerziehender Vater von drei kleinen Töchtern. Jeden Tag versucht er, seine Familie und seinen Job als CFO eines Hotels unter einen Hut zu bringen. Das gelingt ihm vor allem dank Frannie Sawyer. Sie kümmert sich liebevoll um seine Töchter und hilft Mack, wo sie kann. Schon seit Jahren knistert es spürbar zwischen den beiden. Das Problem: Frannie ist die Tochter von Macks Boss. Doch wie lange können sie noch gegen die unüberwindbare Anziehung ankämpfen?